FOLIO POLICIER

Christopher Moore

Le lézard lubrique de Melancholy Cove

Traduit de l'américain
par Luc Baranger

Gallimard

Titre original :

THE LUST LIZARD OF MELANCHOLY COVE

Christopher Moore, né en 1957, abandonne ses études à seize ans pour enchaîner les expériences. Il étudie l'anthropologie, la photographie, aime l'océan, les émissions télévisées sur les animaux et a vécu dans une forteresse perdue sur une île inaccessible du Pacifique.

Çui-là, c'est pour toi Maman.

REMERCIEMENTS

[illegible]

REMERCIEMENTS

Je tiens à exprimer ma gratitude aux docteurs Kenneth Berv et Roger Wunderlich pour leurs renseignements relatifs à la maladie mentale et à ses traitements chimiques. Je remercie Galen et Lynn Rathbun pour leur aide dans le domaine de la biologie et l'étude des rats de laboratoire, Charlee Rodgers, Dee Dee Leichtfuss et Jean Brody pour leur lecture du manuscrit et leurs commentaires, Nick Ellison pour son travail d'agent littéraire, Rachel Klayman pour sa patience et la perfection de son travail d'éditeur, et aussi tous ceux qui ont tenu à partager leur expérience des antidépresseurs et autres psychotropes. Vous vous reconnaîtrez, bande de nases !... (Évidemment que je déconne.)

Prologue

À Melancholy Cove, septembre n'est qu'un long soupir de soulagement, une espèce de tisane que l'on sirote avant d'aller dormir, une sieste espérée depuis des lustres. La douce lumière automnale s'immisce à travers les feuillages, les touristes reprennent enfin la route de Los Angeles ou celle de San Francisco et les cinq mille habitants de la bourgade se réveillent enfin. Ils s'aperçoivent qu'ils peuvent à nouveau trouver une place pour se garer ou une table libre au restaurant, qu'ils peuvent arpenter la plage sans risque de recevoir un frisbee en pleine tête.

Septembre tient généralement ses promesses. La pluie viendra. Elle aidera à jaunir les pâturages qui verdoient encore autour de Melancholy Cove. Les magnifiques pins de Monterey qui couvrent les collines arrêteront de perdre leurs aiguilles, les incendies cesseront de détruire les forêts des environs de Big Sur, les sourires commerciaux des serveuses et des employés, qui n'avaient cessé de s'élargir tout au long de l'été, ressembleront à une expression humaine, les mômes retrouveront à l'école le bonheur de fréquenter à nouveau les copains, la défonce et les flingues, qui leur avaient tant manqué tout au long de la belle saison, et chacun pourra enfin se reposer.

Septembre est pour Théophile Crowe, le flic municipal, la période où il bague amoureusement les bourgeons devenus violets et collants de ses campaniformes. Au saloon de la Balle perdue, Mavis redescend au fond du puits d'où elle les avait exhumées au début de l'été les bouteilles d'alcool qui ont séjourné toute la belle saison sur l'étagère du haut derrière son bar. Les gars du service des espaces verts tronçonnent mécaniquement les arbres morts avant que les tempêtes hivernales n'aillent les fracasser sur les toits des maisons. Les tas de bûches s'amoncellent près des habitations et les hérissons des ramoneurs font du yo-yo douze heures par jour dans les conduits de cheminée. Les tubes de crème à bronzer et les souvenirs de merde pour touristes désertent les rayonnages du magasin d'appâts, articles de pêche et vins fins. On les remise avec les bougies, les piles pour les torches et le kérosène pour les lampes (car les pins de Monterey sont connus pour leur faible enracinement et ont la fâcheuse habitude de s'écraser sur les lignes électriques). À la boutique de fringues de Melancholy Cove, on augmente pour l'hiver le prix de l'affreux pull-over décoré d'une tête de daim. Au printemps prochain, pour la dixième année consécutive, on le diminuera à nouveau.

À Melancholy Cove, où rien ne se passe (enfin, où rien ne s'est passé depuis bien longtemps), septembre constitue un événement, une espèce de célébration passive. Parce que les gens du lieu aiment fêter les choses dans le calme. C'est pour fuir les grandes agglomérations où justement il se passe trop de choses qu'ils sont venus habiter la ville qui célèbre la monotonie et la routine dès le retour du mois de septembre dont on espère qu'il ressemblera comme deux gouttes d'eau à celui de l'an passé. Mais cette année va constituer l'exception.

Car cette année, trois événements se sont produits. Des événements que, dans une grande ville, on considérerait comme des bricoles mais qui, ici, ont perturbé une routine si chère à tous : à soixante kilomètres plus au sud, une minuscule fuite sans gravité s'est produite dans une conduite de refroidissement de la centrale nucléaire du Canyon du Diable ; dans la revue *Auteurs & Ritournelles*, Mavis Sand a passé une annonce de recrutement d'un chanteur de blues susceptible de mettre de l'ambiance tout l'hiver dans son saloon ; et enfin Bess Leander, une épouse et mère de deux enfants, s'est pendue.

Trois événements, trois augures si vous préférez. Septembre tiendra-t-il ses promesses ?

ADMETTONS QUE VOUS AVEZ UN PROBLÈME

Mon Dieu comme tout est singulier aujourd'hui ! Alors qu'hier l'ordre des choses était encore respecté. Que m'est-il arrivé au cours de la nuit ? Laissez-moi deviner : suis-je si différente ce matin ? Un petit peu, dirais-je. Mais si j'ai beaucoup changé au cours de la nuit, je dois me poser la question : qui suis-je vraiment dans cet univers ? Ah, voilà bien le grand mystère !

LEWIS CARROLL
Alice au pays des merveilles

CHAPITRE PREMIER

THÉOPHILE CROWE

Comme tous les cadavres, Bess Leander sentait bon la lavande, la sauge et un chouïa le clou de girofle. Accrochées aux patères murales de la salle à manger des Leander, on voyait sept chaises : des chaises comme on en trouve dans les temples de la secte religieuse des trembleurs. La huitième chaise était renversée sous le corps de Bess, retenu à une autre patère, un morceau de tissu autour du cou. Des paniers de toutes tailles, de toutes formes, remplis de fleurs séchées, pendaient aux poutres en saillie du plafond.

Théophile Crowe savait qu'il aurait dû faire son boulot de flic au lieu de rester planté là, en compagnie de deux pompiers secouristes du service des urgences de Melancholy Cove, à contempler le corps de Bess comme s'il s'agissait du dernier modèle d'ange à accrocher à la pointe d'un sapin de Noël. Théo trouvait que le bleu pastel de la peau de Bess s'accordait parfaitement avec la couleur bleuet de sa robe et les motifs de la porcelaine anglaise disposée sur les étagères de bois du fond de la pièce. Il était sept heures du matin et Théo, comme d'habitude, n'était pas totalement débourré de la veille.

Il surprit des sanglots en provenance de l'étage. Joseph Leander s'y trouvait, cramponné à ses deux filles encore en robe de chambre. On ne remarquait aucune trace de présence masculine dans toute la maison joliment décorée dans le style campagnard : plancher de sapin, paniers d'osier tressé, poupées de chiffon, jarres de verre fumé remplies de vinaigre parfumé aux herbes, antiquités de la secte des trembleurs, théières de cuivre, échantillons de broderie, toupies, dentelles et textes de prières peints sur des morceaux de porcelaine de Hollande. Pas le moindre journal à traîner resté ouvert à la page des sports, pas la moindre télécommande à l'horizon. Pas le moindre objet qui ne soit à sa place, pas la moindre trace de poussière. À croire que Joseph Leander se déplaçait sur la pointe des pieds pour ne pas laisser la plus petite empreinte de son passage. Un type un peu fruste (tout le contraire de Théo) en aurait déduit que ce n'était sûrement pas Joseph qui portait la culotte dans le couple.

— Ce mec est une couille molle, lâcha l'un des secouristes qui répondait au nom de Vance McNally.

C'était un petit râblé dans la cinquantaine qui se croyait encore au lycée et peignait ses cheveux en arrière après les avoir enduits de gomina. Il lui était arrivé, dans le cadre de son travail, de sauver des vies, ce qui l'autorisait à se conduire comme un beauf le reste du temps.

— Tu sais, Vance, il vient juste de trouver sa femme

pendue dans la salle à manger, fit Théo par-dessus les têtes des pompiers.

Bien qu'il mesurât un mètre quatre-vingt-quinze, portât une chemise et des baskets, il avait du mal à affirmer quelque autorité.

— On dirait Cosette, fit Mike, le second secouriste qui, à tout juste vingt ans, semblait excité comme un pou de découvrir son premier suicide.

— Je me suis laissé dire qu'elle était de la secte des amish, dit Vance.

— Non, elle était pas amish, répondit Théo.

— J'ai pas dit qu'elle l'était, j'ai dit que c'est ce qu'on m'avait dit. Mais quand j'ai vu le mixer dans la cuisine, je me suis dit qu'elle était pas amish. Les amish ne croient pas aux vertus du mixer.

— Elle devait être mennonite, dit Mike avec autant de persuasion dans la voix que son jeune âge autorisait.

— C'est quoi les mennonites ? demanda Vance.

— C'est des amish avec des mixers.

— Elle était pas amish, dit Théo.

— Pourtant on dirait bien, ajouta Vance.

— Son mari, il est pas amish, fit Mike.

— Qu'est-ce que tu en sais ? demanda Vance. Il a une barbe.

— Ouais, mais il a une fermeture Éclair sur sa veste. Les amish ont pas de fermeture Éclair.

— Les mariages mixtes, ça marche jamais, commenta Vance en secouant la tête.

— Mais puisque je vous dis qu'elle était pas amish ! cria Théo.

— Tu penses ce que tu veux, Théo. Moi, je sais que

j'ai vu une baratte à beurre dans la cuisine. Si c'est pas une preuve...

Mike gratta une marque sur le mur, située sous le corps de Bess, une marque faite par ses chaussures noires à boucle quand elle s'était contorsionnée.

— Touche à rien, dit Théo.

— Pourquoi ? C'est pas elle qui va nous gueuler dessus, elle est morte. On s'est essuyé les pieds sur le paillasson avant d'entrer, non ? fit Vance.

Mike s'écarta du mur.

— Peut-être qu'elle supportait pas que les choses touchent par terre et qu'elle aimait bien tout suspendre.

Pour ne pas être en reste quant aux conclusions de Sherlock Holmes de son jeune collègue, Vance dit :

— D'habitude, chez les pendus, les sphincters se relâchent. Ça laisse un beau merdier. Je me demande si elle s'est réellement pendue.

— Tu crois pas qu'on devrait appeler la police ?

— Mais je suis la police, répondit Théo.

Il était l'unique flic de Melancholy Cove, élu et réélu depuis huit ans.

— Je parle de la vraie police, dit Mike.

— Je vais prévenir le shérif, dit Théo. Quant à vous, les gars, je vois pas bien à quoi vous pourriez être utiles. Ça vous dérangerait d'appeler le pasteur Williams de l'église presbytérienne pour lui demander de venir ? Faut que je parle à Joseph et j'ai besoin de quelqu'un pour tenir compagnie aux filles.

— Ils sont presbytériens ? fit Vance, apparemment surpris, lui qui restait scotché à sa théorie sur les amish.

— Je t'en prie, va téléphoner, dit Théo.

Il laissa les pompiers et se rendit à sa Volvo en traversant la cuisine. Il se connecta sur la fréquence du shérif de San Junipero et s'assit, le regard vide fixant le micro. Il savait qu'en faisant cela il aurait à subir les foudres du shérif Burton.

— La côte nord, c'est ton territoire, Théo. C'est tout à toi, dirait Burton. Mes gars arrêtent les suspects, prennent les dépositions de cambriolages, laissent la police routière s'occuper des accidents sur l'autoroute n° 1 et basta ! Autrement dit, je ne t'autorise pas à les faire pénétrer sur le territoire de Melancholy Cove, comme ça, tu garderas tes petits secrets pour toi, vu ?

Théo avait quarante et un ans mais il lui semblait que chaque fois il s'adressait au principal du collège. Des événements de cette nature n'arrivaient jamais à Melancholy Cove. D'ailleurs il n'arrivait jamais rien à Melancholy Cove.

Il tira une petite bouffée de marijuana de sa pipe de marque Sneaky Pete. « Sneaky Pete, la pipe qui vous aide à moins fumer. » Il raccrocha le micro après avoir appelé les adjoints du shérif.

Joseph Leander était assis sur le bord du lit. Il avait quitté son pyjama et passé un costume de ville de couleur bleue. Il avait oublié de se coiffer et ses cheveux partaient dans tous les sens, lui faisant comme des cornes sur les tempes. C'était un type de trente-cinq ans, aux cheveux poivre et sel, plutôt fluet, bien que son estomac tendît les boutons de sa veste. Théo s'assit face à lui sur une chaise, son calepin entre les mains. On entendait les hommes du shérif s'activer au rez-de-chaussée.

— J'arrive pas à comprendre ce qu'elle a fait, dit Joseph.

Théo tendit le bras et sa main serra le biceps du mari écroulé de chagrin.

— Je suis désolé, Joe. Elle n'a vraiment rien dit qui pouvait laisser supposer qu'elle commettrait un tel acte ?

Joe fit non de la tête tout en gardant le regard baissé.

— Elle allait mieux. Val lui avait donné des médicaments qui commençaient à faire leur effet.

— Elle voyait Valérie Riordan ? demanda Théo.

Valérie était la seule psychiatre de Melancholy Cove.

— Vous savez ce que c'était comme médicaments ?

— Du Zoloft, répondit Joe. Je crois que c'est un antidépresseur.

Théo écrivit le nom du médicament dans son calepin et demanda :

— Alors comme ça, Bess était dépressive ?

— Non, elle était seulement maniaque du nettoyage et de la propreté. Fallait que chaque objet soit nettoyé tous les jours. Elle astiquait un truc, et cinq minutes après recommençait à le nettoyer. Elle nous menait la vie dure, aux filles et à moi. Fallait qu'on se déchausse et qu'on retire nos chaussettes et puis qu'on se lave les pieds dans une cuvette avant de pouvoir entrer dans la maison. Mais elle était pas dépressive.

Théo écrivit « folle dingue » dans son calepin.

— Vous souvenez-vous de la dernière fois que Bess est allée voir Valérie ?

— Y a peut-être six semaines. C'est cette fois-là

qu'elle lui a prescrit les médicaments. Bess avait vraiment l'air d'aller mieux. Même qu'un soir elle a laissé la vaisselle sale dans l'évier jusqu'au lendemain matin.

— Ils sont où ses médicaments, Joseph ?

— Dans le placard à pharmacie, dit le veuf en montrant la direction de la salle de bains.

Théo s'excusa et alla dans la salle de bains. Mis à part quelques désinfectants et des cotons-tiges, il n'y avait qu'un flacon marron à moitié vide.

— J'emmène ça, dit Théo en empochant le flacon de pilules. Les hommes du shérif vont vous poser à peu près les mêmes questions, dites-leur exactement ce que vous m'avez dit, OK ?

Joseph acquiesça.

— Je crois que je ferais mieux d'aller rejoindre les filles, dit-il.

— Attendez une seconde. Je vais vous envoyer l'adjoint du shérif d'abord.

Théo perçut le bruit d'un moteur à l'extérieur. Il alla à la fenêtre et vit une ambulance s'éloigner. Le corps de Bess Leander partait pour la morgue. Théo se retourna vers Joseph.

— Appelez-moi si vous avez besoin de quoi que ce soit. Je vais aller rendre visite à Val Riordan.

Joseph se leva.

— Théo, ne dites à personne que Bess était sous antidépresseurs. Elle voulait pas que ça se sache. Elle en avait honte.

— Promis. Et vous m'appelez en cas de besoin, OK ?

Théo quitta la pièce. Un adjoint du shérif dans son uniforme tiré à quatre épingles attendait Théo au pied de l'escalier. En voyant son insigne, Théo sut que le type avait le grade de sergent et était détective.

— Vous êtes Crowe ? Je m'appelle John Voss.

Voss tendit une main que Théo serra.

— On est supposé tout reprendre à zéro, fit Voss. Qu'est-ce que vous avez ?

Théo se sentit à la fois soulagé et blessé. Le shérif Burton le tiendrait à l'écart de l'affaire sans rien lui demander.

— J'ai rien, répondit Théo. Je vous ai appelé dix minutes après qu'on m'a moi-même prévenu. Joseph a dit qu'elle n'était pas déprimée, mais qu'elle était sous traitement. Il est descendu pour le petit déjeuner et il l'a trouvée.

— Vous avez inspecté les lieux ? demanda Voss. On dirait que tout a été récuré. Y a pas la moindre trace de saleté. C'est comme si quelqu'un avait tout désinfecté.

— C'est elle qui a fait ça, dit Théo. C'était une maniaque du plumeau.

— Elle a tout nettoyé et puis elle s'est pendue, fit Voss, surpris. Crowe, un peu de sérieux s'il vous plaît.

Théo haussa les épaules. Il n'aimait pas les airs de ce flic.

— Je vais aller parler au psy. Je vous tiendrai au courant.

— Vous n'irez parler à personne, Crowe. C'est mon enquête.

Théo sourit.

— D'accord. La femme s'est pendue, un point, c'est tout. N'allez pas chercher là où il n'y a rien à trouver. Déjà que la famille est dans un sale état.

— Je suis un professionnel, moi, dit Voss.

Il avait envoyé cela comme une insulte qui sous-entendait que Théo n'était qu'un gentil bricoleur de la police. Ce qu'était Théo en vérité, il faut l'admettre.

— Avez-vous étudié l'affaire sous l'angle de l'appartenance confessionnelle ? demanda Théo qui ne voulait pas perdre la face.

Il se demanda s'il serait pertinent pour lui de se défoncer aujourd'hui.

— Qu'est-ce que vous me chantez là ?

— Rien. Après tout, le pro, c'est vous. J'allais l'oublier, ajouta-t-il en sortant de la maison.

Une fois dans la Volvo, Théo prit l'annuaire de Melancholy Cove dans la boîte à gants. Il cherchait le numéro du docteur Valérie Riordan quand on l'appela sur la radio. Il y avait une bagarre au saloon de la Balle perdue. Il était huit heures et demie.

MAVIS

On racontait parmi les habitués du saloon que sous l'épiderme ridé, flasque et de couleur jaune hépatique de Mavis Sand, scintillait de mille feux un squelette digne de celui de Terminator. C'est dans les années cinquante que Mavis avait commencé à se faire bricoler les parties du corps. D'abord, par coquetterie, les seins, les paupières et les cheveux. Plus tard, lorsque l'instinct de conservation lui titilla les méninges, elle s'était mise à changer les morceaux qui tombaient en ruine. Aujourd'hui, Mavis devait la moitié du poids de son corps à de l'acier inoxydable (hanches, coudes, épaules, articulations des doigts et vertèbres, de la cinquième à la douzième), à des morceaux de silicium (équipement auditif, stimulateur cardiaque, pompe à insuline), à des résines polymères dernier modèle (dents, lentilles de contact), à du kevlar (renforcement de la paroi abdominale), à du titane (genoux, chevilles) et à du porc (valvule cardiaque). En fait, mis à part cette valvule pur porc, on aurait directement pu faire passer Mavis de l'espèce animale à l'espèce minérale, en évitant l'étape végétale. Les plus allumés des ivrognes habitués du saloon (qui, eux, vu leur état de légumes appartenaient bien à l'espèce végétale) juraient qu'entre deux chansons dans le juke-box, on pouvait entendre le faible bruit des puissants servomoteurs de Mavis derrière le bar. Mavis faisait très attention à ne pas écraser une boîte de bière ou déménager un fût au vu des consommateurs sous peine d'alimenter les rumeurs et mettre à mal son image de faible femme.

Quand Théo entra au saloon, il découvrit Molly Michon, bien connue pour ses crises de démence, allongée par terre, les dents plantées dans le mollet d'un type à cheveux blancs qui gueulait comme un veau. Mavis était au-dessus d'eux, la batte de baseball à la main, prête à expédier l'un des deux combattants vers un monde meilleur.

— Théo ! hurla Mavis, t'as dix secondes pour me débarrasser de cette cinglée avant que je lui démonte la tronche.

— Fais pas ça, Mavis, fit Théo en se précipitant.

Il désarma Mavis de sa batte et chercha ses menottes dans sa poche revolver. Il desserra les mains qui tenaient la cheville et les enchaîna l'une à l'autre dans le dos de Molly. Le cri de douleur de l'agressé monta d'un demi-ton.

Théo s'agenouilla et dit à l'oreille de Molly :

— Allez, Molly, lâche-moi ce mollet.

Le son qui sortit de la gorge de Molly, accompagné de sang et de salive mélangés, n'était pas humain, mais animal.

Théo releva la tignasse qui masquait le visage de Molly.

— Comment veux-tu que je règle le problème si tu ne me dis pas ce qui s'est passé ? Non, Molly, je ne comprends rien à ce que tu dis avec le mollet de ce type entre tes dents.

— Recule-toi, Théo, dit Mavis. Je vais lui régler son compte.

Théo, d'un geste, intima à Mavis l'ordre de s'écarter. L'homme à cheveux gris gueula encore plus fort.

— Hé ! cria Théo à son tour. Mets-la en veilleuse, toi. On ne s'entend plus.

Le type baissa d'un ton.

— Molly, regarde-moi.

Théo vit un iris bleu cesser de regarder la jambe et la soif de sang cessa de se lire dans ledit iris. Théo captait maintenant l'attention de Molly.

— C'est bien, Molly. C'est moi, Théo. Alors, c'est quoi le problème ?

Molly arrêta de mordre la jambe du type et se retourna pour regarder Théo. Mavis aida le type à s'asseoir sur un tabouret du bar.

— Emmène-la loin d'ici, dit Mavis. Pour toujours.

Théo ne quittait pas Molly du regard.

— Ça va aller ?

Molly hocha la tête. Du sang coulait sur son menton. Théo attrapa une serviette en papier et l'essuya, tout en prenant garde de ne pas trop approcher ses doigts de la bouche.

— Je vais t'aider. On va sortir et reparler de tout ça, d'accord ?

Molly hocha à nouveau la tête et Théo la prit par les épaules pour l'aider à se relever et à gagner la porte. Il regarda par-dessus son épaule et dit au type :

— Ça va, vous ? Vous avez besoin d'un toubib ?

— Je lui ai rien fait, moi. C'est la première fois de ma vie que je la vois. Je m'étais juste arrêté boire un verre.

Théo regarda Mavis pour qu'elle confirme.

— Il lui a proposé un verre, dit Mavis. Mais c'est pas une raison. Une dame normale en aurait été flattée.

Elle se retourna et battit de ses faux cils en forme de toile d'araignée en direction de l'homme.

— Comment pourrais-je vous exprimer ma reconnaissance, mon chou ?

Paniqué, l'homme battu jeta un regard circulaire.

— Ça va, dit-il. Pas besoin de docteur. Je vais bien. Ma femme m'attend.

— Ah ben, si ça va..., fit Théo. Vous voulez pas porter plainte ?

— Non, non, c'est juste un malentendu. Dès que vous l'aurez sortie d'ici, je quitterai la ville.

Il y eut un soupir collectif de soulagement de la part des habitués qui avaient pris des paris. Qui serait la première victime de la batte de base-ball de Mavis ?

— Merci, dit Théo.

Il expédia un discret clin d'œil à Mavis et sortit en

compagnie de sa prisonnière. Le couple dut s'excuser en passant près d'un vieux Noir qui entrait, un étui de guitare à la main.

— Moi j'crois qu'un mec qu'est en manque d'affection et de jaja doit aller droit au but, dit le vieux Noir à la cantonade. Y a personne ici qu'a besoin d'un bluesman ?

MOLLY MICHON

Théo fit asseoir Molly dans le siège passager de sa Volvo. Elle gardait la tête baissée, sa longue chevelure crin de cheval lui cachant le visage. Elle portait un pull vert dix fois trop grand pour elle, un jean hyper-serré et des baskets montantes, une rouge et une bleue. On lui aurait donné entre trente-cinq et cinquante ans. Elle avouait un âge différent à Théo chaque fois qu'il la ramassait.

Théo fit le tour de la voiture et y grimpa.

— Tu sais, Molly, quand tu mords un type comme tu viens de le faire, tu es à la limite de faire du mal aux autres et de t'en faire à toi-même. Tu es consciente de ça ?

Elle hocha la tête et renifla. Une larme quitta la masse de cheveux et vint s'écraser sur le pull.

— Avant de démarrer, j'ai besoin de savoir si tu es complètement calmée. Est-ce que je dois t'asseoir à l'arrière ?

— C'est pas juste, dit Molly. J'ai fait que me défendre. Le type voulait un morceau de moi-même.

Elle releva la tête et la tourna vers Théo, mais les cheveux lui masquaient toujours le visage.

— Tu t'es shootée ? Tu prends des remèdes ?

— Des médicaments. On dit des médicaments.

— D'accord, fit Théo. Tu as pris des médicaments ?

Elle fit oui de la tête.

— Dégage ta tignasse, Molly. J'arrive pas à comprendre ce que tu dis.

— J'ai les menottes.

Théo se frappa le front : quel idiot ! Il fallait absolument qu'il arrête de se défoncer pendant les heures de boulot. Il écarta délicatement les cheveux qui cachaient le visage de Molly. Il lut l'expression même de la stupéfaction.

— Vous n'avez pas à prendre tant de précautions. Je vais pas vous mordre.

— Ben, en fait...

— Allez vous faire mettre ! Vous allez m'emmener en cabane ?

— Je devrais ?

— Bof, quand je reviendrai après trois jours de garde-à-vue, je trouverai le lait tourné dans le frigo.

— Bon, alors je ferais mieux de t'emmener chez toi.

Il démarra la voiture et fit le tour du pâté de maisons pour prendre la direction du terrain de caravanes de Fly Rod. Il aurait aimé emprunter un chemin détourné si cela avait été possible mais le Fly Rod donnait sur Cypress, la rue principale de Melancholy Cove. En passant devant la banque, il ne put éviter les regards insistants des gens qui sortaient de leur voiture. Molly leur fit des grimaces.

— Ça sert à rien de faire ça, Molly.

— J'les emmerde tous ! Mes admirateurs veulent

tous un morceau de mon corps. C'est possible. Il me restera mon âme.

— C'est très généreux de ta part.

— Si vous étiez pas un de mes fans, je ne vous laisserais pas dire ça.

— Ouais, mais je suis un de tes fans. Je suis l'un de tes plus grands admirateurs.

En vérité, il n'avait jamais entendu parler d'elle jusqu'à cette fois où on l'avait appelé pour qu'il la sorte d'un bar où elle s'en était prise à la machine à café qui la regardait avec trop d'insistance.

— Personne ne peut comprendre. Tout le monde veut prendre un morceau de votre corps, et après il reste plus rien pour vous. Même les médicaments prennent des morceaux de vous-même. Vous comprenez quelque chose à ce que je raconte ?

Théo la regarda.

— J'ai une telle trouille de l'avenir que la seule manière dont je peux fonctionner c'est en prenant à dose égale de la défonce et du reniement.

— Putain, Théo, vous êtes complètement secoué, comme mec.

— Merci.

— Mais on peut pas vous laisser raconter des conneries comme ça.

— C'est très exceptionnel. Faut dire que depuis ce matin j'ai pas chômé.

Il entra dans le terrain de Fly Rod occupé par une vingtaine de caravanes délabrées. Au-dessous coulait la rivière Santa Rosa, minable filet d'eau après l'interminable sécheresse estivale. Un bosquet de cyprès cachait les caravanes de la rue et des touristes. La chambre de commerce avait obligé le propriétaire à retirer la pancarte de l'entrée. Le Fly Rod était un sale petit secret bien gardé de tout Melancholy Cove.

Théo arrêta la voiture devant la caravane de Molly, vénérable petite antiquité des années 50, dotée de minuscules lucarnes vitrées. Du toit partaient des coulées de rouille. Théo fit sortir Molly de la voiture et lui retira les menottes.

— Je vais aller voir Val Riordan. Tu veux que je la fasse appeler la pharmacie pour qu'elle te commande des médicaments ?

— Non, j'ai ce qu'il faut. Je les aime pas mais j'ai du stock.

Elle se frotta les poignets.

— Pourquoi vous allez voir Val ? Vous êtes givré ?

— Sans doute, mais ça fait partie de mon boulot. Ça va aller maintenant ?

— Faut que j'étudie mes lignes.

— C'est bien, ça.

Théo commença à s'éloigner. Il se retourna.

— Molly, qu'est-ce que tu foutais au saloon à huit heures du matin ?

— Ce que j'en sais, moi ?

— Tu sais que si le type que tu as mordu avait été d'ici j'aurais été obligé de te foutre en cabane. Tu sais ça ?

— J'étais pas en colère. C'est juste qu'il voulait un morceau de mon corps.

— J'aimerais que tu évites le saloon pendant un petit moment et que tu restes chez toi. L'épicerie, et c'est tout, OK ?

— Vous allez en parler aux journaux ?

Il lui tendit une carte professionnelle.

— La prochaine fois que quelqu'un essaie de prendre un morceau de ton corps, tu m'appelles. Je ne me sépare jamais de mon portable.

Elle souleva son pull et glissa la carte dans la ceinture de son jean moulant, puis, le pull toujours relevé, elle gagna sa caravane en chaloupant. Trente ? Cinquante ans ? Sous le pull, elle avait gardé une belle silhouette. L'espace d'une minute, Théo la regarda marcher en oubliant qui elle était. Sans se retourner, elle lança :

— Et dites-moi un truc, Théo. Dans l'hypothèse où c'est vous qui voulez un morceau de mon corps, j'appelle qui ?

Théo secoua la tête comme un chien qui essaie de chasser l'eau qu'il a dans les oreilles. Il se glissa dans l'habitacle de la Volvo et s'éloigna. « Décidément, ça fait trop longtemps que je vis seul », pensa-t-il.

CHAPITRE DEUX

LE MONSTRE MARIN

Les canalisations de refroidissement de l'usine nucléaire du Canyon du Diable étaient toutes du meilleur acier. Avant d'être installées, elles avaient été passées aux rayons X, testées aux ultrasons, leur pression vérifiée pour être sûr qu'elles ne céderaient jamais, et après avoir été soudées, les soudures elles-mêmes avaient été passées aux rayons X. La vapeur radioactive en provenance du noyau lâchait sa chaleur dans ces conduites qui aboutissaient à un bassin de refroidissement rempli d'eau de mer et relié à l'océan Pacifique. Mais l'usine avait été bâtie à la va-vite au cours de la grande trouille de pénurie d'énergie des années 70. Les soudeurs avaient travaillé en deux-huit, puis en trois-huit, autant excités par l'appât du gain que par la cocaïne qu'ils consommaient. Les contrôleurs qui testaient les canalisations aux rayons X avaient été soumis au même régime. Et l'une d'entre elles, défectueuse, passa à l'as. Il s'agissait d'une erreur négligeable, d'une minuscule fuite de rien du tout, à peine perceptible, d'un minable jet de radiation quasi inoffensive qui rejoignit l'océan avec la marée et se répandit sur le plateau continental. Même les instruments de mesure les plus sophistiqués ne l'auraient pas identifiée. Pourtant cette fuite ne passa pas totalement inaperçue.

Au large de la Californie, au cœur d'une faille de la croûte terrestre, près d'un volcan sous-marin où la température de l'eau pouvait atteindre plus de trois cents degrés et des fumées noirâtres cracher des nuages de soupe minérale, une créature sortit d'une longue torpeur. Ses yeux, de la taille d'une grande assiette, après des années de sommeil, s'ouvrirent en déplaçant les sédiments qui s'y étaient accumulés. Le cerveau de la bête, ses sens, son instinct et sa mémoire se remirent à fonctionner. Elle se rappela avoir dévoré les restes d'un sous-marin nucléaire russe qui avait coulé, ainsi que les corps bien en chair de ses occupants, attendris par la pression des grands fonds et pimentés d'une sauce piquante radioactive. Ce souvenir finit de réveiller la bête, et, tel un enfant caché sous les couvertures qui sort du lit par un matin d'hiver enneigé les papilles excitées par l'odeur du bacon grillé, le monstre agita son énorme queue, quitta le fond de l'océan et commença une lente remontée dans un courant ascendant. Un courant qui longeait la côte de Melancholy Cove.

MAVIS

Mavis éclusa une rasade de Bushmills pour combattre sa frustration de n'avoir pu étaler quelqu'un pour le compte à coups de batte de base-ball. Elle n'en voulait pas à Molly d'avoir mordu un client. Après tout, ce n'était qu'un touriste friqué, une espèce que Mavis situait juste au-dessus des souris qui squattaient les cloisons de son bar. Le fait que quelque chose soit arrivé au saloon constituait peut-être un signe de reprise de l'activité. Les curieux viendraient pour qu'on leur raconte l'événement et Mavis pourrait faire durer le plaisir, en rajouter, dramatiser à souhait, de façon que chaque relation de l'histoire coûte au moins trois consommations à chaque client.

Depuis deux ans, l'activité de son commerce était en perte de vitesse. On aurait dit que les gens ne voulaient plus venir se confesser chez elle. Autrefois, par n'importe quel après-midi, on trouvait toujours trois ou quatre types accoudés au comptoir en train de descendre des bières en vidant ce qu'ils avaient sur le cœur, des types qui se dégoûtaient tellement qu'ils auraient préféré se péter une vertèbre plutôt que de contempler leur propre image réfléchie par l'immense miroir situé derrière le zinc. Des soirées entières, les tabourets étaient tous occupés par des clients qui se lamentaient sur leur sort et maugréaient contre n'importe quoi. Tout juste s'ils prenaient le temps d'aller pisser ou de glisser une pièce dans le juke-box pour jouer des chansons larmoyantes. C'était fou comme la tristesse pouvait aider à faire vendre de l'alcool ! Aujourd'hui, cette tristesse faisait cruellement défaut. Mavis s'était mise à maudire la prospérité économique, comme elle maudissait Val Riordan et les régimes à base de légumes, les vrais responsables de cette pénurie. Elle avait tout tenté pour remédier à cette situation, mais tous ses efforts avaient abouti à une réduction de moitié de son bénéfice. Si Melancholy Cove se trouvait dans l'impossibilité de produire de la tristesse, il fallait en importer. C'est la raison pour laquelle Mavis avait passé une annonce pour trouver un chanteur de blues.

Le vieux Noir portait des lunettes de soleil, un chapeau de cuir, un costume de laine noire élimé et beaucoup trop chaud pour la saison, des bretelles rouges sur une chemise hawaïenne décorée de filles des îles aux seins nus, sans oublier des chaussures bicolores dont le cuir craquait à chaque pas. Il posa son étui de guitare sur le bar et prit place sur un tabouret.

Mavis le détailla avec une certaine méfiance. Elle alluma une Tarryton de dix centimètres. Petite, on lui avait dit de ne jamais faire confiance aux Noirs.

— C'est quoi votre poison préféré ? demanda-t-elle.

Le vieux ôta son chapeau, dévoilant un crâne dégarni qui luisait comme une châtaigne.

— Z'avez du pinard ?

— Oui, de la piquette. Du rouge ou du blanc ?

Mavis actionna un bouton et on entendit un cliquetis mécanique.

— On arrête pas le progrès, fit le vieux. De mon temps, y avait qu'une seule couleur.

— Alors ? Rouge ou blanc, le vin ?

— M'en fous. Tant que c'est du doux.

Mavis posa violemment un gobelet sur le comptoir. Elle prit un pot de liquide jaunâtre et remplit le gobelet.

— Ça fera trois dollars.

Le vieux tendit la main. Il avait les ongles épais et taillés en pointe. Il promena ses longs doigts sur la surface du bar, longs comme les tentacules d'un poulpe pris dans un tourbillon. Il rata le verre de vingt bons centimètres.

Mavis poussa le verre vers la main du vieux.

— Vous êtes aveugle ou quoi ?

— Non, mais y fait sombre ici.

— T'as qu'à ôter tes lunettes de soleil, gros malin.

— Ça, c'est pas possible, m'dame. Les lunettes, ça fait partie de la panoplie dans mon boulot.

— Et c'est quoi ton boulot ? J'espère que t'es pas là pour essayer de me vendre des brosses à godasses, parce que moi, je peux pas saquer les mendiants.

— Je suis un bluesman, m'dame. Paraît que vous en cherchez un.

Mavis remarqua alors l'étui de guitare posé sur le zinc. Elle regarda le vieux Noir, avec ses ongles longs à la main droite et sa main gauche aux ongles courts et aux extrémités calleuses.

— J'aurais dû deviner, fit Mavis. Vous avez de l'expérience dans le métier ?

Le vieux partit d'un curieux rire, d'un rire qui venait de loin, qui secoua ses épaules et sortit de sa gorge comme une locomotive à vapeur sort d'un tunnel.

— Ah, ma poulette, à moi tout seul, j'ai plus d'expérience qu'un régiment de beatniks. Catfish Jefferson n'a pas connu un seul instant de repos depuis que Dieu en personne l'a jeté sur les routes. Catfish Jefferson, c'est moi.

Merde, il serre la main comme un pédé, se dit Mavis. Juste avec le bout des doigts. Elle avait fait cela autrefois quand elle souffrait d'arthrite, à l'époque où on ne lui avait pas encore changé les articulations des phalanges. Elle ne voulait surtout pas d'un bluesman arthritique.

— Je vais avoir besoin de quelqu'un jusqu'à Noël. Tu peux rester jusque-là ou Dieu en personne va-t-il te l'interdire ?

— J'crois que je peux mettre un bémol à mon activité. Après, il f'ra trop froid pour retourner dans l'Est.

Il jeta un regard circulaire, essayant de distinguer quelque chose à travers ses lunettes noires. Puis il se retourna vers Mavis et dit :

— À la réflexion, j'crois que je devrais pouvoir trouver un créneau dans mon emploi du temps surchargé.

Puis il sourit, ce qui permit à Mavis d'apercevoir sa dent en or avec une note de musique gravée dessus. Le vieux ajouta :

— Naturellement... si le boulot paye bien.

— Tu auras le gîte et le couvert, plus un pourcentage sur le bar. Plus tu attires de monde, plus tu te fais de pognon.

Le vieux Noir réfléchit et se gratta la joue envahie d'une barbe de plusieurs jours. On aurait juré le frottement d'une brosse à dents sur du papier de verre. Il dit enfin :

— Pas d'accord, ma poulette. C'est ton boulot de les attirer. Une fois qu'ils auront entendu Catfish, ils r'viendront d'eux-mêmes. Le pourcentage, c'est combien ?

Mavis se gratta les poils du menton, qu'elle étira sur toute leur longueur, soit dix centimètres.

— Pour te répondre, faut que je t'écoute jouer d'abord.

— Rien de plus facile, répondit Catfish.

Il ouvrit les fermetures de son étui et sortit une superbe guitare National en acier. De sa poche, il extirpa un bottleneck qu'il enfila sur l'auriculaire gauche. Il s'accorda, fit glisser le bottleneck de la cinquième à la neuvième frette et tint la note, aiguë et plaintive.

Mavis sentit soudain une moiteur, non, plutôt une odeur de mousse accompagnée d'une augmentation de la proportion d'humidité dans l'air. Ça faisait au moins quinze ans qu'elle n'avait rien senti de tel.

— C'est normal, fit Catfish en souriant, dès que je commence à jouer, ça sent comme dans le delta du Mississippi.

Il se lança dans un blues à douze mesures, jouant la ligne de basse avec le pouce, faisant sonner les aigus avec le bottleneck. Il se balançait d'avant en arrière sur le tabouret. Le néon publicitaire de la bière Coors se reflétait dans ses lunettes et sur son crâne chauve.

Les habitués levèrent le nez de leur verre, arrêtèrent un instant de raconter des mensonges et Slick McCall échoua dans sa tentative de mettre la boule de huit dans le trou du billard, un truc qu'il ne manquait jamais.

Et Catfish se mit à chanter, d'abord haut et lancinant, puis sa voix descendit vers quelque chose de très rauque.

Y a c'te vieille qui tient le rade sur la côte,
J'te cause de la vieille qui tient le rade sur la côte.
Quand elle t'entraîne loin sous les couvertures
Elle s'y entend pour t'faire cracher la confiture.

Et Catfish cessa de chanter.

— Tu es engagé, dit Mavis.

Elle prit la cruche de pisse d'âne et remplit le verre du vieux Noir.

— C'est la maison qui régale.

À cet instant, la porte s'ouvrit et un rayon de soleil se fraya son chemin au milieu de la moiteur enfumée et des résidus de blues. Vance McNally entra et posa sa radio sur le comptoir.

— Savez quoi ? dit-il à la cantonade. Y a la femme, l'allumée de la religion, qui s'est pendue.

Un murmure sourd parcourut l'assistance. Catfish remisa sa guitare dans son étui et siffla son verre.

— On dirait que dans votre bled, on s'y prend de bonne heure pour annoncer les mauvaises nouvelles.

— Ouais, on dirait, reprit Mavis en s'accompagnant d'un petit bruit métallique voisin du cri de la hyène.

VALÉRIE RIORDAN

Le taux de mortalité des individus atteints de dépression est de quinze pour cent. Il y a quinze patients souffrant de réelle dépression nerveuse sur cent qui s'en prennent à leur propre vie. Les statistiques l'affirment. Le chiffre est considérable pour une science si peu fiable. Quinze pour cent. De morts.

Val Riordan n'arrêtait pas de se répéter ce chiffre depuis que Théophile Crowe l'avait appelée, mais ça ne l'aidait pas à comprendre le geste de Bess Leander. Val n'avait jamais perdu de patient auparavant. Quant à Bess, on ne peut pas dire qu'elle souffrait véritablement de dépression. Ce qui signifiait qu'elle n'entrait pas dans les quinze pour cent.

Val gagna son bureau situé à l'arrière de la maison et sortit le dossier de Bess Leander, puis elle revint au salon pour attendre Théo. Crowe n'était que le flic municipal, il n'était pas shérif, c'était déjà ça. Et elle pourrait toujours se réfugier derrière le secret professionnel. Plus elle réfléchissait au problème et moins elle comprenait que Bess ait pu mettre fin à ses jours. Elle ne l'avait vue qu'une seule fois, et pas plus d'une demi-heure. Val avait déterminé son diagnostic, rédigé le compte rendu et empoché le chèque de la consultation. Bess l'avait rappelée deux fois, pour ne lui parler que quelques minutes, et Val lui avait expédié une facture en arrondissant le temps au quart d'heure.

Le temps, c'était de l'argent. Et Val Riordan aimait le luxe.

La sonnette de l'entrée, dont le son singeait le carillon de Westminster, retentit. Val traversa le salon jusqu'au vestibule dallé de marbre. Elle aperçut une longue silhouette élancée au travers du verre cathédrale de la porte. C'était Théophile Crowe. Val ne l'avait jamais rencontré mais en avait entendu parler. Trois des anciennes petites amies de Théo avaient été ses patientes. Elle ouvrit la porte.

Il portait un jean, des baskets et une chemise à épaulettes noires qui en leur temps avaient peut-être fait partie d'un uniforme. Il était rasé de près et avait de longs cheveux blonds soigneusement retenus par un catogan. Ichabod Crane aurait sûrement dit que Théo avait fière allure. Val s'aperçut immédiatement que le flic était stoned. Ses petites amies lui avaient parlé de ses défauts.

— Docteur Riordan ? dit-il. Je suis Théo Crowe.

Il tendit la main. Elle la lui serra.

— Tout le monde m'appelle Val, dit-elle. Enchantée de faire votre connaissance. Entrez.

Elle lui désigna le salon.

— Moi de même, répondit-il, enchanté de vous rencontrer.

Puis il se sentit obligé d'ajouter :

— Malgré les circonstances.

Il resta sur le marbre, à la limite du vestibule, comme s'il avait peur de fouler l'épais tapis blanc.

Val passa près de lui et s'assit sur le sofa.

— Je vous en prie, dit-elle en lui désignant une chaise de marque Hepplewhite. Asseyez-vous.

— Je ne sais pas trop pourquoi je suis venu vous voir, dit Théo. En fait, sans doute parce que Joseph Leander ne s'explique pas le geste de sa femme.

— Vous ne prenez pas de notes ? demanda Val.

— Non. J'en prends pas. Joseph est descendu pour le petit déjeuner et il l'a trouvée pendue dans le living.

Val se sentit toute barbouillée. Elle ne s'était pas représenté l'image de Bess Leander pendue. Jusqu'à présent, cette mort n'avait pris la forme que de quelques paroles échangées au téléphone. Elle détourna les yeux et jeta un regard circulaire à la recherche de quelque chose qui lui ôterait de l'esprit cette image.

— Je suis désolé, fit Théo, ça doit vous être pénible. Je me demandais si au cours de sa thérapie elle n'aurait pas dit quelque chose qui pourrait expliquer son geste.

Quinze pour cent, se dit Val.

— La plupart des gens qui se suicident ne laissent rien. Quand ils basculent vraiment dans la dépression ils se moquent éperdument de ce qui arrivera après leur mort. Ils veulent seulement cesser de souffrir.

Théo hocha la tête.

— Alors comme ça, Bess faisait de la dépression ? Joseph dit que son état s'améliorait.

Val se répéta dans la tête ce qu'elle allait dire. En fait, elle n'avait pas posé de véritable diagnostic sur Bess Leander, elle lui avait seulement prescrit ce qu'elle pensait être bon pour elle.

— Vous savez, Théo, le diagnostic, en psychiatrie, n'est pas toujours très exact. Et le cas de Bess était quelque peu complexe. Sans trahir le secret professionnel qui lie le médecin à son patient, je peux vous dire qu'elle présentait des symptômes limites du DCO, le désordre compulsif obsessionnel. Je l'ai traitée pour ça.

Théo sortit un flacon de médicaments de sa poche de poitrine et lut l'étiquette.

— Le Zoloft, c'est un antidépresseur, n'est-ce pas ? Je le sais parce que je suis sorti avec une femme qui en prenait.

Bien vu, se dit Val. En fait, mon bonhomme, c'est au moins trois femmes avec lesquelles tu es sorti qui en prenaient, du Zoloft.

— Le Zoloft est un SSRI, un produit similaire au Prozac. Il peut se prescrire pour des tas de pathologies. Pour les cas de DCO, on augmente seulement les doses.

Vas-y, Val, se dit-elle, mets-lui-en plein la vue avec des termes techniques.

Théo agita le flacon.

— Est-ce qu'on peut faire une overdose avec ? J'ai entendu dire que certaines personnes qui en prenaient finissaient par faire des trucs complètement dingues.

— Il n'y a pas de règle absolue. Les produits comme le Zoloft sont souvent prescrits à des patients souffrant de dépression majeure. Quinze pour cent de ces gens vont jusqu'au suicide.

Voilà, elle l'avait dit.

— Les antidépresseurs ne sont qu'un outil complémentaire de la thérapie orale à laquelle le thérapeute a recours pour aider ses patients. Parfois, l'outil n'est pas adéquat. Une thérapie va convenir à un patient, la même thérapie ne conviendra pas à un autre et pour un troisième elle n'aura aucun effet. Quant aux antidépresseurs, ils sont loin d'être une panacée.

Mais tu t'occupes de tous, n'est-ce pas, ma petite Val, pensa le médecin.

— Mais vous venez de me dire que Bess Leander était un cas de DCO, qu'elle ne souffrait pas de dépression.

— Vous n'avez jamais souffert de maux d'estomac et de rhume en même temps ?

— Alors vous voulez dire qu'elle était dépressive ?

— Oui, elle l'était, et elle souffrait aussi de DCO.

— Et cela aurait pu être dû aux médicaments ?

— Pour être tout à fait honnête, j'ignore si elle prenait vraiment ses médicaments. Vous les avez comptés ?

— Heu, non.

— Cela arrive souvent que les patients ne les prennent pas. On n'exige pas d'analyse de sang pour les gens qui sont sous antidépresseurs.

— Bon, fit Théo, je crois qu'on en saura davantage après l'autopsie.

Une nouvelle image insupportable prit forme dans l'esprit de Val : celle de Bess Leander allongée sur la table du légiste. Val n'avait jamais supporté la vision des viscères. Elle se leva.

— J'aurais souhaité vous être plus utile. Honnêtement, Bess n'a jamais laissé paraître qu'elle était au bord du suicide.

Là, au moins, Val ne mentait pas.

Théo se leva à son tour.

— Je vous remercie. Excusez le dérangement. Si quelque chose vous revient, quelque chose qui pourrait soulager Joseph...

— Je suis navrée. Je vous ai tout dit.

Quinze pour cent. Quinze pour cent. Quinze pour cent, pensa-t-elle.

Val reconduisit Théo jusqu'à la porte.

Il se retourna avant de sortir et demanda :

— Une dernière chose. Molly Michon est bien l'une de vos patientes, n'est-ce pas ?

— Oui. En fait, ce sont les services sociaux qui me l'ont envoyée. J'ai accepté de la voir à petites doses parce que le médecin de la Sécu habite aux cinq cents diables.

— Ce serait bien si vous la voyiez, elle a attaqué un type au saloon ce matin.

— Elle est en prison ?

— Non, je l'ai raccompagnée chez elle. Elle est calmée maintenant.

— Je l'appellerai.

— Bon, ben, j'y vais.

Val le rappela :

— Les pilules que vous avez saisies... le Zoloft, c'est pas un truc pour rigolos.

Théo manqua une marche et reprit contenance.

— C'est exactement ce que je me suis dit quand j'ai trouvé le corps pendu dans le living. Je vais faire mon possible pour pas manger les pièces à conviction.

— Au revoir, fit Val.

Elle referma la porte et éclata en sanglots. Quinze pour cent. Elle avait mille cinq cents patients à Melancholy Cove, tous plus ou moins sous antidépresseurs. Quinze pour cent, ça ferait plus de deux cents morts. C'était pas possible. Elle ne laisserait pas un autre patient mourir à cause de sa désinvolture. Si les antidépresseurs ne pouvaient pas les sauver, alors elle s'en chargerait.

CHAPITRE TROIS

THÉO

Assis sur un rocher au bord de la mer, Théophile Crowe écrivit trois vers de mirliton et joua de ce tambour exotique que l'on appelle le djumbé. Il connaissait seize accords à la guitare et les paroles entières de cinq chansons de Bob Dylan, ce qui lui permettait de marmonner n'importe quoi en grattant les cordes. Il s'était essayé à la peinture, à la sculpture, à la poterie et avait même hérité d'un petit rôle dans *Arsenic et vieilles dentelles* qu'avait monté la petite troupe amateur de Melancholy Cove. Dans chacune de ses tentatives artistiques, Théo avait atteint la médiocrité à la vitesse supersonique. Chaque fois, il se dégoûtait et passait à autre chose. Les dieux l'avaient doté d'une âme d'artiste mais avaient oublié de lui donner une once de talent. Théo connaissait les affres du manque d'inspiration tout en n'ayant rien d'un créateur.

S'il y avait cependant une chose à laquelle Théo excellait, c'était bien l'empathie. Il semblait toujours capable de comprendre le point de vue de l'autre, qu'il fût singulier ou outrancier, et il était capable d'y rallier tous les gens présents en moins de deux avec une concision et une clarté qui le surprenaient. Il était né pour devenir un as de la médiation, un grand pacificateur. C'est grâce à son talent, et après avoir calmé de nombreuses bagarres au saloon de la Balle perdue, qu'il avait été élu agent de la force publique. Grâce à son talent et aussi à l'appui du shérif John Burton.

Burton était un politicard d'extrême droite, un pur et dur, qui ne crachait pas sur la loi et l'ordre (surtout sur l'ordre). Il prenait son petit déjeuner avec les membres du Rotary, déjeunait avec ceux de l'Association des porte-flingue et dînait en compagnie du Rassemblement des Mères contre l'alcool au volant où il dévorait du blanc de poulet comme s'il s'agissait d'un cadeau des dieux. Il portait des costumes hors de prix, une Rolex en or et conduisait une Cadillac Eldorado gris perle qui filait dans la nuit comme une étoile à roulettes. Il était shérif du comté de San Junipero depuis seize ans. Au cours de ses mandats, le taux de criminalité avait régulièrement chuté d'année en année jusqu'à devenir le plus faible de toute la Californie. Son soutien à Théophile Crowe, qui n'avait aucune expérience dans le domaine, en avait surpris plus d'un à Melancholy Cove, d'autant plus que l'adversaire de Théo n'était autre qu'un ancien flic de Los Angeles à la retraite qui avait fait tomber un de ses supérieurs bardé de décorations. Ce que les gens de Melancholy Cove ignoraient, c'était que non seulement Burton avait aidé Théo mais qu'il l'avait carrément forcé à se présenter.

Théophile Crowe était un type calme et le shérif

Burton avait ses raisons pour ne pas vouloir entendre parler du bourg de Melancholy Cove. Aussi, quand Théo rentra dans sa cabane, ne fut-il pas surpris de trouver sept appels sur son répondeur. Il appuya sur le bouton et écouta l'adjoint de Burton qui insistait pour qu'il rappelât immédiatement. Burton ne l'appelait jamais sur son portable.

Théo était rentré chez lui prendre une douche et faire le point sur son entrevue avec Val Riordan. Le fait qu'elle se soit occupée de trois de ses anciennes petites amies l'embêtait. Il aurait bien aimé savoir ce que ces femmes avaient pu raconter sur son compte. Apparemment, elles avaient parlé de ses problèmes de défonce occasionnels. Bon, d'accord, un peu plus qu'occasionnels. Mais il réagissait en homme normal et se demandait ce qu'elles avaient pu dire sur ses performances sexuelles. Pour des raisons qui lui appartenaient, cela le souciait moins que le fait que Val Riordan l'ait pris pour un paumé et un toxico. Au lieu de chercher à se calmer et à écarter toute parano, il composa le numéro privé du shérif, qu'il obtint immédiatement.

— Qu'est-ce qu'il y a encore, Crowe ? T'es stoned ?

— Pas plus que d'habitude, répondit Théo. Quel est le problème ?

— Le problème ? C'est que tu as subtilisé des preuves sur le lieu du suicide.

— Moi ?

De parler au shérif pouvait vider Théo de toute son énergie en une fraction de seconde. Il se laissa choir dans un fauteuil sac à patates, troué, qui cracha des billes de polystyrène.

— Quelles preuves ? Où ça ?

— Les pilules, Crowe. Le mari de la morte dit que tu les as emportées. Tu as dix minutes pour les rapporter là-bas. Je veux que mes gars aient vidé les lieux dans une demi-heure. Le légiste va procéder à l'autopsie cet après-midi et ce soir l'affaire sera bouclée, vu ? Suicide banal. Un entrefilet dans la rubrique nécro, pas de publicité et basta ! T'as pigé ?

— J'ai juste voulu vérifier l'état de la défunte avec sa psychiatre, voir s'il n'y avait pas eu des signes avant-coureurs de suicide.

— Crowe, arrête de jouer à l'inspecteur Columbo, arrête de te prendre pour un officier de police. La femme s'est pendue. Le mari ne raconte pas de bobards. Il n'y a pas d'histoire de pognon derrière tout ça. Papa et Maman s'entendaient bien.

— Ils ont interrogé les gosses ?

— Évidemment qu'ils ont interrogé les gosses. Ce sont des pros. Ils cherchent de tous les côtés. Alors maintenant tu vas y retourner et leur dire de mettre les voiles. Je les ai expédiés là-bas pour que tu leur refiles les pilules mais ça m'emmerderait qu'au retour ils tombent sur ton jardin des mille et une nuits, tu comprends ?

— J'y vais, dit Théo.

— C'est la dernière fois que j'entends parler de cette histoire, dit Burton avant de raccrocher.

Théo reposa le combiné, ferma les yeux et se liquéfia littéralement dans son sac de billes.

À quarante et un ans, il vivait encore comme un étudiant. Ses étagères à bouquins étaient faites de planches posées sur des briques, il dormait dans un canapé-lit, son frigo était toujours sobrement garni d'un reste de pizza en train de moisir et autour de la maison poussait une jungle d'herbes folles et de broussailles. Derrière sa cabane, au milieu d'un carré de mûriers, se trouvait son jardin : dix pieds touffus de marijuana chargés de bourgeons gluants qui embaumaient à la fois le putois et les épices. Il ne se passait pas un seul jour sans que Théo n'ait l'envie de les couper et de les enfouir avant de stériliser le sol. Et il ne se passait pas un seul jour sans qu'il ne se fraye un chemin au milieu des broussailles pour aller récolter les quelques feuilles bien gluantes qui lui permettraient de laisser libre cours à sa toxicomanie.

Les scientifiques disaient que la dépendance à la marijuana ne pouvait être que psychologique. Théo avait tout lu sur le sujet. Les mêmes scientifiques mentionnaient les sueurs nocturnes et les apparitions mentales d'araignées dont souffraient ceux qui souhaitaient arrêter la consommation. Ils ajoutaient que ces effets n'étaient pas plus durs à supporter qu'un vaccin antitétanique. Théo avait essayé d'arrêter. Il avait trempé trois draps de sueur au cours de la même nuit avant d'arpenter sa cabane à la recherche de quelque chose susceptible de lui occuper l'esprit. Puis il avait eu l'impression que sa tête allait exploser. Il avait écourté le sevrage et repris sa pipe Sneaky Pete avant de retrouver le sommeil. Décidément, les scientifiques ne comprenaient jamais rien. Par contre, le shérif John Burton comprenait tout. Il admettait la faiblesse de Théo et la lui maintenait au-dessus de la tête comme une épée de Damoclès. Que Burton ait lui aussi son propre talon d'Achille, et sûrement plus à perdre que Théo si on en révélait la teneur, n'y faisait rien. Logiquement, Théo aussi le tenait par la barbichette mais psychologiquement Burton semblait être le plus fort à ce petit jeu. Théo était toujours le premier des deux à rigoler.

Théo prit la Sneaky Pete dans la corbeille à fruits qui se trouvait sur la table du salon et partit rapporter les pilules de Bess Leander.

VALÉRIE

Le docteur Valérie Riordan, assise à son bureau, contemplait ses objets fétiches : un minuscule réveil digital sur lequel elle louchait sournoisement lors de ses entretiens professionnels, un ensemble de stylos Mont Blanc en or plantés dans un socle de jade, ce qui lui donnait une allure d'insecte doré, deux serre-livres comme ceux qu'affectionnaient tant Freud et Jung, qui emprisonnaient des volumes reliés cuir de *La psychologie de l'inconscient, Le manuel des diagnostics et des statistiques des troubles mentaux, L'interprétation des rêves* et *La référence du thérapeute.* On trouvait aussi une copie plastifiée du serment d'Hippocrate dont le bas était couvert de post-it. Hippocrate était ce Grec assez malin qui avait fait passer la médecine du stade de la magie à celui des sciences. C'était lui l'auteur de ce serment que Valérie avait ânonné, à Ann Arbor, vingt ans plus tôt, par une belle journée ensoleillée, lorsqu'elle avait obtenu son diplôme à la faculté de médecine :

« Au regard de mon diagnostic et de mes connaissances, je prescrirai des médicaments pour venir en aide aux malades, et non pour leur nuire. Je ne pres-

crirai de poison à personne, même si l'on m'intime de le faire, et jamais je ne formulerai un tel dessein. »

Avait-on déjà vu serment plus stupide, plus ringard ? Quel docteur, jouissant de ses facultés, irait prescrire du poison à ses patients ?

« Au nom de l'éthique et de la sainteté, je prendrai soin de ma personne et de mes connaissances. »

La chose semblait tellement évidente. Aussi Valérie prenait-elle soin de sa personne grâce à un système d'alarme personnalisé et à un pistolet Glock 9 mm, qu'elle gardait dans sa table de chevet.

« Je n'utiliserai pas le bistouri sur ceux qui souffrent de calculs, et je m'effacerai devant les spécialistes. »

Valérie n'avait jamais rencontré le moindre problème avec cette partie du serment. Elle avait le bistouri en horreur. C'est en raison de son dégoût des viscères humains qu'elle s'était tournée vers la psychiatrie. Son père, lui-même chirurgien, n'en avait été que très légèrement peiné. Au moins était-elle devenue docteur. Enfin, une sorte de docteur. Elle avait fait ses stages d'interne dans un centre de réadaptation où l'on apprenait aux vedettes de cinéma et aux rock stars à faire leur lit. Valérie, elle, leur distribuait du Valium comme une hôtesse de l'air distribue des cacahuètes entre les rangées de sièges. L'une des ailes du centre abritait des toxicos et une autre des patients souffrant de boulimie ou d'anorexie. « On ne connaît rien de la vie tant qu'on n'a pas forcé un top model à avaler du minestrone avec une paille », avait-elle dit un jour à son père.

« Quelle que soit la maison où j'entrerai, je viendrai en aide aux malades et me garderai de toute mauvaise

intention, notamment de forniquer avec un homme ou une femme, libre ou marié. »

L'abstinence sexuelle avait-elle jamais été un problème ? Valérie n'avait plus eu de relations de ce type depuis cinq ans, depuis le départ de Richard qui avait mis à mal cette partie du serment. Un an plus tôt, elle lui avait fait cadeau d'une statuette représentant la Justice aveugle en jarretelles et bas résille, statuette qu'il avait dû poser sur le bureau de son cabinet d'avocat. C'est lui qui avait attiré Val à Melancholy Cove. Il avait refusé des offres de grosses études pour réaliser son rêve : devenir avocat à la campagne et avoir pour quotidien la tâche de plaider les différends sur la paternité des verrats et les conflits au sujet du montant des retraites. Il voulait être un Atticus Finch, un Pudd'nhead Wilson, un personnage qu'auraient pu interpréter Henry Fonda ou James Stewart, des juristes que l'on rémunère en nature, en livres de pain frais et en paniers d'avocats du jardin. Et à ça, au moins, il y avait eu droit. Ils avaient vécu, tout le temps qu'avait duré leur union, grâce à ce que gagnait Valérie. S'ils avaient réellement divorcé, c'est elle qui aujourd'hui aurait dû lui verser une pension alimentaire.

Un véritable avocat rural, voilà ce qu'il avait été avant de la plaquer pour s'en aller à Sacramento où, pour le compte d'un bureau d'études spécialisé dans la construction de terrains de golf, il faisait du lobbying auprès de la commission de développement de Californie. Son boulot consistait à persuader les membres de ladite commission que les otaries et les éléphants de mer n'aimaient rien d'autre que de regarder des hommes d'affaires japonais balancer des balles de golf dans le Pacifique et que le plus grand respect de la nature consisterait à construire un seul fairway qui s'étirerait de Santa Barbara à San Francisco (OK, on ferait en sorte d'éviter les plages de Pismo et les dunes de Carmel). Dieu merci, Richard portait une montre de gousset retenue par une chaîne en or où pendouillait une breloque de jade représentant la forme d'un pélican brun, espèce très menacée. Il soignait son image d'avocat de campagne en se balançant, l'air grave, dans le rocking-chair de sa véranda. Bon an mal an, Richard se faisait tout de même dans les deux cent mille dollars. Il partageait sa vie avec l'une de ses clercs, une honnête fille aux yeux de biche qui ne prenait rien très au sérieux, un pur produit de l'université de Stanford, coiffée comme une surfeuse. Richard avait présenté cette fille (qui s'appelait Ashley ou Brie, à moins que ce ne fût Jordan) à Valérie qui l'avait trouvée tellement mûre et si gracieuse. Un peu plus tard, lorsque Val avait appelé Richard pour clarifier un problème d'impôts, elle lui avait demandé :

— Tes nanas, Richard, comment tu les choisis ? Tu prends la première qui bave sur ta bagnole ?

— Peut-être devrions-nous officialiser notre séparation, qu'en penses-tu ? avait répondu Richard.

Val lui avait raccroché au nez. Après tout, si elle ne pouvait être heureuse en ménage peut-être pouvait-elle avoir tout le reste. Je dis bien : tout. Et c'est ainsi qu'avait commencé sa course folle vers plus de rendez-vous, encore plus d'ordonnances à prescrire et, à la clé, encore plus de fric à claquer dans les fringues et les antiquités.

Sur son bureau, Hippocrate lui jetait un regard noir.

— Espèce de vieux chnock, lui dit Val. Je ne fais jamais de mal intentionnellement. Jamais exprès. Est-ce ma faute si quinze pour cent des patients dépressifs se suicident, avec ou sans traitement ?

« Si, au cours de ma pratique professionnelle, je vois ou entends (et même en dehors de ma pratique) quelque chose qui ne devrait pas être divulgué à un étranger, je tairai cette chose et la considérerai comme un secret. »

— Alors ? demanda Val. Doit-on taire les choses ou ne pas faire de mal ?

Elle imagina le corps pendant de Bess Leander et en tressaillit.

— Alors ? C'est quoi la bonne réponse ?

Hippocrate, le cul posé sur ses post-it, se garda bien de répondre. Val était-elle responsable de la mort de Bess ? Si elle avait eu un véritable entretien avec Bess au lieu de lui prescrire des antidépresseurs, cela aurait-il suffi à lui sauver la vie ? Possible. Tout comme il eût été possible qu'un autre patient meure si Val avait maintenu le cap de sa devise : « Une pilule pour chaque problème. » Le pari demeurait risqué. Si une thérapie basée sur la parole, plutôt que la prise de drogues, pouvait sauver une vie, cela valait le coup d'essayer.

Val prit le téléphone et enfonça une touche qui automatiquement composa le numéro de la seule officine de la ville : « Drugstore et cadeaux en tout genre ».

Ce fut une employée qui décrocha. Val demanda à parler au patron, Winston Krauss, qui était aussi l'un de ses patients. C'était un célibataire d'une trentaine d'années qui avait une bonne quarantaine de kilos à perdre. Le secret de cet homme, secret qu'il avait livré à sa thérapeute au cours d'un entretien, consistait en une fascination sexuelle contre nature pour les mammifères marins, les dauphins en particulier. Il avait avoué qu'il lui était impossible de regarder un épisode entier de *Flipper le dauphin* sans avoir une érection. Il avait tellement vu de documentaires du commandant Cousteau que rien que d'entendre parler avec un accent français le mettait dans tous ses états. Il possédait un marsouin gonflable à l'anatomie acceptable, qu'il violentait chaque soir dans son bain. Val avait réussi à le guérir de son habitude de porter masque et tuba à la maison quotidiennement. Avec le temps, il avait perdu la marque rouge que lui imprimait le masque sur le visage mais il avait continué à s'occuper du dauphin. Une fois par mois, Winston rendait visite à sa thérapeute.

— Winston, c'est Val Riordan. Pourriez-vous me rendre un service ?

— Bien sûr, docteur Val, vous voulez que je donne des médicaments à Molly ? On m'a dit qu'elle était allée au saloon ce matin.

À Melancholy Cove, les rumeurs couraient plus vite que la lumière.

— Non, Winston, ce n'est pas cela. Vous connaissez cette firme qui fait des copies placebos de tous les médicaments ? On en utilisait à l'université. Je voudrais que vous délivriez des placebos à la place de toutes mes ordonnances d'antidépresseurs, le Prozac, le Zoloft, le Serzone, l'Effexor et toute la clique. Mêmes dosages. Commandez-en en conséquence.

— Mais je ne comprends pas, Val. Pourquoi faire ça ?

Val s'éclaircit la voix.

— Je tiens à ce que vous donniez des placebos à tous mes patients.

— C'est une plaisanterie ?

— Non, c'est très sérieux. À compter d'aujourd'hui, je ne veux pas qu'un seul d'entre eux reparte avec les véritables médicaments. J'insiste : pas un seul.

— Vous vous livrez à une expérience ? Comment contrôler un groupe de patients ou quelque chose comme ça ?

— Oui, c'est à peu près ça.

— Et vous voulez que je leur facture le prix normal ?

— Évidemment. Comme on fait d'habitude entre nous.

Val percevait une commission de vingt pour cent sur les remèdes vendus à la pharmacie. Elle allait devoir travailler davantage, cela mériterait récompense. Winston marqua un temps de silence. Elle l'entendit aller jusqu'à la porte vitrée du fond du magasin. Il dit enfin :

— Je peux pas faire ça, Val. C'est pas honnête. Je pourrais perdre ma licence et me retrouver en prison.

Val ne pensait pas qu'il sortirait de tels arguments.

— Winston, vous allez le faire. Vous allez le faire ou bien le journal local va titrer à sa une que vous êtes un enculeur de marsouins.

— C'est illégal. Vous n'avez pas le droit de divulguer quelque chose confessé au cours de la thérapie.

— Arrêtez de me bassiner avec ce qui est légal et

ce qui ne l'est pas. On dirait que vous oubliez que je suis mariée à un juriste.

— Je préfère pas faire ça, Val. Vous ne pourriez pas envoyer vos patients au drugstore du supermarché de San Junipero ? Je pourrais dire que je n'ai plus de pilules.

— Impossible. Les gens qui tiennent le drugstore ne souffrent pas de votre problème.

— Vous allez avoir des phénomènes de régression. Comment allez-vous les expliquer ?

— C'est mon problème. Je vais quadrupler le nombre de mes séances. Je veux que ces gens aillent mieux et qu'ils arrêtent de cacher leurs problèmes.

— C'est à cause du suicide de Bess Leander, n'est-ce pas ?

— Je ne veux pas perdre un nouveau patient, Winston.

— Mais les antidépresseurs ne font pas augmenter la violence ni le chiffre des suicides. Eli Lilly l'a démontré devant une cour.

— Oui, et O. J. Simpson a aussi réussi à se tirer les flûtes. Le tribunal est une chose, Winston, la réalité de perdre un malade en est une autre. Je suis responsable de mon travail. Allez commander les placebos. Je suis sûre que la marge bénéficiaire sur les pilules de sucre est beaucoup plus juteuse que celle sur le Prozac.

— Je pourrais partir pour la Floride. Paraît qu'il y a un endroit là-bas où on peut nager en compagnie des dauphins.

— C'est impossible. Vous ne pouvez pas vous soustraire à vos séances de thérapie. Et dorénavant je veux vous voir une fois par semaine.

— Salope !

— J'essaie de faire pour le mieux. Quel jour vous convient le mieux ?

— Je vous rappellerai.

— Ne jouez pas au plus fin avec moi, Winston.

— Faut que je passe cette commande.

Puis il ajouta :

— Docteur ?

— Quoi ?

— Dois-je arrêter le Serzone ?

— On en reparlera lors de la prochaine séance.

Elle raccrocha et colla un post-it sur la poitrine d'Hippocrate.

« *Alors, si je m'en tiens aux règles de ce serment, que je sois honorée par tous mes semblables dans ma vie personnelle et dans ma vie professionnelle. Mais si je faillis à ce serment ou que j'en transgresse les règles, que l'inverse s'abatte sur ma personne.* »

Cela signifiait-il être déshonorée à jamais ? se demanda-t-elle. J'essaie seulement de faire pour le mieux. C'est tout.

Elle rédigea une note pour ne pas oublier de rappeler Winston afin de déterminer ses futurs rendez-vous.

CHAPITRE QUATRE

ESTELLE BOYET

Les blessures de septembre finirent par arriver. Une curieuse fébrilité s'empara des habitants de Melancholy Cove, surtout due au fait qu'une bonne partie d'entre eux commençaient à ne plus ressentir les effets de leur traitement. Oh, le processus prit son temps. On ne vit pas du jour au lendemain les rues du village se remplir de toxicos, tous issus de la classe moyenne, déambulant et cherchant désespérément leur dose. Non, la chose s'installa peu à peu au fur et à mesure que les jours raccourcissaient. Les gens se disaient qu'ils subissaient l'assaut d'un léger syndrome saisonnier, comme une espèce de fièvre printanière, que nous pourrions appeler le malaise automnal.

La nature même des médicaments retint la floraison des symptômes pendant quelques semaines. Il fallut un bon mois pour que les antidépresseurs les plus anciens sur le marché, comme le Prozac par exemple, cessent leurs effets. Ceux qui en prenaient ne vinrent que petit à petit rejoindre le troupeau des malades sous Zoloft, Paxil ou Wellbutrin, dont l'effet disparut des organismes en moins de vingt-quatre ou quarante-huit heures, laissant le patient mal en point, comme atteint d'une grippe au rabais bientôt suivie d'une perte des repères semblable à un manque d'attention qui précéda, pour certains, une rechute de la dépression qui leur tombait dessus comme un nuage de fumée opaque.

L'une des toutes premières à ressentir ces effets fut Estelle Boyet, une artiste du cru, qui connaissait un certain succès et une semi-célébrité pour ses marines et ses toiles de paysages idéalisés de la côte de Melancholy Cove. Son ordonnance était arrivée à échéance la veille du jour où le docteur Val avait décidé de remplacer les médicaments par des pilules au sucre. Ce qui fait que l'artiste se trouvait déjà en plein processus de désaccoutumance quand elle avala son premier placebo.

Râblée, pleine de vie, la soixantaine altière et fonceuse, Estelle portait souvent des cafetans bariolés et laissait ses cheveux flotter sur ses épaules. Bien des femmes qui n'avaient que la moitié de son âge la jalousaient. Pendant une trentaine d'années, elle avait enseigné dans un groupement scolaire de Los Angeles situé dans un quartier dangereux en voie de paupérisation. Elle avait des élèves de dix-huit ans auxquels elle apprenait la différence entre l'acrylique et l'huile, celle entre un pinceau et un couteau ou bien encore celle entre Degas et Dali. Son travail et sa vie d'épouse lui fournissaient les alibis pour ne rien produire dans le domaine artistique.

Juste après ses études aux Beaux-Arts, elle avait épousé Joe Boyet, jeune homme d'affaires plein d'avenir, le seul homme qu'elle ait jamais aimé et le troisième à entrer dans son lit. À la mort de Joe, il y a huit ans, elle avait cru sombrer dans la folie. Elle s'était jetée à corps perdu dans son travail d'enseignante espérant par là même développer l'inspiration chez ses élèves et se trouver une raison de survivre. Face à l'escalade de la violence à l'école, elle s'était résignée à porter un gilet pare-balles sous sa blouse et avait investi dans des *paint balls* avec l'espoir d'intéresser la jeunesse. L'expérience qui devait aboutir à de l'expressionnisme abstrait s'était soldée par plusieurs incidents. Plus tard, Estelle avait reçu des menaces de mort pour avoir refusé à ses élèves le droit de personnaliser des pipes à crack en céramique. Ces mêmes élèves, vivant dans un monde si adulte que les disputes de jeu se réglaient à coups de 9 mm, l'avaient conduite à abandonner l'enseignement. Estelle venait de perdre son unique raison de vivre. Le psychologue scolaire l'avait orientée vers un psychiatre qui l'avait mise sous antidépresseurs et avait recommandé qu'elle arrêtât d'enseigner et déménageât.

Estelle vint s'installer à Melancholy Cove. Elle se lança dans la peinture et se retrouva sous l'aile du docteur Valérie Riordan. Ces dernières semaines, les toiles d'Estelle avaient viré au sordide. Estelle peignait l'océan. Tous les jours. Les vagues et les embruns, les rochers et les grappes de varech, les otaries, les phoques, les pélicans et les mouettes. Elle écoulait sa production dans les galeries locales aussi rapidement qu'elle peignait. Récemment, la lumière intérieure de ses vagues, ce blanc éclatant et ces bleus marins avaient viré au sombre. Aujourd'hui, ses plages suaient la désolation et puaient le poisson crevé. La nuit, elle voyait en rêve le Léviathan l'entraîner dans les abysses et elle se réveillait tremblante de peur. Peu à peu, peindre sur le rivage devenait un calvaire. L'immensité océane et la blancheur de la toile étaient devenues des terreurs.

Joe n'est plus là, se dit-elle. Je n'ai ni amis ni carrière et je ne produis rien d'autre que des paysages marins pour beaufs qui swinguent autant que l'Elvis Presley époque Las Vegas. Sans oublier que tout me fout la trouille.

Elle avait reçu un appel de Val Riordan qui avait insisté pour qu'elle vînt aux séances de thérapie de groupe destinées aux veuves. Estelle avait décliné l'invitation. En lieu et place, un soir, après qu'elle eut mis la dernière touche à un sordide tableau représentant un dauphin échoué, elle avait délaissé ses pinceaux qui durciraient au contact de la peinture acrylique et elle avait filé en ville, enfin vers n'importe quel endroit où elle ne verrait plus cette croûte de merde qu'elle avait pour habitude d'appeler de l'art. Elle avait atterri au saloon de la Balle perdue, le premier établissement de ce genre où elle mettait les pieds depuis l'université.

La fumée et le blues emplissaient le saloon. Les gens éclusaient des verres pour chasser la morosité. S'ils avaient été des chiens, on les aurait sûrement trouvés dans la cour à bouffer de l'herbe et chercher à niaquer tout ce qui pouvait les mettre de cette humeur. Pas un seul os à ronger, pas une seule foutue balle à rapporter. Toutes les queues à pendouiller. À bien y réfléchir, c'était quoi, la vie ? Un chat qui file à toute vitesse, une laisse trop courte, une saloperie de puce qui vient se loger dans un endroit où on ne peut pas se gratter. Ça sentait le clébard cafardeux. Qui mieux que Catfish Jefferson aurait fait l'affaire pour brailler dans le micro ? La lune se réfléchissait dans son regard alors qu'il chantait, la mine réjouie, toute la misère humaine en *mi* mineur et que son bottleneck glissait sur les cordes de sa guitare en acier en émettant une sorte de souffle.

Sur la centaine de consommateurs présents, une bonne moitié étaient en phase de désintoxication d'antidépresseurs. Une bande de dépressifs squattait le bar tout en se balançant au rythme du blues. Les plus atteints occupaient les tables sur lesquelles ils versaient leurs larmes et racontaient leurs problèmes existentiels dans le creux de l'oreille de leur voisin. De temps en temps, il leur arrivait de donner l'accolade à ce même voisin ou de proférer un juron. Autour de la table de billard, on trouvait les plus agressifs, les plus agités, à la recherche de boucs émissaires sur qui déverser leur mal-être. C'était en majorité des hommes. De sa place au comptoir, Théophile Crowe gardait un œil sur cette meute.

Depuis la mort de Bess Leander, le bar avait connu une bagarre chaque soir. Sans compter qu'il y avait davantage de gueulards et de pleureuses. Théo ne manquait pas d'ouvrage. Tout comme Mavis Sand que la chose réjouissait.

Estelle poussa la porte, vêtue de sa salopette maculée de peinture et d'un pull en shetland. Elle avait noué ses cheveux en une longue tresse grise. Enveloppée de fumée et de musique, elle marqua un temps d'arrêt. Un groupe de journaliers mexicains se tenaient près de la porte où ils descendaient des Budweiser. L'un d'eux siffla Estelle.

— Tu vois pas que je suis vieille, dit Estelle. T'as pas honte ?

Elle se faufila dans la foule et atteignit le bar où elle commanda du vin blanc. Mavis la servit dans un gobelet à bière en plastique. (Elle servait tout dans ces gobelets de plastique à présent parce que, forcément, le blues donnait aux gens l'idée de casser des verres... sur la tête du voisin.)

— Ça marche on dirait ? dit Estelle, qui n'avait pourtant aucun moyen de comparaison.

— Le blues, ça les attire comme des mouches, répondit Mavis.

— J'aime pas trop ça, le blues, fit Estelle. Je préfère le classique.

— Ouais, ben ça vous fera quand même trois dollars, trancha Mavis qui empocha l'argent d'Estelle avant de gagner l'autre extrémité du comptoir.

Estelle eut le sentiment d'avoir été giflée.

— Faites pas attention, dit une voix mâle. Mavis prend jamais de gants.

Estelle leva les yeux et tomba sur un bouton de chemise. Elle dut lever encore plus la tête pour découvrir le sourire de Théo. Elle n'avait jamais rencontré le flic, mais elle savait qui il était.

— Je sais même pas ce que je suis venue foutre ici. Je bois jamais.

— Il y a quelque chose qui se prépare, répondit Théo. Ce sera peut-être un hiver avec beaucoup de tempêtes ou un truc dans ce goût-là, je sais pas au juste. Tous ces gens viennent juste de finir de rentrer leur bois pour l'hiver.

Ils se présentèrent et Théo complimenta Estelle pour son travail qu'il avait souvent vu exposé dans les galeries locales. Estelle eut du mal à accepter ces aimables paroles.

— C'est un drôle d'endroit, ici, pour tomber sur un flic, lança-t-elle.

Théo désigna le portable à sa ceinture.

— La base des opérations reste à portée de main, dit-il. La plupart des bagarres commencent dans ce bar. Si je suis déjà dans la place, je peux intervenir avant que ça ne dégénère.

— Belle conscience professionnelle.

— Belle preuve de fainéantise, oui. Et de fatigue aussi. Ces trois dernières semaines, on m'a demandé d'intervenir pour cinq disputes domestiques, dix bagarres, deux cas de gens qui s'étaient barricadés dans leur salle de bains et qui menaçaient de se suicider et pour un gars qui allait de maison en maison décapiter les nains de jardin avec une masse. J'ai aussi eu le cas d'une bonne femme qui a essayé d'arracher l'œil de son mari avec une petite cuillère.

— Eh ben ! On se croirait à Los Angeles.

— N'exagérons rien, dit Théo. J'ai pas à me plaindre. Honnêtement, je sais pas comment je réagirais face à une vague de crimes.

— Mais où aller alors pour être tranquille ? demanda Estelle.

— Que voulez-vous dire ?

— Les gens, ils viennent vivre ici pour être à l'abri des tensions, ils viennent habiter une petite ville pour être à l'écart de la violence et de la course du rat. Si vous-même n'arrivez pas à maintenir l'ordre, ça signifie qu'il n'y a nulle part où aller. Vous pourriez tout laisser tomber.

— Votre raisonnement est assez cynique. J'ai toujours cru que les artistes étaient des idéalistes.

— Grattez un cynique et vous verrez apparaître un romantique complètement déboussolé.

— Ce que vous êtes ? demanda Théo.

— Le seul type que j'aie vraiment aimé est mort.

— Désolé, fit Théo.

— Pas autant que moi, répondit Estelle en vidant son gobelet.

— Doucement sur le jaja, Estelle. Ça aide pas à régler les problèmes.

— D'habitude, je bois pas. Mais ce soir, j'ai eu envie de sortir.

Il y eut du brouhaha du côté de la table de billard.

— Ah ! Je crois que le devoir m'appelle, dit Théo. Excusez-moi.

Il se faufila dans la foule jusqu'à deux hommes qui s'apprêtaient à en découdre.

Estelle fit signe à Mavis de lui remplir son gobelet et elle se retourna pour voir comment Théo allait ramener la paix. Catfish Jefferson entama une chanson triste qui parlait d'une salope de vieille bonne femme qui lui ruinait l'existence. Mais c'est de moi qu'il parle ! se dit Estelle.

L'automédication fit son effet vers les minuit. La plupart des consommateurs présents au saloon tapaient des mains et se balançaient au rythme du blues que leur dispensait Catfish. Certains en avaient tout de même eu marre et étaient déjà rentrés chez eux. À l'heure de la fermeture ils n'étaient plus que cinq. Mavis gloussait comme une vieille poule à la vue de son tiroir-caisse. Catfish reposa sa guitare en acier et prit le seau qui contenait ses pourboires. Le haut du baquet débordait de billets d'un dollar et au fond les pièces s'entrechoquaient. À mi-hauteur, les billets de cinq et de dix aspiraient à gagner la surface. Il y avait même un billet de vingt ! Catfish alla le récupérer à la main comme un gosse attrape une bricole enveloppée de papier au stand de la pêche à la ligne de la kermesse de l'école. Il transporta le seau jusqu'au comptoir et le renversa près d'Estelle qui en resta baba.

— Salut, poupée, dit Catfish. Alors ? On en pince pour le blues ?

Estelle chercha le sens profond de sa question en levant le nez. Elle aperçut un papillon de nuit qui voletait autour des lampes surplombant le bar et se demanda si l'insecte n'allait pas lui souffler quoi répondre. Elle finit par regarder le bluesman et lui dit :

— Vous êtes vraiment bon. À un moment je voulais partir mais je suis restée pour la musique.

— T'as bien fait, dit Catfish. Vise-moi un peu ça, dit-il en secouant le seau. Je viens de me faire cent ou deux cents tickets. Ce qui veut dire que la vieille m'en doit au moins autant. Qu'est-ce que tu disais ? Qu'on allait se prendre des bières et aller les siroter sur la plage ?

— Je crois que je ferais mieux de rentrer. J'ai une toile à terminer demain matin.

— Tu peins ? J'ai jamais rencontré de peintre. Qu'est-ce que tu disais ? Qu'on devrait aller sur la plage voir le lever du soleil ?

— Vous avez tout faux, dit Estelle. Ici, le soleil se lève derrière les montagnes. C'est sur la côte est qu'on peut le voir le lever sur la mer.

Catfish partit à rire.

— Tu sais que tu viens de me faire gagner un sacré paquet de temps ? Bon, on y va ?

— Non, je peux pas.

— Ah ! C'est à cause que je suis noir, hein ?

— Non.

— À cause que je suis vieux, alors ?

— Non.

— À cause que je suis chauve ? T'aimes pas les vieux chauves, c'est ça ?

— Non.

— C'est parce que je suis musicien ? T'as entendu dire qu'on était tous des irresponsables.

— Non.

— C'est parce que je suis monté comme un taureau ?

— Non !

Catfish se marra à nouveau.

— Dans tous les cas de figure, tu te vois pas aller faire un tour avec un type comme moi, c'est bien ça ?

— Et comment pourrais-je savoir que vous êtes monté comme un taureau ?

— Eh ben, dit Catfish marquant une pause avant de repartir à rigoler, tu pourrais venir faire un tour sur la plage avec moi.

— Vous êtes un vieux monsieur mal élevé qui exagère, monsieur Jefferson.

Catfish baissa la tête, dévoilant son crâne luisant.

— J'admets, poupée. J'admets que je suis mal élevé

et que j'exagère. Je dois être trop vieux pour être sensible.

Il tendit une longue main fine.

— Allons faire les fous sur la plage.

On aurait juré que le diable tirait Estelle par les pieds. Il y avait quelque chose de doux et d'émouvant sous la cuirasse de ce vieux péquenaud mal embouché.

Elle lui prit la main et dit :

— Allons à la plage.

— Enfin ! lâcha Catfish.

Mavis sortit sa batte de base-ball de derrière son comptoir pour la tendre à Estelle.

— Je vous la prête ?

Dans les rochers, ils trouvèrent un renfoncement abrité du vent. Catfish vida le sable entré dans ses chaussures bicolores. Il secoua ses chaussettes et les posa à plat pour les faire sécher.

— Putain de vague vicieuse, dit-il.

— Je vous avais prévenu qu'il fallait retirer vos chaussures, fit Estelle.

Elle s'amusait bien plus qu'elle pensait en avoir le droit. Quelques gorgées bues dans la pinte de Catfish avaient empêché le vin blanc de tourner vinaigre dans son estomac. Malgré le vent frisquet, elle avait chaud. Catfish, lui, faisait presque pitié.

— J'ai jamais pu saquer la mer, dit-il. Il y a trop de trucs chiants au bord de la mer. Ça me fout les glandes. Chaque fois c'est pareil.

— Si vous n'aimez pas la mer, pourquoi m'avez-vous demandé de vous accompagner sur la plage ?

— Le grand type a dit que tu aimais peindre la plage.

— Depuis un certain temps, à moi aussi l'océan me fout les glandes. Mes toiles ont perdu toute lumière.

D'un de ses doigts qu'il avait très longs, Catfish chassa le sable coincé entre ses orteils.

— Tu crois que tu saurais peindre le *blues*[1] ?

— Vous avez entendu parler de Van Gogh des fois ?

Catfish préféra regarder l'océan. Trois quartiers de lune faisaient comme une tache de mercure dans le ciel.

— Van Gogh... Van Gogh, dit-il. C'était pas un particulier qui jouait du crincrin du côté de Saint Louis ?

— Lui-même, répondit Estelle.

Catfish lui prit la pinte des mains et sourit.

— Tu manques pas d'air, poupée. Tu bois dans mon verre et tu fais rien que me mentir. Je sais très bien qui est Vincent Van Gogh.

Estelle ne se souvenait plus de la dernière fois où on l'avait appelée poupée mais ce dont elle était sûre, c'est qu'elle n'y avait jamais pris autant de plaisir qu'en ce moment.

— Qui ment le plus en m'appelant poupée ? dit-elle.

— Tu sais, sous ce gros pull et cette salopette, il y a peut-être un corps de jeune femme. Mais je peux aussi me tromper.

— Vous le saurez jamais.

— Ah bon ? Ça s'annonce mal alors.

Il s'empara de sa guitare qu'il avait adossée à un

1. À la fois le blues et les bleus. (*Toutes les notes sont du traducteur.*)

rocher. Il commença à jouer tout doucement, se servant du ressac comme d'une rythmique. Il chanta un truc qui parlait de chaussures trempées, de douce euphorie alcoolisée et de vent frisquet qui vous gelait jusqu'à la moelle. Estelle se rendit compte qu'elle ne s'était pas sentie aussi bien depuis des semaines.

Il s'arrêta soudainement.

— Merde alors. Vise un peu.

Estelle écarquilla les yeux et regarda en direction de l'océan. Des poissons venaient s'échouer sur le sable.

— T'as déjà vu un truc pareil ?

Estelle fit non de la tête. De plus en plus de poissons sautaient hors de l'eau. Au-delà des écueils, l'eau bouillonnait tant les poissons s'amoncelaient. Une vague monta vers le ciel comme propulsée des fonds marins.

— Y a quelque chose là-dedans.

Catfish ramassa ses chaussures.

— On ferait mieux de se tirer, dit-il.

Estelle ne pensa même pas à discuter.

— Oui. Il n'y a pas de temps à perdre.

Elle pensa à cette ombre impressionnante qui revenait dans toutes ses toiles. Elle sauta du rocher et pressa le pas vers les marches qui menaient à l'endroit où Catfish avait garé son break.

— Venez.

— J'arrive.

Catfish descendit prudemment du rocher à son tour et la suivit.

Ils s'appuyèrent contre les ailes de la voiture pour reprendre leur souffle. Catfish farfouilla dans ses poches à la recherche des clés. C'est alors qu'ils entendirent le rugissement. Un rugissement qu'on aurait dit poussé par mille lions asthmatiques. Un mélange d'humidité, de furie et de violence sonore. Estelle sentit ses côtes vibrer.

— Mon Dieu ! C'est quoi ?

— T'inquiète, poupée. Grimpe dans la charrette.

Estelle prit place dans le break. Catfish essayait déjà de mettre la clé dans le contact. La voiture rugit. Il passa une vitesse et démarra dans une gerbe de gravier.

— Attendez ! Y a vos chaussures sur le toit.

— Tant pis, c'est lui qui en héritera. Elles sont nettement mieux que celles qu'il a bouffées la dernière fois.

— Mais de quoi parlez-vous ? Vous savez ce que c'est. C'est quoi, Bon Dieu ?

— Je te le dirai dès que j'en aurai terminé avec ma crise cardiaque.

CHAPITRE CINQ

LE MONSTRE MARIN

L'énorme monstre marin marqua une pause dans sa quête de la délicieuse odeur radioactive. Il expédia un message subsonique à une baleine grise qui croisait à quelques milles de lui. Grossièrement traduit, le message disait : « Salut mon chou, ça te dirait pas si toi et moi on se faisait un gueuleton de plancton avant de jouer à la bête à deux dos ? »

La baleine grise continua son infatigable progression vers le sud et répondit par un autre message subsonique qui disait : « Je t'ai reconnu. Marche à l'ombre. »

Le monstre marin continua à avancer. Au cours de son périple, il avait dévoré un requin pèlerin, quelques dauphins et plusieurs centaines de thons. Puis son centre d'intérêt se déplaça de la nourriture vers le sexe. À l'approche des côtes californiennes, l'odeur de radioactivité commença à diminuer, jusqu'à quasiment disparaître. On avait découvert et réparé la fuite à la centrale nucléaire. Le monstre se trouva à moins d'un mille de la côte avec la panse gavée de requins et ne se souvint plus de la position géographique d[e] tanière volcanique. Il continuait à recevoir le signal émis par ses victimes : de la nourriture au sang chaud, en particulier des dauphins et des baleines qui parfois émettaient des signaux identiques. Il y avait là, à portée de patte, tout près du bord, des quantités de nourriture qui ne demandait qu'à être dévorée. Le monstre s'arrêta là où les vagues commençaient à écumer et il fit surface au beau milieu d'un tapis d'algues, sa tête émergeant de l'eau au milieu du varech comme un camion fou sortant d'une tombe.

Puis il le perçut, ce bruit tant haï, le bruit de ses ennemis. Cela faisait un bon demi-siècle que le monstre n'avait pas quitté les profondeurs maritimes. La terre n'était pas son milieu de prédilection, mais son instinct de prédation surpassa son instinct de survie. Il rejeta la tête en arrière et secoua les grandes lamelles mauves qu'il avait sur le cou. Il purgea ses poumons atrophiés de l'eau qu'ils contenaient. Pour la première fois depuis cinquante ans l'air brûla sa gorge caverneuse. Il lâcha un grondement de colère et de douleur mélangées. Trois de ses membranes de protection oculaire se relevèrent comme les vitres électriques d'une voiture, ce qui lui permit enfin de voir à l'air libre. Il secoua sa queue, agita ses énormes pattes palmées et fonça à toute blinde en direction de la côte.

GABE

La dernière dissection de chien qu'avait effectuée Gabe Fenton remontait à bientôt dix ans. Mais à trois heures du matin, il considérait sérieusement l'envie de découper Skinner au scalpel. Skinner, son labrador de trois ans, se trouvait être au beau milieu d'une crise d'aboiements. Tout l'après-midi, il avait été condamné à demeurer sous le porche après s'être roulé sur une mouette crevée et avoir refusé d'aller se baigner ou d'approcher le jet d'eau pour être lavé. Pour Skinner, l'odeur de mouette crevée semblait être le nec plus ultra du romantisme.

Gabe rampa hors du lit et gagna la porte d'entrée, simplement vêtu de son caleçon. En chemin, il se baissa pour ramasser une chaussure de randonnée. Gabe était un biologiste qui avait obtenu un doctorat en comportement des animaux à l'université de Stanford. C'est donc doté de toute sa science académique qu'il balança la chaussure sur son chien, en joignant la parole au geste puisqu'il se fendit d'un « Mais tu vas pas fermer ta sale putain de gueule, Skinner ? ».

Le chien cessa ses aboiements, le temps pour lui d'éviter la chaussure qui volait en rase-mottes. Puis l'instinct de sa race le poussa à aller la récupérer dans la bassine qui lui servait d'abreuvoir avant de la rapporter à son maître sur le porche de la maison. Skinner déposa la chaussure détrempée aux pieds du biologiste. Gabe claqua violemment la porte à la truffe du chien.

« Il est jaloux, se dit Skinner. Tout ça parce qu'il est pas foutu de se dégoter une femelle qui sent le savon et la Soupline. Le Visage Pal ne serait pas si à cran s'il sortait de temps en temps renifler le cul des femelles. » (Pour Skinner, Gabe était le « Visage Pal » qui lui apportait la nourriture du même nom.) Après avoir reniflé un coup pour se prouver à lui-même qu'il était bien le don Juan de la gent canine, Skinner reprit sa crise d'aboiements. « Le Visage Pal ne comprend donc pas, pensa le chien, qu'un danger menace ? Nous sommes en danger, Visage Pal, en gros danger ! »

À l'intérieur, en traversant le salon pour retourner au lit, Gabe Fenton jeta machinalement un coup d'œil à son écran d'ordinateur. Un millier de minuscules points verts s'y déplaçaient en masse sur une carte de la région de Melancholy Cove. Gabe s'arrêta net et se frotta les yeux. Ça n'était pas possible.

Il s'approcha de l'ordinateur et pianota sur une touche. La carte apparut à une plus grande échelle. Les points se déplaçaient toujours, formant une ligne. Il zooma pour obtenir l'image de quelques kilomètres carrés. Les points bougeaient toujours. Chacun d'eux représentait un rat que Gabe avait capturé et auquel il avait greffé une micropuce électronique avant de le remettre en liberté. Un satellite permettait de suivre les déplacements des animaux. Tous les rats, sur une surface carrée de quinze kilomètres de côté, allaient vers l'est en s'écartant de la côte. Ce qui était contraire à leurs habitudes.

Gabe consulta les données antérieures sur les déplacements des rongeurs au cours des heures précédentes. L'exode avait commencé brutalement deux heures plus tôt et toutes les bestioles étaient entrées de près de deux kilomètres à l'intérieur des terres. Elles couraient à toute vitesse cherchant à s'éloigner de leur habitat traditionnel. Les rats sont des sprinters, pas des coureurs de fond. Il se passait quelque chose d'anormal.

Gabe appuya sur une nouvelle touche et un minuscule nombre écrit en vert apparut auprès de chaque point. Chaque puce était unique et chaque rongeur pouvait ainsi être identifié comme le sont les avions sur les écrans des aiguilleurs du ciel. Depuis cinq jours, la rate numéro 363 ne s'était pas écartée de plus de deux mètres du même périmètre. Gabe en avait conclu qu'elle était malade ou avait mis bas. Maintenant, la 363 se trouvait à huit cents mètres de son territoire habituel.

Les anomalies constituent à la fois le poison et le pain blanc des chercheurs. Les données excitaient Gabe comme un pou, non sans développer son inquiétude. De telles anomalies pouvaient conduire à une intéressante découverte ou le griller définitivement au sein de la communauté scientifique. Il croisa ses données de trois manières différentes avant de se connecter sur la station météorologique installée sur son toit. Tout semblait normal de ce côté-là, aussi bien la pression barométrique, le degré d'humidité, la vitesse du vent que la température. Gabe jeta un œil par la fenêtre : un léger brouillard montait de la côte. Gabe pouvait encore apercevoir le phare situé à quelques encablures de chez lui. Fermé depuis une vingtaine d'années, il n'était plus utilisé que comme base météo et pour certaines recherches biologiques.

Gabe s'enveloppa les épaules d'une couverture prise sur son lit car il ne faisait guère chaud. Il retourna à son bureau. Les points verts progressaient toujours. Gabe composa le numéro de la station météo de Pasadena. Dehors, Skinner gueulait toujours.

— Mais tu vas pas boucler ta grande gueule ? hurla

Gabe à l'instant où le répondeur automatique l'aiguillait vers le laboratoire de sismologie.

Une femme répondit. La voix était juvénile, sans doute s'agissait-il d'une étudiante.

— Je vous demande pardon ? dit-elle.

— Désolé, j'étais en train de gueuler après mon chien. Bonjour. Je suis le docteur Gabe Fenton de la station de recherche de Melancholy Cove. Je voudrais juste savoir si vous avez enregistré une activité sismique du côté de chez moi.

— Melancholy Cove ? Vous pouvez me donner la longitude et la latitude ?

Gabe s'exécuta.

— Je crois que ça devrait plutôt se passer au large.

— Non, il n'y a rien. Seule une très légère secousse a été enregistrée hier dans la région de Parkfield à neuf heures du matin au point zéro cinq trois, mais de si faible amplitude que vous n'avez pu la ressentir. Vous avez noté quelque chose sur vos instruments ?

— Je n'ai pas d'instruments de sismologie. C'est pour ça que je vous appelle. Je m'occupe seulement de bio et de météo.

— Je suis désolée, docteur, je ne pouvais pas savoir. Je suis nouvelle ici. Vous avez ressenti quelque chose ?

— Non. C'est seulement que mes rats foutent le camp.

En disant cela, il s'aperçut qu'il n'aurait pas dû prononcer ces paroles.

— Je comprends pas.

— Pas grave. Je me livre juste à quelques vérifs. J'ai noté un comportement anormal de certains spécimens. Si vous notez quelque chose de bizarre au cours des prochains jours ça vous ennuierait de m'en informer ?

Il lui donna son numéro.

— Vous pensez que vos rats sentent qu'un tremblement de terre va se produire ?

— J'ai pas dit ça.

— Vous devriez savoir qu'on n'a jamais réussi à avoir des données fiables concernant ce genre de phénomène.

— Ouais, je sais. J'essaie seulement d'éliminer toutes les possibilités.

— Vous êtes-vous dit que votre chien pourrait les effrayer ?

— C'est un facteur dont je vais tenir compte. Merci de m'avoir consacré du temps.

Il raccrocha, penaud.

Aucune activité sismique particulière, rien du côté de la météo et un appel à la police de la route lui apprit qu'on n'avait pas enregistré d'incendie ou de fuite de produit chimique. Il devait confirmer ses données. Peut-être était-ce le signal du satellite qui déconnait. La seule façon de s'en assurer était de sortir son antenne portable pour repérer les rats dans la campagne. Il s'habilla à la hâte, sortit et alla à sa camionnette.

— Skinner, une balade, ça te dit ?

Le chien remua de la queue et fit un détour pour venir jusqu'à la camionnette. « C'est pas trop tôt, se dit-il. Faut que tu partes le plus loin possible de la côte, Visage Pal. Et sans traîner ! »

À l'intérieur de la maison, dix points verts se séparaient de leurs congénères et retournaient vers la côte.

Le monstre rampa sur la plage. Il poussa un grognement quand le poids de son corps reposa totalement sur ses pattes, à l'instant où la vague se retirait. L'urgence de trucider un ennemi l'avait quelque peu quitté même si les efforts pour se sortir de l'océan lui avaient donné faim. Un organe situé à la base de son cerveau, organe qui avait disparu des autres espèces à l'époque où l'homme était encore de la taille d'une musaraigne, produisit un signal électrique déclencheur de faim. L'organe lui dit que dans le coin, ça n'était pas les proies qui manquaient.

Il s'appuya sur sa queue et à l'aide des pattes antérieures, il se hissa au sommet de la falaise d'une quinzaine de mètres de hauteur qui bordait la plage. Du bout du nez à l'extrémité de la queue, le monstre mesurait une trentaine de mètres de long et sept mètres de hauteur. Ses pattes postérieures étaient larges et palmées. Ses antérieures avaient des allures de serres avec une espèce de pouce arrière opposé aux trois autres doigts, ce qui lui permettait d'attraper et de tuer ses proies.

Sur l'herbe sèche au sommet de la falaise, quelques-unes des proies qu'il avait appelées l'attendaient déjà. Des ratons laveurs, des écureuils, quelques putois, un renard et deux chats faisaient des cabrioles dans l'herbe. Certains s'envoyaient en l'air, d'autres se cherchaient les puces sans passion quand d'autres encore se roulaient par terre comme ivres de bonheur. D'un violent coup de queue, le monstre les envoya valser au fond de sa gueule. Il broya les os de certains mais avala la plupart. Il rota et savoura l'odeur de putois qu'il émit. Ses mâchoires se refermèrent l'une sur l'autre comme deux matelas humides, ce qui eut pour effet concomitant de faire apparaître un éclair fluorescent de satisfaction tout le long de son corps.

Le monstre se mit en marche, traversa l'autoroute du bord de mer et entra dans la ville endormie. Les rues étaient désertes et les lumières des magasins de la rue principale éteintes. Au ras du sol, des masses brumeuses squattaient les bâtiments de style pseudo Tudor et formaient des taches verdâtres autour des lampadaires. Dominant ce spectacle, l'enseigne lumineuse rouge de la station-service Texaco brillait comme un fanal.

La couleur du corps de la bête épousa celle, grisâtre, du brouillard. Le monstre, gigantesque serpentin de brume, avançait maintenant au centre de la rue. Il fut attiré par un son rauque qui semblait provenir du pied de l'enseigne de la station. Et c'est là, émergeant du brouillard, que le monstre la découvrit.

Elle l'aguichait, ronronnante comme une créature en manque, campée devant la station Texaco. Elle savait y faire avec ce grognement à la fois sourd et sensuel. Les flancs argentés reflétant le brouillard et la lumière rouge du néon étaient une invite à la copulation. Un arc-en-ciel en couleurs, signe de mâle et superbe virilité, apparut sur les côtés du lézard.

Le monstre marin lui envoya un signal qui, grossièrement, aurait pu se traduire par : « Salut, beauté, je t'ai jamais vue traîner dans le coin. » Elle restait immobile, cherchant sûrement à l'exciter en faisant sa mijaurée mais il comprit qu'elle avait envie de lui.

Elle avait de courtes pattes noires, une queue ramassée et à l'odeur on aurait juré qu'elle venait de s'envoyer un banc de hareng. Ces superbes flancs argentés aux reflets d'aluminium étaient irrésistibles. Ils étaient vraiment *too much*.

Le monstre prit lui aussi la couleur argent, de façon qu'elle se sente moins intimidée. Il se mit sur ses pattes arrière et déploya son membre en érection. Elle demeura immobile et continua à sagement l'aguicher. Il prit cela pour une invite. Il traversa le parking pour grimper sur le camion-citerne.

ESTELLE

Estelle posa une tasse de thé face à Catfish, puis elle prit la sienne et alla s'asseoir face à lui de l'autre côté de la table. Catfish sirota la boisson en grimaçant avant de prendre une fiole dans sa poche revolver. Il dévissa le bouchon. Estelle lui prit la main avant qu'il ne puisse verser.

— Vous ne croyez pas que vous me devez quelques explications d'abord, monsieur le bluesman ?

Estelle semblait un peu décontenancée. Quand ils s'étaient trouvés à moins d'un kilomètre de la côte, elle avait été submergée par une soudaine envie de retourner d'où ils venaient. Elle avait tenté de prendre le volant des mains de Catfish. Quelle folle conduite ! Son comportement lui avait fait au moins aussi peur que ce qui s'était passé sur la plage et aussitôt arrivée chez elle elle avait avalé un comprimé de Zoloft bien qu'elle ait pourtant déjà pris sa dose quotidienne.

— Lâche-moi un peu, poupée. Je t'ai dit que j'allais t'affranchir. Mais d'abord faut que je me calme les nerfs avec ma médecine perso.

Estelle lui lâcha la main.

— Que s'est-il passé sur la plage ?

Catfish inonda le thé d'Estelle avec du whisky avant de faire la même chose dans sa propre tasse. Puis il sourit.

— Tu sais, je me suis pas toujours appelé Catfish. Mon vrai nom, c'est Merrywether Jefferson. C'est bien plus tard qu'on a commencé à m'appeler Catfish.

— Merde, Catfish, j'ai déjà soixante ans, vous croyez que je vais vivre assez vieille pour connaître la fin de votre histoire ? Vous allez me dire, oui ou non, ce qui s'est passé ce soir, bordel de merde ?

Elle n'allait vraiment pas bien car ce n'était pas son genre de jurer ainsi.

— T'as vraiment envie de savoir ?

Estelle sirota une lampée de thé et dit :

— Excusez-moi, allez-y.

CHAPITRE SIX

L'HISTOIRE DE CATFISH

C'était il y a environ cinquante ans. À l'époque, je zonais dans le delta du Mississippi et je jouais ici et là dans des clandés avec mon acolyte qui s'appelait Hilare. On l'appelait comme ça parce qu'il arrivait jamais à avoir le blues. Tu comprends, il pouvait jouer le blues, mais jamais il l'avait. Même pas une foutue fraction de seconde. Il pouvait être raide comme un passe-lacet ou tenir une gueule de bois en chêne massif, il arrêtait jamais de rigoler. Moi, ça me rendait dingo. Je lui disais tout le temps : « Hilare, tu seras jamais foutu de jouer mieux que Cotton le Sourdingue. »

Cotton Dormeyer, qu'on appelait Cotton le Sourdingue, était un gars avec lequel on jouait de temps en temps. Faut que tu saches, qu'en ce temps-là, y avait des palanquées de bluesmen qu'étaient aveugles. Y avait Blind Lemon Jefferson, Blind Willie Jackson, et des tas d'autres. Ces gars-là s'y connaissaient pour jouer le blues. Cotton, lui, c'était pas pareil, il était sourd comme un pot, ce qui est bien plus chiant que d'être aveugle quand tu veux être musicien. Nous, on jouait « Crossroads » et lui, Cotton, dans son coin sur la scène, il jouait « Walkin' Man's Blues » en hurlant à la mort comme un vieux chien galeux. Alors, nous, on pliait les gaules, on allait à la boutique du coin acheter de la limonade et du Coca pendant que lui, y continuait à jouer. Il a jamais connu son bonheur parce qu'il s'est jamais entendu. Et personne n'a jamais osé lui dire combien y jouait faux.

C'est à cause de lui que je dis toujours : « C'est pas possible que quelqu'un en ce bas monde puisse jouer moins bien que Cotton Dormeyer, à moins d'être touché par la grâce du blues. »

Et de son côté, Hilare me disait : « Faut que tu m'aides. »

Faut comprendre, Hilare, c'était mon ami depuis toujours, et mon partenaire sur scène. Alors je lui ai promis de faire l'impossible pour que le blues vienne l'habiter. Mais je lui ai fait jurer de pas critiquer la manière avec laquelle j'y arriverais. Il a dit OK et moi aussi. Je me suis mis en quête du blues, pour que Hilare sache enfin à quoi ça ressemble et qu'on puisse aller à Chicago et à Dallas, pour enregistrer des disques et s'acheter des Cadillac et faire nos malins comme Muddy Waters et John Lee Hooker.

Hilare, il avait une femme, une chouette mignonne qui répondait au nom de Ida May. Il la gardait chez lui, à Clarksville. Il arrêtait pas de répéter qu'avec une femme comme ça il avait pas de mouron à se faire, qu'il pouvait partir en tournée le cœur léger, qu'elle n'aimerait jamais que lui et personne d'autre. Puis un jour, voilà que je dis à Hilare qu'il y a ce type, à Baton Rouge, qui vend une superbe guitare Martin pour dix dollars, et que j'aimerais bien qu'il aille me récupérer cette gratte parce que moi j'ai des emmerdes avec la police et que je peux pas prendre le dur.

Ça faisait pas une demi-journée que Hilare était parti que je me suis acheté de l'alcool et un bouquet de fleurs pour aller rendre une petite visite à Ida May. C'était encore presque une gamine, peu portée sur la bouteille. Mais quand je lui ai appris que Hilare était passé sous le train, elle s'est mise à écluser sérieux. Non sans avoir pleuré et hurlé juste avant. Moi, de mon côté, j'y étais aussi allé de ma petite larme vu que Hilare c'était mon partenaire et que Dieu pouvait recevoir son âme. Et avant de m'en rendre vraiment compte, voilà que je me mets à faire des gâteries à Ida May histoire de la réconforter.

Quand Hilare est rentré, il a pas fait le moindre commentaire sur ma coucherie avec Ida May. Il s'est excusé parce qu'il avait pas pu trouver le type à la Martin et il m'a rendu les dix dollars. Puis il m'a dit qu'il devait rentrer chez lui vu qu'Ida May allait être aux anges de le retrouver et qu'elle allait sûrement le gâter. Alors je lui dis : « Moi aussi elle m'a bien gâté, tu sais. » Il répond que c'est une bonne chose vu qu'elle était triste et que je suis son meilleur copain. Ce mec cramponnait le blues à mains nues, mais c'est le blues qui voulait pas de lui.

Alors j'ai emprunté cette Ford modèle T et j'ai roulé jusque chez Hilare. En arrivant, j'ai écrasé le chien qui était à la chaîne au milieu de la cour.

— De toute façon, il était vieux, a fait Hilare. Quand je l'ai eu, j'étais encore un môme. Comme ça, ça fera une occasion pour offrir un nouveau chiot à Ida May.

— T'es pas triste alors ?

— Non, qu'il répond. Ce clébard avait l'âge de faire un mort.

— T'es désarmant comme mec, Hilare. Faut que je réfléchisse à tout ça.

Alors je me suis mis à réfléchir au problème. Ça m'a pris deux jours pour trouver la solution qui ferait que Hilare comprendrait quelque chose au blues. Mais tu sais, même quand il s'est retrouvé au milieu des cendres encore fumantes de sa maison, Ida May sous un bras et sa guitare sous l'autre, il a rien fait d'autre que de remercier le Seigneur qui les avait épargnés.

Un jour, le pasteur m'a dit qu'il y avait des gens qui attiraient la tragédie, que des gens de couleur attiraient le malheur comme ce pauvre Job de la Bible. Alors je me suis dit que ce pauvre Hilare était de cette race-là, un de ces types qui s'endurcissent au fil des épreuves que la vie leur dépose en travers du chemin. Mais il doit y avoir pas mal de façons d'avoir le blues. Pas seulement à cause des emmerdements, le blues peut aussi vous tomber dessus à cause des bonnes choses de la vie qui vous passent sous le nez et qui vous laissent sur le cul. Tu comprends ce que je veux dire ?

Après, j'ai entendu dire que du côté de Biloxi, dans un de ces marécages d'eau salée en bordure du golfe du Mexique, y avait un poisson-chat de la taille d'une barque, un monstre que personne n'était foutu d'attraper, même qu'un Blanc du coin offrait cinq cents tickets à qui lui apporterait le poisson. Plein de gens s'y étaient essayés mais ils avaient tous manqué de bol. Alors j'ai parlé à Hilare de mon appât secret et je lui ai dit que lui et moi, on allait l'attraper ce foutu poisson-chat et rafler la monnaie pour après monter à Chicago et y enregistrer un disque.

Je savais que c'était pas possible qu'un poisson-chat soit aussi balèse qu'une barque. Et que même si c'était vrai, il devait y avoir belle lurette qu'il avait été pêché. Mais il fallait que Hilare connaisse une grande déception si y voulait que le blues lui mette le grappin dessus. Alors pendant tout le temps du trajet j'ai pas arrêté de le mettre en confiance. À la fin, Hilare, y voyait des Cadillac et des gentilhommières surfer sur le dos du poisson-chat. On avait donc cette vieille Ford modèle T complètement délabrée, soixante mètres de corde, des hameçons à requin et mon appât secret. On avait bien prévu de s'arrêter en route pour acheter de la viande mais voilà t'y pas que par accident j'écrase deux poulets qui se baguenaudaient sur la route.

À la nuit tombée, on était arrivé sur le bord du bayou où on racontait que vivait le poisson-chat. À cette époque-là, c'était y a presque cinquante ans, au Mississippi, on trouvait encore partout des pancartes qui disaient : « Négro, arrange-toi pour être loin d'ici au coucher du soleil. » Alors, nous, on faisait toujours très attention où on passait la nuit.

Ma recette secrète consistait à enterrer un grand pot rempli d'abats de poulet au fond du jardin pendant un an. Alors j'ai attrapé mon pot et j'ai versé la mixture dans l'eau. Puis j'ai dit à Hilare :

— Le poisson-chat, y peut renifler cette pourriture à des kilomètres, tu vas pas tarder à le voir rappliquer.

Puis on a attaché un des poulets à un hameçon et on a lancé la ligne au loin. Après, on s'est assis pour écluser des verres. Pendant ce temps-là, moi j'arrêtais pas de raconter des conneries au sujet des cinq cents dollars. Hilare, lui, il arrêtait pas de se gondoler comme il faisait tout le temps.

Hilare a fini par s'endormir. Je l'ai laissé faire en pensant qu'il serait encore davantage déçu à son réveil en s'apercevant qu'on avait rien pris. Pour en être plus sûr, je me suis mis à tirer sur la corde. J'avais pas ramené plus de trois mètres que j'ai senti qu'il y avait quelque chose au bout. Puis la corde s'est mise à me brûler les mains comme si je tenais un bronco sauvage au lasso. J'ai dû crier parce que Hilare s'est réveillé et qu'il s'est barré en courant.

— Mais qu'est-ce que tu fais ? j'ai gueulé.

Et la foutue corde qui continuait à me cramer les mains. On aurait dit un serpent enflammé.

« Et puis merde ! » je m'suis dit. Et j'ai lâché la corde parce qu'il faut pas que t'oublies qu'un bluesman ça doit toujours faire hyper gaffe à ses mains. La corde s'est tendue comme une corde de *mi* mineur. Ça a fait « twong ! » et j'ai reçu de la vase plein la gueule à ce moment-là. C'est alors que j'ai vu Hilare s'activer autour de la voiture. Il a attaché la corde au pare-chocs, a démarré le moteur et a commencé à reculer pour essayer de sortir de l'eau ce qui pouvait être accroché à l'hameçon. Mais ça venait pas. La vieille Ford hurlait de douleur, elle patinait. J'ai cru que le moulin allait exploser. C'est à ce moment-là qu'on a aperçu le plus gros des poissons-chats qu'on avait jamais vus. L'était pas heureux, le poisson. Il sautait et donnait des coups de queue pour essayer de s'ancrer dans la vase.

Hilare a serré le frein à main et a regardé ce qu'on venait d'attraper. Le poisson a fait un bruit que je pourrais pas reproduire parce que je sais pas comment ça fait les poissons. Ça ressemble un peu à une gonzesse qui pousse une gueulante. Ce qui me fout la trouille en temps normal, mais nettement moins que ce qu'on a entendu dans le bayou cette nuit-là. On aurait dit que c'était le diable en personne.

— Ben tu vois Hilare, tu y es arrivé, j'ai dit.

— Monte dans la voiture, qu'il m'a répondu.

Tu vas jamais me croire, mais à ce moment-là ce qu'on a vu émerger du bayou, ça ressemblait à une locomotive avec des dents. Et ça venait sur nous à fond de train. J'ai grimpé dans la Ford et on est parti en traînant le poisson-chat derrière nous.

Au bout d'un certain temps, j'ai demandé à Hilare de s'arrêter. On est descendu de l'auto pour voir de plus près à quoi ressemblait notre poisson à cinq cents dollars. Il était mort. De traîner par terre, ça l'avait occis. À la lueur de la lune, ce qu'on a vu, ça ressemblait pas vraiment à un poisson-chat ordinaire. Pour sûr, il avait des nageoires, une queue et tout ce qu'il faut, mais sous le ventre il avait des trucs qui ressemblaient à des pattes.

— C'est quoi ça ? a demandé Hilare.

— J'en sais rien, j'ai répondu.

— Et derrière nous, tout à l'heure, c'était quoi ?

— Sa mère, j'ai dit. Et on aurait dit qu'elle était pas contente après nous.

CHAPITRE SEPT

Vous connaissez tous les rengaines du blues ou les tragédies de cow-boy dans les chansons country. Ça fait comme ça : faut ramer dans la vie, passer des heures et des heures derrière le volant sur des routes qui n'en finissent jamais et vous niquent les vertèbres. Sans parler de vos boyaux qui se font de la bile à cause de tout ce café amer que vous avez avalé. Et puis enfin, au moment où vous décrochez un bon boulot bien payé avec des avantages à la pelle, c'est là que vous apercevez la petite lueur du foyer logement au bout du tunnel de la vie, juste à l'instant où vous entendiez enfin le chant des sirènes et sentiez la fraîcheur d'un pack de bières, et que cette serveuse de routier pas farouche que tout le monde appelait Chérie commençait à vous faire du gringue. C'est à ce moment précis que se pointe le monstre qui vous dézingue votre bahut et vous expédie *ad patres*. Ça, c'est toute l'histoire d'Al.

Al somnolait dans la cabine de son camion-citerne pendant que des dinosaures en liquide sans plomb s'introduisaient dans le gros tuyau noir qui reliait la tonne de son camion aux cuves souterraines de la station Texaco du village. La station était fermée. Il n'y avait personne à la caisse avec qui Al aurait pu discuter le bout de gras. C'était la fin de sa tournée. Après cette dernière livraison, il ne lui resterait plus qu'à regagner rapidement sa chambre de motel à San Junipero. Sur la radio en sourdine, Reba[1] déballait ses déboires avec un millionnaire rougeaud, autoritaire et qui louchait par-dessus le marché.

Quand le camion se mit à tanguer, Al eut l'impression d'avoir été heurté à l'arrière par un touriste sans doute bourré. Mais la carcasse de son camion continua à danser et Al se dit que ça allait sûrement être le tremblement de terre du siècle — le vrai — celui qui allait oradourer les mégalopoles et casser en deux les ponts autoroutiers comme de vulgaires branches mortes. C'est le genre de truc qui vous vient tout de suite à l'esprit quand toute la sainte journée vous traînez derrière vous quarante tonnes de produit inflammable.

De l'intérieur de la cabine, Al voyait l'enseigne lumineuse Texaco. Il se dit qu'elle aussi aurait dû trembler comme une feuille, mais elle demeurait immobile. Il n'y avait que le bahut qui remuait. Al décida de descendre de son camion pour arrêter la pompe.

Le bahut tanguait et dansait comme si un rhinocéros s'acharnait dessus. Al tourna la poignée de la porte et poussa. Mais elle semblait bloquée. Il pensa à un arbre, un arbre qui se serait abattu sur le toit de la cabine. Il essaya du côté passager. Porte aussi blo-

1. Reba Mc Intire, célèbre chanteuse de country & western, née en 1954 à Chokie (Oklahoma), idole des chauffeurs routiers.

quée. Il ne voyait pourtant rien, ni bout de métal ni branche. Il lui fallait décamper. C'est alors qu'à travers le pare-brise il vit une espèce de tache noire et visqueuse ramper sur le bitume. La vessie d'Al se vidangea.

— Oh nom de Dieu de nom de Dieu de nom de Dieu ! lâcha-t-il.

Il attrapa le démonte-pneu caché derrière son siège et s'en servit pour éclater le pare-brise. À cet instant même, Al fut volatilisé en débris incandescents dont certains finirent leur course dans les eaux du Pacifique.

Un nuage enflammé et graisseux en forme de champignon s'éleva jusqu'à trois cents mètres dans le ciel. Le souffle balaya tous les arbres du quartier immédiat et fit voler en éclats toutes les vitres des trois quartiers voisins. À huit cents mètres de là, les détecteurs de présence se mirent en marche et leurs sirènes s'ajoutèrent au grondement des incendies. Melancholy Cove se réveilla. Dans la terreur.

Le monstre marin fut projeté à une bonne soixantaine de mètres en l'air. Il retomba sur le dos au milieu des ruines en flammes de chez Bert, le marchand de hamburgers. Ça faisait cinq mille ans que le monstre arpentait la Terre sans jamais avoir connu la moindre expérience de voltige aérienne. Il se dit que ça n'était pas un truc pour lui. Il était couvert d'essence en feu, du museau à la queue. Ses ouïes n'étaient plus que des moignons et sur son ventre, entre les écailles, des morceaux de ferraille dépassaient comme des chicots. Toujours en flammes, il chercha de l'eau et trouva le ruisseau qui longeait la zone industrielle. Il s'y allongea puis jeta un regard vers l'endroit où celle qui lui avait fait du gringue l'avait jeté avec dédain. Il envoya un signal. L'aguicheuse avait disparu, mais tant pis, il envoya le signal quand même. Traduit grossièrement, ça disait : « C'était pas la peine d'en faire des kilos ; un simple *non* eût été amplement suffisant. »

MOLLY

L'affiche recouvrait près d'une moitié du mur du living de la caravane. On y reconnaissait Molly Michon, nettement plus jeune, vêtue d'un bikini en cuir noir, d'un collier de chien clouté, brandissant une impressionnante épée à deux mains, sur fond de champignons de nuages rouges surplombant un désert. *La jeune Amazone des Terres inconnues*, disait le poster. C'était écrit en italien, bien entendu, parce que les films dans lesquels Molly avait tourné n'avaient été distribués qu'à l'étranger et uniquement en vidéo aux États-Unis. Molly était grimpée sur la table basse du salon, une table faite à partir d'une bobine de câble électrique. La jeune femme prit la même pose que quinze ans plus tôt. L'éclat de l'épée s'en était allé, le bronzage de Molly aussi. L'ancienne blonde avait aujourd'hui des cheveux gris et une méchante cicatrice de quinze centimètres lui balafrait le haut du sein droit. Cependant, le bikini lui seyait toujours et les muscles saillaient encore sur les bras, les cuisses et l'abdomen.

Molly s'entraînait comme une damnée. Aux petites heures de l'aube, dans le petit espace encore libre près de sa caravane, elle faisait des moulinets avec l'épée comme s'il se fût agi d'un vulgaire bâton. Elle esquivait, se fendait et exécutait ce formidable saut périlleux arrière qui en avait fait une star (en Thaïlande uniquement). À deux heures du matin, quand le village dormait, Molly la Folledingue redevenait subitement Kendra, la jeune Amazone des Terres inconnues.

Elle sauta de la table du salon et gagna sa kitchenette. Elle ouvrit le flacon de pilules en plastique et avec application en laissa tomber une dans la poubelle comme elle le faisait régulièrement chaque nuit depuis un mois. Puis elle sortit en prenant soin de ne pas claquer la porte, pour ne pas réveiller ses voisins, et commença ses exercices quotidiens.

Elle débuta par des assouplissements dans les hautes herbes humides, puis passa à des élongations comme en font les sauteurs de haies, touchant son front avec les genoux. Elle sentait ses vertèbres péter une à une comme des grappes d'amorces. Et puis, les jambes perlées de rosée, les cheveux attachés en arrière à l'aide d'un lacet de cuir, elle s'essaya à l'épée. Elle empoigna l'arme à deux mains, se fendit, attaqua, sauta par-dessus la lame, la fit tournoyer, d'abord lentement, puis de plus en plus vite, moulina d'une main, de l'autre, dans un sens, en sens inverse, passa l'arme derrière son dos, de la façon la plus rapide qui soit jusqu'à ce que la lame coupe l'air dans un sifflement aigu. Elle se lança ensuite dans une série de sauts périlleux arrière tout en faisant tournoyer son épée : un, deux, trois. Elle lança l'arme en l'air, exécuta un saut périlleux et tenta de rattraper l'arme au milieu d'un looping. Une fine couche de sueur recouvrait le corps de Molly. Soudain, le ciel s'embrasa. Molly leva les yeux à l'instant où l'onde de choc traversait le village. La lame, en retombant, lui entailla le dos du poignet jusqu'à l'os avant de se planter dans la terre et d'y demeurer, toute vibrante. Molly lâcha un juron en voyant le champignon s'élever dans le ciel de Melancholy Cove.

Elle se tenait le poignet avec l'autre main et resta là plusieurs minutes à fixer le ciel embrasé tout en se demandant si ce qu'elle voyait était bien réel ou si ce n'était qu'un effet secondaire dû à un arrêt trop brusque de ses médicaments. Une sirène retentit dans le lointain. Puis Molly entendit quelque chose gigoter du côté du ruisseau, un peu comme si un géant s'amusait à shooter dans les rochers. Ça doit être des mutants, se dit Molly. Chaque fois qu'il y a des nuages en forme de champignons, les mutants sont jamais bien loin. C'était ce que se répétait Kendra dans son monde post guerre atomique.

Molly empoigna son épée et rentra se mettre à l'abri dans sa caravane.

THÉO

Quand elle atteignit la petite cabane de Théo à trois kilomètres du centre-ville, l'onde de choc due à l'explosion avait déjà faibli et ne fut plus que du niveau d'un bang d'avion à réaction. Tout de même, Théo se fit la réflexion qu'il avait sûrement dû se passer quelque chose. Il s'assit dans son lit et attendit que le téléphone sonne. Il n'eut qu'une minute et demie à patienter. C'était l'opératrice du numéro vert des urgences de San Junipero.

— Officier Crowe ? Il y a eu une espèce d'explosion à la station Texaco sur Cypress Street à Melancholy Cove. On nous signale plusieurs incendies. J'ai expédié les pompiers et des ambulances, mais vous devriez aller y faire un tour.

Théo se fit violence pour rester calme.

— Y a des blessés ?

— On n'en sait encore rien. Je viens juste de recevoir les premiers appels. Ce serait un camion-citerne qui aurait explosé.

— J'y vais.

Théo déplia ses longues jambes hors du lit et enfila son jean. Il attrapa sa chemise, son téléphone mobile et son beeper qui traînaient sur la table de nuit et fila vers la Volvo. Il aperçut la couronne orange que dessinaient les flammes dans le ciel du côté de la ville et une colonne de fumée noire qui barrait le ciel étoilé.

À l'instant où il mettait le contact, il surprit dans la radio les appels des pompiers volontaires qui faisaient route, à bord de leurs deux camions, vers le lieu de l'explosion.

Théo prit le micro.

— Hé les mecs, c'est Théo Crowe. Y a déjà quelqu'un sur les lieux ?

— On y sera dans une minute, lui répondit-on. Il y a déjà une ambulance là-bas.

Un ambulancier s'annonça sur la fréquence.

— La station Texaco a disparu. Tout comme la boutique à hamburgers. Le feu n'a pas l'air de vouloir s'étendre. Je n'aperçois personne sur le site, mais je peux vous dire que s'il y avait des gens dans les deux baraques ils ont cramé.

— Toujours aussi délicat, Vance. Très professionnel comme commentaire, répliqua Théo qui ajouta qu'il arriverait sur les lieux dans cinq minutes.

La Volvo cahota sur le chemin de terre. Théo heurta le plafond et ralentit pour boucler sa ceinture.

En effet, la boutique à hamburgers s'était totalement volatilisée. Et le petit magasin adjacent à la station, idem. Théo sentit des gargouillis dans son estomac. Où irait-il acheter ses nachos mexicains préférés maintenant que le petit supermarché était parti en fumée ?

Cinq minutes plus tard, il garait la Volvo derrière l'ambulance. Il sortit de la voiture. Les pompiers avaient la situation bien en main. L'incendie se limitait à la zone asphaltée de la station et à l'endroit où s'élevait la baraque à hamburgers. Un buisson s'était enflammé sur le flanc de la colline située derrière la station. Quelques arbres étaient carbonisés. Les pompiers avaient commencé par noyer cette zone de façon que le feu ne gagne pas les zones résidentielles.

Bien qu'il en fût à quelques centaines de mètres, Théo se protégea le visage de la main tant la chaleur du brasier était intense. Une silhouette en combinaison d'amiante émergea de la fumée et s'approcha de lui. Le type releva son heaume. Théo reconnut Robert Masterson, le chef des volontaires. Robert et Jenny, son épouse, possédaient le magasin d'appâts, articles de pêche et vins fins. Robert avait le sourire aux lèvres.

— Mon pauvre Théo, tu vas devoir crever de faim. Les deux endroits où t'achetais ta bouffe sont barrés en fumée.

Théo se força à lui rendre son sourire.

— Eh ben comme ça, je serais obligé d'aller chez toi pour me ravitailler en brie et en cabernet. Y a des blessés ?

Théo fut prit de tremblements. Il pria pour que Robert, à la lueur dégagée par l'incendie et à celles, rougeoyantes, des gyrophares des véhicules de secours, n'en remarque rien. Théo avait encore oublié sa pipe Sneaky Pete sur sa table de chevet.

— On n'arrive pas à retrouver le chauffeur du camion. S'il était encore dedans quand ça a pété, c'est sûr, on le reverra plus jamais. Et ça chauffe encore beaucoup trop pour qu'on puisse approcher du bahut. Tu sais que la cabine s'est trouvée projetée par là à une cinquantaine de mètres ? fit Robert en montrant un amas de ferraille encore en flammes à l'autre bout du parking.

— Et qu'est-ce qu'on fait au sujet des réservoirs souterrains ? On fait évacuer le quartier ou quoi ?

— Non, c'est pas la peine. Y sont équipés d'un clapet. C'est pas possible que de l'oxygène s'infiltre dedans, donc aucun risque d'incendie. On va devoir laisser cramer la boutique de la station jusqu'au bout. Il y a des caisses de Slim Jim qu'ont pris feu. Là non plus, on peut toujours pas s'en approcher.

Théo perdit son regard dans le brasier.

— Mes Slim Jim préférées, dit-il, d'un ton mélancolique.

Robert lui tapota l'épaule.

— Ça va aller. T'en fais pas. Je t'en commanderai d'autres caisses. À une condition : c'est que tu dises à personne que ça vient de moi, OK ? Quand tout ça sera terminé, Théo, passe donc me voir au magasin. On a à causer tous les deux.

— À causer de quoi ?

Robert ôta son casque et passa la main sur son crâne dégarni.

— Je me suis arsouillé pendant dix piges. Et puis j'ai réussi à raccrocher. Je pourrai peut-être t'aider.

Théo détourna le regard et dit :

— T'en fais pas pour moi, je vais bien. Merci quand même.

Puis Théo montra une trace de brûlure de trois mètres de large qui, après avoir traversé la rue à partir du foyer, semblait se perdre du côté du ruisseau.

— Qu'est-ce que c'est que ça ? demanda-t-il.

— C'est marrant, on dirait qu'un mec a traversé l'incendie au volant d'une bagnole.

— Je vais aller jeter un œil.

Théo alla chercher la torche dans la Volvo et il traversa la rue. L'herbe était toute cramée et labourée de profonds sillons. Quelle chance ils avaient tous eue que l'incendie se déclenche après le début de la saison humide ! Deux mois plus tôt, et c'est la ville entière qui y passait.

Il suivit la piste brûlée qui le mena au ruisseau. Il était certain de trouver une épave de voiture plantée dans la berge. Mais il ne vit rien. Les traces s'arrêtaient au bord de l'eau. Le ruisseau n'était pas assez profond pour recouvrir ce qui avait pu laisser de telles marques. Il braqua la torche de gauche à droite et arrêta le faisceau sur une seule et profonde empreinte qui meurtrissait la vase. Théo cligna des yeux et secoua la tête pour être sûr qu'il ne rêvait pas. Il regarda à nouveau la trace. Non, c'était pas possible.

— Tu as trouvé quelque chose ?

C'était Robert qui venait vers lui.

Théo sauta dans la boue et il la piétina pour effacer la trace.

— Non, il n'y a rien, fit-il. Ça doit être une traînée de gas-oil en feu qui a fait ça.

— Mais qu'est-ce que tu fabriques ?

— J'écrase les restes d'un écureuil qui était en train de cramer. Il a dû cavaler jusqu'ici pour trouver de l'eau. Pauvre bête.

— Je me disais bien qu'il était grand temps que tu passes me voir, Théo.

— J'y manquerai pas, Robert. J'y manquerai pas.

CHAPITRE HUIT

LE MONSTRE MARIN

Il savait bien que la prudence aurait voulu qu'il retournât vers l'élément liquide, mais ses conduits auditifs avaient tant souffert qu'il renonça à s'en aller vers la mer tant qu'il ne serait pas tout à fait guéri. S'il avait su que la femelle réagirait avec autant de violence, il aurait refermé ses ouïes à l'abri des écailles, où elles auraient été épargnées. Il poursuivit sa progression dans le lit du ruisseau jusqu'à ce qu'il remarque un troupeau d'animaux endormis sur la berge. Il s'agissait de vilaines créatures, pales, dénuées de toute grâce. D'où il était, il pouvait identifier la nature des parasites qui habitaient chacune d'elles. Mais était-ce bien le moment pour faire de telles remarques ? Et qui irait imaginer que ces boules de poil puissent constituer une nourriture goûteuse ?

Il avait la solution de rester planqué derrière ce troupeau de vermisseaux jusqu'à ce qu'il aille mieux, et qui sait s'il ne se taperait pas l'une des femelles en la pénétrant par surprise d'un violent coup de rein ?

Mais pas maintenant, car il en pinçait encore pour l'aguicheuse, pardon : l'allumeuse aux flancs qui brillaient comme de l'alu. Il avait besoin de temps pour cicatriser.

Le monstre se hissa sur la berge et gagna le milieu du troupeau dont il imita la posture en ramenant ses pattes et sa queue sous son corps. L'opération fut douloureuse et lui coûta bien des efforts. Il y réussit tout de même en quelques minutes et s'endormit gentiment.

MOLLY

Mais ça ne se passait pas du tout comme elle avait prévu ! Molly avait cessé de prendre ses médicaments parce qu'ils lui donnaient des tremblements et qu'elle souhaitait renégocier avec la voix off qu'elle entendait parfois, dans l'hypothèse où celle-ci réapparaîtrait. Elle ne s'attendait sûrement pas à ça. Elle eut la tentation de se ruer à la cuisine pour avaler une de ses pilules bleues de Stelazine (la Rolls de la bonne santé mentale) afin de vérifier si elle pourrait chasser ses hallucinations. Mais Molly était dans la totale incapacité de quitter le hublot de sa caravane. Tout lui semblait si vrai et en même temps si bizarre. Était-ce possible qu'il y ait une énorme bête toute brûlée en train de ramper dans le lit du ruisseau ? Et dans l'affirmative, l'avait-elle vraiment vue, de ses yeux vue, devenir aussi grosse qu'une caravane rallongée ?

Les hallucinations sont considérées comme l'un des cinq symptômes de la schizophrénie. Et Molly était du genre à conserver en permanence la liste de tous les symptômes. En fait, elle avait dérobé à Valérie Riordan une édition de poche du *Manuel des diagnostics et des statistiques des troubles mentaux*, bouquin très prisé des psychiatres pour déterminer la nature des maladies auxquelles ils se trouvent confrontés. Si on en croyait ce livre, pour être vraiment timbré, il fallait au moins souffrir de la conjugaison de deux des cinq symptômes. Les hallucinations, ça faisait un, d'accord. Mais les désillusions de la vie, sûrement pas. Molly ne se berçait pas d'illusions : elle savait qu'elle souffrait d'hallucinations. Le troisième symptôme était l'incohérence du discours. Elle tenta une expérience.

— Salut, Molly, se dit-elle à haute voix. Comment ça gaze ?

— Pas très fort. Mais merci quand même. Ce qui me chiffonne, c'est que je crains qu'il y ait de l'incohérence dans mon discours, se répondit-elle.

— J'ai rien remarqué d'anormal, dit-elle, histoire de rester polie.

— Je te remercie de dire ça, se répondit-elle, vraiment touchée. Non, en fait, je crois que ça va aller.

— Tu as l'air très en forme. Et au fait : joli petit cul.

— Merci. Mais le tien n'est pas mal non plus.

— Tu vois bien qu'il n'y a rien d'incohérent dans tout ça, se dit-elle sans se rendre compte que la conversation était terminée.

Le symptôme numéro quatre faisait état d'un comportement catatonique ou totalement désordonné. Molly balaya l'intérieur de sa caravane du regard. La vaisselle était faite aux trois quarts, les cassettes vidéo de ses films étaient rangées par ordre chronologique et dans l'aquarium les poissons rouges étaient toujours morts. Ben non, à l'évidence, il n'y avait rien ici de désordonné. La santé mentale battait la schizophrénie par 3 à 1.

Le cinquième point concernait les symptômes négatifs, comme « le relâchement affectif, les illogismes et la perte de volonté ». C'est normal que l'activité affective d'une femme qui atteint la quarantaine connaisse une baisse de régime. Par contre, Molly était quasi certaine de ne pas souffrir des deux autres symptômes.

Il y avait aussi, dans le livre, une note de bas de page qui disait : « Un seul critère suffit si les désillusions prennent un caractère bizarre ou si les hallucinations se manifestent par l'apparition d'une voix qui commente en continu les pensées et les faits et gestes du sujet. »

Si j'entends une voix off, je suis bien dans la merde. Il faut préciser que, dans tous les films de Kendra, il y avait cette voix off qui aidait à la compréhension de l'histoire supposée se dérouler dans un futur d'après la bombe H. En fait, les tournages avaient lieu dans une mine désaffectée près de Barstow. De plus, une voix off est beaucoup plus facile à doubler dans les langues étrangères ; il n'y a pas besoin de faire coïncider les paroles avec le mouvement des lèvres des acteurs. Molly se posa la seule et vraie question :

— Est-ce que j'ai une voix off ?

— Ça va pas, non ? répondit la voix off.

— Ah merde, fit Molly.

Juste au moment où elle venait de prendre ses marques de sujet atteint de désordre simple de la personnalité, voilà qu'elle devait refaire tout le travail pour redevenir une gentille fille psychotique. Être schizo, c'était pas si mal. On l'avait diagnostiquée comme telle dix ans auparavant et cela lui permettait de toucher un chèque de l'aide sociale, comme en reçoivent tous les handicapés. Mais Val Riordan lui avait assuré que, depuis, son état était passé de celui de schizophrène occasionnelle, de type paranoïde, avec des rémissions partielles, d'inquiétants symptômes négatifs, quelques délires de persécution et des facteurs de stress négatifs (que Molly qualifiait de « sauce spéciale ») à celui, beaucoup plus enviable, de personnalité schizo postmorbide avec troubles associés du comportement de type bipolaire (ce qui niait par là même toute existence de « sauce spéciale »). Pour être catalogué de la dernière appellation, il fallait remplir les pré-requis d'au moins un événement de type psychotique, puis connaître occasionnellement cinq des neuf autres symptômes. C'était une forme de folledinguerie plus pointue et plus subtile. Le symptôme préféré de Molly demeurait les croyances bizarres ou les pensées magiques qui ont des effets sur le comportement et aucun point commun avec les normes de la sous-culture.

— Si je comprends bien, fit la voix off, la pensée magique, ce serait ce que tu penses quand tu pars dans une autre dimension et que tu rentres vraiment dans la peau de Kendra, l'Amazone des Terres inconnues, c'est bien ça ?

— Connasse de voix off, fit Molly. Tu vas pas me lâcher un peu les baskets ? T'as pas compris que le symptôme de la voix off, j'en avais pas besoin ?

— Comment peux-tu sérieusement affirmer que tes pensées magiques ont des effets sur ton comportement ? demanda la voix off. Je ne voix pas comment tu pourrais revendiquer ce symptôme.

— Mais c'est pas vrai ? dit Molly. Je sors seulement dehors à deux plombes du mat pour m'entraîner avec une épée à deux mains en attendant la fin de la civilisation occidentale ; alors je crois que j'ai le droit de revendiquer ma véritable identité, non ?

— C'est rien que des entraînements physiques basiques. Tout le monde en fait aujourd'hui pour rester en forme.

— Et naturellement tout le monde est capable de couper un monstre mutant en deux, dans le sens de la hauteur.

— Évidemment. La firme Nautilus fabrique même une machine pour ça : la Master Mutant 5000.

— C'est une merde cette machine.

— Bon, OK, je ferme ma gueule.

— Ça me ferait des vacances. Je te le répète, j'ai pas besoin du symptômes des voix off.

— N'empêche que tout à l'heure, dehors, tu as encore halluciné et vu un monstre gros comme une caravane.

— Je croyais que tu avais dit que tu allais la fermer.

— Excuse-moi. Ce seront les dernières paroles que tu entends venant de moi. Vraiment.

— Sale conne.

— Salope.

— T'as dit ?

— Qui ? Moi ? Rien.

Alors, maintenant qu'elle était débarrassée des voix off, il ne lui restait plus qu'à s'occuper des hallucinations. La caravane demeurait à sa place. Et on se doit d'admettre qu'elle ressemblait à une caravane. Molly se voyait déjà fournir des explications au psy lorsqu'on l'admettrait à l'asile du comté.

— Alors comme ça, vous avez vu une caravane ?

— Exactement.

— Et vous dites que vous vivez dans un terrain de camping... pour caravanes...

— Ouais, c'est ça.

— C'est cela, oui, c'est cela, ferait le psy.

Et puis le verdict tomberait après ces derniers mots : folle à lier.

Non ! Ça n'allait pas se passer comme ça. Molly se coltinerait ses angoisses et irait de l'avant, tout comme Kendra dans *La mutante tueuse : L'Amazone II.* Elle ramassa son épée et sortit.

Les sirènes s'étaient tues. Molly ne distinguait plus que la lueur orangée au-dessus de l'endroit où avait eu lieu l'explosion. Elle écarta l'hypothèse d'une catastrophe nucléaire et pensa qu'il s'agissait d'un accident. Elle fit quelques pas et s'arrêta à trois mètres environ de la caravane.

Vue de près, fallait admettre qu'elle ressemblait bien à une vraie. Sauf pour la porte qui, au lieu d'être sur le côté, se trouvait à l'avant. Les fenêtres semblaient couvertes de givre. Le reste, d'un bout à l'autre, était recouvert d'une fine pellicule de suie. Mais grosso modo, ça ressemblait bien à une caravane. Et pas du tout à un monstre.

Molly avança d'un pas et voulut piquer la pointe de son épée. La peau d'aluminium de la caravane se rétracta à l'approche de la lame. Molly recula.

Un courant d'air chaud l'enveloppa. Une seconde,

elle se demanda pourquoi elle était sortie et ce qu'elle était venue faire ici. Puis elle s'abandonna à la vague d'air chaud. Elle piqua à nouveau la caravane de la pointe de son arme, et à nouveau l'air chaud l'enveloppa, cette fois plus intensément. Molly n'éprouvait aucune crainte, aucun stress, rien que le sentiment d'être très exactement au bon endroit, très exactement là où elle aurait toujours dû se trouver. Elle lâcha l'épée et laissa cette impression s'emparer d'elle.

Les volets à lattes des deux hublots givrés situés au bout de la caravane semblèrent vouloir se lever, dévoilant les pupilles de deux grands yeux jaunes. Puis la porte s'ouvrit, non pas d'un bout à l'autre, mais en se repliant sur elle-même en son milieu, un peu comme une bouche. Molly tourna les talons et se mit à courir tout en se demandant pourquoi elle ne restait pas aux côtés de cette chose, là où tout semblait si doux et agréable.

ESTELLE

Estelle portait un chapeau en cuir mou, des lunettes de soleil noires et une seule chaussette bleu lavande. Ses lèvres dessinaient un discret sourire de satisfaction. Peu de temps après la mort de son mari — c'est-à-dire après son arrivée à Melancholy Cove, après avoir commencé à prendre des antidépresseurs, après avoir renoncé à se teindre les cheveux ou à accorder quelque intérêt à sa garde-robe —, Estelle s'était juré que plus aucun homme ne la verrait nue. À ses yeux, et à cette époque, ce vœu lui était apparu très honnête : elle échangerait les plaisirs de la chair (bien modestes dans l'ensemble) contre les plaisirs de la table, notamment ces gâteaux qui font maigrir plus on en mange. Aujourd'hui, ayant trahi son vœu, allongée dans son lit en plume d'oie auprès de ce vieux Noir maigrichon tout en sueur en train de lui titiller le mamelon gauche de la pointe de la langue (vieux Noir qui, soit dit en passant, ne semblait pas prendre ombrage que ledit mamelon entraînât le sein par-dessus le bras de sa compagne plutôt que de le tendre vers le ciel, telle la coupole qui domine le Taj Mahal), Estelle venait enfin de comprendre la signification du sourire de la Joconde : quand Léonard l'avait peinte, Mona Lisa venait de se faire tirer après avoir eu droit aux gâteaux amincissants.

— Tu sais bien raconter les histoires, fit Estelle.

Une main araignée noire rampa le long de sa cuisse et un doigt humide s'arrêta sur son clito. Estelle eut un frisson.

— Mais elle est pas finie mon histoire, dit Catfish.

— Ah bon ? Mais alors, ce « Alléluia, ô Seigneur, la brebis a retrouvé son troupeau » suivi des aboiements de chien, c'était quoi ?

— J'ai pas fini mon histoire, répéta Catfish de façon très audible malgré l'exercice auquel il était en train de se livrer.

Oui, ben celui-là, c'est pas pour rien qu'il joue si bien de l'harmonica, pensa Estelle. Puis elle ajouta à voix haute :

— Je suis désolée, je sais pas ce qui m'est grimpé dessus.

Et c'était la vérité. La minute d'avant ils étaient à siroter leur thé arrosé d'alcool et la minute suivante il y avait eu cette explosion, et Estelle s'était retrouvée la bouche verrouillée sur celle de Catfish, en train de gémir comme un saxophoniste en plein solo.

— Me dis pas que t'as pas remarqué qu'on s'est mélangé, toi et moi ? demanda Catfish. On a eu du bon temps.

— Non, c'est vrai ?

— Un peu, mon neveu ! Mais va falloir songer à me dédommager. J'avais le blues avant de te rencontrer. Et maintenant je l'ai plus. Comment je vais pouvoir bosser, moi, si j'ai plus le blues ?

Estelle baissa les yeux et, dans le peu de lueur orangée qui éclairait la pièce, elle vit que Catfish souriait. Elle sourit aussi. C'est seulement à cet instant qu'elle se rendit compte qu'elle n'avait pas allumé de bougie et ne possédait pas de lampe orange. Catfish et elle, dans la mêlée qui avait accompagné le début de leurs ébats sauvages et leurs pas de la cuisine jusqu'à la chambre, avaient, sans s'en rendre compte, éteint les lumières. La lueur orangée provenait de l'extérieur par la fenêtre qui se trouvait au pied du lit.

Estelle s'assit et dit :

— Y a le feu en ville.

— Pas qu'en ville, répondit Catfish.

Estelle couvrit sa nudité à l'aide du drap.

— Faut faire quelque chose.

— J'ai une idée de ce qu'on peut faire, fit Catfish en baladant sa main araignée, ce qui détourna l'attention d'Estelle.

— Tu veux déjà remettre ça ?

— Tu sais, moi aussi je trouve que ça fait pas longtemps qu'on a consommé, mais dis-toi que je vieillis et que ça pourrait bien être mon dernier coup.

— En voilà une drôle d'idée.

— Je ne suis qu'un bluesman.

— Je sais, dit-elle.

Alors, elle roula sur lui et campa sur son corps, un coup dehors, un coup dedans... jusqu'à l'aube.

CHAPITRE NEUF

Lorsque Mikey Plotznick, qu'on surnommait le Collectionneur, déboula sur ses rollers et vit ce qui restait de la station Texaco, à savoir un cercle carbonisé de deux cents mètres de diamètre, il se dit que ça allait être un grand jour. D'accord, c'était bien dommage pour la boutique à hamburgers, et les frites épicées lui manqueraient affreusement, mais, merde, c'est pas tous les jours qu'on voit l'un des points de repère de la ville partir en fumée. L'incendie était maîtrisé. Il restait quelques pompiers à patauger dans les décombres. Le Collectionneur s'approcha d'eux sur ses patins pour les saluer. Ils lui rendirent son salut, d'un geste mesuré, car sa réputation n'était plus à faire et rendait tout le monde nerveux.

Mikey se dit que ça allait être le jour J. Il fallait savoir interpréter la disparition de la station Texaco comme un signe, comme une étoile venant couronner le rêve de toute une vie. Ce serait aujourd'hui, et nul autre jour, qu'il arriverait à photographier Molly Michon dans le plus simple appareil. Et une fois la chose faite (il en rapporterait la preuve), sa réputation virerait au mythe. Il caressa l'appareil photo jetable qu'il cachait dans la poche ventrale de son sweat-shirt à capuche. Oui, oui, oui, il aurait bientôt la preuve qui authentifierait son histoire. On serait bien obligé de le croire et de le saluer chapeau bas.

Mais, à son âge, le Collectionneur était plus attiré par les explosions que par les femmes nues. Il n'avait que dix ans. Il faudrait bien encore deux années pour que son centre d'intérêt se déplace vers la considération des filles. Si Freud n'a jamais vraiment identifié le stade du développement de l'être humain répertorié sous l'appellation « fascination pyrotechnique », c'est seulement parce que les briquets jetables faisaient cruellement défaut dans la Vienne du XIXe siècle. Il faut bien reconnaître que les gamins de dix ans s'en contrefoutent. C'est ça la vérité. Aujourd'hui, Mikey ressentait autre chose, une impression qu'il ne savait qualifier d'un mot. Ou alors il aurait fallu qu'il connaisse le participe présent « bandant ». Tout en descendant Cypress Street à toute blinde sur ses rollers et en balançant le *Los Angeles Times* dans les arbustes et les gouttières des immeubles, il sentit comme une raideur dans son slip, une raideur qu'il avait jusqu'à ce jour associée à une insoutenable envie de pisser matinale. Ce matin, cette raideur signifiait qu'il lui fallait absolument voir la Folledingue à poil.

Les jeunes livreurs de journaux sont les colporteurs du mythe préadolescent. Sur chaque itinéraire de livraison, on trouve toujours une maison hantée, un clébard qui dévore les gosses, une vieille qui se tape des jeunes et une femme mûre qui vous ouvre la porte dans le plus simple appareil. Si Mikey n'avait jamais rien rencontré de la sorte, ça ne l'empêchait pas de raconter de terribles histoires à ses copains d'école.

Aujourd'hui, il rapporterait une preuve. Il en était certain. Jusqu'au tréfonds de lui-même.

Il patina jusqu'au terrain de caravanes, balança un journal dans les rosiers de la mère Nunez, puis il s'élança vers la caravane de celle qu'il appelait la Folledingue. Il aperçut une lueur bleutée à l'intérieur. Ouais ! Si la télé marchait, cela signifiait qu'elle était là et ne dormait pas.

Il finit par remarquer la présence d'une nouvelle caravane près de celle de la dingo. Tiens, des nouveaux arrivants ? Pourquoi ne pas essayer d'en faire des clients du journal ? La Folledingue, elle, n'était pas abonnée. Faire en sorte qu'elle le devienne, et donc aller frapper chez elle pour la démarcher, était la seule explication que Mikey avait trouvée pour justifier sa présence à cet endroit. Mais rien ne l'empêchait de commencer par les nouveaux venus. Comme il s'avançait vers la porte de la nouvelle caravane, les deux fenêtres de devant s'illuminèrent, preuve qu'il y avait du monde. Curieux tout de même ces rideaux. On aurait dit des yeux de chat.

À travers un trou de ses rideaux, Molly regarda le gamin entrer dans le terrain. Elle aimait bien les gosses en général mais n'aimait pas celui-ci en particulier. Il ne se passait pas une semaine sans qu'il vienne frapper à sa porte pour lui demander de s'abonner à son canard, et chaque fois elle lui disait de déguerpir et de ne plus jamais refoutre les pieds chez elle. Il arrivait qu'il amène un copain. Molly les entendait rôder autour de sa caravane pour essayer de voir à l'intérieur. « Je te jure que c'est vrai : elle garde un cadavre chez elle et elle baise avec. J'l'ai vu, le cadavre. Et y a même une fois où elle a mangé un gosse. »

Le môme se dirigea vers la caravane monstre.

La télé de Molly diffusait une cassette. Le film s'intitulait *La mort mécanisée : L'Amazone VII.* La fameuse scène n'allait plus tarder. Molly cessa de regarder dehors pour se concentrer sur LA SCÈNE. Combien de milliers de fois se l'était-elle projetée ?

Kendra est debout à l'arrière d'une jeep. Elle tient dans ses mains un fusil qui catapulte des filets. La jeep est lancée en plein désert à la poursuite du Chevalier du Mal. Comme prévu par le script, le chauffeur braque subitement pour soulever un nuage de poussière. Mais à l'instant même, l'une des roues avant du véhicule heurte violemment une pierre et la jeep fait un tonneau. Kendra est éjectée à une quinzaine de mètres dans les airs et atterrit en boule. Malheureusement, le soutien-gorge d'acier qu'elle porte à ce moment-là lui entaille salement la poitrine. Le sang coule et rougit le sable.

Quelle bande d'enculés quand même ! Chaque fois qu'elle revoit la scène Molly ne peut s'empêcher de penser à cette bande de pustules. L'accident n'est pas du chiqué et c'est bien le véritable sang de Molly que l'on voit à l'écran. Dix jours plus tard, de retour sur le plateau, un nervi accompagne Molly jusqu'à la caravane du producteur.

— Je peux t'embaucher pour un rôle de mutante, dit le producteur. Pour le reste de ta participation, mon chou, faut bien voir les choses en face : tu n'as pas respecté tes engagements. Tu ne t'imaginais quand même pas que j'allais suspendre le tournage pendant dix jours alors qu'on doit tout boucler en trois semaines ? On a donc pris une nouvelle Kendra. On a gardé la scène de l'accident qu'on a ajoutée au script. Pour justifier le fait que la nouvelle actrice ne ressemble pas à l'ancienne on a mis ça sur le compte d'une opération de chirurgie esthétique consécutive à l'accident. Pour ton avenir, deux solutions : un, tu acceptes un rôle de mutante, et alors t'as juste le temps d'aller chercher ton tas de fripes et de t'habiller. Deux : tu prends tes cliques et tes claques et tu dégages. Mes spectateurs, ce qu'ils veulent, c'est des corps sans le moindre défaut. De toute façon, t'étais déjà sur la mauvaise pente, mais avec cette cicatrice sur le sein, t'es finie à tout jamais.

Molly venait juste d'avoir vingt-sept ans.

Elle détacha son regard de l'écran et jeta un œil vers l'extérieur. Le gamin était là, devant la caravane monstre. Elle aurait dû le mettre en garde, faire quelque chose.

Molly frappa au carreau. Le môme leva les yeux vers elle. Il ne semblait pas surpris le moins du monde. Son visage affichait une expression béate. Molly lui fit signe de dégager. La fenêtre où elle se trouvait ne s'ouvrait pas. (Les caravanes fabriquées dans ces années-là étaient faites pour qu'en cas d'incendie tous les occupants périssent brûlés vifs, ce qui constituait une façon intelligente, pour les constructeurs, d'éviter que les survivants ne les traînent devant les tribunaux.)

Le môme restait immobile, la main en l'air, prête à cogner à la porte, figée comme la patte d'un setter à l'arrêt.

Molly vit la porte commencer à s'ouvrir. Elle ne pivotait pas sur ses gonds, non, elle s'ouvrait verticalement, comme une porte de garage. Molly frappa à nouveau au carreau avec la garde de son épée. Le gosse souriait. C'est alors qu'une énorme langue rouge surgit de la porte, enveloppa le gosse qui aussitôt disparut à l'intérieur du monstre avec ses rollers, son sac de journaux et tout le toutim. Molly cria. La porte se referma.

Molly continua à regarder la scène, paralysée de trouille, ne sachant que faire. Quelques secondes plus tard, la bouche de la porte s'ouvrit à nouveau et recracha une boule de journaux de la taille d'un ballon de foot.

THÉO

Chaque heure de la journée, pour Théo, passa à la vitesse d'une limace en train de ramper sur des lames de rasoir. Vers le milieu de l'après-midi, il eut le sentiment d'être sur le pied de guerre depuis une semaine. Au lieu de lui faire du bien les tasses de café français qu'il avait descendues lui donnaient des aigreurs d'estomac. Fort heureusement, on ne lui avait signalé aucune bagarre de bar ni aucune chicane domestique. Il avait traînassé toute la journée sur les lieux de l'explosion, à discuter avec les pompiers, avec les huiles de chez Texaco et avec un inspecteur de la brigade du feu de San Junipero, spécialiste des incendies volontaires. À son grand étonnement, Théo avait passé la journée sans tirer une seule fois sur sa pipe à shit préférée et il n'en avait éprouvé aucun malaise. Il se savait un tantinet parano mais n'était-ce point là une réponse informelle pour survivre dans notre monde moderne ?

À quatre heures et quart, l'inspecteur traversa le parking dévasté par l'incendie et vint jusqu'à Théo appuyé au capot de sa Volvo. L'inspecteur était un jeune gars qui approchait de la trentaine, propre sur lui, rasé de près ; même dans sa combinaison orange on l'aurait pris pour un athlète. Sous le bras, il portait un casque, comme une tumeur de la grosseur d'un ballon de foot.

— Officier Crowe, je crois que ça va être tout pour aujourd'hui. Il ne va pas tarder à faire nuit et si on maintient bien le périmètre de sécurité en place pour cette nuit, rien ne bougera d'ici demain matin.

— Où en êtes-vous de l'enquête ?

— Ben... généralement, on cherche des traces de kérosène, de gaz, de diluant à peinture. Je crois pouvoir affirmer qu'il y avait en ce lieu une certaine quantité de liquide inflammable.

Le jeune type se fendit d'un maigre sourire en disant cela.

— Ouais. En fait, vous ne savez pas ce qui s'est passé.

— Comme ça, je dirais qu'un camion-citerne a explosé. Mais sans plus d'éléments je me refuse à en dire davantage.

Et il sourit à nouveau.

— Donc, ça a pété sans raison, fit Théo en rigolant.

— Peut-être que le chauffeur avait mal branché le tuyau et que des gaz se sont échappés. Comme il y avait très peu de vent la nuit dernière, il se peut que les vapeurs se soient accumulées au niveau du sol. Et à partir de là, n'importe quoi pouvait y mettre le feu.

Ç'a pu être le chauffeur qui fumait, une étincelle en provenance du pot d'échappement du camion, la veilleuse de la boutique d'à côté, est-ce que je sais ? Au jour d'aujourd'hui, tout ce que je peux dire, c'est qu'il s'agit bien d'un accident. Ça ne fait aucun doute. La station appartenait à la compagnie pétrolière, elle faisait des bénéfices, il n'y a aucun mobile pour motiver un incendie volontaire. Il va de soi que Texaco va prendre en charge la reconstruction d'une nouvelle boutique à hamburgers et probablement dédommager les gens qui ont souffert des nuisances, de traumatisme ou même d'irritation.

— Pour le chauffeur, dit Théo, je vais me renseigner pour savoir s'il fumait.

— C'est déjà fait, fit une voix toute proche. Et question fumette, il va se tenir peinard, le chauffeur, à présent.

Théo et l'inspecteur se retournèrent. Ils virent arriver vers eux Vance McNally qui tenait à la main un sac de plastique transparent à fermeture Éclair, rempli de poudre grise et blanche.

— Tiens ! Le v'là, le camionneur, fit Vance en brandissant le sac. Vous voulez l'interroger ?

— Tu sais que t'es un sacré marrant, Vance, lança Théo.

— Y vont être obligés de pratiquer l'autopsie avec un truc à tamiser la farine, dit Vance.

L'inspecteur prit le sac des mains de Vance et le porta à hauteur d'yeux pour l'examiner.

— Auriez-vous trouvé des restes de ce qui aurait pu être un briquet ?

— Je suis pas payé pour ça, dit Vance. Ça a tellement chauffé que les ressorts des sièges du bahut ont fondu. Même les os ont fondu. Y reste seulement ces minuscules bouts de calcium qu'on voit là. Si ça se trouve, y a rien du bonhomme dans ce sac. Tout ce qu'on va refiler à la veuve pour mettre dans l'urne funéraire qu'elle va bichonner sur le manteau de la cheminée, ça sera rien que des morceaux du bahut !

L'inspecteur eut un frisson et rendit le sac à Vance. Puis il dit à Théo :

— Je rentre chez moi. Je vais revenir demain et essayer de trouver d'autres éléments. Dès que j'aurai donné mon feu vert, la compagnie pourra envoyer une équipe pour vidanger les cuves souterraines.

— Merci, dit Théo.

L'inspecteur s'éloigna dans sa voiture de service aux couleurs du comté.

Vance McNally s'amusa à jeter en l'air le sac plastique contenant les cendres. Il dit à Théo :

— Tu te rends compte de ce qui m'arrive ? Je veux que tu appelles tous mes copains et que tu organises une grande fête pour que je puisse m'éclater. T'es d'accord ?

— T'as des copains, toi, à présent ?

— Je disais ça comme ça, répondit Vance.

Il tourna les talons et porta le sac plastique jusqu'à l'ambulance.

Théo sirotait son café quand il s'aperçut que quelque chose bougeait du côté des buissons carbonisés en bordure de la station. On aurait dit quelqu'un avec une antenne de télé à la main. Mais ce quelqu'un s'approchait trop des barrières de ruban de plastique jaune qui délimitaient le périmètre. Merde ! Théo allait-il être obligé de monter la garde toute la nuit ?

Il sortit de la Volvo et marcha droit sur le contrevenant.

— Hé, vous là-bas ! cria Théo.

Gabe Fenton, le biologiste, sortit du buisson, tenant à la main une espèce d'antenne, avec Skinner, son labrador, dans son sillage. Le chien courut à la rencontre de Théo et lui imposa l'empreinte de ses deux pattes pleines de boue à hauteur du thorax.

Théo frotta vigoureusement les oreilles du chien, seul moyen efficace pour tenir éloigner les labradors.

— Mais nom de Dieu, Gabe, tu peux me dire ce que tu fous ici ?

Le chercheur était couvert de brindilles et de bardane. Son visage disparaissait sous la suie après qu'il eut traversé les buissons carbonisés. Il avait l'air crevé, bien qu'on notât un soupçon d'excitation dans sa voix.

— Tu vas jamais me croire, Théo. Mes rats ont tous foutu le camp ce matin.

Théo aurait aimé partager l'enthousiasme de Gabe mais il n'y parvint pas.

— Tu veux une autre bonne nouvelle, Gabe ? Cette nuit, la station Texaco a explosé.

Gabe Fenton jeta un coup d'œil circulaire et sembla découvrir la désolation alentour pour la première fois.

— Il était quelle heure quand ça s'est produit ?

— Aux environs de quatre heures du mat.

— Ça pourrait vouloir dire qu'ils l'ont senti.

— Qui ça « ils » ?

— Les rats, pardi. Vers deux heures du mat, ils ont tous commencé une migration vers l'est. Et je comprends pas ce qui peut en être la cause. Tiens, regarde sur mon écran.

Gabe avait un ordinateur portable en bandoulière. Il le déplia et le mit en marche. Théo se concentra sur l'écran.

— Tu vois, Théo, chacun de ces points représente un animal auquel j'ai implanté une puce électronique qui me permet de suivre ses déplacements. Ça, c'est leur position à une heure du matin.

Il appuya sur une touche et une carte de la région apparut sur l'écran. La plupart des points verts étaient regroupés le long du lit du ruisseau qui traverse la zone industrielle de Melancholy Cove. Gabe pianota sur une autre touche.

— Ça, c'est leur position à deux heures.

Pratiquement tous les points avaient émigré vers les pâturages situés à l'est de Melancholy Cove.

— Ouais, ouais, ouais, dit Théo qui considérait Gabe comme un type bien.

Bon, d'accord, Gabe avait tendance à passer trop de temps en compagnie de la vermine, mais dans l'ensemble il restait un gars très fréquentable. Et puis il a besoin de parler à ses semblables de temps en temps, pensa Théo.

— Tu comprends donc pas ? Mis à part une petite dizaine qui a choisi de se rapprocher de la côte, ils se sont tous mis en route au même moment.

— Ouais, ouais, ouais, répéta Théo. Mais essaie de piger, Gabe. La station Texaco a explosé, un mec est mort. J'ai passé la journée avec des pompiers habillés en cosmonautes, y a pas un seul journal de tout le comté qui ne m'ait pas appelé, la batterie de mon portable est presque HS, j'ai rien bouffé depuis hier et la nuit dernière j'ai pas dormi plus d'une heure ; alors, s'il te plaît, donne-moi tout de suite l'explication de la migration de tes rats, d'accord ?

Gabe parut soudain tout penaud.

— J'ai encore pas d'explication à donner. Je suis la trace des dix qui ne sont pas partis vers l'est. J'espère découvrir des anomalies qui m'éclaireront sur la conduite du plus grand nombre. Le truc le plus bizarre, c'est qu'il y en a quatre sur les dix qui ont disparu de mon écran un peu après deux heures du matin. Je me dis que, s'ils avaient été tués, leurs puces émettraient encore. C'est ça le mystère que je dois percer. Faut que je retrouve les quatre disparus.

— Eh ben je te souhaite bonne chance. Mais fais attention car la zone peut encore être dangereuse. En principe, t'as pas le droit de rester là.

— C'est peut-être dû à des vapeurs d'essence, dit Gabe. Ça explique toujours pas pourquoi ils ont tous foutu le camp dans la même direction. Y en a même qui sont venus dans cette zone depuis la côte.

Théo ne savait plus comment s'y prendre pour faire comprendre à Gabe qu'il se foutait des rats comme de l'an quarante.

— T'as bouffé ce soir, Gabe ?

— Non, je m'occupe de ce problème depuis cette nuit.

— Une pizza, Gabe. Ce qu'il nous faut, c'est des pizzas et de la bière. C'est moi qui rince.

— Mais faut que je...

— Tu es célibataire, Gabe ? Alors, toutes les dix-huit heures il te faut de la pizza, sinon ton métabolisme va se mettre à déconner. Et moi j'ai une question à te poser au sujet d'empreintes de pied mais faut d'abord que tu me regardes écluser quelques bières, sinon c'est moi qui vais tomber d'inanition. Allez, Gabe, viens, je t'emmène au paradis de la pizza et des bières.

Théo désigna sa Volvo et ajouta :

— Si tu veux, j'ouvre le toit, comme ça tu peux garder ton antenne dehors.

— Ouais, t'as raison, je crois que j'ai bien mérité une pause.

Théo ouvrit la porte côté passager et Skinner se rua à l'intérieur de la voiture, marquant son territoire d'empreintes de boue.

— Même ton clébard a besoin de pizza. C'est le truc le plus humain à faire.

— Si tu le dis, soupira Gabe.

— J'ai un truc à te montrer sur le bord du ruisseau.

— C'est quoi ?

— Une empreinte de pied. Ou ce qu'il en reste.

Dix minutes plus tard, ils étaient attablés devant des verres de bière glacée dans l'unique pizzeria de Melancholy Cove, la Pizzeria des Pins. Ils avaient choisi une table près de la fenêtre de façon à garder un œil sur Skinner qui, sur le trottoir à l'extérieur, ne faisait que bondir et s'aplatir, offrant ainsi à Théo et à son maître une vision toujours changeante de la rue. Un coup, la rue avec la tête du chien, un coup la rue sans la tête du chien. Plutôt que de commander une bière, Gabe Fenton s'était tu depuis qu'ils étaient passés par le ruisseau.

— Et il va jouer longtemps à ce petit jeu ? demanda Théo.

— Jusqu'à ce qu'on lui donne une part de pizza.

— Très étonnant.

— Ça reste un chien, fit Gabe.

— Tu peux pas t'empêcher de raisonner en biologiste, hein ?

— Faut bien qu'il y en ait un qui garde l'esprit clair, non ?

— Plus sérieusement, qu'est-ce que tu en penses ?

— Je crois que tu as effacé la plus grande partie de ce que tu as cru être une empreinte.

— Mais c'en était une, Gabe ! C'était une marque de serre ou un truc dans ce genre-là.

— Il peut y avoir des tonnes d'explications pour un trou comme celui-là dans la boue. Et l'une de ces explications est qu'il ne s'agit pas d'une empreinte d'animal.

— Et pourquoi c'en serait pas une ?

— Un : il n'y a plus d'animaux aussi grands sur ce continent depuis soixante millions d'années. Deux : généralement les animaux laissent plus d'une empreinte, à moins qu'il ne s'agisse d'animaux faits pour sauter, répondit Gabe en souriant.

Sur le trottoir, la tête du chien faisait toujours le yo-yo.

— Pas mal de bagnoles et de gens sont passés dans cet endroit, peut-être qu'ils ont effacé les autres empreintes.

— Théo, te laisse pas abuser par ton imagination. Tu as eu une dure journée et en plus...

— Ouais, je sais, je fume de l'herbe.

— C'est toi qui l'as dit.

— J'assume. Parle-moi de tes rats. Qu'est-ce que tu vas faire quand tu les auras retrouvés ?

— D'abord, je vais chercher ce qui a provoqué leur

migration. Après, je vais capturer certains spécimens du groupe migrateur pour les comparer aux spécimens du groupe qui s'est dirigé vers la côte.

— Et ça va leur faire mal ?

— Non. Faut juste leur ouvrir le cerveau et mettre un peu du liquide dans une centrifugeuse.

— Ah ben alors ça doit faire mal.

La serveuse leur apporta les pizzas. Gabe se débattait avec les fils de fromage qui s'étiraient comme du chewing-gum quand le portable de Théo sonna. L'officier écouta son correspondant, se leva et chercha de l'argent dans ses poches.

— Une urgence. Faut que j'y aille.

— Qu'est-ce qu'il se passe ?

— C'est le petit Plotznik. Il a disparu. On l'a pas revu depuis qu'il est parti distribuer ses journaux.

— Il doit être planqué quelque part. Ce gosse-là, c'est une vraie teigne. Y a pas longtemps il a bricolé un truc avec la télécommande de sa voiture téléguidée, un truc qui a niqué les puces électroniques de mes rats. Ça m'a pris plus de trois semaines avant de comprendre pourquoi les bestioles faisaient des huit sur le parking de l'épicerie et de m'apercevoir que c'était à cause du gamin qu'était planqué dans les buissons avec sa télécommande.

— Tu me l'as déjà raconté, dit Théo. Mikey m'a même dit que s'il arrivait à attacher dix de tes rats ensemble avec du fil de fer, il passerait à la télé sur la chaîne Découverte. Mais c'est pas tout ça, il faut que je le retrouve. Il a des parents.

— Tu sais que Skinner a beaucoup de flair ? Tu veux l'emmener ?

— Je te remercie, mais je doute que le môme soit

parti livrer ses journaux avec une part de pizza dans la poche.

Théo replia son téléphone, emporta un morceau de pizza pour le manger en chemin et sortit.

CHAPITRE DIX

Appuyée contre la porte de son bureau, Val Riordan tentait de reprendre son souffle et de garder son calme. Dans toute sa vie professionnelle, elle n'avait rien connu de comparable aux séances de thérapie qu'elle avait menées depuis l'explosion de la station Texaco. Elle avait reçu vingt patients en dix heures et chacun d'eux avait insisté pour parler de cul ; pas de choses abstraites, de problèmes existentiels ou d'attitudes envers le sexe, non ! ils avaient tenu à parler de cul. C'était très démoralisant.

Elle s'était attendue à un regain d'activité de la libido de ses patients (c'était là un symptôme des plus banals consécutifs à l'arrêt des antidépresseurs), mais les traités de médecine disaient que seulement cinq à quinze pour cent des patients connaissaient une réaction — chiffres voisins de ceux qui connaissaient une baisse de leur libido en s'attelant aux drogues. Aujourd'hui, Val avait atteint les cent pour cent. Elle avait le sentiment de s'occuper d'un chenil pour clébards en rut plutôt que d'être psychiatre.

Après le départ du dernier patient, elle était sortie de son cabinet et avait trouvé Chloé, sa toute nouvelle secrétaire, en train de se masturber avec entrain, les pieds sur le rebord du bureau, le fauteuil grinçant et gémissant comme un écureuil la queue coincée dans un étau. Val s'était excusée, avait tourné les talons, était rentrée dans son cabinet et en avait refermé la porte.

Chloé avait tout juste vingt et un ans, des cheveux bruns, une garde-robe entièrement dédiée au noir et elle portait un anneau nasal décoré d'un saphir. Val avait commencé à la traiter pour boulimie alors que Chloé n'était encore qu'une adolescente. Puis, suite au remplacement des véritables médicaments par des placebos, le nombre de patients grimpant en flèche, Val avait sollicité les services de la jeune femme. Chloé n'était pas rémunérée. En échange de son travail, elle bénéficiait de la gratuité de sa thérapie, ce qui arrangeait bien les finances du toubib. À bien peser le pour et le contre, de l'ado ou de la jeune femme, Val préférait encore la gamine qui se laissait aller à vomir.

Le docteur en était encore à se demander quelle réaction avoir quand on frappa tout doucement à sa porte.

— Oui ?

— Je suis désolée, fit Chloé de l'autre côté de la porte.

— Heu... Reconnais tout de même que ce n'est pas là le genre de comportement à avoir dans un bureau.

— Comprenez-moi. Votre dernier client était parti et j'ai cru que vous alliez rédiger vos comptes rendus ou je ne sais quoi, enfin être occupée pendant un petit moment. Je suis réellement désolée.

— Alors c'est comme ça ? À peine mon dernier client parti, la bête qui est en toi rapplique au galop ?

— Est-ce que je suis virée, docteur ?

Val réfléchit une seconde. Il y avait déjà une vingtaine de rendez-vous pris pour le lendemain et autant pour le surlendemain. Au moins, si l'étrangeté de son comportement ne la tuait pas, la charge de boulot y contribuerait. Val n'avait guère les moyens de s'offrir le luxe de perdre Chloé.

— Non, répondit-elle, tu n'es pas virée. Mais je t'en prie, ne fais plus ça chez moi.

— Je pourrais vous parler deux minutes ? Je sais bien que ma prochaine séance n'est pas avant la semaine prochaine, mais il faut vraiment que je vous parle. Ça urge.

— Ne préférerais-tu pas rentrer chez toi et... comment dire ? analyser les choses ?

— Vous voulez dire terminer ce que j'étais en train de faire ? Ah non, ça y est, je suis allée jusqu'au bout du machin. Et c'est justement ça dont je veux vous parler... parce que tout à l'heure c'était pas la première fois de la journée.

Val eut du mal à déglutir. C'était contre l'éthique de sa profession que de s'entretenir avec un patient au travers d'une porte. Val rassembla son courage et ouvrit la porte.

— Viens. Entre.

Le toubib gagna son bureau sans le moindre regard à la jeune femme qui vint s'asseoir en face d'elle.

— Alors comme ça, c'était pas la première fois depuis ce matin ?

Val avait repris son rôle de thérapeute et abandonné celui de patron qui aurait exigé d'elle de choper cette petite salope au colbac et de lui serrer le kiki jusqu'à ce que mort s'ensuive.

— Non, c'était pas la première fois. J'arrive pas à en être rassasiée. Ça a commencé vers deux heures du matin et ça a duré jusqu'à ce que je sois obligée de me préparer pour partir au boulot. Et puis j'ai recommencé une ou deux fois pendant chacun de vos rendez-vous.

La mâchoire du toubib descendit d'un cran supplémentaire. Comment pouvait-on se branler pendant seize heures d'affilée ? Les autres patients qu'elle avait reçus dans la journée lui avaient tous également avoué que leurs aventures sexuelles avaient commencé à leur titiller les neurones vers deux heures du matin.

— Et comment te sens-tu par rapport à cet état ?

— Oh ben, tout baigne. À part le poignet naturellement qui me fait un peu mal. Vous êtes sûre que j'ai pas chopé une tendinite ?

— Chloé, si tu t'imagines que tu vas pouvoir exiger des dommages et intérêts...

— Non, non, non. Je vais arrêter.

— Qu'est-ce qui a pu déclencher tout ça ? Il s'est passé quelque chose de particulier à deux heures du matin ? As-tu fait un rêve ?

Certains autres patients avaient parlé de rêves à connotation sexuelle. Par exemple, Winston Krauss, l'obsédé des mammifères marins, avait raconté comment lui, simple pharmacien, tel le capitaine Achab en pleine bandaison, s'était vu niquer une baleine bleue qui l'avait entraîné vers les abysses. À son réveil, il s'en était pris à son Flipper gonflable jusqu'à ce que celui-ci soit totalement à plat.

Chloé, mal à l'aise, changea de position sur sa chaise. Sa longue mèche marron lui couvrit le visage.

— J'ai rêvé que je me faisais baiser par un camion-citerne. Même que la citerne a fini par exploser.

— Un camion-citerne ? Rien que ça ?

— Oui. Et j'ai joui.

— Tu sais, Chloé, il n'y a rien d'anormal à avoir des rêves sexuels.

Donc, se dit le docteur, se faire tirer par un camion-citerne est tout ce qu'il y a de plus normatif.

— Dis-moi, Chloé. Dans ton rêve, as-tu le souvenir d'un incendie ?

Les pyromanes atteignent l'orgasme en mettant le feu et en contemplant les incendies. C'est comme ça que les flics les chopent, ils cherchent dans la foule des badauds un mec béat qui a des brindilles et des traces de brûlures sur ses godasses.

— Non, il n'y avait pas d'incendie dans mon rêve. Je me suis réveillée au moment de l'explosion. Val, je vous en prie, dites-moi ce qui déconne en moi. J'ai qu'une envie : recommencer !

— Et tu crois que tes pulsions pourraient te conduire à commettre des actes irraisonnés ?

Chloé prit son air ingénu et dit :

— Si vous voulez dire comme de me polir l'hibiscus pendant les heures de bureau : ma réponse est oui. Je m'inquiète un peu, docteur Riordan. Vous ne pourriez pas modifier mon traitement ?

Nous y voilà ! pensa Val. Autrefois, ç'aurait sûrement été la réponse apportée. On serait passé à quatre-vingts milligrammes de Prozac, soit quatre fois la dose d'un déprimé lambda, et on aurait laissé les effets secondaires relatifs à la perte de libido faire leur boulot. C'est la méthode miraculeuse qu'avait expérimentée Val, lorsqu'elle était encore interne, pour soigner une nymphomane. Mais dans le cas de Chloé ? Fallait-il lui scotcher une moufle de cuisine à chacun de ses poignets de secrétaire ? Oh ! ce n'est pas que la qualité de sa frappe en souffrirait beaucoup mais ça risquerait de rendre les patients nerveux.

— Tu sais, Chloé, la masturbation est une chose naturelle. Tout le monde la pratique. Mais bien évidemment, il y a des moments et des endroits pour ça. Je ne sais pas, moi, peut-être pourrais-tu diminuer la fréquence ? Te masturber en guise de récompense pour avoir su maîtriser tes pulsions ?

Chloé fit la grimace.

— Diminuer ? Ce qui m'inquiète vraiment c'est comment faire pour rentrer chez moi en toute sécurité. Ma voiture n'est pas une automatique. J'ai besoin de mes deux mains pour conduire, et là, je me demande bien comment je vais faire. Vous auriez pas un patch, une espèce de timbre à me conseiller comme pour les gens qui veulent arrêter de fumer ?

— Un patch ?

Val retint un rire. Elle imagina une file de patients agités, gémissant, en train de faire le pied de grue autour de la pharmacie pour se procurer le patch à éradiquer les orgasmes, le genre de truc à faire passer l'héroïne pour de la barbe à papa.

— Non, Chloé, répondit-elle. Il n'existe pas de patch de ce genre. Il va falloir que tu apprennes à te contrôler toute seule. Je pense que tout cela doit être dû à un effet secondaire de tes médicaments. Ça devrait disparaître dans un jour ou deux. Mais j'aimerais que tu m'en dises plus sur ce rêve. On pourrait en reparler demain, qu'en dis-tu ?

Chloé se leva, apparemment pas très satisfaite de l'aide proposée qui, à bien y regarder, était franchement bidon.

— On verra ça, dit-elle en quittant le bureau sans oublier de refermer la porte sur elle.

Val laissa sa tête choir sur sa table de travail. Jésus, Marie, Joseph, se dit-elle, pourquoi n'ai-je pas plutôt fait laborantine ? Le monde serait si merveilleux si je pouvais m'asseoir tranquillement à regarder mes tubes à essai remplis d'urine et de culture microbienne en pleine ébullition. Un monde sans barjos, sans stress. Bon, d'accord, j'aurais pu être de temps à autre exposée à quelque spore d'anthrax mortel, mais au moins les problèmes de cul de mes semblables seraient restés au chaud dans leurs chambres à coucher ou entre les pages des magazines people.

Elle repensa à l'entretien qu'elle avait eu avec Martin et Lisbeth Luder, un couple de septuagénaires. Ils consultaient parce que leur dernière conversation remontait à 1958. Ils étaient venus aujourd'hui. Pendant une demi-heure ils avaient déversé sur Val un flot d'histoires sexuelles on ne peut plus explicites, qu'ils mettaient sur le compte de pulsions endurées la nuit précédente, et qui avaient débuté à deux heures très précises. Val en avait l'esprit tout vrillé rien que d'y repenser ; toute cette friction furieuse de deux corps fanés, ridés, qui s'était achevée en apothéose pyrotechnique, comme si un boy-scout géant les avait frottés l'un sur l'autre jusqu'à obtenir des étincelles. Mais le pire, le pompon, c'était qu'elle s'était laissé prendre au jeu, qu'elle s'était sentie tout émoustillée et qu'elle avait dû changer quatre fois de slip entre deux rendez-vous au cours de la journée.

Val pensa que la seule chose à faire serait de se verser un grand verre de brandy et d'aller s'écrouler devant la télé, mais à bien y réfléchir, serait-ce suffisant ? Ce qui lui faisait le plus cruellement défaut, c'était quatre banales petites piles rondes. Elle en avait un besoin urgent car la chose ne pourrait sûrement pas attendre plus longtemps. Il était grand temps que Val aille farfouiller dans son tiroir à lingerie fine à la recherche de ce vieil ami oublié depuis des lustres et dont elle espérait très fort qu'il fonctionnât encore.

MOLLY

Bien après que la nuit fut tombée, à travers le trou dans le rideau, Molly zieutait toujours la caravane qui avait englouti le gamin. Le principal problème, quand on est catalogué barjo, se dit-elle, c'est qu'on ne ressent pas toujours les choses comme une givrée. Il arrive même qu'on connaisse des plages de grande sérénité mentale, notamment au moment où un dragon en forme de caravane décide de venir s'installer sur l'emplacement voisin du vôtre. Cela ne signifiait pas pour autant que Molly se sentait prête à sortir et à crier sur les toits ce qu'elle avait vu, car que vous soyez cinglé ou non, il est des trucs que personne ne croira jamais. Alors, elle épiait, toujours vêtue de son costume de Kendra, dans l'espoir de voir débarquer quelqu'un qui remarquerait quelque chose d'anormal. Et à huit heures, quelqu'un arriva.

Elle aperçut Théophile Crowe qui allait de porte en porte dans le terrain. Elle le vit se diriger vers deux caravanes et échanger quelques mots avec M. Morales. Puis Théo gagna la caravane dragon.

Molly avait la gorge nouée. Elle aimait bien Théo. Bien sûr, il l'avait embarquée à une ou deux reprises à l'asile du comté, mais il s'était toujours montré sympathique à son égard. C'est lui qui l'avait prévenue qu'à l'hôpital de jour il y avait ce type qui gagnait toujours au parcheesie[1] parce qu'il avalait les billes de marbre en loucedée. De plus, jamais Théo ne s'était adressé à elle en la considérant comme une givrée. En fait, Théo était l'un de ses fans.

Comme l'officier levait sa torche pour frapper à la porte de la caravane dragon, Molly vit les deux fenêtres situées à l'extrémité s'ouvrir tout doucement, découvrant des pupilles de chat. Apparemment Théo ne les remarqua pas. Il fixait le bout de ses chaussures.

Molly ouvrit la porte d'aluminium de sa caravane et lança :

— Ils sont pas là.

L'officier se retourna vers Molly qui ajouta :

— Attendez une seconde.

Molly sortit de la caravane et se planta dans la lumière.

— Ils sont absents, répéta-t-elle. Mais venez par ici un instant.

— Salut, Molly. Comment vas-tu ? fit Théo en rengainant la torche dans sa ceinture.

— Ça va. Ça va bien. Je peux vous parler ?

1. Casse-tête originaire de l'Inde qui se joue avec des billes de pierre sur un socle de bois rond alvéolé.

Elle ne voulait pas lui dire de quoi. Parler des yeux ? De ceux de la caravane qui n'en était pas vraiment une ? Tout cela aurait signifié son retour immédiat à l'hôpital.

— Alors comme ça, ils sont pas là ? dit Théo en désignant la caravane dragon par-dessus son épaule.

Il regardait Molly à présent tout en essayant de ne pas la fixer. Il avait une allure bizarre, identique à celle du gamin juste avant qu'il soit avalé par la créature.

— Non, ils sont partis depuis ce matin.

— C'est quoi cette épée ?

Oh merde ! Molly l'avait oubliée dans l'herbe.

— Je m'en sers pour ramasser des légumes.

— Pour ramasser des légumes ? Ça le fait.

— C'est l'idéal pour couper les queues de brocolis, répondit-elle, comme si l'explication pouvait tenir debout.

Théo regardait le bikini de cuir et elle remarqua que son regard s'attardait sur la cicatrice qu'elle portait au-dessus de la poitrine. Elle la couvrit de sa main.

— C'est un de mes vieux costumes de Kendra. C'est tout ce que j'ai à me mettre, le reste est dans le sèche-linge.

— Dans le sèche-linge ? Bien sûr, dit-il. Dis-moi, tu ne reçois pas le *Times*, toi ?

— Non. Pourquoi ?

— Mikey Plotznik, le gosse qui livre les journaux, il est parti ce matin faire sa tournée et on ne l'a plus revu. Il semblerait qu'il ait livré ses derniers canards dans le quartier. Tu ne l'aurais pas aperçu par hasard ?

— Environ dix ans, un petit blond sur des rollers ? Le genre teigneux ?

— C'est ça.

— Non. Je l'ai pas vu.

Elle vit les yeux du dragon se refermer derrière Théo. Elle respira profondément.

— Tu as l'air tendu, Molly. Tu es sûre que ça va ?

— Impeccable. Je m'apprêtais à retourner faire ma cueillette. Vous n'avez pas faim ?

— Dis-moi, le docteur Riordan s'occupe toujours de toi ?

— Ouais. Elle a appelé justement. Elle a dit que j'étais pas dingue.

— Évidemment que tu n'es pas dingue. Je voudrais que tu sois vigilante, au sujet du môme. Un de ses potes aurait dit que Mikey faisait une fixation sur toi.

— Sur moi ? Vous déconnez ?

— Non. Il serait du genre à rôder autour de ta caravane.

— Sans blague ?

— Si tu le vois, appelle-moi, d'accord ? Ses parents se font un sang d'encre.

— J'y penserai.

— Merci. Et passe la consigne à tes voisins quand ils rentreront.

— J'y manquerai pas.

Molly nota que l'officier semblait complètement paumé. Il la fixait en gardant cet air d'ahuri.

— Il n'y a pas longtemps qu'ils sont là. Je les connais peu. Mais je leur transmettrai le message.

— C'est gentil, dit-il.

Il restait planté là comme un premier communiant face à une dame de petite vertu.

— C'est pas tout ça, Théo, mais faut que j'y aille. J'ai des brocolis dans le sèche-linge.

Ah non ! Ce qu'elle avait voulu dire, c'était qu'il fallait qu'elle s'occupe du dîner ou de la lessive, mais pas des deux en même temps.

— Je comprends. Salut.

Elle courut s'enfermer dans sa caravane et resta adossée le long de la porte. À travers la fenêtre, elle vit la caravane dragon ouvrir un œil et le refermer aussitôt. Elle aurait juré qu'elle lui faisait de l'œil.

THÉO

Une voix persistante, dans la tête de Théo, lui répétait que de trouver la Folledingue séduisante — extrêmement séduisante — constituait un indice révélateur de folie douce. D'un autre côté, il ne trouvait pas cela farfelu. De toute façon, depuis qu'il avait mis les pieds dans le terrain de caravanes, il ne trouvait plus rien de farfelu. Il avait du pain sur la planche : il lui fallait s'occuper de cette explosion, retrouver le môme perdu et prendre en compte la recrudescence de dingomanie qui touchait la ville tout entière. On eût dit qu'une saloperie de tempête de responsabilités multiples lui tombait sur le râble. Mais il ne trouvait pas ça si mal. Près de la caravane de Molly, au moment où il analysait sa montée de libido, c'est là qu'il s'était rendu compte qu'il n'avait pas fumé d'herbe de toute la journée. Étrange, tout de même. Car normalement, une si longue abstinence de sa pipe préférée aurait dû le mettre à cran.

Il se dirigeait vers sa Volvo avec l'idée de reprendre

les recherches du gamin quand son portable sonna. Le shérif Burton ne prit pas la peine de s'annoncer.

— Va à une cabine, ordonna Burton.

— Mais je suis en pleine recherche du gamin, répondit Théo.

— Tu cherches une cabine, Crowe. Et tu me rappelles sur ma ligne perso. T'as cinq minutes.

Théo roula jusqu'à ce qu'il trouve une cabine téléphonique près du saloon. Il regarda sa montre. Au bout d'un quart d'heure, il composa enfin le numéro de Burton.

— Je t'avais dit cinq minutes.

— Ouais, c'est ce que vous aviez dit.

Théo se sourit à lui-même malgré le ton du shérif qui semblait à la limite de pousser une gueulante.

— Tu arrêtes d'arpenter la cambrousse, Crowe. Pigé ? Le môme ne se cache pas en cambrousse. Tu comprends ce que je te dis ?

— Ça fait partie de la routine que de prospecter les zones rurales. Les services d'urgence ont établi une grille de répartition des recherches, on doit la respecter. J'avais l'intention d'appeler quelques-uns de vos adjoints pour qu'ils viennent nous donner un coup de main. Les pompiers volontaires sont sur les rotules à cause de l'explosion de ce matin.

— Tu n'auras aucun de mes gars. Et je t'interdis de prévenir la police de la route. Et surtout pas d'avion ou d'hélico. Si la grille de recherche oblige à dire qu'on est allé fouiller la campagne, alors tu coches la case qui l'atteste. Mais je ne veux voir personne à batifoler dans les prés.

— Et s'il se trouve que le môme s'y planque ? Vous

savez que vous parlez d'une zone de cinq mille hectares de prairies et de bois... qui ne seront pas fouillés.

— Mais, bougre de con, le gosse est sûrement planqué dans une cabane construite dans un arbre avec une pile de magazines *Playboy*. Ça fait combien de temps qu'il est porté disparu ? Douze heures à tout casser ?

— Et s'il y est pas... dans la cabane dans les arbres ?

Il y eut un silence. Pendant qu'il patientait, et en moins d'une minute, Théo vit trois couples, apparemment unis de très fraîche date, sortir du saloon. À Melancholy Cove, qui sortait avec qui avait toujours été un secret de Polichinelle, mais ce que Théo voyait, c'était des gens qui n'allaient vraiment pas ensemble. Un vendredi soir, la chose aurait pu se comprendre, mais pas un mercredi. En plus, il était à peine huit heures. Peut-être bien, se dit Théo, que je suis pas le seul du comté à bander comme un âne. Les couples s'enlaçaient et se pelotaient comme s'ils avaient voulu se débarrasser des préliminaires avant d'arriver à leur voiture.

Burton revint en ligne.

— Je vais m'arranger pour faire fouiller la campagne et je te rappelle si on retrouve le môme. Si c'est toi qui mets le grappin dessus, je veux en être le premier informé.

— C'est tout ?

— Trouve-moi ce petit connard, Crowe.

Et Burton raccrocha.

Théo remonta dans sa voiture et regagna sa cabane située aux abords de la ville. Il y avait déjà là au moins une vingtaine de volontaires en train de chercher le petit Plotznik. Théo se dit que, puisqu'ils étaient attelés à la tâche, il pourrait prendre une douche et quitter ses vêtements qui puaient la fumée. Comme il garait la Volvo, un pick-up rouge, un truc hors de prix et bourré d'accessoires, passa au ralenti devant chez lui. Le type de genre mexicain qui était assis dans la benne se mit à rire et salua Théo en brandissant une kalachnikov.

Théo détourna le regard et entra dans sa cabane plongée dans la pénombre. Il aurait tellement aimé que quelqu'un l'y attendît.

CHAPITRE ONZE

CATFISH

En ouvrant l'œil, Catfish aperçut une femme au corps maculé de peinture. Elle s'activait dans la maison, sobrement vêtue d'une paire de chaussettes de laine dans lesquelles elle avait glissé plusieurs pinceaux, un de couleur ocre, un autre vert olive, un troisième couleur de titane, qui lui dessinaient des rayures sur les mollets au gré de ses déplacements. Des toiles, représentant toutes des marines, reposaient sur les chevalets, les chaises, le bar et les rebords de fenêtres. Estelle allait de l'une à l'autre, sa palette en main, peignant avec vigueur des détails de vagues et de plages.

— Tu t'es réveillée pleine d'inspiration, on dirait, fit Catfish.

Le soir tombait. Ils avaient dormi toute la journée. Estelle peignait à la lueur d'une cinquantaine de bougies et à celle, orangée, qui émergeait des portes ouvertes du poêle à bois. Tant pis pour la justesse des couleurs ! Il faudrait admirer ces toiles à la lumière des flammes. Estelle s'arrêta de peindre et leva la main qui tenait le pinceau pour se voiler les seins.

— Elles étaient pas complètement terminées. Je savais qu'il y manquait quelque chose, mais je ne savais pas quoi jusqu'à maintenant.

Catfish serra son pantalon autour de sa taille et, torse nu, déambula entre les toiles qui regorgeaient d'écailles, de queues, de dents et de serres. Des yeux de prédateurs brillaient ici et là, plus étincelants que les bougies qui les éclairaient.

— T'as peint cette vieille carne sur chacune d'elles ?

— C'est pas « une » vieille carne : c'est un mâle.

— Qu'est-ce que t'en sais ?

— Je le sais.

Estelle se retourna et se remit à peindre.

— Je le sens, ajouta-t-elle.

— Et comment tu sais qu'il ressemble à ça ?

— Parce que c'est pas ressemblant ?

Catfish se gratta le menton et s'attarda sur les toiles.

— Ça y ressemble. Mais c'est pas un mâle. Ce foutu monstre, c'est çui qui nous a coursés, Hilare et moi, après qu'on a pêché son rejeton.

Estelle se tourna vers lui.

— Tu joues ce soir ?

— Dans pas longtemps.

— Tu veux du café ?

Il s'approcha d'elle, lui prit la brosse et la palette des mains avant de l'embrasser sur le front.

— Ce serait sympa.

Elle retourna à la chambre et en ressortit vêtue d'un kimono en lambeaux.

— Tu peux me dire ce qui s'est passé ?

Il était assis à la table et répondit :

— Je crois qu'on a dû battre un record. Je suis lessivé.

Estelle sourit malgré elle mais réprima son émotion.

— Raconte-moi ce qui s'est passé après, dans le bayou. Vous avez réussi à sortir cette créature hors de la flotte ?

— Mais qu'est-ce que tu crois, femme ? J'en suis capable. Tu me crois tout juste bon à gratter dans les clubs pour gagner de quoi me payer des godets ?

— Raconte-moi l'effet que ça vous a fait quand vous avez sorti la bestiole du marais.

— Ça nous a foutu les chocottes.

— Et quoi d'autre ?

— Ça suffisait bien. Tu l'as entendu. Ça fout une sacrée frousse.

— Tu ne semblais pas avoir peur hier soir quand on est rentré.

— Non.

— Ben moi non plus. Dis-moi ce que tu as ressenti dans le bayou, avant et après que la bestiole vous a coursés.

— Rien de ce que je ressens en ce moment.

— Et tu ressens quoi ?

— Je me sens vachement bien d'être là avec toi à faire causette.

— Sans blague ? Eh ben moi aussi. Mais dans le bayou, qu'as-tu ressenti ?

— Arrête de me tirer les vers du nez. Je te le dirai plus tard. Maintenant je suis en train de me dire que je dois jouer dans une heure et je me demande si j'en suis capable.

— Pourquoi t'en serais pas capable ?

— J'ai pas le blues. Tu l'as chassé.

— Je peux te foutre dehors à poil si tu penses que ça peut aider à le faire revenir.

Catfish s'agita sur sa chaise.

— Je prendrais bien un peu de café, moi.

L'HISTOIRE DE CATFISH

Une fois qu'on a réussi à mettre quelque distance entre nous et ce qu'on avait au train, on a stoppé la bagnole et alors, Hilare et moi, on a hissé c'te saloperie de poisson-chat sur la banquette arrière. La queue dépassait d'un côté et la tête de l'autre. Tous mes plans avaient foiré. Hilare n'avait toujours pas le blues et ça commençait à m'énerver grave. Et puis, d'un coup ça m'est revenu qu'il y avait ces cinq cents tickets qui n'attendaient plus que nous, et comme par enchantement, j'ai arrêté de penser au blues.

— Hilare, que je lui ai fait, on devrait fêter ça. Faudrait qu'on se trouve quelques boutanches et c'est bien le diable si après ça dans tout le delta du Mississippi on se dégote pas une salope ou deux. T'en dis quoi ?

Ce vieil Hilare, il était pas du genre rabat-joie, mais il a quand même fait remarquer que pour le moment on avait pas un rond et qu'Ida May supportait pas qu'il s'adonne au sexe à plus de cent mètres de la maison. Seulement Hilare, tout comme moi, il avait envie de se donner un peu de bon temps et il a pas fallu longtemps pour qu'on prenne cette petite route de campagne qui menait tout droit chez un négociant d'alcool clandestin du nom d'Elmore, un Blanc qui acceptait de vendre aux nègres.

Cette vieille crevure d'Elmore, il ne lui restait plus que deux dents qu'il a réussi à faire grincer l'une contre l'autre quand il nous a vus débouler chez lui. Il a commencé à agiter son flingue vu qu'on venait le perturber en pleine agitation sexuelle crapuleuse.

— Salut, Elmore, que je lui ai dit. Comment va ta charmante femme qui est aussi ta propre frangine par la même occasion ?

Il a répondu qu'elle allait bien, mais que c'était pas important car ce qui importait c'était qu'on allonge le fric sans traîner parce que si c'était pas le cas il allait pas tarder à faire un carton sur un couple de négros. Il a ajouté qu'il avait une gonzesse sur le gaz et il tenait pas à ce qu'elle refroidisse.

— On est un peu juste en fric, que j'ai fait. Mais y a ces cinq cents dollars qu'y faut qu'on aille chercher demain matin et peut-être que tu pourrais nous faire crédit dessus pour un pichet de vin.

Et c'est alors que je lui ai montré le poisson-chat.

En fait, Elmore, c'était le genre de gars à se chier dessus. J'ai espéré qu'il fasse dans son froc devant nous de façon que ça masque l'odeur de pourriture qu'il dégageait naturellement. Il a simplement dit :

— J'vais pas poireauter jusqu'à demain matin. Tu veux un pichet ? Eh ben t'as juste à me donner un bout de ton poisson-chat. Un gros bout.

Hilare et moi, on a réfléchi un moment. Et on a décidé d'échanger un pichet de deux litres de cet alcool de maïs de merde contre un bout de poisson assez balèse pour nourrir Elmore et sa smala pendant huit jours.

On a repris la route et il a pas fallu longtemps avant qu'on tombe sur cette vieille maquerelle du nom d'Okra. Question fric, elle a tenu le même discours qu'Elmore. Et en plus, elle a dit qu'elle nous laisserait pas fricoter avec ses filles tant qu'on aurait pas pris un bain. Alors, moi, j'y suis allé de ma petite histoire à cinq cents dollars. Okra a dit que si elle voyait pas la couleur de l'oseille avant demain, on pourrait pas baiser avant demain, que c'était aussi simple que ça, mais que si ça nous démangeait vraiment elle pouvait nous échanger du bon temps avec ses filles contre un morceau de ce poisson-chat qu'on trimballait à l'arrière de notre bagnole. Je peux t'assurer que les gonzesses, ça aime le poisson-chat. À un moment donné, j'ai vraiment cru que le blues allait s'abattre sur Hilare quand je l'ai entendu dire qu'il avait dû échanger un morceau de poisson à cent dollars contre un bain. Mais il avait fait un choix. Il a attendu dans la bagnole que j'aie fini mes petites affaires avec les filles et on s'est mis en quête d'un coin où dormir jusqu'au matin quand on pourrait toucher notre fric contre le poisson.

On a enquillé un petit chemin au milieu des buissons et, après un verre ou deux, on commençait à s'endormir quand on a vu sortir des fourrés toute une meute de gars qui portaient des robes blanches et des grands chapeaux pointus. Ils nous ont dit :

— Alors, les négros, on a pas lu les pancartes ?

Et voilà que ces particuliers nous attachent avec le poisson-chat et qu'ils nous emmènent à travers les bois jusqu'à un grand feu qu'ils avaient déjà préparé depuis longtemps.

C'est le genre de situation qui fout vraiment les chocottes. C'est moi qui te le dis. Depuis ce jour-là, je peux plus passer à côté de draps en train de sécher sur un fil sans avoir des démangeaisons dans la moelle épinière. À ce moment-là, j'ai su qu'on allait y passer. J'ai dit mes prières du mieux possible. Pendant ce temps, les gars nous foutaient des coups de latte dans la gueule tout en mangeant du poisson-chat qu'ils faisaient griller sur des bouts de bois.

Et puis je l'ai reniflée et les coups de latte ont soudain cessé. J'ai regardé le pauvre Hilare qui était allongé dans la boue et qui se cachait la tête avec les mains. Il avait un œil en sang. Lui aussi il l'avait sentie.

Les gars du Klan, ils ont regardé en direction des bois comme s'ils s'attendaient à en voir surgir leur grand-mère. Y en a qu'ont commencé à faire la grimace et d'autres qui se sont gratté les couilles à travers leur pantalon. Et elle a déboulé. Aussi grosse qu'une loco qui surgit d'un tunnel, en hurlant à t'en faire péter les tympans. Elle a avalé deux gars d'une seule bouchée.

J'ai pas eu besoin de faire un dessin à Hilare. Avant qu'on puisse dire quoi que ce soit on était debout à cavaler comme des dératés, toujours saucissonnés à ce qui restait du poisson. On a couru vers la route. Dans la bagnole, on a trouvé un couteau et on s'est libéré. Hilare a tourné la manivelle et moi, derrière le volant de la vieille Ford, je tripotais le starter. Au fond des bois, les cris et les gueulantes des gars du

Klan nous ont paru une douce musique. Forcément, ils étaient tous à se faire bouffer.

Puis tout est redevenu calme. On entendait plus que nos respirations et Hilare qui s'échinait comme un beau diable sur la manivelle. Je lui ai crié de se magner le train quand j'ai à nouveau entendu un boucan d'enfer en provenance des bois. Finalement, la Ford a daigné tousser mais je pouvais à peine l'entendre vu qu'à ce moment-là la chose monstrueuse a piétiné des arbres et poussé un grondement. J'ai dit à Hilare de monter dans la voiture, mais lui, il s'est dirigé vers l'arrière.

— Qu'est-ce que tu fous ? que je lui ai dit.

— Et nos cinq cents dollars ? qu'il m'a répondu.

Alors je l'ai vu jeter le poisson-chat sur la banquette arrière. Enfin, ce qu'il en restait maintenant, c'est-à-dire la tête. Après, Hilare a voulu sauter sur le marchepied. J'ai jeté un œil vers lui et je l'ai vu disparaître en l'air. Envolé. Et juste avant que j'enclenche la première et démarre, j'ai vu ces énormes mâchoires à mes côtés.

Hilare s'était envolé. Vraiment envolé.

Le lendemain, je suis allé trouver ce Blanc qui disait payer cinq cents tickets pour la capture du poisson-chat. Il a regardé cette grosse tête de poisson et s'est foutu de moi. Je lui ai dit que je venais de perdre le meilleur copain que j'avais jamais eu et qu'il devrait me filer le foutu pognon. Il a encore rigolé et m'a dit de foutre le camp. Alors je lui ai cassé la gueule.

J'ai pris ma tête de poisson et j'ai été au tribunal, mais ça n'a servi à rien. Le juge m'a collé six mois de taule pour avoir frappé un Blanc et tout le toutim. Il a dit à l'huissier :

— Allez, vous pouvez emmener Catfish.

C'est depuis ce jour-là qu'on m'appelle comme ça. J'évite de raconter cette histoire mais le nom me colle à la peau. Depuis, le blues ne me quitte jamais, ça me fait une belle jambe. Pendant que j'étais en prison Ida May est morte de chagrin, et à ma sortie, moi, j'avais plus un seul ami sur terre. J'ai pris la route et je l'ai plus jamais quittée.

Cette chose sur la plage, qui a poussé ce rugissement, c'est moi qu'elle cherche.

CATFISH

— C'est sûr, c'est un mâle, répéta Estelle incapable de dire quoi que ce soit d'autre.

— Qu'est-ce que t'en sais ?

— Je le sais.

Elle lui prit la main et ajouta :

— Tu sais, je suis vraiment désolée pour ton copain.

— Je voulais seulement qu'il chope le blues pour qu'on puisse enregistrer un disque.

Ils restèrent un moment assis à la table en se tenant les mains. Catfish en oublia son café qui refroidit. Estelle se repassait dans la tête l'histoire qu'il venait de lui raconter. Elle et lui se sentaient à la fois soulagés et inquiets car à présent les ombres sur les toiles avaient une forme définie. Malgré son caractère fantastique, dans l'esprit d'Estelle, l'histoire de Catfish lui en rappelait une autre.

— Dis-moi, Catfish, lui demanda-t-elle, as-tu

jamais lu *Le vieil homme et la mer* d'Ernest Hemingway ?

— Tu parles de ce mec qui a écrit sur les corridas et la pêche au gros ? Je l'ai rencontré un jour, en Floride. Pourquoi tu demandes ça ?

— Quoi ? Tu as rencontré Hemingway ?

— Ouais. Et cette espèce de demeuré a jamais voulu croire à mon histoire. Il disait pourtant aimer la pêche, mais il a jamais voulu me croire. Pourquoi tu me parles de lui ?

— Pour rien, répondit Estelle. Si cette bestiole mange les gens, tu crois pas qu'on devrait avertir les autorités ?

— Ça fait cinquante piges que je parle de ce monstre et y a jamais personne qu'a voulu me croire. Y en a qu'ont dit que j'étais le plus grand hâbleur de tout le delta du Mississippi. Sans cette histoire, aujourd'hui j'aurais une belle baraque et j'aurais enregistré une foule de disques. Amuse-toi à appeler les flics et en deux coups les gros tu vas devenir la folledingue de Melancholy Cove.

— Impossible : on a déjà une folledingue à Melancholy Cove.

— T'en fais pas. Si y en a un qui doit être bouffé, ce sera moi. Et si les gens pensent que je tourne pas rond, je perdrai mon boulot et faudra que je reprenne la route. Tu comprends ?

Estelle prit la tasse de Catfish et la déposa dans l'évier.

— Tu devrais penser à te préparer pour aller jouer.

CHAPITRE DOUZE

MOLLY

Pour ne plus penser au dragon installé à sa porte, Molly enfila un survêtement et commença à faire le ménage de sa caravane. Elle parvint à remplir trois grands sacs-poubelles de détritus de nourriture trouvés sur la plage et elle s'apprêtait à passer l'aspirateur sur la collection de termites morts qui décoraient son tapis quand elle fit la bêtise de projeter de l'Ajax Vitres sur l'écran de la télé. Le magnétoscope diffusait *La revanche de Kendra.* Quand les gouttelettes de produit touchèrent l'écran, elles rendirent les points lumineux phosphorescents, transformant ainsi l'image en un tableau impressionniste qu'aurait pu peindre Georges Seurat et qu'on aurait pu intituler : *Dimanche après-midi sur l'île de la Grande Amazone.*

Molly mit sur pause au beau milieu de la scène de la douche. (Dans chacun de ses films, il y avait une scène de douche au cours des cinq premières minutes, bien que Kendra vécût sur une planète presque totalement dépourvue d'eau. Pour contourner ce problème, un jeune metteur en scène avait eu l'idée lumineuse de faire croire que le personnage se lavait à la « mousse anti-radioactive ». Résultat : pendant cinq heures, une soufflerie électrique située hors champ avait projeté sur le corps de Molly de la mousse de savon Cadum. La pauvre Molly avait terminé le tournage le corps enveloppé d'un burnous de Bédouin à cause des rougeurs qui lui couvraient l'épiderme.)

— Voilà un vrai film d'auteur, dit Molly, assise par terre face à la télé, projetant sur l'écran de l'Ajax Vitres pour la cinquantième fois. Quand je pense qu'en ce temps-là j'aurais pu faire top model à Paris...

— Sûrement pas, fit la voix off qui était toujours là. Tu étais bien trop maigre. Ils aimaient que les grosses là-bas.

— Je te cause pas à toi.

— T'as vu que ton petit voyage à Paris vient de te coûter la moitié d'un flacon d'Ajax Vitres ?

— Ça me paraît très abordable comme voyage.

Sur ces paroles, elle se leva et prit les deux verres posés sur la télé pour les emporter à la cuisine. C'est alors qu'on sonna à la porte.

Elle alla ouvrir en tenant les deux verres d'une seule main par les bords. Elle découvrit deux femmes bien habillées : en robe, chaussures à talons hauts et la chevelure badigeonnée de laque. Les deux semblaient avoir la petite trentaine. Elles étaient blondes et affichaient un sourire constipé, dû soit à l'hypocrisie, soit à l'abus de substances prohibées. Molly ne sut pas pour quelle raison pencher.

— Vous êtes des représentantes Tupperware ? demanda Molly.

— Non, fit la première blonde en lâchant un petit rire. Je m'appelle Marge Whitfield et mon amie s'appelle Katie Marshall. Nous appartenons à la CSPM, la Coalition pour une société plus morale. Nous voudrions vous entretenir de notre campagne en faveur du retour de la prière à l'école. J'espère que nous ne vous dérangeons pas.

Katie était vêtue de rose et Marge de bleu pastel.

— Moi, c'est Molly Michon. J'étais juste en train de faire un peu de ménage, répondit Molly, ses deux verres à la main. Entrez donc.

Les deux femmes entrèrent et demeurèrent près de la porte pendant que Molly allait poser ses verres dans l'évier.

— C'est très surprenant, fit Molly. Si vous mettez du Coca light dans un verre et du Coca normal dans un autre et que vous les laissez vieillir, disons six bons mois, on s'aperçoit que toutes sortes de saloperies vertes poussent dans le Coca normal alors que le Coca light reste très présentable.

Molly revint dans le salon et demanda :

— Je peux vous offrir quelque chose à boire ?

— Non merci, répondit Marge machinalement.

Katie et elle avaient le regard fixé sur l'écran de télé où l'image, figée sur pause, montrait Molly nue comme un ver et le corps luisant. Molly vint à leurs côtés et coupa la télé.

— C'est un film d'auteur que j'ai tourné à Paris quand j'étais plus jeune. Vous ne vous asseyez pas ?

Les deux femmes prirent place côte à côte sur le sofa en lambeaux. Elles serraient tellement les genoux que si on y avait glissé des noix elles auraient éclaté en morceaux.

— J'aime beaucoup l'odeur de votre désodorisant,

dit Katie, histoire de vaincre la peur qui l'envahissait. Ça sent si bon.

— Merci. C'est de l'Ajax Vitres.

— Ah ! Quelle bonne idée !

Ça part bien, se dit Molly. C'est des gens normaux. Si j'arrive à me tenir face à des gens normaux comme elles deux, ça sera parfait. Voilà un excellent entraînement. Elle s'assit par terre face à ses invitées.

— Alors comme ça vous vous appelez Marge. Ce prénom-là, on ne l'entend plus que dans les pubs pour lessives de nos jours. Vos parents regardaient beaucoup la télé peut-être ?

— C'est le diminutif de Marguerite, fit Marge. C'était le prénom de ma grand-mère.

Katie passa à l'action.

— Voyez-vous, Molly, nous sommes très préoccupées par l'éducation de nos enfants car l'enseignement religieux en est totalement absent. Et notre mouvement cherche à recueillir des signatures pour le rétablissement de la prière à l'école.

— Je vois, fit Molly. Dites-moi, vous êtes nouvelles à Melancholy Cove ?

— En effet, nous arrivons de Los Angeles avec nos maris respectifs. Une petite ville convient beaucoup mieux à l'éducation des enfants. Mais vous devez le savoir.

— Bien sûr, fit Molly.

Elles n'avaient aucune idée de la personne qui leur faisait face.

— C'est d'ailleurs pour cette raison que je suis venue m'établir ici avec mon petit Stevie, ajouta Molly.

Stevie était le poisson rouge de Molly. Il était mort

alors qu'elle séjournait à l'asile psychiatrique. Aujourd'hui, il reposait en paix dans un sac plastique au congélateur. Il regardait Molly fixement avec ses yeux vitreux chaque fois qu'elle allait chercher de la glace.

— Et quel âge a Stevie ?

— Euh... Sept ou huit ans. Je sais jamais.

— Ma petite Tiffany le devance d'un an alors, répondit Marge.

— C'est normal. Vous savez, c'est pas un rapide, le Stevie.

— Et que fait votre époux ?

— Il est mort.

— Je suis vraiment navrée, dit Katie.

— Y a pas de quoi, vous y êtes pour rien.

— Là n'est point notre propos, fit Katie. Nous souhaiterions recueillir votre signature afin de l'envoyer avec toutes les autres au Sénat. Les mères célibataires tiennent une place importante dans notre campagne. Et nous collectons également des fonds pour notre campagne d'amendement de la Constitution. (Elle se fendit d'un sourire embarrassé.) L'œuvre du Très-Haut a besoin de financement.

— Mais c'est que je vis dans une caravane, lâcha Molly.

— Nous comprenons très bien, dit Marge. Les fins de mois sont difficiles pour une mère célibataire. Mais votre signature est très importante pour que l'œuvre du Très-Haut se concrétise ici-bas.

— Ouais, mais moi je vis en caravane et Dieu a une sainte horreur des caravanes.

— Je vous demande pardon ?

— Oui, c'est vrai, les caravanes, il les fait cramer,

ou il s'arrange pour que ceux qui y vivent se les gèlent dedans ou bien il les détruit dans des tornades. C'est prouvé : Dieu hait les caravanes. Vous êtes sûres que je ne risque pas d'être un frein à votre mouvement ?

— Oh, madame Michon, fit Katie en rigolant, ne soyez pas stupide. Pas plus tard que la semaine dernière j'ai lu quelque part qu'une femme qui était dans sa caravane a été emportée par une tornade et on l'a retrouvée presque deux kilomètres plus loin. Et elle s'en est tirée. Elle a dit qu'elle n'avait pas un seul instant cessé de prier et que c'est Dieu qui l'a sauvée. Alors ? Qu'en dites-vous ?

— J'en dis : qui c'est l'enfoiré qu'a déclenché la tornade ?

Les deux femmes vêtues de couleurs pastel se sentirent légèrement mal sur le sofa. Celle en bleu reprit la parole.

— Nous souhaiterions que vous vous joigniez à notre groupe d'étude des Écritures saintes. Nous pourrions reparler de tout cela. Maintenant, nous devons prendre congé.

Elle sortit de son grand sac une planchette, qu'elle tendit à Molly avec un stylo.

— Si votre truc, ça marche, fit Molly, ça veut dire que les nains pourront à nouveau prier à l'école ?

— C'est cela même, répondit Mage, transportée d'émotion.

— Ça veut donc aussi dire que les petits musulmans, ils pourront se tourner sept fois par jour vers La Mecque sans que ça ait des répercussions sur leurs notes ?

Les deux femmes se regardèrent.

— C'est-à-dire... Heu... L'Amérique est une nation chrétienne, madame Michon.

Molly craignit à cet instant qu'on la prenne pour une provocatrice, elle qui voulait être quelqu'un de cool.

— Mais les mômes des autres confessions pourront prier quand même ?

— Je suppose que oui, dit Katie. Pour eux-mêmes.

— Ah ben alors c'est bien, fit Molly en paraphant la pétition. Je sais que Stevie pourrait adhérer au groupe de prière des Red Jets à condition qu'il fasse le sacrifice d'un poulet à Vigoth, le dieu des vers de terre, mais pour l'instant le prof veut pas. (Mais pourquoi est-ce que je raconte ça, moi ? Mais pourquoi ? Qu'est-ce qui va se passer si elles me demandent où est Stevie ?)

— Madame Michon !

— Quoi ? Qu'est-ce qu'il y a ? Non, mais vous m'avez mal comprise, Stevie ferait ça pendant les récrés. Pas question qu'il fasse ça pendant les heures de cours.

— Nous travaillons au nom de Notre Père, madame Michon. Notre mouvement n'est pas multiconfessionnel. Je suis sûre que vous ne parleriez pas ainsi si vous aviez ressenti la puissance de l'Esprit-Saint.

— Détrompez-vous.

— La chose vous est arrivée ?

— Bien sûr. Vous voulez ressentir l'Esprit-Saint pas plus tard que maintenant ?

— Que voulez-vous dire ?

Molly rendit la planchette à Katie et se leva.

— Venez avec moi chez les voisins. Y en a pas pour

longtemps. Je suis certaine que l'Esprit-Saint, vous allez le ressentir.

THÉO

Théo avait l'espoir de voir le petit Mikey Plotznik déboucher devant son capot comme il traversait les zones résidentielles de Melancholy Cove. Dans chaque quartier, deux ou trois personnes patrouillaient à la recherche du gamin, équipés d'une torche et de téléphones portables. Chaque fois qu'il rencontrait l'un de ces groupes Théo s'arrêtait et demandait s'il y avait du neuf, puis il s'aventurait à émettre des hypothèses comme s'il avait la moindre idée de ce qu'il faisait. De qui se moquait-il ? Lui qui la plupart du temps était incapable de se rappeler où il avait mis ses clés de voiture.

La majorité des quartiers de la ville était dépourvue de trottoirs et d'éclairage public. Les feuillages des arbres étouffaient la lumière de la lune et l'obscurité avalait celle des phares de Théo comme un océan d'encre. Il brancha son projecteur à main sur l'allume-cigare et balaya les maisons et les endroits isolés. Il ne découvrit qu'un couple de daims en train de brouter les boutons de rose d'un habitant. Comme il approchait du parc de la plage — une étendue de la taille d'un terrain de foot cernée de cyprès et protégée des vents du Pacifique par une brande en séquoia de deux mètres cinquante de haut — Théo aperçut une tache blanche s'agiter sur une des tables de pique-nique. Il s'arrêta sur l'aire de parking qui longeait le parc en braquant les phares de la Volvo et son projecteur sur la table.

Un couple s'y activait. En fait, la tache blanche entraperçue n'était autre que le cul à l'air de l'homme. Deux visages se tournèrent vers les sources lumineuses, les yeux au moins aussi écarquillés que ceux des deux daims que Théo venait juste de surprendre. Il avait l'habitude de tomber sur des gens en train de « consommer », dans des voitures garées derrière le saloon ou dans les endroits peu accessibles du bord de mer. Après tout, il n'appartenait pas à la brigade des mœurs. Mais ce soir, il ressentit comme une contrariété à la vue du couple. Cela faisait maintenant presque vingt-quatre heures qu'il n'avait pas tiré la moindre taffe sur sa pipe Sneaky Pete. Il se dit qu'il fallait mettre la contrariété sur le compte des effets de la désaccoutumance.

Il coupa le moteur de la Volvo et sortit, sans oublier sa torche. Le couple essayait de se rhabiller à la hâte en le voyant approcher, sans toutefois tenter de déguerpir. Où auraient-ils pu fuir ? Il leur aurait fallu sauter par-dessus la clôture qui donnait sur une mince langue de sable bordée de falaises où de sournoises vagues glacées venaient mourir.

À mi-chemin, Théo mit un nom sur chacun des fornicateurs. Il s'arrêta. La femme, en fait encore une jeune fille, Betsy Butler, travaillait comme serveuse au café de H. P. Elle se bagarrait avec sa jupe. L'homme, que la calvitie guettait, n'était autre que ce tout nouveau veuf de Joseph Leander. Théo revit en mémoire l'image de Bess Leander pendue à la patère dans la pénombre de sa salle à manger.

— On dirait qu'on s'en fait pas, Joe, cria Théo.

— Euh... C'est moi, Joseph, monsieur l'officier.

Théo sentit la colère monter en lui. Naturellement, il n'était pas du genre à s'emporter, mais ces derniers jours, de toute façon, la nature l'avait ignoré.

— Non, reprit Théo, Joseph, c'est le gars qui bosse, le gars qui pleure sa femme qui vient de mourir, celui qui nique une minette de la moitié de son âge à même la table d'une aire de pique-nique, c'est Joe !

— C'est-à-dire que... en ce moment, les choses vont de travers. Je sais pas ce qui nous a pris. Enfin... ce qui m'a pris.

— Je suppose que vous n'avez pas dû remarquer la présence d'un gamin ? Un gamin d'une dizaine d'années.

La fille secoua la tête. D'une main, elle se masquait le visage tout en regardant la pointe de ses chaussures. Joseph regarda autour de lui comme si par magie il avait pu repérer un endroit sombre où disparaître.

— Non, j'ai pas vu de gosse.

Rien n'empêchait Théo de les arrêter pour atteinte à la pudeur mais il n'avait pas envie de se taper la paperasserie qui suivrait.

— Rentrez chez vous, Joseph. Et tout seul. Vous devriez pas laisser vos filles toutes seules. Betsy, comment tu comptes rentrer ?

— J'habite à deux pas, répondit-elle sans cesser de se cacher le visage.

— Alors rentre chez toi.

Théo retourna sur ses pas jusqu'à sa voiture. Une chose était certaine : personne ne s'était jamais prononcé sur la vivacité d'esprit de Théo (à une exception près, lors d'une soirée à l'université où Théo avait eu la présence d'esprit de bricoler une énorme pipe à haschich à l'aide d'un magnum de Coca et d'un stylo Bic). Il se sentait penaud de ne pas avoir creusé ce qui avait pu conduire Bess Leander au suicide. C'est une chose que d'être recruté sur un poste parce que vous êtes un tantinet demeuré, mais c'est une autre paire de manches que de conserver sa réputation.

Il se dit que la première chose à faire le lendemain serait de mettre la main sur le gamin.

MOLLY

Les pieds dans la boue, Molly, en compagnie des deux bigotes vêtues de pastel, contemplait la caravane dragon.

— Vous sentez pas ?

— Mais de quoi parlez-vous ? dit Marge. C'est rien qu'une vieille et dégoûtante caravane. Pardon : un sale et vieux mobile home.

Jusqu'à présent elle n'avait considéré que les talons de ses escarpins bleus qui s'enfonçaient dans l'herbe grasse. Puis, son amie et elle, les yeux écarquillés, s'intéressèrent de près à la caravane dragon.

Elles *sentirent* quelque chose. Molly s'en aperçut car elle aussi pouvait sentir cette espèce de bien-être qui ne voulait pas dire son nom, vaguement sexuel, pas exactement de la joie, mais proche tout de même.

— Alors ? fit Molly. Vous le sentez à présent ?

Les deux femmes échangèrent un regard. Chacune aurait bien aimé faire entendre à l'autre qu'elle ne ressentait rien du tout. Mais leurs yeux brillaient. On aurait juré que les deux femmes, qui semblaient réprimer des petits gestes inconsidérés, avaient abusé de drogue. Katie, celle en rose, finit par dire :

— Peut-être devrions-nous rendre visite à ces gens.

Puis elle fit un pas en direction de la caravane dragon. Molly se mit en travers de son chemin.

— Ils sont pas là. C'est rien qu'une impression que vous ressentez. Vous devriez aller faire signer votre pétition ailleurs.

— Il se fait tard, dit celle en bleu. On pourrait encore se faire cette maison et rentrer après.

— Pas question ! fit Molly en leur barrant la route.

La tournure des choses l'amusait beaucoup moins que ce qu'elle avait prévu. Elle avait seulement voulu foutre les chocottes à ces deux femmes, elle ne voulait pas qu'il leur arrive malheur. Elle avait la quasi-certitude à présent que, si les duettistes s'approchaient encore de la caravane, la cause de défense de la prière à l'école allait perdre deux adeptes un peu trop zélées.

— Il faut que vous rentriez chez vous, fit Molly en les prenant par le cou et les tirant vers l'allée avant de les pousser carrément vers la porte du terrain de caravanes.

Les deux femmes regardaient sans cesse en arrière par-dessus leur épaule en direction de la caravane dragon.

— Katie, je sens l'Esprit monter en moi, dit Marge.

Molly les poussa à nouveau vers la sortie.

— Ouais, c'est ça. C'est le meilleur truc qui pouvait vous arriver. Maintenant, oust !

Elle se dit que ç'aurait dû être elle, la givrée.

— Du balai, du vent, de l'air, dit Molly. Faut que j'aille servir le dîner à Stevie.

— Pardonnez-nous, fit Katie. Nous n'avons pas salué votre petit garçon. Mais au fait, où est-il ?

— Il est en train de faire ses devoirs. Allez, à la revoyure. Salut.

Molly suivit les deux femmes du regard. Elles montèrent dans un minibus Chrysler flambant neuf. Puis Molly retourna à la caravane dragon. Bizarrement, elle n'avait plus du tout peur.

— Tu dois la sauter, hein Stevie ?

La caravane dragon changea de forme, les angles se transformèrent en courbes, les fenêtres redevinrent des yeux qui ne retrouvèrent pas la brillance antérieure qu'ils avaient dès l'approche de l'aube. Molly reconnut les ouïes brûlées, la suie et la chair meurtrie entre les écailles. Sur les flancs luisaient de légères lignes bleutées qui finirent par s'estomper. Molly éprouvait une espèce de sympathie, car cette bête, quelle qu'en soit la nature, était en état de souffrance.

Alors Molly s'approcha.

— J'ai le sentiment que tu es trop âgé pour être Stevie. De plus, ça plairait pas à Stevie ce que je te dis là. Et si je t'appelais Steve ? Tu as une tête à t'appeler Steve.

Molly aimait ce prénom, Steve. L'infirmier du centre de soins psychiatriques s'appelait ainsi. Steve, c'était un beau nom pour un reptile (comparé à Stevie qui allait mieux à un poisson rouge congelé).

Elle ressentit monter en elle une vague de chaleur, qui transperça la tristesse qui l'habitait jusqu'alors. C'est donc que le monstre appréciait le nom qu'elle venait de lui donner.

— Quand même, tu n'aurais pas dû bouffer ce gamin.

Steve ne répondit rien. Toujours sur ses gardes, Molly fit un nouveau pas vers la bête.

— Tu devrais t'en aller. Je ne peux rien pour toi. Tu sais que je suis barjo ? J'ai des papiers en bonne et due forme qui le prouvent.

Le monstre roula sur le dos comme un chiot qui se met en état de soumission. Il lança à Molly un regard de désespoir, ce qui n'était pas facile à faire pour une bestiole capable d'engloutir une Volkswagen le temps de dire ouf.

— Non, je t'en prie, dit Molly.

L'animal gémit, pas plus fort qu'un chaton qui vient de naître.

— C'est pas normal, fit Molly. Essaie d'imaginer les médicaments que le docteur Val va me refiler quand je vais lui raconter tout ça. La plante verte et le lézard, c'est comme ça qu'on va nous appeler, toi et moi. T'es content de toi ?

LA PRESSION SOCIALE

— Mais je refuse d'aller au pays des fous, fit remarquer Alice.

— Oh, mais tu ne peux y échapper, répondit le chat. On est tous fous. Moi je suis fou. Toi tu es folle.

— Comment sais-tu que je suis folle ?

— Tu l'es forcément, dit le chat. Sinon, tu ne serais jamais venue jusqu'ici.

LEWIS CARROLL
Alice au pays des merveilles

CHAPITRE TREIZE

PETIT DÉJEUNER

Tout au long de la nuit, les habitants de Melancholy Cove, notamment ceux en phase de désaccoutumance d'antidépresseurs, ressentirent comme un bien-être les envahir. Non pas que leurs angoisses aient disparu, mais elles semblaient glisser sur eux comme la pluie sur le dos d'un canard qui vient de découvrir les joies de patauger dans les flaques boueuses. L'air sentait bon la joie, le sexe et le danger, sans oublier ce besoin d'euphorie à partager à tout prix.

Au matin, on vit les gens accourir au restaurant pour prendre leur petit déjeuner. Ils se serraient les uns près des autres comme des gazelles qui ont flairé un lion. Leur instinct leur disait que celui qui resterait seul finirait bientôt entre les crocs du fauve.

En douze ans Jenny Masterson, la serveuse du café de Melancholy Cove, n'avait jamais vu une telle affluence hors saison. Elle ondulait entre les tables comme une danseuse, prenant et servant les commandes, notant qu'ici il fallait apporter du beurre et là plus de sauce, repartant en cuisine avec une assiette sale ou un verre ramassés au passage. Elle ne faisait aucun geste superflu et n'oubliait aucun client. Elle était d'une rare efficacité. Et c'est bien ce qui la mettait en boule de temps à autre.

Jenny avait juste quarante ans. Elle était mince, pâle de peau, avec des jambes de rêve et de longs cheveux auburn qu'elle ramenait en chignon quand elle travaillait en salle. Avec Robert, son mari, elle possédait le magasin d'appâts, articles de pêche et vins fins. Après trois mois passés à essayer de travailler en compagnie de son époux adoré, et suite à la naissance de leur fille Amanda, qui aujourd'hui avait cinq ans, Jenny s'en était retournée jouer les serveuses pour sauver son mariage et échapper à la folie. Entre l'université et aujourd'hui, sans trop savoir comment la chose avait pu arriver, Jenny s'était métamorphosée en experte du service en salle. Comment était-elle devenue le réceptacle des infos locales mitonnées aux racontars, et comment était-elle devenue si adroite pour capter, et surtout suivre, les conversations des clients tout en faisant son travail ?

Aujourd'hui, elles allaient bon train, les conversations au sujet de Mikey Plotznik qui avait disparu en faisant sa tournée. On évoquait les recherches et chacun y allait de ses supputations sur ce qui était sûrement arrivé au gamin. Sur la mezzanine se tenaient des couples qui ne pouvaient se retenir de commenter leurs exploits sexuels de la nuit précédente, exploits qui, si on considérait leurs façons bestiales de se caresser et de feuler comme des hyènes, ne tarderaient pas à se répéter après le petit déjeuner. Jenny essaya de capter leurs paroles. À une autre table se trouvaient les éternels siroteurs de café qui déblatéraient sur la politique et sur la façon de tondre la pelouse. Accoudés au comptoir, des ouvriers s'efforçaient de comprendre quelque chose au journal qu'ils lisaient au-dessus de leurs œufs au bacon. Seule dans un recoin de la salle, Val Riordan, la psy locale, gribouillait des notes sur un calepin. La chose pouvait surprendre car on ne la voyait jamais en public dans la journée. Plus étrange encore, Estelle Boyet, le peintre de marines, buvait son thé en compagnie d'un homme de couleur dont on aurait juré qu'il allait sortir de son enveloppe charnelle au moindre mouvement brusque.

Jenny entendit un brouhaha du côté de la caisse. Elle se retourna et vit la petite serveuse en train de s'engueuler avec Molly Michon, alias la Folledingue. Jenny gagna aussitôt la caisse.

— Molly, tu ne devrais pas être ici, lui dit Jenny, calmement mais fermement.

Molly était tricarde du café depuis qu'elle avait attaqué la machine à café.

— Je voudrais juste toucher ce chèque en liquide. J'ai besoin d'argent pour acheter des médicaments pour un ami souffrant.

La petite serveuse, une fille de terminale du lycée de Melancholy Cove, entra en furie dans la cuisine et lança :

— J'y ai d'jà dit qu'elle avait pas à être là.

Jenny examina le chèque qui provenait de la caisse de Sécurité sociale. Son montant était supérieur à ce qu'elle était en droit d'accepter.

— Je suis désolée, Molly. Je ne peux pas te rendre ce service.

— Mais j'ai des papiers d'identité avec ma photo, répondit Molly en sortant une cassette vidéo de son énorme sac.

Elle jeta la cassette sur le comptoir. Sur la jaquette, il y avait une photo d'elle à moitié nue, la représentant ligotée entre deux poteaux. Le titre était en italien.

— Tu ne me comprends pas, Molly. Je n'ai légalement pas le droit d'encaisser ce chèque et de te donner le montant en liquide. Il est trop important. Je ne tiens pas à avoir des ennuis. Tu piges ça ? De plus, si Howard t'aperçoit ici, il va appeler les flics.

— Ils sont déjà là, les flics, fit une voix d'homme.

Jenny leva les yeux et vit cette grande carcasse de Théophile Crowe qui écrasait littéralement la pauvre Molly.

— Bonjour, Théo, fit Jenny.

Elle aimait beaucoup Théo qui lui rappelait son Robert avant que ce dernier renonce à la boisson tragi-comique et bonne nature.

— Qu'est-ce qui se passe ?

— J'ai vraiment besoin de fric, dit Molly. Pour des médicaments.

Jenny tenta un regard en direction de Val Riordan qui s'intéressait à la scène avec une expression de terreur sur le visage. Visiblement, elle ne souhaitait pas être mêlée à cette histoire.

Théo prit le chèque des mains de Molly, l'examina et dit :

— C'est un chèque émis par l'État, Jenny. Il est forcément bon. Il n'y a que celui-là ? Et c'est pour des médicaments ?

Il fit un coup d'œil à Jenny.

— Howard va m'étriper quand il va apprendre ça. Il peut plus regarder la machine à café sans parler du diable.

— Je te soutiendrai. Dis-lui bien que c'était une question de salubrité publique.

— D'accord. Vous avez de la veine que j'aie du monde et du liquide en caisse, dit Jenny en tendant un stylo à Molly. Vas-y, endosse-le.

Molly signa le chèque. Un sourire lui barrait le visage. Elle donna le chèque. Jenny recompta les billets sur le comptoir.

— Merci, dit Molly.

Puis, se tournant vers Théo, elle lui dit :

— Merci. Dites donc, une édition rarissime des *Amazones*, ça vous branche pas ?

Elle lui donna la cassette.

— Euh... non merci, Molly. Je n'ai pas le droit de recevoir de cadeaux quand je suis en service.

Jenny se tordit le cou pour lire la jaquette de la vidéo.

— D'accord, c'est en italien, fit Molly, mais vous comprendriez quand même.

Théo fit non de la tête et sourit.

— Bon, c'est pas tout ça, ajouta Molly. Faut que j'y aille.

Elle fit demi-tour et quitta le restaurant. Théo la suivit du regard jusqu'à la porte.

— Je vais finir par croire qu'elle a vraiment fait du cinoche, dit Jenny. Tu as vu la photo sur la cassette ?

— Non, dit Théo.

— Étonnant. Elle ressemblait vraiment à ça ?

Théo haussa les épaules.

— Merci d'avoir accepté le chèque, Jenny. Je vais

me trouver une place. Apporte-moi du café et des petits gâteaux anglais.

— Toujours rien pour le petit Plotznik ?

Théo secoua la tête et s'éloigna.

GABE

Skinner aboya un coup pour prévenir Visage Pal qu'il n'allait pas tarder à entrer en collision avec la Folledingue. Le message arriva un poil de chien trop tard et, comme d'habitude, ce bon vieux Visage Pal ne comprit pas. Skinner avait demandé à Visage Pal d'arrêter de travailler et d'aller acheter à manger. Courser les rats et se baguenauder dans la boue constituaient sans aucun doute d'intéressantes activités, mais il ne fallait pas négliger la bouffe.

Comme il se dirigeait vers le café, Gabe, crotté jusqu'aux genoux et couvert de bardane jusqu'aux épaules, tête penchée dans son sac à dos, cherchait son portefeuille. En sens inverse Molly recomptait ses billets sans regarder où elle allait. Elle entendit l'aboiement de Skinner à l'instant où sa tête heurtait celle de Gabe.

— Aïe ! Excusez-moi, fit Gabe en se frottant le front. Je ne vous avais pas vue.

Skinner saisit l'occasion pour renifler l'entrejambe de Molly.

— Vous avez un beau chien, dit Molly. Dans une vie antérieure, était-il producteur de films de série B ?

— Je vous demande pardon ?

Gabe saisit Skinner par le collier et l'écarta. Molly

plia ses billets qu'elle coinça dans sa ceinture, à même la peau.

— Mais c'est vous, le biologiste ?

— Oui, c'est moi.

— Savez-vous combien il y a de protéines dans un termite ?

— Hein ?

— Un termite. Vous savez bien les petites bêtes grises qu'ont plein de pattes ?

— Je sais à quoi ressemble un termite.

— Alors, combien de protéines dans un ?

— Aucune idée.

— Vous pourriez faire des recherches ?

— Je suppose que oui.

— À la bonne heure ! dit Molly. Je vous passerai un coup de fil.

— D'accord.

— Au revoir.

Molly caressa les oreilles de Skinner avant de s'en aller. Gabe en resta comme deux ronds de flan. C'était la première fois depuis trente-six heures qu'on le dérangeait dans ses pensées.

— Mais c'est quoi cette histoire ?

Skinner agita la queue comme pour dire :

— Bon, on va manger ?

LE DOCTEUR VAL

Val Riordan vit le grand officier de police traverser le restaurant dans sa direction. Elle n'était pas prête à enfiler son costume de psy. C'est la raison qui l'avait poussée à venir en ce lieu. De plus, cela lui permettait d'éviter la toute nouvelle nymphomanie de son assistante. Elle avait des mois, non, des années de retard de lecture des revues professionnelles de psychiatrie. Elle en avait entassé tout un lot dans son cartable dans l'espoir de les parcourir en buvant son café en attendant de commencer ses consultations. Elle essaya de se dissimuler derrière la couverture de *Pusher : la revue américaine de la pratique psychopharmacologique*, mais l'officier avançait toujours vers elle.

— Docteur Riordan, vous auriez une minute ?

— Bien sûr, répondit-elle en désignant la chaise de l'autre côté de la table.

Théo prit place et se lança d'emblée dans le vif du sujet.

— Êtes-vous bien certaine que Bess Leander ne vous a jamais parlé de ses problèmes de couple ? d'éventuelles querelles domestiques dues au fait que Joseph rentrait tard le soir ? des trucs dans ce goût-là ?

— Je vous l'ai déjà dit : je n'ai pas le droit de vous en parler.

Théo sortit un billet d'un dollar qu'il déposa devant le toubib.

— Prenez ça.

— Mais en quel honneur ?

— Je veux que vous soyez ma psy. Je veux disposer de la même confidentialité que Bess Leander, même si ce privilège s'arrête là où commence la tombe. Je loue donc vos services de thérapeute.

— Un dollar ? Je ne suis pas avocate, officier Crowe. J'ai le droit de refuser de m'occuper de patients. Et le prix ne fait rien à l'affaire.

Elle voulait qu'il lui foute la paix. Depuis toute petite elle s'était échinée pour que les gens fassent ses quatre volontés. Elle s'était ouverte de cela à son propre analyste pendant ses études.

— D'accord, acceptez que je devienne votre patient. S'il vous plaît.

— Je ne prends pas de nouveaux patients.

— Rien pour une séance de trente secondes. Je vous assure que vous allez apprécier ce que j'ai à vous dire. Et en une seule séance !

— Théo, avez-vous jamais parlé de votre... dépendance à la drogue ?

C'était le truc le plus stupide et le moins professionnel à dire mais Crowe avait lui-même les pires difficultés à agir en professionnel.

— Cela signifie-t-il que je suis votre patient ?

— Si vous voulez. Mais rien que trente secondes.

— La nuit dernière, j'ai surpris Joseph Leander dans le parc en pleine relation sexuelle avec une jeune femme.

Théo croisa les doigts et s'adossa à la chaise.

— Qu'en dites-vous ?

Jenny n'en crut pas ses oreilles. Elle ne l'avait pas fait exprès, elle était juste en train d'apporter un gâteau anglais quand la chose avait été dite. Pour une surprise, c'en était une belle. Et elle ne s'y attendait pas. Bess Leander, même pas encore complètement refroidie dans sa tombe, et voilà que son homme se tape une Lolita dans le parc. Elle marqua un temps d'arrêt comme si elle jetait un œil sur toutes les tables avant de déposer le gâteau face à Théo.

— Tu veux autre chose ?

— Non, c'est bon pour le moment, répondit Théo.

Jenny regarda Val Riordan et se dit que ce dont

elle avait le plus besoin ne figurait pas sur la carte. Val était là, les yeux écarquillés, comme si quelqu'un venait de la gifler avec un poisson avarié. Jenny s'écarta de la table. Elle ne pourrait pas attendre que Betsy vienne la relayer pour le service de midi. Betsy avait coutume de toujours s'occuper de Joseph Leander quand il venait au café et n'arrêtait pas de faire des commentaires à son sujet, notamment de dire que c'était le seul type père de deux gamines qui restait fidèle. Ce qui la mettait hors d'elle.

Mais, bien sûr, Betsy était au courant de tout.

GABE

Gabe attacha Skinner à l'extérieur du café et en poussa la porte. Il trouva toutes les tables occupées. Il nota la présence de Théophile Crowe sur une mezzanine, en compagnie d'une femme qu'il ne connaissait pas. Gabe se demanda s'il pouvait s'inviter à leur table. Il décida d'approcher Théo en lui disant qu'il avait du nouveau au sujet de ses rats. Peut-être l'inviterait-on.

Gabe sortit son ordinateur portable de sa sacoche en arrivant près de la table.

— Théo, tu vas jamais croire ce que j'ai découvert la nuit dernière.

Théo se tourna vers Gabe.

— Salut, Gabe. Connais-tu Val Riordan ? C'est notre psy locale.

Gabe tendit une main que la femme serra sans pouvoir détacher ses yeux des bottes crottées du biologiste.

— Oui, je sais. J'ai passé la journée dans les champs. Enchanté de faire votre connaissance.

— Gabe est biologiste. C'est lui qui a le labo à la station météo.

Gabe ne se sentait pas très à l'aise. La femme n'avait toujours pas prononcé la moindre parole. Il la trouvait plutôt sexy en quelque sorte, mais elle avait l'air un peu paumé, comme estomaquée.

— Je veux pas vous déranger. On se verra plus tard, hein Théo ?

— Non, non. Assieds-toi. Ça ne vous dérange pas, Val ? Nous terminerons notre petite séance plus tard. Je crois qu'il me reste encore vingt secondes de thérapie.

— Y a pas de mal, répondit Val qui sembla sortir du brouillard.

— Ça va sûrement vous intéresser, dit Gabe en se glissant sur la chaise vacante

Il posa son ordinateur face à Val.

— Visez-moi un peu ça, dit-il.

Comme de nombreux scientifiques, Gabe ne tenait absolument pas compte du fait que les rats n'intéressaient personne à moins que la recherche ne s'exprimât en milliers de dollars.

— C'est quoi ? les points verts ? demanda Val.

— Des rats.

— C'est marrant, ils ressemblent à des points verts.

— C'est un relevé topographique de Melancholy Cove. Ce que vous voyez, ce sont les rats que j'ai bagués électroniquement. Vous voyez la divergence ? Vous voyez ces dix-là qui n'ont pas bougé l'autre nuit alors que tous les autres ont migré ?

Val regarda Théo, comme s'il avait pu lui fournir une explication.

— Gabe suit les rats grâce à des micropuces, fit Théo.

— C'est là un seul aspect de mes recherches. Le gros de mon boulot consiste à chercher des animaux crevés sur la plage.

— C'est fascinant, dit Val qui ne cherchait pas à dissimuler son intérêt.

— Ouais, c'est génial comme boulot, dit Gabe.

Puis, se tournant vers Théo, il ajouta :

— N'empêche que ces dix-là n'ont pas bougé.

— Tu me l'as déjà dit. Tu croyais qu'ils étaient morts.

— Grossière erreur. Au moins pour les six que j'ai retrouvés. C'est pas la mort qui les a arrêtés, c'est le sexe.

— Pardon ?

— J'ai pu capturer une vingtaine de spécimens du groupe qui a migré, mais quand j'ai mis le grappin sur ceux qui n'avaient pas bougé, j'ai pas eu de mal à les choper, ils étaient en plein coït.

— Mais les autres... pourquoi ont-ils migré ?

— J'en sais rien.

— Et les autres ? ils étaient en train de mater ?

— J'en ai observé deux pendant une heure. Ils ont niqué cent dix-sept fois.

— En une heure ? Les rats peuvent faire ça ?

— Ils peuvent, mais le font pas.

— Mais tu viens de dire qu'ils l'ont fait.

— C'est pas normal. J'ai vu les trois couples le faire. Il y avait même une femelle qui était morte, ce qui n'empêchait pas le mâle d'y aller de bon cœur.

Le visage de Théo se crispa. La chose était due à l'effort déployé pour essayer de comprendre ce que lui racontait Gabe. Et pourquoi, au fait, lui racontait-il tout ça, à lui ?

— Et ça veut dire quoi tout ça, alors ?

— Je n'en ai pas la moindre idée, répondit Gabe. J'ignore pourquoi ils se sont déplacés en masse et je sais pas pourquoi le petit groupe est resté à copuler.

— Ben, merci de nous avoir raconté tout ça.

— La bouffe et le cul, dit Gabe.

— T'es sûr que tu veux pas manger un bout ? fit Théo en appelant la serveuse.

— Que voulez-vous dire par la bouffe et le cul ? interrogea Val.

— Tout comportement s'explique par ces deux besoins.

— C'est freudien.

— Pas exactement. Plutôt darwinien.

Val se pencha en avant et Gabe sentit les effluves de son parfum. Elle semblait très intéressée.

— Comment pouvez-vous dire ça ? Le comportement est quelque chose de bien plus compliqué.

— Vous croyez ?

— Évidemment. Et vos études des rats le prouvent.

Elle fit pivoter l'écran de l'ordinateur de façon qu'ils puissent le voir tous les trois.

— Vous avez six rats en train de copuler, et si j'ai bien tout compris, vous avez un tas de rats qui, apparemment sans aucune raison valable, se sont déplacés. C'est ça ?

— Ils devaient avoir une raison ; c'est seulement que je l'ignore.

— Mais apparemment aucun lien avec la nourriture et le sexe.

— J'en sais encore rien. En fait, je pencherais plus pour le fait qu'ils ont vu trop de films violents à la télé.

Théo s'était reculé dans sa chaise. Il regardait ces deux personnes bardées de trente années d'études supérieures à elles deux et qui s'engueulaient comme des cancres du fond de la classe.

— Je suis psychiatre, je ne suis pas psychologue. Et ces trente dernières années, notre discipline s'est volontairement orientée vers les causes physiologiques des altérations comportementales. J'ose espérer que vous en avez entendu parler tout de même, lança Val Riordan qui avait résolument opté pour le sourire.

— Bien sûr que je sais tout ça. Je vais analyser la composition chimique des cerveaux de spécimens des deux groupes pour voir s'il n'y a pas une explication neurochimique.

— Et comment tu vas t'y prendre ? demanda Théo.

— En broyant leur cerveau et en analysant ses composants chimiques, répondit Gabe.

— Ça doit faire affreusement mal, dit Théo.

Ce qui fit rire Val Riordan.

— Ah si je pouvais faire le diagnostic de mes patients de cette manière ! Au moins pour certains !

VAL

Cela faisait un bail que Val Riordan ne s'était pas autant amusée, pas depuis cette vente aux enchères chez Neiman-Marcus, à San Francisco. Ça devait bien remonter à deux ans. Alors comme ça il ne fallait considérer que le cul et la bouffe. Ce type lui semblait bien naïf. Malgré ce fait, elle n'avait pas rencontré de personne plus passionnée par son travail depuis ses années à la faculté de médecine. Ça faisait du bien d'entendre parler de psychiatrie autrement qu'en termes de pognon. Elle se demanda à quoi pouvait bien ressembler Gabe Fenton en costume, après avoir pris une bonne douche, s'être rasé de près et débarrassé de tous ses parasites. Sans doute ne devait-il pas être si mal que ça.

Gabe poursuivit :

— Jusqu'à présent, je n'ai identifié aucun stimulus extérieur pouvant expliquer leur comportement, mais je dois écarter la possibilité qu'il puisse s'agir d'un élément chimique ou environnemental. Et si cette chose affecte les rats, pourquoi n'affecterait-elle pas d'autres espèces ? Les exemples dans ce sens ne manquent pas.

Val ne put s'empêcher de penser à la vague de luxure qui touchait tous ses patients depuis deux jours.

— D'après vous, est-ce que ça ne pourrait pas venir de quelque chose qui serait dans l'eau, cette chose qui nous affecte tous ?

— Ça pourrait. Mais si la cause relève de la chimie, il va falloir du temps pour que ça touche des mammifères de la taille des êtres humains. Vous deux, vous avez remarqué quelque chose d'extraordinaire ces derniers jours ?

Théo faillit en avaler son café de travers.

— Cette ville est devenue un véritable baisodrome.

— La déontologie m'empêche de parler de mes

patients, dit Val qui semblait déstabilisée par ce que venait de dire Théo.

Elle ne pouvait nier avoir remarqué quelques comportements pour le moins étranges. Mais n'en était-elle pas la cause en retirant leurs médicaments à mille cinq cents malades d'un coup ? Elle éprouva le besoin urgent de sortir.

— Je peux seulement dire que les faits corroborent ce que vient de dire Théo.

— C'est vrai ? fit Théo.

— Vous confirmez ? fit Gabe.

Jenny était de retour à leur table pour remplir les tasses.

— Pardonnez-moi, j'ai surpris votre conversation. Je confirme aussi ce que vient de dire Théo.

Tous les regards convergèrent vers Jenny, puis chacun regarda les deux autres. Val jeta un œil à sa montre.

— J'ai un rendez-vous, faut que j'y aille. Gabe, j'aimerais bien être informée du résultat de vos analyses chimiques de cerveaux.

— Vous êtes sérieuse ?

— Très.

Val abandonna quelque argent sur la table. Théo le prit et le lui rendit avec le billet d'un dollar qu'il avait auparavant déposé face à la psy pour honorer sa consultation.

— Faudrait que je vous entretienne de cet autre sujet, dit-il.

— Appelez-moi. Je sais pas si je serai d'une grande utilité. Salut.

Val quitta le café avec l'envie d'aller rencontrer ses patients et celle de pouvoir un jour leur broyer le cerveau. Trouverait-elle sa part de responsabilité dans le fait d'avoir fait basculer une ville entière dans la folie ? En les rendant un peu dingues, elle pourrait peut-être en sauver quelques-uns de l'autodestruction, ce qui ne constituait pas une mauvaise raison pour aller au boulot.

GABE

— Moi aussi, faut que je me sauve, dit Théo en se levant. Gabe, crois-tu que les autorités pourraient analyser la flotte ? Je dis ça parce que aujourd'hui je dois faire un saut à l'administration du comté à San Junipero.

— C'est trop tôt. Je dois d'abord faire les tests de toxines et de métaux lourds. J'ai l'habitude de le faire pour mes études sur les grenouilles.

— Tu fais un bout de chemin avec moi ?

— D'abord, faut que je commande un truc à bouffer pour Skinner.

— T'as pas dit que tu avais les dix rats qu'ont pas suivi le troupeau ?

— Six seulement, sur les dix.

— Les quatre autres, ils sont où ?

— J'en sais rien. Ils ont tout simplement disparu. Ce qui est étrange vu que les puces électroniques sont quasiment indestructibles. Même si les animaux qui les portent sont morts, je devrais être en mesure de les localiser à l'aide du satellite.

— Ils pourraient être hors de portée ?

— Impossible. La zone couverte s'étend à trois cents kilomètres. Et plus si je décide de l'étendre.

— Ben alors, où ils sont passés ?

— Le dernier relevé les montre sur les bords de la rivière. Tout près du terrain de caravanes de Fly Rod.

— Déconne pas, c'est là que le gamin a été vu pour la dernière fois.

— Tu veux vérifier sur la carte ?

— Non, je te fais confiance. Faut que j'y aille, répondit Théo qui s'éloignait déjà.

Gabe le rattrapa par l'épaule.

— Dis-moi un truc, heu...

— Quoi ?

— La psy, Val Riordan, elle vit seule ?

— Elle est divorcée.

— Tu crois que je lui plais ?

Théo hocha la tête.

— Je comprends ce que tu veux dire, Gabe ; tu t'adresses à un mec qui vit seul depuis longtemps.

— Je demandais juste ça comme ça.

— Salut.

— Dis-moi, Théo. On te sent, comment dire ?, plus tonique aujourd'hui.

— Tu veux dire que j'ai pas fumé, c'est ça ?

— Non, non, c'est pas ce que je voulais dire.

— Salut, Gabe. Merci. Je vais réfléchir à tout ça.

— Porte-toi bien.

JENNY

Comme Jenny passait près de la table d'Estelle Boyet, elle entendit le vieux Noir dire :

— Faut rien dire à personne. Ça fait cinquante

piges que j'ai pas revu cette créature. Elle a dû retourner au fond des mers.

— Quand même..., fit Estelle, il y a ce gosse qui a disparu. Et s'il y avait un lien entre sa disparition et la créature ?

— On voit bien que tu t'es jamais fait traiter de vieux négro cinglé.

— Pas autant que je me souvienne.

— Moi, si ! Et pendant les vingt berges qui ont suivi la dernière fois où j'ai eu le malheur de causer de cette histoire ! Ce coup-ci, il faut parler de rien. Ça doit rester notre secret, ma poupée.

— Tu sais que j'aime bien quand tu m'appelles ma poupée ?

Jenny rentra dans la cuisine. Elle essaya de faire le tri dans tout ce qu'elle avait entendu au cours de la matinée. Le résultat ressemblait à un puzzle imaginé par Salvador Dali. Il se passait vraiment quelque chose à Melancholy Cove.

CHAPITRE QUATORZE

MOLLY

Il faut le dire, Melancholy Cove offrait un aspect des plus agréables. Elle avait quelque chose d'un décor de cinoche. Cependant, à peine était-elle plus fonctionnelle qu'une attraction de Disneyland et elle manquait surtout affreusement de prestataires de services et d'entreprises, ceux existants étant tous orientés vers les besoins des touristes plutôt que vers ceux des véritables habitants. Le quartier commerçant comprenait une dizaine de galeries d'art, cinq échoppes de dégustation de vins, une vingtaine de restaurants, onze boutiques de cadeaux et de cartes postales et seulement un seul et unique magasin de bricolage. Le boulot de vendeur de ce magasin était extrêmement convoité par les retraités de sexe masculin car il n'existait pas d'autre endroit en ville où un homme ayant dépassé la date de péremption puisse encore plastronner, se donner de l'importance, pontifier en toute liberté sans qu'aucune femelle ne vienne lui rappeler qu'il n'était plus qu'un vieux sac à merde.

Franchir le seuil du Bricomag et traverser le rayon

qui déclenchait la sonnette équivalaient à brancher une alarme de détection de la testostérone. Si on les avait laissé faire, les vendeurs auraient sûrement mis au point un système de pulvérisation d'urine dans tous les coins du magasin à chaque retentissement de la sonnette susnommée. Enfin, c'est l'impression qui habitait le cerveau de Molly, ce samedi matin-là, lorsqu'elle poussa la porte des lieux.

Les employés, trois hommes, mirent un terme à leur poignante discussion sur l'installation des lunettes de toilettes en cire synthétique pour regarder et faire de stupides commentaires sur la femme qui venait de pénétrer dans leur domaine. Molly dépassa le comptoir, les yeux braqués sur une allée du magasin spécialisée dans les poisons pour écureuils, de façon à éviter les regards. On entendit leurs rires moqueurs lorsque Molly obliqua dans l'allée réservée aux matériaux de réparation de toitures.

Les employés, Frank, Bert et Les, tous les trois préretraités, la calvitie et le durillon de comptoir en bonne et due forme, se ressemblaient tellement qu'on les aurait dits interchangeables. Seul détail différent : Frank portait une ceinture alors que les deux autres de larges bretelles jaunes marquées en pouces, copies des mètres à ruban des bricoleurs. Les trois compères mijotèrent un plan afin que Molly vienne solliciter leur aide. Rien ne pressait, ils allaient la laisser déambuler un petit moment au milieu des trucs et des machins aux modes d'emploi impossibles qui encombraient le magasin. Elle finirait bien par se lasser. Frank jouerait le rôle du bon Samaritain. Il ferait tout son possible pour humilier la petite dame, lui rabattre son caquet, avant de la conduire vers ce qu'elle recherchait. Et là, il ne manquerait pas de pousser plus avant l'humiliation en posant des questions du style : « Vis à métal ou vis à bois ? De trois huitièmes de pouce ou de sept sixièmes ? Ah, au fait, vous avez bien un tournevis cruciforme ? Non ? Mais il va vous en falloir un. Vous êtes sûre d'y arriver toute seule ? Vous ne feriez pas mieux d'appeler un vrai pro pour faire le boulot ? » Quelques larmes de découragement, quelques reniflements viendraient alors concrétiser la supériorité du mâle sur la gent féminine.

Frank, Bert et Les regardaient Molly sur l'écran de contrôle du système de surveillance. Ils firent quelques commentaires sur sa poitrine et se mirent à rire nerveusement. Molly tournait toujours dans les rayons sans donner de signes de fatigue. Les hommes essayèrent de paraître très occupés quand la cliente sortit d'un rayon les bras chargés d'un bidon de vingt litres de goudron à toiture, d'un rouleau de fibre de verre et d'une raclette à long manche.

Molly attendit face au comptoir, dansant d'un pied sur l'autre. Bert et Les faisaient mine de chercher une référence sur un portant rotatif. Frank occupait la caisse et faisait semblant de bricoler de savants calculs sur l'ordinateur alors qu'il s'amusait seulement à le faire beeper.

Molly s'éclaircit la gorge. Frank leva les yeux comme s'il n'avait pas encore remarqué la présence de la cliente.

— On a trouvé ce qu'on cherchait ?

— Je crois, dit Molly en soulevant à deux mains le lourd pot de goudron pour le poser sur le comptoir.

— On a pas besoin de résine pour la fibre de verre ? demanda Les.

— Ni de durcisseur ? ajouta Bert.

— De quoi ? dit Molly.

Frank se pinçait pour ne pas rire.

— Vous pourrez pas réparer un toit avec ça, mademoiselle. C'est bien vous qui habitez au terrain de caravanes de Fly Rod, hein ?

Tous savaient qui elle était et où elle habitait, Molly étant au magasin le centre de tant de rumeurs et de racontars, même si c'était la toute première fois qu'elle mettait les pieds en ce lieu.

C'est pas pour réparer un toit.

— Vous pouvez pas vous servir de ça pour boucher les trous dans une allée. Ce qu'il vous faut, c'est de la pâte pour asphalte et ça s'étale à la brosse, pas à la raclette.

— Combien je vous dois ? demanda Molly.

— Vous savez, il est plus prudent de porter un masque quand on travaille la fibre de verre. Vous en avez un chez vous ? questionna Bert.

— Ouais, il est au milieu des nains de jardin, pouffa Les.

Molly s'abstint de toute réaction.

— Il a raison, fit Frank. Les fibres pénètrent les poumons et peuvent faire beaucoup de dégâts, surtout quand on a des poumons comme les vôtres...

Les trois hommes éclatèrent de rire.

— J'ai un masque dans ma camionnette, dit Les. Je pourrais aller vous donner un coup de main après le boulot, si ça vous dit.

— Ce serait sympa, dit Molly. À quelle heure ?

— Ben... heu...

— Y aura de la bière au frais, fit Molly en souriant.

Vous aussi, tous les deux, vous pourriez venir. On sera pas de trop.

— Je crois que Les peut s'en sortir tout seul, hein, Les, que tu y arriveras ? fit Frank en tapant le total. Avec les taxes, ça nous fait trente-six dollars et soixante-cinq *cents.*

Molly compta l'argent sur le comptoir.

— Alors je vous dis à ce soir ?

— Pas de problème, fit Les dont la déglutition devenait difficile et le sourire forcé.

— Eh ben merci, fit Molly.

Elle ramassa ses emplettes et se dirigea vers la sortie. Comme elle franchissait le rayon et faisait retentir la sonnerie, Frank murmura :

— La salope de folledingue !...

Molly s'arrêta, se retourna et leur fit un clin d'œil.

Dès qu'elle fut dehors, Frank et Bert se fendirent des moqueries les plus nulles en tapant dans le dos de leur collègue. Ils étaient allés jusqu'au bout de leur bêtise et avaient dépassé la simple humiliation de la cliente. Pour des raisons demeurées inconnues, tout au long de la journée, ils se sentirent un peu bizarres et pensèrent davantage à des histoires de cul qu'aux outils qu'ils avaient charge de vendre.

— Ma femme va me tuer, lâcha Les.

— Si elle en sait rien, elle te fera rien, répondirent en chœur les deux autres.

THÉO

Théo sentit son estomac faire des loopings quand il alla dans son jardin cueillir une poignée de bourgeons de marijuana. Pour une fois, ce n'était pas pour sa consommation personnelle, mais rien que le souvenir de cette plante qui l'avait mené par le bout du nez des années durant le rendit malade. Et comment expliquer que depuis bientôt trois jours il n'avait pas ressenti de manque ? Comment une dépendance de vingt ans pouvait-elle s'envoler subitement en fumée ? Sans états d'âme ? Sans effets secondaires ? D'être libéré lui filait la nausée. C'était comme si la fée Carabosse lui était tombée sur le râble et l'avait frappé à la tête avec un pilon de poulet en caoutchouc avant d'aller infliger la même peine à tout le reste de la population de Melancholy Cove.

Théo enfourna la marijuana dans un sac en plastique qu'il mit dans sa poche de veste. Il monta dans la Volvo et s'apprêta à parcourir les soixante-cinq kilomètres qui le séparaient de San Junipero. Il allait devoir pénétrer dans les entrailles du palais de justice du comté et affronter l'Araignée afin de trouver ce qu'il voulait savoir. La drogue devait servir à lui graisser la patte. Il ferait une halte dans un magasin pour acheter quelques saloperies de coupe-faim pour étoffer le cadeau. L'Araignée était un filou arrogant qui vous filait la chair de poule mais il avait l'avantage d'être corruptible pour une poignée de pas grand-chose.

À travers la vitre blindée, Théo aperçut l'Araignée au milieu de sa toile : à savoir cinq ordinateurs bourrés de données dont les écrans éclairaient son visage d'une affreuse lueur bleuâtre. Les seules autres sources de lumière de la pièce provenaient des petites diodes lumineuses des unités centrales, qui brillaient comme des étoiles mal en point. Sans quitter des yeux ses écrans, l'Araignée nota l'arrivée de Théo.

— Salut, Crowe.

— Bonjour, lieutenant, répondit Théo.

— Appelle-moi le Nettoyeur, si ça ne te fait rien.

De son vrai nom Irving Karcher, il était officiellement responsable technique du bureau du shérif de San Junipero. Petit, affichant cent soixante kilos sur la bascule, il avait pris l'habitude de ne jamais se défaire de son béret noir lorsqu'il travaillait sur ses ordinateurs. Il s'était aperçu très jeune que le monde serait un jour gouverné par des pauvres mecs. Lui-même s'était construit un véritable camp retranché au sous-sol de la prison du comté. Il gérait et contrôlait toutes les informations sur la région. Rien de ce qui arrivait ne lui était étranger. Avant qu'on ne comprenne l'espèce de pouvoir qu'il s'était approprié, il avait su se rendre indispensable au système qu'il avait plus que contribué à mettre en place. On ne l'avait jamais vu arrêter un suspect, toucher une arme ou monter dans une voiture de patrouille, bien qu'il fût le troisième sur l'organigramme des forces de l'ordre.

En plus d'un appétit insatiable pour les données informatiques livrées brutes, il avouait un faible pour la bouffe d'autoroute, les sites pornos sur l'Internet et la marijuana d'excellente qualité, cette dernière constituant le sésame de Théo pour pénétrer sa tanière. Théo déposa le sac en plastique sur le clavier face à Karcher. Toujours sans accorder le moindre intérêt au nouvel arrivant, l'Araignée ouvrit le sac, en huma le contenu, pinça un bourgeon entre pouce et index avant de refermer le sac et de le mettre dans sa poche de chemise.

— Pas mal, dit-il. Qu'est-ce qui t'amène ?

Il ôta la cerise de marshmallow qui surmontait une boule de pâte d'amande, se l'envoya au fond de la bouche puis jeta le gâteau dans la corbeille à papier posée à ses pieds.

Théo déposa le sac de coupe-faim achetés sur la route près de la corbeille en disant :

— Il me faudrait le rapport d'autopsie de Bess Leander.

Le Nettoyeur hocha la tête, ce qui n'était pas évident pour un type dépourvu de cou.

— Quoi d'autre ?

Théo ne savait trop quelles questions poser, le Nettoyeur ayant la fâcheuse habitude d'être très laconique. Il fallait poser les vraies questions. C'était comme s'adresser à un sphinx rondouillard.

— Je me demandais si vous pourriez pas non plus me trouver quelque chose sur la disparition du petit Mikey Plotznik.

Théo savait que toute précision était inutile, l'Araignée sachant déjà tout sur cette affaire. Karcher se pencha vers le sac posé à ses pieds et y prit un paquet de Twix.

— Laisse-moi te sortir l'autopsie.

Ses doigts boudinés galopèrent sur le clavier.

— Tu veux que je te l'édite ?

— Ce serait sympa.

— On y dit pas que tu es chargé de l'enquête.

— C'est pour ça que je suis venu vous voir. Le bureau du légiste refuserait de me refiler l'info.

— Ça dit que la mort est due à un arrêt cardiaque consécutif à une asphyxie. C'est un suicide.

— Ben ouais, elle s'est pendue.

— Ça, tu vois, j'y crois pas trop.

— J'ai vu le corps.

— Je sais. Dans la salle à manger.

— Que voulez-vous dire par « j'y crois pas trop » ?

— Les marques de strangulation sur le cou sont post mortem. Enfin, c'est ce que dit le rapport. Le cou n'a pas été brisé, ce qui veut dire qu'elle n'est pas descendue brutalement.

Théo fixait l'écran, tentant de trouver un sens à tout ce qui y apparaissait.

— On a trouvé des traces de talons sur le mur. Elle s'est hissée elle-même. Elle était dépressive et prenait du Zoloft.

— C'est pas ce que raconte le rapport de toxicologie.

— Hein ?

— Ils ont fait les tests d'antidépresseurs parce que tu avais écrit dans ton rapport qu'elle en prenait, mais ils ont rien trouvé.

— Mais la conclusion parle bien d'un suicide tout de même ?

— Oui, on dirait, sauf que la date de la mort ne colle pas avec le reste. Elle aurait fait une crise cardiaque et se serait pendue après.

— Ça veut dire qu'on l'a assassinée ?

— Tu voulais une copie du rapport ? Tu vois : arrêt cardiaque. Faut que tu comprennes que tout le monde meurt de ça, que tu te prennes une bastos en pleine tête, que tu te fasses bigorner par une bagnole ou que tu avales du poison, ça se termine toujours par l'arrêt du cœur.

— Vous avez dit du poison ?

— C'est juste pour te prendre un exemple, Crowe.

C'est pas ma discipline ces trucs-là. Si j'étais toi, j'irais me rencarder pour savoir si elle souffrait pas de problèmes cardiaques.

— Mais vous venez dire que ça n'était pas votre discipline ?

— Et je le confirme.

L'Araignée appuya sur une touche et une imprimante laser se mit à crépiter dans un coin sombre de la pièce.

— Bon, pour le gamin, j'ai pas grand-chose. Je peux te donner l'itinéraire de sa tournée de journaux.

Théo se dit qu'il avait maintenant tout ce dont il avait besoin sur l'affaire Leander.

— Je l'ai déjà, l'itinéraire. Ce serait possible d'avoir la liste des violeurs de gosses de la région ?

— Pas de problème.

Les doigts de l'Araignée dansèrent au-dessus des touches du clavier.

— Tu penses que le gosse se serait fait mettre ?

— J'en sais foutre rien, dit Théo.

— Il n'y a aucun pédophile répertorié à Melancholy Cove. La liste de tout le comté, ça t'intéresse ?

— Pourquoi pas ?

L'imprimante reprit du service et l'Araignée montra du doigt le coin d'où provenait le crépitement.

— Tu trouveras tout par là-bas. C'est tout ce que je peux faire pour toi.

— Merci, Nettoyeur. Je vous revaudrai ça.

Théo sentit à cet instant une brutale montée de douleur dans sa colonne vertébrale. Il fit un pas vers l'obscurité et trouva les documents qui l'attendaient sur le plateau de l'imprimante laser. Puis il se dirigea vers la porte.

— Vous pouvez m'ouvrir ?

L'Araignée pivota dans son fauteuil et regarda Théo pour la première fois de ses petits yeux porcins qui brillaient dans leurs profonds cratères.

— Tu vis toujours dans cette cabane près du ranch Bee Bar ?

— Ouais, toujours, répondit Théo. Ça fait huit ans à présent.

— T'as jamais foutu les pieds dans la propriété, n'est-ce pas ?

— Non, fit Théo.

Comment le Nettoyeur pouvait-il être au courant des recommandations du shérif Burton ?

— C'est bien, dit l'Araignée. Ne va pas traîner dans ce coin, d'accord ? Et dis-moi, Théo...

— Ouais ?

— Le shérif Burton et moi-même avons passé au peigne fin toutes les infos en provenance de Melancholy Cove. Faut que tu saches que depuis le décès de Bess Leander et l'explosion du bahut, il est un peu sur les nerfs, le shérif. Si tu veux enquêter sur l'affaire Leander, vas-y mollo.

Théo n'en revenait pas. L'Araignée venait de lui fournir des infos qu'il n'avait pas demandées.

— Mais pourquoi vous me dites ça ? trouva seulement à dire Théo.

— J'aime beaucoup ton herbe, répondit l'Araignée en tapotant sa poche de chemise.

— Vous direz pas au shérif que vous m'avez refilé le rapport d'autopsie ? dit Théo en souriant.

— Pourquoi le ferais-je ?

— Allez, à la revoyure, fit Théo.

L'Araignée pivota vers ses écrans et déclencha l'ouverture de la porte.

MOLLY

Qu'est-ce qui était le plus dur à supporter ? se demandait Molly. Être la dingue officielle de Melancholy Cove ou l'Amazone des Terres inconnues ? Pour la seconde, les choses semblaient assez claires : il suffisait de cavaler de droite et de gauche, à moitié à poil, à la recherche de nourriture ou d'essence et à l'occasion d'occire quelque mutant. Il n'y avait ni trucage ni rumeur, pas besoin de s'interroger pour savoir si les pirates du Désert approuvaient ou non votre comportement. Dans l'affirmative, ils vous attachaient à un poteau et vous torturaient, et dans la négative, ils vous traitaient de salope avant de vous attacher à un poteau et de vous torturer. Ils étaient capables de vous lâcher sur le corps des cafards radioactifs affamés ou de vous brûler avec des tisonniers chauffés à blanc. Ça pouvait aller jusqu'au viol collectif (mais seulement dans les films dont le metteur en scène était étranger). L'avantage était qu'avec les pirates du Désert, on savait toujours à quoi s'en tenir. Jamais on ne les voyait se gausser. Et en termes de moqueries Molly avait eu sa dose de la journée car même à la pharmacie on s'était encore ri d'elle.

Elles étaient quatre vieilles à servir au Drugstore et cadeaux en tout genre de Melancholy Cove. Audessus d'elles, derrière la vitre de son bureau, se trouvait Winston Krauss, le pharmacien, l'amateur de dauphins. Il veillait sur son cheptel de vieilles carnes tel un coq sur une basse-cour bien fournie. Il ne lui venait jamais à l'esprit que ses quatre vieilleries ne changeraient jamais, qu'elles ne pourraient jamais répondre simplement à des questions de bon sens, ou encore qu'elles pourraient se retirer dans l'arrière-boutique lorsque quelqu'un de moins de trente ans en franchissait le seuil, et encore moins qu'elles devaient vendre des trucs aussi délicats que des préservatifs. Ce qui lui importait, c'était que ses quatre vieilles poules continuent à marner pour un salaire de misère et à le considérer comme leur dieu. Lui, restait derrière sa vitre, la moquerie ne le concernait pas.

Les poules commencèrent à railler Molly lorsque celle-ci poussa la porte du magasin et elles passèrent à la vitesse supérieure quand Molly approcha du comptoir avec un carton entier de pommade Neosporine.

— Vous êtes sûre que c'est vraiment cela que vous voulez, mon chou ? demandèrent-elles refusant l'argent que Molly leur présentait. On ferait mieux d'appeler M. Winston. On a jamais vu quelqu'un acheter une telle quantité d'un coup.

Quand Molly était entrée, Winston se trouvait au milieu des rayons de placebos d'antidépresseurs. Il se demandait s'il n'aurait pas dû aussi commander un stock de placebos d'antipsychotiques. Val Riordan ne lui en avait rien dit.

— Attendez voir, dit Molly. La givrée, c'est moi. Tout le monde le sait et moi aussi je le sais. Même Winston est au courant. Mais on est en Amérique, et en Amérique chacun a le droit d'être totalement secoué. C'est même parce que je le suis tout particulièrement que je touche un chèque de l'État tous les mois. Avec cet argent que me verse l'État je suis en droit d'acheter tout ce qui me plaît pour continuer à être givrée. Et aujourd'hui, j'ai besoin de ce carton de pommade. Alors dites-moi combien ça fait que j'aille jouer les givrées ailleurs, c'est compris ?

Les poules se serrèrent les unes contre les autres et continuèrent à se foutre de Molly qui ajouta :

— Ou bien faut-il que j'achète un carton entier de ces préservatifs prélubrifiés orange fluo et à bouts crantés, que je les gonfle à la bouche et que je les expose au milieu de vos cartes postales ?

Molly se fit la réflexion qu'elle n'avait jamais atteint ces extrémités avec les pirates du Désert.

Les poules s'écartèrent les unes des autres et regardèrent Molly, terrorisées.

— Je les entends d'ici, on dirait comme des milliers de minuscules doigts pressés de sortir de leur boîte, ajouta Molly.

Il ne fallut guère plus de dix minutes aux quatre vieilles pour préparer la note de Molly et lui rendre sa monnaie au dollar près.

En quittant le magasin Molly se retourna et dit :

— Au pays des Terres inconnues, y a belle lurette qu'on vous aurait expédiées au royaume de la connerie, c'est moi qui vous le dis !

CHAPITRE QUINZE

STEVE

D'avoir littéralement explosé avait foutu une trouille bleue au monstre marin. D'habitude, quand il se trouvait dans cet état, il nageait jusqu'au bord d'un récif corallien, il s'allongeait sur le sable et laissait les petits poissons nettoyeurs, les néons, le débarrasser des parasites et des algues collés sur ses écailles. Ses flancs, alors, émettaient des lueurs pour signaler aux petits poissons qu'il n'y avait aucun danger, qu'ils pouvaient entrer et sortir de sa gueule en emportant des morceaux de nourriture comme de gentils petits hygiénistes dentaires. En retour, ils émettaient un message électromagnétique qui pouvait être ainsi grossièrement traduit par : « J'en ai pour une seconde, désolé de vous importuner, s'il vous plaît, ne me mangez pas. »

À présent, il recevait un message de même nature de la part de cette créature au sang chaud qui lui pansait ses brûlures. Il éclairait et éteignait ses flancs pour montrer qu'il acceptait la manœuvre. Il était rare qu'il comprenne les intentions des sang-chaud, mais celle-ci semblait différente. Il comprenait qu'elle ne lui voulait aucun mal et s'apprêtait même à lui fournir quelque nourriture. Il sut, lorsqu'elle appela « Steve ! », que c'est à lui qu'elle s'adressait.

— Steve, fit Molly, arrête de faire clignoter ces couleurs. Tu veux que les voisins le remarquent ? Tu vois bien qu'on est en plein jour.

Molly était grimpée sur un escabeau, un pinceau en main. Aux yeux des passants, elle repeignait la caravane de ses voisins. En fait, elle appliquait d'énormes doses de Neosporine sur le dos du monstre marin.

— Tu vas guérir plus vite avec ça. Et en plus, ça pue pas.

Après avoir enduit les parties endommagées avec de la pommade, elle déroula la fibre de verre en guise de bandage, qu'elle recouvrit de ce goudron dont on se sert pour réparer les toitures. Plusieurs des voisins vinrent à leur fenêtre voir ce qu'elle fabriquait (ils étaient habitués aux pires excentricités) et retournèrent à leur jeux télévisés.

Molly étalait le goudron par-dessus la fibre de verre avec une raclette quand elle entendit une voiture s'arrêter devant sa caravane. Les, le type du magasin de bricolage, descendit de sa camionnette, il ajusta ses bretelles et se dirigea vers Molly. Il semblait à la fois nerveux et décidé. Malgré la fraîcheur automnale, une fine rosée de sueur perlait sur son crâne dégarni.

— Mais qu'est-ce que vous fabriquez, ma petite dame ? Vous ne deviez pas m'attendre ?

Molly descendit de l'escabeau et vint se planter devant le type, la raclette dégoulinante de goudron.

— Je voulais m'y mettre avant la nuit, dit-elle. C'est sympa d'être venu.

Elle lui décocha un gentil sourire, une réminiscence de son savoir-faire de star. Les n'en tint pas compte et obliqua direct sur le boulot.

— Je sais pas ce que vous essayez de faire mais vous vous y prenez comme un manche.

— C'est pas vrai. Venez un peu ici voir.

Les vint près de Molly et observa la caravane.

— C'est fait en quoi ce truc-là ? De près, on jurerait une espèce de plastique ou je sais pas quoi.

— Vous devriez peut-être aller voir à l'intérieur. Les dégâts y sont plus visibles.

Les afficha soudain un air concupiscent. Molly sentit qu'il essayait de reluquer au travers de son sweat-shirt.

— Si vous le dites. Allons à l'intérieur jeter un coup d'œil.

Il se dirigea vers la porte de la caravane. Molly lui prit l'épaule.

— Attendez une seconde. Où sont les clés de votre camionnette ?

— Sur le contact, pourquoi ? Y a pas de voleurs par ici.

— Non, c'était juste pour savoir, répondit Molly en lui décochant un nouveau sourire. Ben, entrez donc. Je vous rejoins dès que je me suis débarrassée de ce goudron que j'ai sur les mains.

— Pas de problème, répondit Les qui gagna l'entrée de la caravane comme un homme qui cherche désespérément la porte des toilettes pour aller se soulager.

Molly recula vers la camionnette de Les. Quand

l'employé de Bricomag posa la main sur la poignée de la porte, Molly cria :

— Steve ! Au casse-croûte !

— Je m'appelle pas Steve, fit Les.

— Je sais, fit Molly. J'ai confondu avec l'autre.

— Moi, c'est Les.

— Non, vous c'est casse-croûte, répondit Molly en le gratifiant d'un ultime sourire.

Steve reconnut son nom et comprit ce que le mot casse-croûte voulait dire.

Les sentit quelque chose d'humide lui happer les jambes. Il ouvrit la bouche pour crier à l'instant même où l'extrémité de la langue de serpent s'enroulait autour de son visage, l'empêchant de respirer. La dernière chose que vit Les fut la paire de seins de la star déchue qui, en signe d'adieu, avait relevé son sweat-shirt. Puis Les fut avalé par la gueule du monstre.

Molly entendit le bruit des os écrasés et broyés. Putain, se dit-elle, y a des fois où ça sert un max d'être considérée comme une barjo de concours. C'était le genre de réflexion qui aurait énormément perturbé une personne saine de corps et d'esprit.

Une des lucarnes de devant de la caravane dragon se ferma tout doucement avant de s'ouvrir à nouveau. Le monstre faisait toujours cela quand il déglutissait, mais Molly prit cela pour un clin d'œil.

ESTELLE

Dans l'esprit d'Estelle, le cabinet du docteur Val avait toujours représenté un sanctuaire, un îlot protégé au milieu d'un océan de folie, une espèce de statu quo sophistiqué, un endroit toujours nickel, paisible, ordonné et joliment aménagé. Comme de nombreux artistes, Estelle vivait au milieu d'un bordel sans nom. Un observateur extérieur aurait pris cela pour un petit côté bohème alors qu'en fait ce n'était que l'expression d'une relative pauvreté et de l'incertitude de pouvoir faire de l'argent en se creusant le cerveau. Quitte à déballer le contenu de votre cerveau devant quelqu'un, autant le faire dans un lieu qui n'est pas maculé de peinture et jonché de toiles en attente d'être terminées. Le cabinet du docteur Val sentait toujours bon l'évasion, la relaxation, le confort. Sauf aujourd'hui.

Juste après avoir pénétré dans le bureau, mais avant de poser ses fesses sur l'une des chaises de cuir réservées aux patients, Estelle dit :

— Votre secrétaire, elle porte des gants comme pour sortir les trucs brûlants du four. Vous êtes au parfum ?

Pour une fois, Val Riordan avait trois cheveux de travers qui dépassaient des autres. Elle se massa les tempes, considéra son sous-main et répondit :

— Je suis au courant. Elle souffre d'une maladie de peau.

— Mais les gants, y sont scotchés sur les poignets.

— Elle souffre d'une très sérieuse maladie de peau. Mais vous ? Comment allez-vous aujourd'hui ?

Estelle lança un regard vers la porte.

— Oh, la pauvre fille. Quand je suis entrée, elle était tout essoufflée, on aurait dit qu'elle venait de s'appuyer un marathon. Elle a consulté un toubib ?

— Estelle, Chloé va se remettre. Même sa frappe à l'ordinateur risque de s'améliorer.

Estelle comprit que le docteur Val n'était pas dans un bon jour. Elle décida de ne plus reparler de la secrétaire.

— Je vous remercie de me recevoir si vite. Ça fait longtemps qu'on s'est pas vu, mais là, il fallait absolument que je parle à quelqu'un. Ma vie a été un peu cul par-dessus tête ces derniers temps.

— Il semblerait que ce soit le lot de beaucoup de gens en ce moment, dit le docteur en dessinant sur un bloc d'ordonnances. Alors ? Qu'est-ce qui se passe ?

— J'ai rencontré un homme.

Le toubib leva les yeux pour la première fois depuis le début de l'entretien.

— Non ? fit-elle.

— Si. Un musicien. Un bluesman. Il joue au saloon depuis quelques jours. C'est là-bas que je l'ai rencontré. Ça fait maintenant quelques jours qu'il habite chez moi.

— Et comment vivez-vous cela ?

— J'aime bien. Et lui, je l'aime. J'ai pas connu d'homme depuis la mort de mon mari. Je me disais que ce serait comme une trahison vis-à-vis de mon ex si je rencontrais quelqu'un d'autre. Mais je culpabilise pas un brin. Je me sens super bien. Faut dire que c'est un marrant. En plus, il dégage une espèce de... de sagesse. Il a connu plein de choses mais il n'est pas cynique pour un rond. Les difficultés de l'existence auraient tendance à le faire sourire. Il est très différent de la plupart des gens.

— Mais vous-même là-dedans ?

— Oh, moi, je crois que je suis amoureuse.

— Et lui ? Il vous aime ?

— Je pense. Mais il dit qu'il va devoir s'en aller. C'est bien ce qui m'embête. Je m'étais habituée à vivre seule, je rencontre quelqu'un et voilà qu'il doit quitter la région à cause du monstre marin.

Valérie Riordan en lâcha son stylo et se raidit dans son fauteuil. Cette réaction manquait de professionnalisme et Estelle s'en fit la remarque.

— Je vous demande pardon ? fit le docteur.

— Oui. Le monstre marin. On était sur la plage l'autre nuit et quelque chose est sorti de l'eau. Un truc énorme. On a cavalé à la voiture. Plus tard, Catfish m'a dit qu'une fois, dans le delta du Mississippi, il avait été coursé par un monstre comme celui-là. Même qu'il a ajouté que c'était le même monstre qui était revenu pour lui faire la peau. Catfish, il dit qu'il veut pas que d'autres gens soient blessés. Moi, je crois qu'il a la frousse. Il dit que le monstre restera là tant que lui, Catfish, il continuera à crécher sur la côte. Alors il est en train d'essayer de trouver des concerts en Iowa, aussi loin que possible du bord de la mer. En fait, vous pensez pas qu'il aurait plutôt la trouille de se mettre à la colle avec moi ? J'ai lu plein de trucs là-dessus dans les magazines féminins.

— Un monstre marin ? Voyez-vous ça... Dans votre bouche, s'agit-il d'une métaphore pour signifier autre chose ? Ou bien alors un terme de bluesman que je ne comprendrais pas ?

— Non, non. Il s'agit d'un reptile. Du moins c'est ce que dit Catfish. Moi, je l'ai mal vu, le bestiau. Y a très longtemps de ça, il a bouffé le meilleur copain de Catfish. Je pense que Catfish veut fuir sa culpabilité. Vous en pensez quoi, vous ?

— Estelle, les monstres marins, ça n'existe pas.

— Catfish me l'avait bien dit que personne me croirait.

— Qui c'est Catfish ?

— Catfish, c'est le nom de mon bluesman. Oh, il est si mignon. Il a un vrai sens de la galanterie. On voit plus beaucoup ça de nos jours. Je crois que c'est naturel chez lui. Il est trop vieux pour jouer à faire semblant. Jamais j'aurais cru que je pourrais à nouveau vivre ça. Je me sens comme une jeune fille, pas comme une femme, vous comprenez ? Je veux rester avec lui jusqu'à ma mort. Je veux avoir ses petits-enfants.

— Comment ça, « ses petits-enfants » ?

— Vous savez, il a connu des hauts et des bas, l'alcool, tout ça, mais je le sens décidé à poser ses valises pour de bon.

— L'alcool, dites-vous, des hauts et des bas...

Le docteur Val semblait planer dans un état second. Elle avait enclenché le pilote automatique sur « thérapie ». Tout ce qu'elle parvenait à faire, c'était de répéter comme un perroquet, et sous forme de questions, ce que disait sa patiente. La situation d'Estelle nécessitait davantage d'implication de la part de l'analyste.

— Vous croyez que je devrais prévenir les flics ?

— À propos de ses problèmes d'alcool ?

— Non, au sujet du monstre. Vous savez que le petit Plotznik a disparu ?

Le docteur Val fit semblant de tirer sur son chemisier pour reprendre une attitude plus professionnelle.

— Estelle, je crois que nous devrions modifier votre traitement.

— Je prends plus rien. Et je me sens en pleine forme. Catfish répète souvent que si on avait inventé le Prozac il y a cent ans, et ben il n'y aurait jamais eu de bluesman, rien que des gens heureux et sans âme. Je suis d'accord avec ce qu'il dit. Les antidépresseurs m'ont été bien utiles après la mort de mon pauvre Joe, mais je suis pas persuadée que j'en aie encore besoin. Je me sens même capable de refaire de la peinture. Pour ça faudrait que j'aie du temps de libre... parce qu'à passer nos journées à baiser comme des malades, on a plus le temps de rien faire.

Le docteur ne put retenir une grimace.

— Je pensais à quelque chose au sujet des antidépresseurs ; apparemment, en ce moment, votre vie semble connaître de profonds changements. Je ne sais trop comment procéder. Croyez-vous que monsieur... enfin, Catfish, accepterait de vous accompagner à une séance ?

— Ça risque d'être duraille de le décider. Il mord guère à vos combines.

— Comment ça, mes combines ?

— Pas la vôtre en particulier, mais les combines des psy en général. Ça date à l'époque où on l'a enchristé dans un asile pour barjes, au Mississippi, après que le monstre il a becqueté son pote. Et Catfish, il garde pas un bon souvenir de l'ambiance du truc.

Estelle prit soudain conscience que, depuis quelques jours, son vocabulaire et même sa façon de penser avaient changé. Son immersion dans l'univers du blues où baignait Catfish y était assurément pour quelque chose.

Le docteur se massa à nouveau les tempes.

— Estelle, je vous propose un nouveau rendez-vous. Pour demain ou après-demain. Dites à Chloé de le mettre en fin de journée si c'est impossible autrement. Et essayez de décider votre ami à vous accompagner. Expliquez-lui bien que ma pratique médicale ne repose pas sur des combines, d'accord ?

— Vous croyez vraiment que la petite elle va pouvoir écrire quelque chose avec ses moufles ? demanda Estelle.

— Elle va y arriver.

— Mais qu'est-ce que je dois faire, docteur ? Je ne veux pas qu'il parte. Et en même temps, je sens bien qu'en étant tombée amoureuse, j'ai perdu une partie de moi-même. Je suis heureuse, mais je ne me reconnais pas. Ça m'inquiète.

Estelle se rendit compte qu'elle était à nouveau en train de se plaindre. Un peu honteuse, elle se mit à regarder le bout de ses chaussures.

— La séance est terminée, Estelle. Nous reparlerons de tout cela la prochaine fois.

— D'accord. Et au sujet du monstre ? Faut que j'en cause à l'officier de police ?

— Il n'y a pas le feu. Vous savez, ces choses-là se solutionnent souvent d'elles-mêmes.

— Merci, docteur Val. À demain.

— Au revoir, Estelle.

La patiente quitta le bureau et se dirigea vers celui de la secrétaire. La fille n'était plus là. Cependant, des cris d'animal s'échappaient des toilettes au bout du couloir. Chloé s'était-elle pris une des moufles dans l'anneau nasal qu'elle portait ? La pauvre gosse. Estelle alla frapper tout doucement à la porte des toilettes.

— Ça va là-dedans ? Vous avez pas besoin d'aide ?

La réponse vint sous la forme d'un grognement.

— Tout va bien. Super bien. Merci. Oh, putain !

— Vous êtes sûre que ça va ?

— Oui, oui. Tout baigne.

— Faut que je prenne un nouveau rendez-vous pour demain. Le docteur a dit de le mettre en fin de journée si c'est pas possible autrement.

Estelle percevait de curieux bruits sourds en provenance des toilettes, un peu comme des coups et des :

— Oh ! Ooh ! Oooh ! Ooooh !

L'emploi du temps devait être extrêmement chargé.

— Je ne veux pas vous embêter plus longtemps, fit Estelle. Passez-moi un coup de fil chez moi pour me confirmer l'heure de mon rendez-vous. D'accord, mon chou ?

Estelle quitta le cabinet de Valérie Riordan beaucoup plus perturbée que lorsqu'elle y était entrée. Faut dire que cela faisait déjà presque une demi-journée qu'elle n'avait pas couché avec son bluesman préféré.

LE DOCTEUR VAL

Val s'accorda une pause entre deux rendez-vous. Elle se demanda si, en supprimant les antidépresseurs à la population de Melancholy Cove, elle n'avait pas transformé la ville entière en un clapier géant. Estelle Boyet, par exemple, avait toujours été une gentille femme un peu excentrique, cette excentricité faisant partie de sa personnalité d'artiste, et Val n'avait jamais considéré cette particularité comme pathologique. Au contraire, c'était cette même excentricité qui avait aidé Estelle à surmonter la disparition de son mari. Mais à présent Estelle se mettait à voir des monstres marins, et, bien pis encore, elle était en train de vivre une histoire d'amour avec un type qui avait construit sa vie sur l'autodestruction.

Était-il possible que les gens — je parle des adultes rationnels — puissent encore tomber amoureux de cette façon ? Qu'ils puissent encore éprouver de tels sentiments ? Val aurait aimer éprouver tout cela. Pour la première fois depuis son divorce, elle se fit la réflexion qu'elle aimerait bien rencontrer un homme. Enfin, pas seulement en rencontrer un, non, mais en tomber amoureuse. Elle sortit son carnet d'adresses du tiroir et chercha le numéro de son analyste à San Junipero. Elle avait été en analyse tout au long de ses années d'études de médecine et d'internat. Cela faisait partie intégrante du cursus de formation. Mais depuis cinq ans, elle n'avait jamais plus consulté son thérapeute. Peut-être était-il temps de le faire ? Quelle nouvelle forme de cynisme s'était abattue sur elle au point de vouloir consulter parce qu'elle considérait le désir de tomber amoureuse comme une maladie ? Son problème n'était-il pas son cynisme lui-même ? Naturellement, il serait hors de question d'avouer ce qu'elle faisait subir actuellement à ses patients. Quoique...

Une diode rouge clignota sur son téléphone. Chloé, qui apparemment s'était accordé une pause dans son auto-harcèlement sexuel, avait filtré le message.

C'était l'officier Crowe, sur la première ligne, qui souhaitait s'entretenir de lapins.

— Docteur Riordan, j'écoute, fit Val.

— Bonjour, docteur. Théophile Crowe. J'appelle juste pour vous dire que vous aviez raison.

— Merci d'avoir appelé, officier. Je vous souhaite une bonne journée.

— Vous aviez raison au sujet de Bess Leander. Elle n'était pas sous antidépresseurs. J'ai jeté un œil au rapport médical du légiste. Aucune trace de Zoloft.

Val en eut le souffle coupé.

— Allô ? Vous êtes toujours en ligne, docteur ?

Toutes ces interrogations au sujet des médicaments, toute la perversité de son plan, toutes ces séances supplémentaires, toutes ces heures, cette culpabilité, et Bess Leander qui ne prenait plus son traitement. Val en eut une crampe à l'estomac.

— Allô ? Docteur ? répéta Théo.

Val se força à respirer un grand coup.

— Mais pourquoi ? Enfin, non, je veux dire quand ? Ça fait plus d'un mois maintenant. Quand avez-vous obtenu ces résultats ?

— Aujourd'hui. On m'avait pas encore transmis le rapport d'autopsie. Personne l'avait eu. Je suis désolé que ça ait pris si longtemps.

— C'est gentil de me dire tout ça, officier. J'apprécie la démarche.

Elle s'apprêtait à raccrocher.

— Docteur Riordan, est-ce que vous faites une anamnèse médicale de vos patients avant de leur prescrire quelque chose ?

— Oui. Pourquoi ?

— Savez-vous si Bess Leander souffrait de problèmes cardiaques ?

— Non. Physiquement, c'était une femme de constitution robuste. Autant que je sache. Pourquoi ?

— Pour rien, répondit Théo. Ah, au fait, l'autre matin, au restaurant, quand je vous ai raconté des trucs au sujet de Joseph Leander, vous ne m'avez toujours pas dit ce que vous en pensiez. J'aimerais avoir votre sentiment là-dessus.

Le monde entier chavira. Val avait refusé de livrer quoi que ce soit sur Bess Leander parce qu'elle croyait que sa propre négligence avait quelque chose à voir avec la mort de Bess. Mais à présent ? En fait, elle ignorait tout de cette femme. Alors, elle répondit :

— Qu'attendez-vous de moi, officier ?

— Je voudrais seulement savoir si elle se doutait que Joseph avait une liaison ou si elle vous a laissé entendre qu'elle avait peur de lui.

— Nous parlons bien de la même chose ? Vous êtes en train de sous-entendre que ce ne serait pas un suicide ?

— Je dis pas ça. Je me pose la question, nuance.

Val fouilla dans ses souvenirs. Qu'avait véritablement dit Bess au sujet de son mari ?

— Je me rappelle qu'elle avait le sentiment qu'il ne s'impliquait pas dans la vie familiale et qu'elle devait le rappeler à la loi.

— Le rappeler à la loi ? Ça veut dire quoi ?

— C'est ce qu'elle lui avait dit parce qu'il refusait de rabaisser la lunette des toilettes. Alors elle l'avait condamné à s'asseoir quand il allait uriner.

— Et c'est tout ?

— C'est tout ce que je me rappelle. Joseph Leander est représentant, il n'est pas souvent chez lui. Bess le voyait plus ou moins comme un intrus dans sa vie et celle de ses filles. On ne peut pas parler de relation harmonieuse.

Comme si une telle chose pouvait exister, pensa Val.

— Dites-moi, officier, vous enquêtez sur Joseph Leander ?

— Je dirais pas ça. C'est ce que vous croyez ?

— Le flic, c'est vous, monsieur Crowe.

— Sans dec ? Bon, OK, c'est moi le flic, si ça vous fait plaisir. Pendant que j'y pense, je voulais vous dire, mon copain, Gabe, il vous trouve... comment dire ? intéressante, beaucoup de charme. Il a beaucoup apprécié de converser avec vous.

— Ah oui ?

— Ne lui dites pas que je vous ai dit ça.

— Naturellement. Au revoir, officier.

Val raccrocha et s'appuya au dossier de son fauteuil. Sans aucune raison valable, elle venait de mettre une ville entière en état de choc émotionnel, de commettre une palanquée de crimes fédéraux et l'une de ses patientes avait peut-être été assassinée, mais malgré tout cela, elle se sentait, comment dire ? excitée. Il l'avait trouvée charmante. Il m'a trouvée charmante. Je me demande s'il a vraiment employé cet adjectif ou si c'est Théo qui m'a monté un bateau.

Charmante.

Elle sourit et sonna Chloé pour qu'elle lui envoie le patient suivant.

CHAPITRE SEIZE

MAVIS

Le téléphone sonna derrière le bar. Mavis décrocha le combiné.

— Allô, ici le mont Olympe, la déesse du Sexe à l'appareil, que puis-je faire pour vous ?

La hanche de Mavis produisit un curieux bruit métallique pendant qu'elle attendait la réponse de son correspondant.

— Non, j'l'ai pas vu. Et comme si j'allais vous dire la vérité s'il était là... Écoutez-moi bien, ma p'tite dame. Ici, je m'occupe d'un sanctuaire. Comptez pas sur moi pour balancer les noms de tous les gars qui viennent prendre un peu de bon temps chez moi après le boulot. Hein ? Est-ce que je sais, moi ? Ma p'tite dame, j'vais vous donner une bonne recette pour plus que ce genre de truc vous arrive : faites-lui une bonne et longue pipe. Oui, madame. Si vous lui en faisiez une de temps en temps plutôt que de faire des mots croisés, il irait pas prendre l'air à l'extérieur, votre bonhomme. Une seconde, restez en ligne.

Mavis serra le combiné contre sa poitrine et cria à la cantonade :

— Y a-t-y quelqu'un qu'a vu Les, le gars qui bosse au magasin de bricolage ?

Les têtes des habitués répondirent par la négative d'un bout à l'autre du comptoir.

— Non, ma p'tite dame, il est pas là vot' Les. D'accord, si je le vois, je manquerai pas de lui dire que sa harpie de bonne femme le cherche. Oui, je sais tout ça. Apprenez que j'ai déjà reçu la médoche de la commerçante la moins aimable du comté. Bien le bonjour à votre homme.

Et Mavis raccrocha le combiné avec rage. Elle se sentait comme une armure qu'on aurait laissée sous la pluie. Ses parties métalliques commençaient à rouiller et Mavis était certaine que ses prothèses de plastique partaient en sucette. On était samedi, il était dix heures du soir et il y avait un spectacle sur scène. Malheureusement, Mavis n'avait pas assez vendu d'alcool pour couvrir le cachet du chanteur de blues. Oh, le bar était pourtant bourré à craquer, mais les clients chipotaient au-dessus de leurs verres, les faisaient durer en lançant des œillades. Ils sortaient deux par deux sans cracher au bassinet. Mais nom de Dieu, que se passait-il dans cette foutue ville ? Le bluesman était là en principe pour les inciter à picoler. Au lieu de ça, tous les gens ne semblaient que penser à la gaudriole. Ils parlaient au lieu de boire. Des vraies lopettes ! De dégoût, Mavis en cracha dans l'évier du bar. À l'intérieur de son corps un petit ressort cliqueta en se déplaçant.

Mavis s'envoya un verre de Bushmills derrière la cravate et se mit à regarder les couples assis derrière son bar. Puis elle déplaça son regard vers Catfish qui terminait son set. Son Dobro renvoyait des reflets de lumière. Le bluesman racontait en chantant l'histoire du grand Robert Johnson, le célèbre guitariste habité par le blues, qui avait rencontré le diable au carrefour[1] et troqué son âme contre une dextérité hors du commun des mortels. Toute sa chienne de vie, il avait été poursuivi par la malchance jusqu'aux portes de l'enfer où il avait définitivement pris pension lorsqu'un mari jaloux avait saupoudré son whisky de poison.

— Pour tout vous dire, dit Catfish dans le micro, j'ai moi-même fait le poireau à minuit à chaque carrefour de tout ce foutu delta du Mississippi pour vendre mon âme, j'ai jamais rencontré quelqu'un qu'a voulu me l'acheter. Mais le blues est là quand même et j'ai eu ma dose de tracasseries abominables. Ouais, ça, on peut le dire.

— Ça c'est causé, mon gars, cria Mavis de derrière son bar. Amène-toi par ici que je t'affranchisse d'un truc.

— 'scusez-moi, m'sieurs dames, mais y a une diablesse qui demande après moi, répondit Catfish en souriant à l'assistance.

1. Chanteur et guitariste de blues dont la légende assure qu'il rencontra le diable au carrefour de Clarksdale (Mississippi) et troqua son âme contre un talent incomparable. Johnson mourut empoisonné le 16 août 1938 à Greenwood (Mississippi) au bout d'une semaine d'agonie, dans d'atroces douleurs. Son assassin, jamais identifié, était vraisemblablement un mari trompé dont Johnson avait courtisé l'épouse quelques jours plus tôt lors d'un concert à Three Forks en compagnie de Homeboy Edwards et Sonny Boy Williamson. Johnson est l'auteur du célèbre « Cross Roads Blues » (le Blues de la croisée des chemins), standard repris par Cream (le groupe d'Eric Clapton), Ry Cooder, Calvin Russel, Canned Heat, Lynyrd Skynyrd, entre autres.

Mais personne ne l'écoutait. Il reposa sa guitare sur un trépied et se dirigea vers Mavis.

— Tu joues pas assez fort, lui dit-elle.

— T'as qu'à augmenter le volume de ton Sonotone. J'ai pas de micro sur mon Dobro.

— Les gens font que causer. Ils picolent pas. Joue plus fort. Et pas des trucs à l'eau de rose.

— J'ai une Fender Stratocaster et un ampli Marshall dans la bagnole. Mais je te préviens, j'aime pas ça, jouer électrique.

— Va chercher ton bazar, branche-le et joue fort. Tu me sers à rien si je vends pas de jaja.

— De toute façon, c'est mon dernier soir ici.

— Va chercher ta guitare, fit Mavis.

MOLLY

À l'arrière du saloon, au volant de la camionnette, Molly entra en collision avec le container à poubelle. Les phares volèrent en éclats et les débris jonchèrent l'asphalte. Le ventilateur se mit à frotter contre le radiateur dans un bruit de casserole. Molly n'avait plus tenu un volant depuis des années et de plus, en changeant ses plaquettes de freins lui-même, Les n'avait pas remonté toutes les pièces. Molly coupa le moteur et serra le frein à main. À l'aide de son sweat-shirt elle essuya les empreintes de doigts sur le volant et le levier de vitesses. Elle descendit de la camionnette et balança les clés de contact dans le container. Aucune musique ne lui parvenait par la porte arrière du bar, seulement l'odeur aigre de la bière et le murmure des conversations. Elle entreprit la courte marche qui la séparait de chez elle.

Molly se félicita qu'il y ait un brouillard rampant qui la masquait des regards indiscrets. Arrivée au terrain de caravanes, elle n'aperçut que quelques lumières qu'elle dépassa aussi vite que possible. Par les fenêtres de sa propre caravane elle vit les reflets bleutés que jetait l'écran de la télé restée branchée. Elle jeta un œil à l'emplacement où se trouvait Steve qu'elle avait abandonné en pleine convalescence. Molly distingua une silhouette dans la brume. En s'approchant, elle vit qu'il s'agissait en fait de deux personnes qui se tenaient à moins de trois mètres de la caravane dragon. Son sang ne fit qu'un tour. Elle s'attendait à voir les gyrophares de la police balayer l'air à tout moment. Mais non, les deux silhouettes demeuraient immobiles. Molly rampa jusqu'au coin de sa caravane. Elle collait tellement à la paroi métallique qu'elle sentit le froid de l'aluminium traverser l'épaisseur de son sweat-shirt.

Une voix de femme déchira l'air.

— Ô Seigneur, nous avons entendu ton appel et sommes venues à ta rencontre. Pardonne nos accoutrements dus au fait que le magasin de nettoyage à sec est fermé tout le week-end. Pardonne-nous d'être sorties ainsi, affublées d'accessoires qui ne se marient pas avec nos vêtements.

Il s'agissait de Katie et Marge, les deux femmes qui voulaient rétablir la prière à l'école. Molly était toujours incapable de dire qui était l'une et qui était l'autre car toutes deux portaient des survêtements roses et des chaussures Nike assorties. Les deux femmes s'approchèrent davantage de Steve dont le flanc ondula.

— Le Seigneur Jésus a offert sa vie pour racheter nos péchés et nous sommes venues nous offrir à Toi.

L'extrémité de la caravane dragon perdit ses angles droits pour s'arrondir. Molly vit la tête de Steve s'allonger tandis que ce qui était une porte verticale prenait une allure d'énorme gueule horizontale. Cette transformation ne choquait pas les deux femmes qui continuèrent à s'approcher doucement. Maintenant leurs silhouettes se découpaient sur la gueule béante de Steve qui ressemblait à une grotte. Une grotte avec des dents.

Molly courut à sa caravane, grimpa les marches, entra et empoigna son épée posée derrière la porte. Elle retourna aussi vite que possible vers le dragon.

À présent, Marge et Katie étaient pratiquement dans la gueule de Steve. Molly voyait la langue fourchue se déployer à l'extérieur afin de tirer les deux bigotes vers le fond.

— Non ! hurla Molly qui bondit entre Marge et Katie comme un avant-centre perce la défense des arrières.

Le plat de l'épée atteignit Steve sur le museau. Molly se retrouva à l'intérieur de la gueule. Elle eut juste le temps de faire un roulé-boulé arrière avant que les mâchoires ne se referment. Molly, un genou en terre, l'estoc pointé sur Steve dit à ce dernier :

— Jamais faire ça ! Méchant dragon.

Steve tourna la tête, l'air interrogateur. Il se demandait pourquoi Molly semblait tellement en colère.

— Reprends la forme que tu avais tout à l'heure, fit Molly en menaçant Steve de son épée.

La tête et le cou de Steve reprirent la forme d'une double caravane. Molly se tourna vers les deux bigotes qui visiblement n'appréciaient guère d'avoir été poussées dans la boue avec leurs beaux joggings roses. Par contre, elles n'avaient pas remarqué qu'elles avaient failli être dévorées.

— Ça va vous deux ?

— Nous avons répondu à l'appel de l'Esprit-Saint, répondit l'une, qui devait être Katie, à moins que ce ne fût Marge, pendant que l'autre acquiesçait.

— Nous sommes venues pour faire don de nous-mêmes au Seigneur, dit l'autre.

Elles avaient les yeux dans le vague tout en regardant la caravane par-dessus l'épaule de Molly.

— Bon, ben maintenant, vous allez me faire le plaisir de rentrer chez vous. Vos maris doivent sûrement s'inquiéter.

Molly les aida à se relever et les écarta de Steve qui lâcha un gémissement en voyant les deux femmes se diriger vers la rue. Molly les suivit et les arrêta sur le trottoir.

— Rentrez chez vous. Je ne veux plus vous revoir dans le coin. C'est bien compris ?

— On voulait venir avec les enfants pour qu'ils puissent ressentir l'appel de l'Esprit-Saint mais il était trop tard et demain nous devons aller à l'église de bonne heure.

Du plat de sa lame, Molly tapota les fesses de celle qui venait de parler. La bigote se retrouva propulsée jusqu'au milieu de la chaussée.

— Du vent !

Molly s'apprêtait à frapper la seconde mais celle-ci leva la main, comme lorsqu'on renvoie la serveuse qui s'apprête à nouveau à remplir votre tasse de café.

— Non merci, fit la bigote.

— Alors, vous vous tirez d'ici et pas question de revenir, d'accord ?

La bigote n'avait vraiment pas l'air de comprendre. Molly tourna l'épée entre ses mains pour faire en sorte que le tranchant soit prêt à faire son œuvre.

— Je me fais mal comprendre ? dit Molly.

— Non, non, répondit la femme pendant que sa copine acquiesçait en se massant le derrière.

— Alors du balai ! ajouta Molly.

Elle regarda les bigotes s'éloigner un peu avant de leur lancer :

— Et arrêtez de vous fringuer pareil, c'est chiant à la fin.

Elle attendit qu'elles aient disparu dans la brume pour revenir vers Steve qui avait repris sa forme de caravane.

— Alors ? lui demanda-t-elle en se déhanchant et tapant du pied comme si elle attendait une explication.

Les lucarnes de la caravane se rétrécirent. De honte.

— Tu sais qu'elles reviendront. Que feras-tu ?

Steve émit un gémissement qui sembla venir de très loin, c'est-à-dire de la cuisine s'il avait été une véritable caravane.

— Faut me le dire si tu as encore faim. Je peux t'aider. On va bien te trouver quelque chose. Même s'il n'y a qu'un seul magasin de bricolage dans cette ville. De toute façon, il faut que tu diversifies ton régime alimentaire.

Soudain, le son d'une guitare électrique vrilla la brume, telle la plainte du fantôme torturé du blues de Chicago. Le dragon se transforma à nouveau en dragon, sa peau blanche vira au noir et il lança des éclairs de colère. Les bandages que Molly s'était appliquée à lui faire éclatèrent en lambeaux sous l'effet de la métamorphose. De chaque côté des branchies pendouillaient des morceaux de fibre de verre comme des rouleaux de papier toilette déchiquetés par des garnements. Le monstre marin rejeta la tête en arrière et rugit tout en se frottant aux fenêtres des caravanes voisines. Molly en tomba dans la boue en reculant. Elle se releva aussitôt prête à frapper d'estoc le monstre.

— Steve, mon garçon, je crois que tu as besoin de vacances.

THÉO

Tant de nouvelles expériences en si peu de temps. En quelques jours, il avait assuré la coordination des recherches d'une personne disparue, ce qui l'avait obligé à rencontrer les parents et la laiterie dont les responsables se proposaient d'imprimer le portrait de Mikey Plotznik sur chacune de ses briques de lait. Ils avaient demandé à Théo une photo où le gamin ne ferait pas la grimace. Dans l'hypothèse où Théo trouverait une excellente photo du gosse, la compagnie laitière s'engageait à l'imprimer en format géant sur les boîtes de lait demi-écrémé et cent pour cent écrémé. Mais si la compagnie devait se satisfaire de la photo déjà mise à sa disposition, le portrait de Mikey ne figurerait que sur la tranche des plaquettes de beurre et ne serait, évidemment, vue que par le troisième âge. Théo avait aussi eu sur les bras son premier véritable incendie, il avait vu des traces d'animal géant et ouvert une enquête criminelle. Et tout cela sans l'aide d'aucune des substances chimiques qu'il utilisait depuis si longtemps. Rien ne l'empêchait d'aller chercher sa pipe préférée, c'était seulement qu'il n'en éprouvait pas le besoin.

À présent, il devait décider des suites à donner au meurtre de Bess Leander. Devait-il procéder à des interrogatoires ? Mais dans ce cas, où auraient-ils lieu ? Dans sa cabane ? Il n'avait même pas de bureau. Il ne se voyait pas interroger le suspect chez lui, assis dans un fauteuil baba cool dans la lumière du lampadaire psychédélique.

— Tu vas cracher le morceau, salaud ? Ou veux-tu que j'allume la lumière noire sous le poster de Jimi Hendrix et brûle des bâtons d'encens ? C'est ça que tu veux ?

En plus de tout ce qui précède, Théo avait éprouvé une attirance toute particulière pour le terrain de caravanes de Fly Rod où habitait Molly Michon. Quelles pensées délirantes !

Finalement, il décida de se rendre chez Joseph Leander avec l'espoir d'y surprendre le VRP. En remontant l'allée des Leander, il remarqua que les mauvaises herbes envahissaient le jardin et qu'on n'y apercevait même plus les nains. Au-dessus de la porte d'entrée, une épaisse couche de poussière recouvrait l'enseigne hollandaise dont la fonction était d'effrayer les sorcières. La porte du garage béait et Théo vit que le minivan de Leander s'y trouvait.

Théo marqua un temps d'arrêt avant de frapper à la porte. Il s'assura que son catogan était bien caché sous son col de chemise et que le col lui-même était bien droit. Inconsciemment, il s'était demandé s'il devait prendre une arme. Car il en possédait une, un Smith & Wesson de calibre .357, qui traînait sur l'étagère au milieu de sa collection de pipes à eau.

Il sonna et attendit. Il fallut une bonne minute avant que Joseph Leander ne vînt ouvrir, vêtu d'un pantalon de velours côtelé maculé de peinture et d'un gilet dont on aurait dit qu'il l'avait trouvé dans une poubelle. On était loin des tenues que Bess Leander devait autoriser à son époux, même à la maison.

— Officier Crowe, dit Leander qui ne souriait pas, que puis-je faire pour vous ?

— Si vous aviez une minute, j'aimerais vous parler. Je peux entrer ?

— Bien sûr, dit Leander qui s'écarta.

Théo entra.

— Je viens de faire du café, dit Leander. Vous en voulez ?

— Pas pendant le service, répondit Théo qui se dit que les flics devaient faire ce genre de réponse à ce genre de question.

— Mais c'est seulement du café.

— Ah ben d'accord. Avec du lait et du sucre.

Le sol du salon était en parquet brut partiellement recouvert de tapis. En guise de sofa, on trouvait un vieux banc de bois qui provenait sûrement d'une église. Il y avait aussi deux chaises de la secte des trembleurs et un ancien bidon de lait en aluminium galvanisé, recouvert d'un coussin, et qui faisait office de tabouret. Trois antiques barattes trônaient aux coins de la pièce. Sans un récepteur Sony grand écran près de la cheminée, on se serait cru dans une maison du XVIIe siècle (une maison où les occupants auraient eu un fort taux de cholestérol à cause des barattes).

Joseph revint dans le salon et donna à Théo une tasse en grès tournée à la main. Le café avait une couleur de caramel au beurre et un goût de cannelle.

— Merci bien, fit Théo. Vous avez une nouvelle télé ? demanda-t-il en regardant le poste.

Joseph prit place sur le bidon, face à Théo.

— Oui, je l'ai achetée pour les filles. Avec l'abonnement au câble et tout le toutim. Bess était contre le fait d'avoir la télé.

— Et c'est pour ça que vous l'avez tuée !

Leander en recracha son café sur le tapis.

— Hein ? Quoi ?

Théo avala une gorgée de café alors que Leander le regardait fixement, les yeux comme des boules de billard. Peut-être Théo y était-il allé un peu trop fort. Il tenta de rattraper le coup.

— Alors comme ça, vous avez le câble ? Vous avez raison. Ici, à Melancholy Cove, la réception est dégueulasse. C'est sûrement à cause des collines alentour. Enfin, je crois.

Leander cligna nerveusement des yeux et s'en prit à Théo.

— Vous pouvez répéter ce que vous avez dit ?

— J'ai vu le rapport du juge d'instruction sur le décès de votre femme. La mort n'est pas due à la pendaison.

— Vous délirez ! Vous étiez là.

Leander se leva et prit la tasse des mains de Théo.

— Je refuse d'en entendre davantage. Partez maintenant, officier Crowe, fit Leander qui s'écarta et attendit.

Théo se leva. Il n'avait jamais été bon pour les confrontations houleuses. Normal, il était gardien de la paix. Il poussa néanmoins son avantage en disant :

— C'est à cause de votre liaison avec Betsy ? Bess avait découvert le pot aux roses ?

Sur le crâne chauve de Leander, on vit saillir des veines.

— Ça vient juste de commencer avec Betsy. J'aimais ma femme et vous lui manquez de respect. C'est pas votre boulot d'abord. Vous n'êtes même pas un vrai flic. Alors maintenant, quittez cette maison.

— Votre épouse, c'était quelqu'un de bien... un peu bizarre, j'en conviens, mais quelqu'un de bien quand même.

Leander posa les tasses de café sur une baratte. Il alla jusqu'à la porte d'entrée qu'il ouvrit en grand.

— Sortez ! fit-il en joignant le geste à la parole.

— Je m'en vais, Joseph. Mais je reviendrai, dit Théo en sortant.

Leander était aussi rouge qu'un coquelicot.

— Non, vous ne remettrez jamais les pieds ici.

— C'est ce qu'on verra, dit Théo se sentant dans la peau du porteur de hallebarde dans la grande scène de l'acte 3.

— Ne venez plus m'emmerder, Crowe, rugit Leander. Vous n'avez aucune idée de ce que vous êtes en train de faire.

Et il claqua la porte au nez de Théo.

— Toi non plus mon pote, ajouta Théo.

CHAPITRE DIX-SEPT

MOLLY

Molly s'était toujours interrogée sur cette fascination qu'exerçaient les mauvais garçons sur les femmes américaines. Cette attraction défiait les lois de la logique : que pouvait bien avoir de séduisant un Hell's Angel tatoué de partout ou un type avec un calibre dans la boîte à gants de sa voiture et une dose de coke sur la table du salon ? Du temps où elle faisait encore du cinéma, Molly avait fréquenté certains de ces rouleurs de mécanique mais là, à présent, c'était bien la toute première fois qu'elle en voyait un bouffer les gens. Les femmes ont toujours l'impression qu'elles sont capables de modifier le comportement des hommes. Sinon, comment croire à toutes ces propositions de mariage que reçoivent les tueurs en série ? N'empêche que celui-là lui coupait vraiment le sifflet. Elle trouva quelque réconfort dans le fait que, bien qu'étant pas mal givrée, elle n'avait jamais éprouvé le moindre désir d'épouser un mec qui aurait eu la fâcheuse habitude d'étrangler ses copines.

Les mères, aux États-Unis, élèvent leurs filles dans

la conviction qu'elles peuvent toujours faire mieux. Sinon, quelle autre explication donner au fait que Molly était en train de balader, en plein jour, un monstre de trente mètres de long dans le lit d'un ruisseau ?

Par chance, le cours d'eau était presque en tous points bordé de saules très touffus. Steve marchait sur les rochers. Son corps changeait de couleur au fur et à mesure de sa progression pour mieux se fondre avec son environnement immédiat. Il y parvenait si bien qu'on aurait eu du mal à le repérer. Il n'était rien de plus qu'un jeu de lumière ou cette fugitive image de chaleur qui se dégage d'un capot de voiture sombre en pleine canicule.

À l'approche du pont de Cypress Street, Molly fit en sorte que Steve restât à couvert. Elle attendit qu'il n'y ait plus de circulation pour lui faire signe d'avancer. Steve se glissa sous l'arche comme un serpent rentre dans son trou. Au passage, son dos arracha quelques blocs de béton à la voûte du pont.

En moins d'une heure, ils avaient traversé la ville et se trouvaient en rase campagne. Molly le guida vers un bosquet situé en bordure de prairie.

— C'est bien, t'es un bon gars, fit Molly, en montrant du doigt un troupeau de vaches Holstein qui broutaient à une centaine de mètres d'eux. Ça, c'est ton petit déjeuner.

Steve s'accroupit en lisière du bosquet tel un chat qui se prépare à bondir. Il agita sa queue, ce qui eut pour effet immédiat de tronçonner un malheureux cyprès qui se trouvait là par hasard. Molly s'assit au côté du dragon et entreprit de nettoyer la boue qui maculait ses semelles de baskets à l'aide d'un bout de bois. Les vaches commencèrent peu à peu à se diriger vers Steve et Molly.

— Alors c'est comme ça que ça se passe ? T'as juste à rester assis et elles viennent se jeter dans ta gueule ? Tu sais que si un chasseur nous apercevait en ce moment je serais capable de perdre toute considération ? T'en es bien conscient ?

THÉO

Théo se demandait ce qu'il faisait au volant de sa voiture en direction de chez Molly Michon quand son portable sonna. Avant de décrocher, il se dit qu'il ne fallait surtout pas qu'il ait l'air stoned. Il réalisa alors qu'il ne l'était pas. Ce qui, avouons-le, était encore plus inquiétant.

— Crowe, j'écoute.

— Crowe, c'est Karcher, de l'administration du comté. T'es devenu complètement cinglé ou quoi ?

Théo stoppa tout en se demandant qui était ce Karcher.

— C'est pour un sondage ? demanda-t-il.

— Nom de Dieu, t'as vu ce que tu as fait des renseignements que je t'ai refilés ?

Théo se souvint que Karcher était le véritable nom de l'Araignée. On appela Théo à cet instant précis sur une autre ligne.

— Mais j'ai rien fait d'autre que de conduire un interrogatoire. Vous pouvez attendre une seconde ? J'ai un autre appel.

— Non, je peux pas. Je sais que tu as un autre appel. Entendons-nous bien : je ne t'ai jamais rien refilé, OK ? Rien de rien, on ne s'est jamais vu, t'as bien compris ?

— OK, fit Théo.

Mais l'Araignée avait déjà raccroché. Théo prit le second appel.

— Allô ? Crowe ? T'es devenu complètement cinglé ou quoi ?

— C'est pour un sondage ? demanda Théo qui savait parfaitement que ce n'en était pas un.

Il était pratiquement sûr que le shérif Burton ne se contenterait pas d'une réponse du genre : « Oui, je suis certainement givré. »

— Je croyais t'avoir dit d'éviter Leander. Cette histoire est classée et archivée.

Théo réfléchit une seconde. Ça ne faisait pas cinq minutes qu'il venait de quitter Leander. Comment le shérif pouvait-il déjà être au courant ? Personne ne pouvait joindre le shérif si rapidement.

— Il y a de nouveaux indices, fit Théo tout en se demandant comment il pourrait ne pas mentionner l'Araignée dans ses explications. J'ai juste voulu vérifier certains trucs.

— Espèce de connard ! Quand je te donne un ordre, tu l'exécutes. Tu comprends ça ? Je ne te parle plus de ton boulot, Crowe, je te parle de ta propre vie. Si tu n'arrêtes pas tes conneries tu vas te retrouver au pénitencier de Soledad où tu te feras mettre par tous les séro-po. À partir de maintenant, tu vas foutre une paix royale à Leander.

— Mais...

— Tu dis pas « mais », tu dis « oui, monsieur », fouille-merde !

— Oui, monsieur fouille-merde, dit Théo.

— T’es fini, Crowe, t’es...

— Ah, désolé shérif, la batterie de mon téléphone est à plat.

Théo coupa la communication. Il prit la direction de sa cabane. Ses mains tremblaient sur le volant.

MOLLY

Dans le film *Les anthropophages des Terres inconnues*, Kendra était contrainte à assister à un singulier spectacle : une nouvelle espèce de mutants arrosaient des villageois sans défense avec un enzyme qui dissolvait la chair humaine, ensuite ils lapaient des flaques de protéines de viande avec des bruits dégoûtants que la production avait obtenus en enregistrant, dans un zoo marin, la déglutition des bébés morses en train de s’empiffrer de fruits de mer. Les types des effets spéciaux avaient reconstitué le carnage à l’aide de ciment caoutchouté et les parties de corps humains avec de la paraffine qui avait la fâcheuse tendance à fondre sous le brûlant soleil mexicain. Pour le sang, en lieu et place de l’éternel sirop Karo, ils avaient utilisé de l’huile pour boîtes de transmission automobile. (Le sirop attirait trop les mouches à merde et le metteur en scène ne voulait pas avoir d’ennuis avec les ligues de protection des animaux.) L’effet obtenu était si réaliste que Molly avait dû insister pour que toutes les scènes où elle intervenait dans le rôle de Kendra soient filmées après le nettoyage du plateau, de façon qu’elle ne vomisse pas ou apparaisse à l’écran avec le cœur à l’envers. À cause de la scène de charogne et des tacos à la salmonelle servis par un traiteur de Nogales, sans oublier les avances répétées d'un coproducteur arabe qui puait de la gueule jusqu'à lui tirer des larmes, Molly avait gardé le lit pendant trois jours. Mais tout ce qui précède, y compris les souvenirs d'haleine fétide, n'était rien comparé à la nausée que provoqua chez elle le spectacle de Steve en train de ruminer la chair de quatre vaches Holstein déjà partiellement digérées.

Molly ajouta le contenu de son propre estomac (trois tartes garnies et un Coca light) aux piles de déchets de bovins que Steve avait recrachés dans le milieu du pré.

— Il doit pas supporter le lactose, se dit-elle.

Elle s'essuya la bouche avec sa manche et contempla le monstre marin.

— T'as avalé le gamin et l'obsédé du magasin de bricolage sans problème, par contre on dirait que les vaches laitières te donnent du fil à retordre.

Steve roula sur le dos comme pour demander pardon. Des rayures lumineuses violettes parcoururent ses flancs, le violet étant chez lui la couleur de l'embarras. Des larmes de la taille d'un ballon de foot s'accumulèrent dans le coin de ses immenses yeux de chat.

— Je suppose que tu as encore faim ?

Steve roula à nouveau pour se remettre sur ses pattes et la terre trembla sous lui.

— On pourrait peut-être te dégoter un cheval ou un truc dans ce goût-là. On va rester à couvert sous les arbres.

S'aidant de son épée comme d'un bâton de marche, Molly entraîna Steve de l'autre côté de la colline. Ils n'avaient pas fait quelques foulées que le monstre se remit à prendre la couleur de ce qui l'environnait. On aurait dit qu'un mirage emboîtait le pas à Molly.

THÉO

Pour une raison inconnue, les paroles de Karl Marx hantaient l'esprit de Théo alors qu'il sortait de son appentis une machette à la main. « La religion est l'opium du peuple. » Il trouva que « l'opium est la religion du drogué ». C'est à cause de cela qu'il éprouvait l'amer remords de l'excommunié et qu'il abattit la machette sur le premier buisson touffu de marijuana. À chaque coup de sabre, les tiges d'herbe verte tombaient comme des saints martyrs. Bientôt, en empilant les herbes dans un coin de la cour, Théo eut les mains enduites de résine collante.

Cinq minutes plus tard, sa chemise était déjà trempée de sueur et ce qui avait été son carré de marijuana offrait le spectacle miniature d'une forêt soufflée au napalm. Un chaume de dévastation. Il vida un bidon de kérosène sur le tas de cannabis, sortit son briquet et enflamma un morceau de papier. « Libérez-vous des chaînes de l'oppresseur », a dit Marx. Ces plants, et les habitudes qui les accompagnaient, matérialisaient les chaînes de Théo : le joug sous lequel le shérif Burton le tenait depuis huit ans, la menace qui l'empêchait d'agir librement et de faire ce qu'il croyait juste.

Il lâcha le morceau de papier enflammé. Les flammes de la révolution dévorèrent le tas d'herbe. Théo ne ressentit ni allégresse ni bouffée de liberté en s'écartant du brasier. Au lieu du triomphe de la révolution, il n'éprouva qu'un sentiment de solitude, d'embarras et de culpabilité. Tout comme Judas au pied de la sainte croix. Y avait pas photo : le communisme était bel et bien un fiasco complet.

Il retourna à sa cabane et trouva la boîte dans un placard. À l'aide d'un marteau de cordonnier, il réduisait en miettes sa collection de pipes à eau quand il entendit des tirs d'armes automatiques en provenance des collines.

IGNACIO ET MIGUEL

Allongé par terre à l'ombre de la cabane en tôle, Ignacio fumait une cigarette. À l'intérieur, Miguel s'affairait à cuire des cristaux d'amphétamines. Des chaudrons de la taille d'un ballon de basket bouillonnaient sur des plaques électriques. La vapeur qui s'en dégageait empruntait des serpentins de verre avant d'être rejetée à l'extérieur par un trou dans la paroi.

Miguel était petit et nerveux. Il avait tout juste trente ans mais des rides et un éternel et inquiétant sourire lui en donnaient bien cinquante. Ignacio, lui, n'avait qu'une vingtaine d'années. Gras du bide, il affichait une apparence de macho qui allait de pair avec sa dureté, sa réussite et la conviction qu'il ne lui faudrait plus beaucoup patienter pour devenir le nouveau parrain de la mafia mexicaine. Les deux hommes avaient franchi la frontière clandestinement six mois plus tôt, afin d'être employés très exactement à ce qu'ils faisaient. Depuis leur arrivée, tout avait marché comme sur des roulettes. Le laboratoire se trouvant sous la protection du gros shérif, ils étaient à l'abri des descentes de police. Contrairement à ce qui se passait dans les autres officines clandestines californiennes, ils n'avaient pas, à la moindre alerte, à prendre la poudre d'escampette, voire à repasser la frontière et y poireauter jusqu'à ce que les choses se tassent. En seulement six mois, Miguel avait expédié assez d'argent à sa femme pour qu'elle achète un ranch dans l'État du Michoacan et Ignacio roulait déjà au volant d'un rutilant Dodge 4x4, les pieds au sec dans des bottes Tony Lama en croco véritable à cinq cents dollars la paire. Tout cela en échange de huit petites heures de labeur quotidien, car son compère et lui ne constituaient qu'une seule équipe sur les trois qui faisaient tourner le labo vingt-quatre heures sur vingt-quatre. Ils n'avaient aucun risque de se faire arrêter sur la route dans un véhicule bourré de drogue car le gros shérif expédiait plusieurs fois la semaine un gringo en minivan pour les ravitailler et enlever la came.

— Éteins-moi cette clope, *cabrón* [1] ! gueula Miguel. Tu veux tout faire péter ?

Ignacio lâcha un rire moqueur mais s'exécuta. Il balança sa cigarette dans l'herbe.

— Tu flippes trop, Miguel.

Ignacio commençait à en avoir assez des jérémiades de Miguel à qui sa famille manquait. Ce dernier craignait toujours d'être arrêté et s'inquiétait sans arrêt du bon dosage de leur mixture. Quand il n'était pas occupé, il passait son temps à ruminer son désespoir. Dans ces moments-là, rien,

1. Enculé (en espagnol dans le texte).

et même pas une montagne de fric, n'aurait pu le consoler.

Miguel apparut sur le seuil de la cabane. Il dominait Ignacio toujours allongé.

— Tu sens pas ?

— Je devrais sentir quoi ? fit Ignacio en s'emparant de la kalachnikov appuyée le long de la cabane. Qu'est-ce que je devrais sentir ?

Miguel regardait au-delà des collines sans donner l'impression d'apercevoir quelque chose.

— Je sais pas.

— Y a que dalle. Tu flippes encore pour rien.

Miguel fit quelques pas en direction de la ligne d'arbres.

— Je vais faire un tour jusque là-bas, surveille le four.

Ignacio se releva. Il passa sa grosse panse par-dessus sa ceinture cloutée d'argent.

— Ici, le gardien, c'est mézigue. J'y connais que dalle au four, moi. Alors, tu restes et moi je vais voir de quoi il retourne.

Miguel escalada la colline sans jamais se retourner. Ignacio se rassit et tira une nouvelle cigarette de la poche de sa veste de cuir. « *Loco*[1] », murmura-t-il en allumant sa clope. Il resta là à fumer pendant quelques minutes, à rêvasser et à imaginer les temps futurs où ce serait lui le big boss d'une opération comme celle à laquelle il participait actuellement. Quand il eut terminé sa cigarette, il commença à s'inquiéter de son collègue. Il se mit debout pour

1. Cinglé (en espagnol dans le texte).

mieux voir, mais ne vit rien de particulier du côté de la colline où Miguel avait disparu.

— Miguel ? appela-t-il.

Il n'y eut pas de réponse. Il jeta un coup d'œil à l'intérieur de la cabane pour vérifier que tout allait bien, enfin autant qu'il puisse en juger. Il prit son fusil d'assaut et se dirigea vers la colline. Il n'avait pas fait trois pas qu'il aperçut une femme blanche au sommet du monticule. Elle descendait vers lui. Elle avait le visage et le corps d'une jeune señorita mais la chevelure gris-blond d'une femme âgée. Pour la millième fois, il se demanda : « Mais nom de Dieu, qu'est-ce qui va de travers chez les Américaines ? Pourquoi sont-elles toutes cinglées ? » Il baissa le canon de son arme tout en souriant. Il espérait que la femme comprendrait son geste comme un avertissement, non comme une menace.

— Arrêtez-vous, dit-il en anglais. On ne passe pas.

À cet instant, il entendit le téléphone sonner dans la cabane. Il jeta un coup d'œil en arrière. La femme continuait d'avancer.

— On a croisé votre ami, fit Molly.

— Qui ça « on » ? demanda Ignacio.

La réponse se matérialisa au même moment au sommet de la colline sous la forme d'un bosquet de chênes qu'on écrase et d'une paire d'yeux de chat géant.

— Sainte Marie, mère de Dieu, eut le temps de dire Ignacio qui semblait avoir bien du mal avec la culasse de son fusil.

Depuis huit ans qu'il habitait en bordure des collines, pas une seule fois Théo n'avait eu l'idée d'y aller faire un tour. De plus, on lui avait ordonné de ne pas le faire. Mais à présent ? Tout au long de ces huit années, il avait vu des camionnettes s'engager sur le chemin de terre et en revenir, il avait à l'occasion entendu des hommes crier, il s'était toujours arrangé pour tout ignorer. Jusqu'alors il n'avait jamais entendu de coups de feu. Prendre le risque d'aller voir la cause de ces détonations lui parut une façon bien stupide de goûter à sa nouvelle liberté. Mais ne pas y aller signifiait qu'il était un... un trouillard. Et si c'était le cas ?

C'est le cri lointain poussé par un homme qui le décida à agir. Ce n'était pas le bruit de quelqu'un qui souffle sur une tasse de café trop chaud. Il s'agissait d'un cri de terreur qui partait des tripes. Théo, du pied, balaya les débris de ses pipes à eau écrasées sur le perron et revint prendre son arme dans le placard.

Le Smith & Wesson était enveloppé dans un morceau de tissu huilé et se trouvait sur l'étagère la plus haute du placard, près d'une boîte de munitions. Théo, qui tremblait des orteils au bout des doigts, déplia le tissu, dégagea le barillet du revolver et y glissa six cartouches. Il en prit six autres dans sa poche de poitrine et se dirigea vers la Volvo.

Il démarra et empoigna le micro de la radio de bord afin d'appeler du renfort. Surtout des pros. Il fallait bien compter une demi-heure avant que les hommes du shérif puissent se rendre jusqu'à Melancholy Cove, ce qui justifiait la présence d'un flic municipal. Mais qu'allait dire Théo, puisqu'on lui avait donné l'ordre de ne pas bouger ?

Il reposa le micro sur le siège passager, près de son revolver, passa la marche arrière. Il s'apprêtait à reculer quand un minivan Dodge vint se garer derrière lui. Derrière le pare-brise du Dodge, il reconnut Joseph Leander qui le saluait de la main, le sourire aux lèvres.

Théo serra le frein à main. Leander sortit de son véhicule. Il se pencha à l'intérieur de la Volvo par la vitre du côté passager et aperçut le .357 posé sur le siège.

— Faut que je vous parle, fit Leander.

— Vous étiez moins loquace il y a une heure.

— Eh ben maintenant je le suis.

— Ça attendra. Faut que j'aille vérifier un truc dans les collines.

— C'est parfait, ça, dit Leander en brandissant un petit pistolet automatique au visage de Théo. On va y aller ensemble.

CHAPITRE DIX-HUIT

LE DOCTEUR VAL

Le buste d'Hippocrate posé sur le bureau fixait Val Riordan. « *Enseignement premier : tu ne feras aucun mal...* »

— Vas-y, frappe-moi, dit la psychiatre en voilant la statuette grecque de son écharpe Versace.

Journée de chien pour Val. L'appel de l'officier Crowe lui annonçant que le traitement prescrit (ou plutôt l'absence de traitement) n'était pour rien dans le suicide de Bess Leander lui posait un véritable dilemme. Val s'était comportée en zombie tout au long de la matinée, répondant aux questions de ses patients par d'autres questions, faisant semblant de prendre des notes et n'entendant rien à ce qu'on lui disait.

Cinq ans plus tôt, les médias avaient été inondés d'histoires sur les dangers du Prozac et des antidépresseurs du même tonneau. Toutes ces histoires n'avaient pas tenu face aux bataillons d'avocats des firmes pharmaceutiques. Aucune cour n'avait osé affirmer que les antidépresseurs pouvaient conduire à l'autodestruction. On avait fini par enterrer ces histoires. Une puissante secte religieuse (dont le messie était un écrivaillon de science-fiction et les plus influents dévots des vedettes de cinéma et des mannequins qui avaient fini par être bernés) avait déchaîné la presse contre les antidépresseurs, recommandant aux déprimés de tout poil de voir la vie en rose, de danser, sans toutefois oublier d'expédier des mandats à la maison mère de ladite secte. Les journaux sérieux n'avaient jamais écrit que les antidépresseurs pouvaient conduire au suicide ou engendrer des comportements dangereux. Val avait lu la propagande religieuse (parce qu'elle bénéficiait du soutien de vedettes riches et célèbres), mais elle avait ignoré les publications dignes de ce nom. Évidemment, mettre systématiquement tous les patients sous antidépresseurs avait été une belle connerie, et les en priver, une seconde de toute beauté. Maintenant, Val devait vivre avec le fait qu'elle faisait peut-être souffrir des gens.

Elle appuya sur le bouton qui composait automatiquement le numéro de la pharmacie. La voix de Winston Krauss lui sembla comme étouffée. On l'aurait dit très enrhumé.

— La pharmabie de Melanchoby Cobe, j'écoube.

— Que vous arrive-t-il Winston ?

— C'est basque j'ai bon basque et bon buba.

— Mais enfin, Winston... ne faites pas ça au magasin, dit Val qui se frotta les yeux, ce qui eut pour effet de déplacer ses lentilles de contact vers l'intérieur des globes oculaires.

— Ze buis bans l'arrière-boutique.

Les derniers mots n'avaient pas été déformés.

— Ah, ça y est. Je l'ai retiré. Je suis content de vous avoir au bout du fil. Je voulais absolument vous parler des baleines tueuses.

— Pardon ?

— Je suis passionné par les orques. J'ai visionné une cassette du commandant Cousteau sur les orques...

— Winston, on ne pourrait pas parler de ça à mon cabinet ?

— Ce qui m'inquiète, c'est qu'un des mâles m'a fait un très gros effet. Est-ce que ça signifie que je suis homosexuel ?

Merde alors, ça ne l'a pourtant jamais tracassé de se prendre pour une baleine à bosse, tant que ça n'était pas une baleine à bosse pédé. En tant que médecin, Val avait essayé de bannir de son vocabulaire les expressions comme « barjo total », même en pensée, mais concernant Winston, elle ne pouvait s'en empêcher. Plus tard, Val se demanda si elle n'était pas en train d'excaver son vocabulaire ordurier.

— Winston, dit-elle. Je vais remettre tout le monde sous antidépresseurs. Débarrassez-vous des placebos. Je remets tout le monde sous Paxil pour les aider à revenir à leur état normal aussi vite que possible. Assurez-vous de dire à ceux qui étaient sous Prozac qu'ils ne doivent absolument pas oublier une seule prise comme ils en avaient souvent l'habitude.

— Vous voulez que je supprime les placebos à tout le monde ? Mais vous avez une petite idée du fric qu'on est en train de se faire ?

— Vous commencez aujourd'hui. Je vais appeler mes patients un par un. Je veux que vous leur accordiez un avoir sur les placebos qu'ils n'ont pas utilisés.

— Sûrement pas. Je me suis presque fait assez de pognon pour m'offrir un mois complet au Centre de recherche sur les cétacés des Bahamas. Vous pouvez pas me faire ça.

— Winston, je ne vais pas compromettre la santé mentale de mes malades pour que vous puissiez partir en vacances pour aller baiser avec Flipper le dauphin.

— Je vous préviens : je ne bougerai pas le petit doigt. C'est vous qui avez mis tout ça en place. Que vient foutre là-dedans la santé de vos malades ?

— Je me suis trompée. Et comme je ne compte pas remettre l'intégralité de mes patients sous antidépresseurs, vous allez aussi perdre de l'argent de ce côté-là. Certains d'entre eux n'ont pas vraiment besoin de médicaments tout de suite.

— C'est hors de question.

Il y avait une telle conviction dans la voix de Winston que Val en fut toute retournée. Son problème d'amour-propre n'en était apparemment plus un. C'était le plus mauvais moment pour lui d'améliorer sa situation mentale.

— Et si demain la ville entière apprenait vos déviances ? demanda Val.

— Vous ne feriez pas ça. Vous avez plus à perdre que moi dans l'affaire. Si vous racontez tout sur moi, de mon côté, je dévoilerai toute l'affaire à la presse. J'obtiendrai la relaxe et vous, vous finirez en taule.

— Fumier ! J'enverrai désormais mes patients acheter leurs médicaments au supermarché de San Junipero. Comme ça, vous n'aurez plus rien du tout.

— Vous n'en ferez rien. Les choses vont rester telles quelles, docteur Val.

Et Winston raccrocha. Val Riordan resta à contempler le combiné du téléphone avant de le reposer sur son support. Comment était-ce possible ? Comment avait-elle pu confier ses intérêts, sa propre vie, à quelqu'un comme Winston Krauss ? Mais le plus dur restait à faire : comment allait-elle s'y prendre pour faire machine arrière et ne pas finir en prison ?

THÉO

Joseph Leander appuyait le canon de son automatique dans les côtes de Théo. Il avait jeté le revolver de l'officier sur la banquette arrière. Leander portait une veste de tweed et un pantalon de laine habillé. Sur son front perlait un écran de sueur. La Volvo rebondit sur un obstacle du chemin. Théo sentit l'arme de Leander s'enfoncer plus avant dans sa chair. Il se demandait ce qu'on était normalement supposé faire en de pareilles circonstances. Tout ce qu'il parvenait à se rappeler des films policiers qu'il avait vus, c'était qu'en aucun cas on ne devait se séparer de son flingue.

— Joseph, pourriez-vous retirer cette arme de mes côtes ? Ou au moins mettre le cran de sûreté ? La route est bien défoncée, et franchement, ça me fâcherait de perdre un poumon parce que j'ai oublié de remplacer les amortisseurs.

Voilà qui est bien envoyé, se dit-il, très calme, très professionnel. Maintenant, il ne lui restait plus qu'à faire gaffe à ne pas se pisser dessus.

— Ça vous démangeait, hein ? demanda Leander. C'était plus fort que vous. L'histoire aurait pu se tasser, personne n'aurait rien remarqué mais il a fallu que vous agitiez la merde.

— Ah, ben c'est vous qui l'avez tuée, alors ?

— Disons que je l'ai aidée à prendre une décision à laquelle elle gambergeait depuis longtemps.

— C'était la mère de vos enfants tout de même.

— C'est vrai, n'empêche qu'elle avait pas plus de considération pour moi que pour un lapin reproducteur.

— J'avoue ne pas comprendre, camarade.

— Les reproducteurs, on les utilise pour l'insémination artificielle. Vous connaissez vraiment rien, Crowe. Une giclée, et hop ! poubelle.

— Et c'est uniquement parce que vous en aviez assez d'être pris pour Bugs Bunny que vous avez dessoudé votre femme ?

— C'est surtout son jardin qui l'a tuée. Les digitales pourpres, vous connaissez ? Elles contiennent une grande quantité de digitaline qui provoque l'arrêt cardiaque. C'est quasiment indécelable à moins qu'on sache ce que l'on cherche. Rigolo, non ? J'aurais tout ignoré de ces trucs-là mais elle-même arrêtait pas d'en causer.

Théo n'apprécia guère les confidences de Leander. Elles signifiaient qu'il allait devoir agir ou bien il allait être un homme mort. Devait-il emplafonner un arbre ? Il jeta un coup d'œil à la ceinture de sécurité de Leander : elle était bouclée. À quelle espèce appartenait ce criminel capable d'enlever quelqu'un et de penser à boucler sa ceinture ?

— On a relevé des traces de talons sur le mur.

— Je sais pas trop à quoi elles sont dues. Peut-être qu'elle était encore vivante quand je l'ai pendue.

Ils sortaient de la forêt qui entourait les collines et se trouvaient maintenant dans une prairie. À deux cents mètres devant lui, Théo aperçut une cabane en tôle près d'une double caravane. Une camionnette Dodge rutilante était garée à côté de la cabane.

— Tiens, tiens, dit Leander. Les mecs ont touché une camionnette neuve on dirait. Arrêtez-vous près de la cabane et garez-vous.

Théo sentit une trouille acide le prendre à la gorge. Il réussit à la surmonter. Faut continuer à le faire parler ; comme ça il va pas me tuer. N'était-ce pas ce qu'il avait vu à la télé ?

— Alors comme ça, vous avez buté votre femme pour une télé grand écran et une partie de jambes en l'air avec la petite Betsy ? Vous n'avez jamais pensé à divorcer ?

Leander éclata de rire et Théo eut un frisson qui lui parcourut le corps de la tête aux pieds.

— Y a pas à dire, Crowe, vous êtes un véritable con de concours. Vous voyez cette cabane, là-bas ? Eh ben, rien que l'année dernière, j'en ai sorti la valeur de vingt-huit millions de dollars sous forme d'amphétamines. D'accord, je touche qu'une part du gâteau. Mais une belle part. J'ai tout mis à gauche. Je ne suis qu'un VRP, un bon père de famille, honnête, que personne ne remarque. Qui pourrait me suspecter, monsieur Riendanslecigare ?

— Votre femme, peut-être ?

— Ouais, Bess a découvert le pot aux roses. Ce qui est marrant, c'est qu'elle me filait parce qu'elle croyait que je la trompais. Mais elle a jamais rien su pour Betsy et moi. Bess voulait me dénoncer. J'avais plus le choix.

Théo se gara près de la cabane et coupa le moteur.

— À présent, par contre, vous avez le choix, Joseph. Vous n'êtes pas obligé de faire ça.

— Je ne fais rien d'autre que de continuer à vivre comme avant... jusqu'à ce que j'aie amassé assez de blé sur mes comptes dans des banques offshore et là, seulement, je me tirerai. Comprenez-moi bien, Crowe, j'ai pas tué Bess de gaieté de cœur. Je ne suis pas un tueur, moi. J'ai même jamais pris de drogue. C'est pas un crime que de convoyer des trucs et d'être bien payé pour le faire.

— Alors comme ça vous allez pas me tuer ? dit Théo qui aurait tellement aimé en être persuadé.

— Pas si vous faites ce que je vous dis. Sortez de la voiture. Laissez les clés sur le contact. Faites le tour et venez de mon côté.

Théo s'exécuta sous la menace permanente de Leander. Mais où Leander avait-il pu apprendre à faire des trucs comme ça ? Ça faisait pas assez longtemps qu'il avait la télé. Il avait sûrement dû s'inscrire à des cours par correspondance ou quelque chose dans ce goût-là.

— Miguel ! Ignacio ! Amenez-vous !

À l'aide du pistolet Leander fit signe à Théo de se rapprocher de la cabane.

— Entrez à l'intérieur.

Théo se baissa pour passer la porte. Il aperçut immédiatement de nombreuses étagères bourrées d'appareils de laboratoire, de tubes de verre et de tonnelets de produits chimiques. Une unique chaise métallique trônait devant une batterie de plaques électriques dont la chaleur étouffante emplissait la cabane.

— Asseyez-vous, ordonna Leander.

Comme il s'asseyait, Théo sentit qu'on lui prenait les menottes qu'il avait dans sa poche de derrière.

— Mettez les bras dans votre dos.

Théo fit ce qu'on lui demandait de faire. Leander passa les menottes entre deux montants métalliques du dossier de la chaise et referma les bracelets sur les poignets de son prisonnier.

— Faut que je trouve les gars, dit Leander. Ils doivent encore faire la sieste. Mais qu'est-ce qu'il lui a pris, à Burton, d'amener une caravane ici ? J'en ai pas pour longtemps.

— Et après ? Que va-t-il se passer ?

— Après ? Eh ben je crois qu'Ignacio va vous descendre.

MOLLY

Ça, c'était nouveau : avait-on jamais vu un type faire ce qu'on lui avait demandé ? Quand elle perçut le bruit d'un moteur de voiture sur le chemin, Molly demanda à Steve de prendre la forme d'une caravane. Ce qu'il avait fait. Bien sûr, avec des gestes elle avait dû lui expliquer ce qu'elle attendait de lui. Au début, ça n'avait pas marché car Steve avait pris l'apparence de la cabane en tôle près de laquelle il était. En fait, seule sa tête s'était changée en cabane et on aurait dit un dragon coiffé d'un sac en alu. Quelques secondes plus tard, Steve avait réparé l'erreur. Quel champion tout de même ! Bon, d'accord, sa queue, qui avait longtemps pendouillé dans le lit du ruisseau qui longe le terrain de caravanes, se voyait un peu. Molly se dit que peut-être personne n'y ferait attention.

— « Quel champion ! » répéta-t-elle en tapotant Steve sur l'unité d'air conditionné ; enfin sur ce qui, du moins à présent, faisait office d'air conditionné. Nous tairons ici le nom de la partie du corps dont il s'agissait avant la métamorphose en caravane.

« Elle me tapote la clim », pensa Steve en lâchant un grognement de plaisir par sa porte de devant.

Molly courut se cacher derrière la cabane. Elle espionna la Volvo qui se garait. Elle faillit sortir de sa cachette pour aller saluer Théo mais elle aperçut l'autre type qui braquait un pistolet. Elle entendit les menaces du chauve à l'égard de Théo. Elle aurait aimer le surprendre et dire : « Non, monsieur le chauve, Ignacio ne va descendre personne. Il est très occupé à se faire digérer en ce moment. » Mais le chauve avait cette arme en main. Comment Théo avait-il réussi à se faire cueillir par un type qui ressemblait à un surveillant général de collège ?

Quand elle fut persuadée que le chauve allait ressortir de la cabane, Molly courut à la caravane, prit appui sur la clim et grimpa sur le toit.

Le chauve tournait, virait devant la porte d'entrée de la roulotte. Molly courut sur le dos de Steve et regarda par terre.

— Miguel ! Ignacio ! Sortez de là-dedans ! gueula le chauve qui semblait hésiter à entrer.

— Je les ai vus entrer dans la caravane, dit Molly.

Le chauve se recula pour trouver d'où provenait cette voix.

— Vous êtes bien surveillant général de collège ? demanda Molly.

Le chauve finit par apercevoir Molly. Il cacha le pistolet derrière son dos.

— Ah, mais c'est la Folledingue. Qu'est-ce que vous faites ici ?

Molly s'avança jusqu'au bord du toit de la caravane.

— 'scusez-moi ? Je vous demande pardon ? Je suis la quoi ?

Le type ignora ses questions.

— Qu'est-ce que vous foutez ici ?

— Excusez-moi, excusez-moi, excusez-moi, fit Molly presque en chantonnant. J'attends encore des excuses pour la flotte renversée par terre. Va falloir vous occuper de ça avant que l'on s'en aille.

— Je vais m'excuser de rien du tout. Qu'est-ce que vous foutez ici ? Où sont Miguel et Ignacio ?

— Vous refusez de vous excuser ?

— Ouais. Descendez de là-dessus, dit-il en montrant son arme.

Molly tapota Steve sur sa tête toit et dit :

— Steve, bouffe-moi ce grossier connard.

Elle avait déjà assisté à la scène mais ce fut particulièrement excitant de voir d'en haut Steve changer de forme et sa langue jaillir et envelopper d'un coup le surveillant général. Après l'inévitable « sleurp ! », elle eut droit à un « crunch ! » (qu'elle n'avait pas supporté auparavant) qui la combla d'aise. Était-ce dû au fait que le surgé avait braqué une arme sur son ami, qu'il l'avait appelée la Folledingue ou qu'elle s'habituait à la chose ? Elle ne sut le dire.

— C'était super, dit-elle.

Elle retraversa le dos de Steve, prit à nouveau appui sur la clim avant de sauter à terre.

Steve grogna et reprit sa forme de dragon faite de pleins et de déliés. Il se coucha sur le côté. Molly vit ses écailles s'écarter pour laisser sortir deux bons mètres de pénis aussi raides et épais qu'un poteau téléphonique. Sur toute la longueur de l'organe, des couleurs fluo apparurent.

— Ouao ! fit Molly en se reculant. C'est très impressionnant.

Steve lui lança le même message qu'il avait lancé au camion-citerne. Ça fonctionna mieux sur Molly. Ses jambes flageolèrent, une impression de chaleur gagna ses cuisses et elle sentit une terrible pulsion lui tarauder les méninges.

Elle regarda Steve droit dans les yeux (en fait, dans un seul œil), s'avança vers sa gueule, lui caressa les lèvres (plus exactement l'endroit où auraient dû se trouver les lèvres si la nature l'en avait doté) et s'enivra de son haleine fétide (un mélange d'épices relevées, vraisemblablement d'origine mexicaine, et de bovin partiellement digéré).

— Tu sais, dit-elle, j'ai jamais roulé une pelle à un mec qui sentait le surveillant général.

CHAPITRE DIX-NEUF

TOUT CE QUE VOUS DEVEZ SAVOIR LÀ-DESSUS ET RIEN DE PLUS

Les instants de pure intimité, ce qui se passe entre deux personnes (ou une personne et un monstre marin) en privé, ne regardent que ces derniers. Cependant, afin de satisfaire le voyeur qui est en chacun de vous, voici un ou deux détails pour étancher votre curiosité...

Molly tenta l'impossible, déploya un réel effort, mais même pour une femme dans sa condition physique, la tâche était insurmontable. Elle finit par trouver, près de la cabane, une débroussailleuse à moteur (laquelle débroussailleuse appartenait aux prix Nobel de chimie en herbe qui l'utilisaient pour raser les saloperies susceptibles de prendre feu aux abords de leur labo). Manié avec adresse, c'est-à-dire avec souplesse et fermeté (sans oublier quelques cajoleries indispensables), cet appareil, bien que rustique au demeurant, conduisit Steve à cet état second que les Français, pour des raisons qui restent encore obscures à ce jour, appellent la « petite mort ».

Et peu après, ce qui à première vue constituait un obstacle insurmontable, je veux parler de la différence de taille, se transforma en avantage, permettant à Molly de rejoindre Steve dans cet état de béatitude et de plaisir. Comment ? Imaginez une longue, très longue et très très douce descente sur une rampe en forme de langue bien glissante, avec chaque papille susceptible de déchaîner le plaisir située au bon endroit et vous aurez une idée de l'état très... très humide dans lequel Molly termina sa course entre le cou et l'épaule de Steve, un endroit apprécié des femmes. (Sauf en ce qui concerne notre monstre, son bras n'étant pas à proprement parler une invite au sommeil.)

Bien évidemment, il y eut un peu de maladresse due au manque de connaissance mutuelle des deux nouveaux amants et la Volvo de Théo fut sévèrement cabossée avant que Steve ne s'aperçoive que de se rouler par terre n'était pas ce qu'il y avait de plus approprié pour manifester son enthousiasme. Mais à tout bien considérer, la destruction partielle d'une automobile, même suédoise, n'est qu'un faible prix à payer dans l'épanouissement d'une telle passion.

Voilà, c'est tout ce que vous aviez besoin de savoir là-dessus.

CHAPITRE VINGT

THÉO

Avec le temps, Théo avait appris à s'autopardonner les mauvaises pensées qui lui traversaient l'esprit aux pires moments (comme d'imaginer le veuf à poil pendant l'enterrement de sa femme, se féliciter du nombre extravagant de victimes des tremblements de terre dans le tiers monde, se demander pourquoi les esclavagistes offraient vraiment le gîte et le couvert), mais tout cela n'était rien comparé à ce qu'il éprouvait, menotté sur sa chaise, à attendre son exécuteur. Il rêvait d'une bonne partie de jambes en l'air au lieu de penser à s'évader ou à régler ses comptes avec son Créateur. En fait, si, il avait tenté quelque chose mais n'avait réussi qu'à renverser sa chaise et il avait à présent une vue plus que rasante du sol poussiéreux de la cabane. Quelque temps après, alors que les voix à l'extérieur s'étaient tues, il avait été assailli de souvenirs relatifs aux femmes qu'il avait possédées et à celles qu'il n'avait pas eues. Molly Michon, alias la Folledingue, faisait partie intégrante de ce montage érotique récapitulatif.

Alors, c'est à la fois très embarrassé et soulagé qu'il vit apparaître la tête de Molly dans l'embrasure de la porte après avoir entendu des bruits de métal froissé et celui du moteur de la débroussailleuse.

— Salut, Théo, fit Molly.

— Molly, mais qu'est-ce que tu fais ici ?

— Je me balade, dit-elle sans entrer dans la cabane.

— Faut pas rester là, Molly. Il y a des types très dangereux qui rôdent dans le coin.

— Ça, c'est pas un problème. Vous n'avez pas besoin d'aide ?

— Si, va chercher du renfort. Mais surtout, barre-toi d'ici. Les mecs sont armés.

— C'est pas ça que je demandais. Je demandais si vous voulez pas que je vous libère.

— Pas le temps.

— Comment ça, pas le temps ? On a tout le temps. Où sont les clés ?

— Sur mon trousseau. Sur le contact de ma voiture.

— OK, je reviens.

Et elle disparut. Théo surprit un boucan d'enfer, comme du verre Sécurit que l'on fracasse. Molly revint et jeta les clés par terre, près de la tête de Théo.

— Vous pouvez les attraper ?

— Tu peux pas me libérer ?

— Ben... Je préfère pas maintenant. Mais vous allez bien y arriver, non ?

— Molly !

— Quoi ? Vous allez y arriver oui ou non ?

— Sans doute, mais...

— Bon, ben, tchao. Désolée pour votre voiture.

Tout en se traînant comme un damné vers les clés, il s'interrogeait sur la vague d'érotisme et de pensées lubriques qui venait de le submerger. Était-elle due aux menottes ? Sans être conscient du fait, avait-il été tenu en esclavage tout au long de ces années ? Lorsqu'il avait été arrêté, cela bien avant que le shérif Burton ne le fasse chanter, Théo était resté presque deux heures menotté et il n'avait aucun souvenir que cette triste expérience ait fait naître chez lui une quelconque pulsion érotique. Peut-être était-ce la proximité de la mort ? Était-il travaillé par la pensée de se faire descendre ? Putain, se dit-il, je déconne à pleins tuyaux, moi.

En dix minutes, il se libéra de ses entraves et de ses pensées, les lubriques et les morbides. Molly, Joseph Leander et la caravane avaient disparu. Il demeura devant les ruines de sa Volvo. Une nouvelle vague de questions l'assaillit. Le toit de son break avait été écrabouillé et se trouvait maintenant au même niveau que celui des portières, trois des quatre pneus étaient à plat et tout autour de la voiture il aperçut les traces de ce qui devait être un très, très gros animal.

Il y avait deux pistes parallèles qui partaient vers la colline. La première, visiblement, était celle laissée par un être humain alors que la seconde dépassait en largeur celle du chemin de terre qui aboutissait à la cabane.

Théo farfouilla dans la Volvo à la recherche de son arme et de son téléphone sans trop savoir ce qu'il allait en faire. Il n'y avait personne qu'il puisse appeler et il ne voulait surtout pas tirer sur qui que ce soit. Sauf peut-être le shérif Burton. Il examina les environs et trouva le pistolet de Leander qu'il glissa dans sa ceinture. Les clés pendaient toujours au contact du 4x4 rouge. Théo se posa un dilemme moral. Qu'y avait-il de plus grave ? « Emprunter » le Dodge ou avoir été enlevé, menotté et presque tué ? En guise de réponse, il monta à bord du pick-up et suivit les deux pistes parallèles qui s'enfonçaient dans les collines.

GABE

Gabe et le propriétaire du ranch contemplaient ce qui restait des vaches pulvérisées. Ils chassaient les mouches de leurs visages. Skinner était couché à quelques mètres, les oreilles rabattues vers l'arrière. Il grognait face au désastre.

Un frisson parcourut le rancher. Il repoussa son stetson vers l'arrière.

— Tu sais, Gabe, ça fait soixante piges que dans ma famille on élève des laitières. J'ai jamais entendu mentionner ou vu un tel spectacle.

Jim Beer n'avait que cinquante-cinq ans mais trop de temps passé au soleil et trop de stress lui en donnaient quinze de plus. Une note de mélancolie soulignait chacune de ses paroles. Il était grand et mince, son dos arqué lui donnait l'allure d'un type qu'on aurait battu. Sa femme l'avait quitté quelques années auparavant. Elle était partie vivre à San Francisco en prenant la Mercedes et l'acte de propriété de la moitié des mille hectares du ranch de son époux. Leur fils unique, âgé à présent de vingt-huit ans, mettait toute son énergie à se faire virer de toutes les universités et à tester les centres de réinsertion sociale de tout le pays. Jim habitait seul dans une maison de quatorze pièces qui sonnaient le vide et résonnaient des rires des employés du ranch que le patron nourrissait chaque matin dans son immense cuisine. Jim était le dernier d'une race en voie d'extinction. À ses yeux, et rien ne le ferait jamais plus changer d'avis, il devait sa déchéance à cette liaison qu'il avait eue autrefois avec une sorcière qui habitait alors dans l'actuelle cabane de Théo. Elle lui avait jeté un sort ; enfin, en était-il convaincu. Si la sorcière ne s'était pas enfuie dix ans plus tôt avec l'épicier, il aurait juré que le carnage des vaches était son œuvre.

Gabe secouait la tête.

— J'y comprends rien, Jim. Je peux faire des prélèvements pour les étudier, mais d'abord il faudrait que je comprenne quelque chose à ce que nous avons sous les yeux.

— Tu crois que ça pourrait être l'œuvre de gamins ? de vandales ?

— Les gosses s'amusent à renverser les vaches, c'est tout. Celles-là, on dirait qu'on les a larguées d'un Boeing en plein vol.

Gabe se doutait de ce qui s'était passé, tout en refusant de l'admettre. Aucune créature vivante n'aurait pu faire ça. Il devait y avoir une autre explication.

— Tu penses aux extraterrestres ?

— Non, je ne pense surtout pas à ça.

— Quelque chose est venu ici. Regarde les traces. Ça ne pourrait pas être le résultat d'un culte satanique ?

— Bon Dieu, Jim, si tu veux pas faire la une de *Psychiatrie Magazine*, je ne te conseille pas de dire des trucs comme ça. Je peux pas te dire qui a fait ça, mais je peux te dire qui ne l'a pas fait. C'est pas l'œuvre d'extraterrestres, ni de satanistes, ni d'un yeti en pleine crise. Je peux faire des prélèvements et les étudier et alors peut-être, je dis bien peut-être, je serai en mesure de te donner le nom du coupable. D'ici là, tu ferais bien de prendre contact avec les mecs du ministère de l'Agriculture, pour qu'ils viennent jeter un coup d'œil.

— C'est impossible, Gabe.

— Pourquoi ?

— Je tiens pas à voir des étrangers baguenauder sur mes terres. Je veux pas que cette histoire se sache. C'est pour ça que j'ai fait appel à toi.

— C'est quoi encore que cette embrouille ?

Gabe leva un doigt en l'air pour stopper net la conversation. Il porta le regard vers les collines d'où provenait un bruit de moteur. Quelques secondes plus tard, apparut un 4x4 rouge qui fonçait vers eux.

— Tu ferais mieux de t'en aller, dit Jim.

— Pourquoi ?

— Tu ferais mieux, c'est tout. Personne n'a le droit d'être sur ces terres. Sauf moi. Faut que tu t'en ailles.

— Ces terres sont pas à toi ?

— Prenons ton camion, fiston, et tirons-nous d'ici.

Gabe plissa les yeux pour mieux voir. Il fit un signe de la main.

— C'est Théo Crowe, dit-il. Mais qu'est-ce qu'il fout dans cette bagnole ?

— Oh merde, lâcha Jim Beer.

Théo gara le pick-up près de celui de Gabe et en sortit rapidement. Gabe trouva l'officier en sale état. Il ne se souvenait pas lui avoir vu une telle expression.

— Salut, Gabe, salut, Jim, fit Théo.

— Bonjour, répondit Jim qui fixait la pointe de ses bottes.

Gabe remarqua que Théo avait deux armes glissées dans la ceinture et qu'il était couvert de poussière.

— Salut, Théo. Beau pick-up. Jim m'a appelé pour me demander de venir...

— Je sais ce qui est arrivé, dit Théo en tournant la tête vers les vaches déchiquetées. Enfin... je crois savoir.

Théo marcha droit sur Jim qui aurait bien aimé pouvoir, à cet instant, rentrer sous terre par un trou de souris.

— Jim, tu sais qu'il y a là-bas un labo clandestin capable de produire de quoi inonder Los Angeles tout entière en amphés ? Qu'est-ce que t'as à dire là-dessus ?

La vie sembla quitter le corps de Jim Beer. Il s'affaissa sur le sol. Gabe eut le temps de l'attraper par un bras pour lui éviter de se fracturer le coccyx. Jim garda les yeux baissés.

— Quand elle est partie, ma femme a embarqué un acte de propriété qui lui donnait droit à la moitié du ranch. Elle a tenté de le faire valoir. Qu'est-ce qui me restait d'autre à faire pour trouver trois millions de dollars ?

Gabe regarda Jim, puis Théo, comme s'il voulait dire : « Mais qu'est-ce que c'est que cette histoire ? »

— Je t'expliquerai plus tard, Gabe, fit Théo. Faut d'abord que je vous montre un truc.

Théo repoussa le stetson de Jim en arrière de façon à lui voir le visage.

— Si je comprends bien, Burton te refilait du

pognon pour pouvoir utiliser tes terres et avoir la paix pour son labo ?

— Le shérif Burton ? s'étonna Gabe, complètement largué.

— Ta gueule, Gabe, le moucha Théo.

— Pas tout le pognon. Il payait par mensualités. Merde, qu'est-ce que je pouvais faire d'autre ? C'est mon grand-père qui a bâti ce ranch. Je pouvais tout de même pas en céder la moitié ?

— Alors tu t'es lancé dans le trafic de stups ?

— J'ai jamais vu le labo dont tu parles. Ni mes gars. Cette partie des terres se trouve en dehors des limites mêmes du ranch. Burton disait que c'était très bien que tu sois dans ta cabane près de l'entrée du ranch, ça évitait aux curieux de se pointer. Moi, je m'occupais de mon bétail et de mes affaires, c'est tout. J'ai même jamais demandé à Burton ce qu'il tramait dans ce coin-là.

— Et les trois millions de dollars, bougre de con ? Comment tu crois qu'il les a eus ? En élevant des lapins de garenne ?

Jim Beer demeura muet. Il continuait à fixer l'espace entre ses jambes. Gabe prit Jim par les épaules pour l'aider à se relever, puis il regarda l'officier.

— C'est pas fini ton numéro ?

Théo se mit à faire des cercles en marchant. Il levait les mains au ciel comme s'il eût voulu chasser des esprits maléfiques.

— Ça va comme tu veux ? lui demanda Gabe.

— Mais qu'est-ce que je vais faire maintenant, bordel de merde ? Qu'est-ce que je vais faire ?

— Tu pourrais déjà commencer par te calmer, osa Gabe.

— Va te faire foutre ! J'ai sur le râble des meurtres, un labo clandestin, une putain de bestiole géante et une ville entière qui vire à la folie. En plus, ma caisse est en morceaux et j'en pince pour une dingo. J'ai jamais été habitué à ça, moi ! Personne ne pourrait s'habituer à une situation pareille.

— Alors, se calmer est la première des choses à faire, fit Gabe.

Théo fonça sur Gabe en criant :

— Et j'ai pas fumé d'herbe depuis une semaine !

— Toutes mes félicitations.

— Ouais, mais ça me rend barjo. Ça me pourrit la vie.

— Allons, Théo, pour ça, faudrait que t'en aies une, de vie, dit Gabe qui se demanda aussitôt si c'était avec ce genre de paroles qu'il parviendrait à consoler son ami.

— Ouais, c'est ça, vas-y, enfonce bien le clou.

Théo alla jusqu'au pick-up rouge et donna un violent coup de poing sur l'aile.

— Hou, nom de Dieu de nom de Dieu, gueula Théo en pivotant vers Gabe. Je crois que je me suis pété la main.

— Moi, c'est la maladie de la vache folle qui m'inquiète, dit Jim en constatant l'ampleur de la situation.

— Ta gueule, Jim, dit Gabe. T'as pas vu que Théo avait un flingue ?

— Pas un, des flingues ! hurla Théo.

— Si j'ai bien compris tout à l'heure, dit Gabe, tu as bien parlé d'une bestiole géante ?

Théo se massa les tempes comme pour en faire sortir une idée lumineuse. Au bout de quelques instants, il s'approcha de Jim toujours assis et s'agenouilla face à lui.

— Jim, je voudrais que tu fasses l'effort de m'écouter quelques secondes.

Le rancher leva les yeux. Des larmes ravinaient les rides de son visage.

— Jim, il n'est rien arrivé, d'accord ? Tu ne m'as pas vu et tu n'as rien entendu de particulier dans cette partie du ranch, d'accord ? Si Burton appelle, tout va bien, il ne se passe rien d'anormal. Tu m'as bien compris ? Il ne se passe rien d'anormal.

— Non, je comprends rien. Tu crois que je vais aller en taule ?

— J'en sais foutre rien, Jim. Tout ce que je sais, c'est que si Burton apprend ce qui s'est passé, ça risque d'aller encore plus mal pour tout le monde. J'ai besoin d'un peu de temps pour penser. Si tu m'aides, je te promets que je ferai mon possible pour te protéger. Je te le promets.

— D'accord, répondit Jim. J'vais faire comme t'as dit.

— À la bonne heure ! Alors, rentre chez toi avec le pick-up de Gabe. On passera le rechercher dans une heure ou deux.

Skinner avait observé tout cela avec grand intérêt, essayant vainement de remuer la queue après chaque tirade de Théo. Tout ce qu'espérait le chien c'était de faire une virée dans la benne de ce pick-up rouge. Même les chiens peuvent avoir les rêves les plus fous.

— Théo, dis-moi que c'est pas vrai tout ça, dit Gabe en promenant sa main sur une empreinte de presque un mètre de large. Dis-moi que c'est une blague. Et si c'en est une, vu la profondeur des empreintes, celui qui aurait fait ça en connaîtrait un rayon sur la façon de se mouvoir des animaux.

À présent, Théo était redevenu calme, comme s'il saisissait toute l'absurdité de la situation.

— Ouais, fit-il. Et il en connaît un rayon sur la manière d'écrabouiller une Volvo. Mais tout cela est bien réel, Gabe. J'ai déjà vu ce type d'empreintes ailleurs auparavant.

— Où ça ?

— Près du ruisseau, la nuit où le camion-citerne a explosé. Moi non plus, je voulais pas le croire.

Gabe se remit debout.

— C'est la même nuit où j'ai eu mon exode de rats ?

— Ouais, la même.

— C'est pas possible, Théo. C'est pas possible que ce soit arrivé ici. Une créature de cette taille ferait passer un tyrannosaure pour un nain de jardin. Il n'existe rien de cette taille sur cette planète depuis soixante millions d'années.

— Rien que nous connaissions, en effet. J'ai suivi les traces à travers la prairie jusqu'aux vaches. Je croyais que c'était la direction où elles allaient, mais en fait c'était d'où elles provenaient.

— Elles provenaient ? Tu crois qu'il y en a plusieurs ?

— Alors tu commences à te faire à l'idée que c'est pas une blague ?

— Non, Théo, je pose juste une question.

— Je crois que Molly Michon est avec cette chose.

Gabe éclata de rire.

— Je crois que la désintox ne te vaut rien de bon.

— Je déconne pas. Molly était encore ici juste après la destruction de ma caisse. Elle m'a filé les clés des menottes. Quand je suis sorti, elle n'était plus là, pas plus que Joseph Leander et ceux qu'il était venu voir.

— Que crois-tu qu'il leur soit arrivé ?

— La même chose qui est arrivée aux vaches. Ou un truc dans ce goût-là. La même chose qui a dû arriver au petit Plotznik. La dernière fois où il a été vu, c'était au terrain de caravanes de Fly Rod, là où habite Molly.

— Tu n'es pas allé en ville aujourd'hui ? demanda Gabe en regardant à nouveau les empreintes.

— Pas eu le temps.

— Il y a ce Les, tu sais le gars qui bosse au magasin de bricolage, il a disparu lui aussi. On a retrouvé son pick-up derrière le saloon. Mais du bonhomme, aucune trace.

— Faut absolument qu'on aille chez Molly.

— Pourquoi « on » ? Je suis biologiste, moi, pas flic. Je préférerais essayer de remonter cette piste. Quoi qu'il y ait au bout. Skinner est un bon pisteur. Je suis certain qu'on va trouver une explication qui n'a rien à voir avec une bestiole géante.

— Moi non plus je suis plus flic. Et si on remonte la piste et qu'il se trouve que tu aies tort ? Tu veux qu'il t'arrive ce qui est arrivé à ma Volvo ? ou aux vaches ?

— Je veux essayer.

— Ça peut attendre. Ce sera pas un boulot difficile. De toute façon, quoi que ce soit, ça tire une caravane.

— Hein ?

— Il y avait une caravane près de la cabane où m'a

enfermé Leander. Quand je suis sorti, elle n'y était plus.

Gabe jeta un œil à sa montre.

— T'as mangé depuis ce matin, toi ? Je ne me moque pas de toi, peut-être que tu es en train de nous faire une crise d'hypoglycémie. On devrait aller manger un morceau et quand tu auras les idées claires, on ira chez Molly Michon.

— Ouais, c'est ça, t'as raison, j'hallucine parce que j'ai un petit creux.

Gabe prit Théo par l'épaule.

— Théo, s'il te plaît, fais pas chier, j'ai un rencard.

Théo acquiesça.

— D'accord, mais on va d'abord chez Molly et on mange après.

— Si tu veux, répondit Gabe qui ne parvenait pas à détacher son regard des empreintes. Il faudra que je revienne ici avec du matériel de prélèvement. Mais si c'est une blague...

Théo se dirigea vers le pick-up et s'arrêta net quand il entendit le portable sonner dans la cabane. Il y alla, trouva le téléphone et appuya sur la touche qui indique le numéro de celui qui appelle. Il s'agissait du numéro privé du shérif Burton. Théo dégaina son .357 Magnum et explosa littéralement le portable. Il ressortit et aperçut Gabe à demi caché derrière l'aile du pick-up et Skinner aplati dans la benne.

— Ça veut dire quoi, Gabe, que tu as un rencard ?

CHAPITRE VINGT ET UN

GABE ET THÉO

— Tiens, fit Gabe comme ils se garaient dans le terrain de Fly Rod, c'est ici que j'ai trouvé les rats au comportement aberrant.

— Super ! répondit Théo qui avait la tête ailleurs.

— Est-ce que je t'ai dit que j'avais reçu les résultats d'analyse de cervelle de l'université de Stanford ? Ils ne manquent pas d'intérêt mais je ne suis pas certain qu'ils apportent une explication.

— S'il te plaît, Gabe, pas maintenant.

Théo freina sec et le pick-up s'immobilisa brutalement.

— C'est quoi encore ce bordel ?

Il n'y avait pas de lumière chez Molly. Sur l'emplacement vacant près de sa caravane, une douzaine de personnes, toutes bien habillées, des cierges à la main, formaient un cercle.

— Une réunion de prière, sans doute ? osa Gabe. On est dimanche soir.

— La dernière fois que je suis passé ici il y avait une autre caravane ici. La même que j'ai vue au ranch.

— C'est l'endroit exact où j'ai trouvé les rats qui avaient un très faible taux de sérotonine.

Théo coupa le moteur, serra le frein à main et descendit du pick-up. Il se retourna vers Gabe.

— Tu dis que tu as trouvé tes rats à cet endroit ?

— Les six que j'ai pu retrouver, oui. Et c'est à ce même endroit que j'ai perdu la trace de ceux qui ont totalement disparu. Je te montrerai la carte graphique.

— Ça pourrait coller, alors.

Théo sortit sa chemise de sa ceinture pour recouvrir les armes qu'il y avait glissées. Il s'approcha du cercle des gens. Gabe le suivit à distance. Skinner sauta de la benne et courut en tête. Selon toute apparence, sous la houlette d'une femme vêtue de bleu pâle et coiffée d'une toque, les gens se recueillaient, têtes baissées.

— Bénis-nous, Seigneur, car au fond de lui, chacun d'entre nous a été sensible à ton appel. Nous sommes venus en cet endroit sacré...

Skinner fourra son museau dans l'entrejambe de la femme en bleu. Elle sursauta comme si elle venait de marcher dans une flaque. Tous les membres du groupe levèrent le nez.

— Je vous demande pardon, fit Théo, je ne voulais pas vous interrompre, mais puis-je savoir ce que vous faites ici ?

Plusieurs éléments masculins ne semblèrent guère apprécier le dérangement et ils se regroupèrent derrière la femme pour lui apporter leur soutien. La femme repoussa le museau du chien tout en prenant garde de ne pas trop approcher la flamme de son cierge de la laque qui brillait dans ses cheveux.

— Vous êtes l'officier Crowe, je me trompe pas ?

— Non, m'dame, vous ne vous trompez pas.

La femme était plus jeune que Théo, d'environ cinq ans. Elle avait les cheveux choucroutés comme ça se fait encore au Texas. Face à elle, à sa robe, à ses manières de parler, Théo eut le sentiment d'être jaugé comme il l'était autrefois par son prof principal quand il avait fait une connerie.

— Nous avons été appelés en ces lieux, officier, expliqua la femme.

Elle tendit la main vers l'arrière et agrippa l'épaule d'une autre femme qui lui ressemblait comme un clone, à part le fait qu'elle ne portait que du rose bonbon. Elle attira cette femme près d'elle. Skinner se lança aussitôt dans son inspection olfactive de l'entrejambe.

— Margie et moi avons été les premières à le ressentir, mais quand nous avons commencé à en parler autour de nous à la sortie de l'office de cet après-midi, tous ces gens se sont sentis attirés vers cet endroit. C'est l'Esprit-Saint en personne qui nous a guidés jusqu'ici.

— Demande-leur s'ils ont aperçu des rats, fit Gabe.

— Rappelle plutôt ton clébard, lui renvoya Théo par-dessus l'épaule.

Gabe siffla son chien et le labrador regarda autour de lui. Pour moi, Visage Pal, pensa Skinner, ces gonzesses sentent bon, tu peux toutes les niquer quand tu veux. Il n'obtint d'autre réponse qu'un petit juron de la part de son maître.

— Alors comme ça, c'est l'Esprit-Saint qui vous a demandé de venir ici ? dit Théo.

Chacun des membres du groupe opina du chef.

— Est-ce que l'un d'entre vous a vu la femme qui vit dans cette caravane, là, à côté de nous ?

La femme en rose se manifesta :

— Oh oui, c'est elle qui a attiré notre attention sur cet endroit, il y a de cela quarante-huit heures. On s'est beaucoup interrogé à son sujet, vu sa personnalité, mais Katie a fait justement remarquer — elle désigna son amie — que notre Seigneur Jésus-Christ avait lui-même approché Marie-Madeleine, qui était, comment dire... qui était...

— Qui était une pute, lança Théo.

— Si on veut. Et nous nous sommes dit : qui sommes-nous pour porter un jugement ?

— C'est vraiment très charitable de votre part, répondit Théo. Mais je répète ma question : avez-vous vu Molly Michon ce soir ?

— Non, pas ce soir.

Théo sentit ses dernières forces le quitter.

— Écoutez-moi, braves gens, vous ne devriez pas être ici. Je ne crois pas que l'endroit soit sûr. On a signalé des disparitions et...

— Oh oui, ce pauvre petit garçon, dit Margie.

— Et il n'est pas le seul. Aussi est-il de mon devoir de vous demander d'aller vous réunir ailleurs. S'il vous plaît.

Le groupe parut fort contrarié par ce que venait de dire Théo. Un des hommes, un petit gros au cheveu rare, dans la cinquantaine, se fraya un chemin et lui dit :

— Officier, nous avons le droit d'honorer le Seigneur où et quand nous le souhaitons.

— Je pensais juste à votre sécurité, répondit Théo.

— Je vous rappellerai que la liberté de culte est une valeur fondamentale de ce pays et...

Théo s'approcha du type et le toisa de toute son impressionnante stature.

— Alors commencez par remercier le Seigneur que je ne vous foute pas en cabane avec le sodomite le mieux monté de la prison du comté parce que c'est ce que je vais pas tarder à faire si vous rentrez pas chez vous illico presto.

— Bien parlé, fit Gabe.

Jette-le à terre et fais-le se pisser dessus, pensa Skinner. Le chauve émit un borborygme et rentra dans le groupe.

— Retrouvons-nous à l'église pour discuter du licenciement de notre officier de police municipale, dit-il.

— Ouais, c'est ça, allez vous mettre en rangs d'oignons, dit Théo qui les regarda se disperser et remonter dans leurs voitures.

Quand le dernier fut parti, Gabe demanda :

— C'est quoi ta théorie ?

— Que tout le monde est complètement secoué dans cette ville. Je vais aller jeter un coup d'œil à la caravane de Molly, mais je doute qu'elle soit là. Tu veux que je te raccompagne chez toi pour que tu puisses prendre une douche et te changer avant d'aller à ton rencard ?

Gabe regarda son pantalon taché et sa chemise de travail salopée.

— Tu crois que ça s'impose ?

— Gabe, t'es le seul mec que je connaisse qui arrive à me rendre humain.

— Tu viens avec moi, alors ?

— Casanova, soupira Théo. Comparé à toi, je suis Casanova.

— Quoi ? fit Gabe. Tu sais que ce soir, au resto, c'est poulet rôti.

STEVE

Steve était vautré sous un bouquet de cyprès, sa nouvelle maîtresse, lovée au creux de sa patte avant, ronflait doucement. Il tira la langue dont l'extrémité vint caresser le dos nu de sa conquête. Elle gémit et se pelotonna davantage dans la pliure de la patte. Steve se dit qu'elle était très goûteuse. Mais il avait déjà dévoré tous ces sang-chaud et ne se sentait plus en appétit.

Cinquante ans auparavant, quand il était encore une femelle, ce qui lui était également arrivé cinq mille ans plus tôt, il avait pris l'habitude de dévorer ses partenaires après l'accouplement. C'est comme ça que ça se passait alors. Mais en tant que mâle, il n'était pas trop certain de ce qu'il fallait faire. Il ne s'était jamais accouplé avec une partenaire de son espèce depuis qu'il était devenu un mâle, et l'idée de passivité après l'amour était toute nouvelle pour lui. En clair, il n'avait pas envie de manger cette créature au sang chaud. C'est elle qui l'avait fait se sentir mieux, et pour diverses raisons, il pouvait voir ses pensées en images au lieu de lui envoyer ses propres messages. Elle n'éveillait chez lui aucun sentiment de crainte, et il avait nul besoin de lui envoyer de signal pour qu'elle vienne à lui. Ce qui était très bizarre pour une sang-chaud.

Il posa sa tête sur le tapis d'aiguilles de cyprès et laissa ses blessures se cicatriser. Il pourrait toujours manger Molly plus tard. Quelque part à l'arrière de son cerveau, à l'instant où il allait s'endormir, le signal de danger se mit en veille. En cinq mille ans d'existence, il n'avait jamais pensé au concept de passé et de futur, il s'était contenté du présent. Son ADN s'était recomposé de très nombreuses fois, il s'était adapté aux changements sans attendre les cycles des générations — il était l'unique représentant de son espèce — mais le concept de temps, de souvenir au-delà du niveau de la cellule, constituait une nouvelle adaptation. Sa conscience s'éveillait au contact de Molly, et comme tout mécanisme pragmatique (ce qu'il était), la nature essayait de l'avertir. Mais même le cauchemar allait virer au cauchemar.

VAL

Est-ce que cela ressemblait à un rendez-vous ? Val prit place à une table située dans le fond du café de H.P. Elle commanda un verre de chardonnay local. Elle essaya de se forger une opinion qui refléterait justement le dégoût qu'il devait inspirer, mais malheureusement, il se trouva qu'il était très convenable. Elle s'était fardée légèrement. Elle portait un simple collier de perles sur un ensemble indigo en soie, de façon à ne pas trop trancher avec la dégaine de celui qu'elle espérait, et qui viendrait sûrement en jean ou en pantalon de toile. Oui, à bien y réfléchir, était-ce vraiment un rendez-vous ? se demanda-t-elle. Comment avait-elle fait pour tomber si bas ? pour se retrouver dans ce minable troquet de ce bled perdu à attendre un type qui de toute sa vie n'avait sûrement jamais porté le moindre smoking ou la moindre Rolex à son poignet ? Et pourtant, c'était avec « ça » qu'elle avait rendez-vous.

Non, tout cela n'a rien d'un rendez-vous amoureux, pensa-t-elle. C'est juste un dîner, un moment de sustentation à deux qui ne se reproduira jamais. C'est juste histoire de s'encanailler, voilà ce que c'est, comme une expérience artistique à caractère satirique. Appelons ça *Les folies du poulet grillé à la sauce petite-bourgeoise*. Parce que c'est une chose que de venir lire le journal dans ce genre d'endroit, mais c'en est une autre que d'y dîner.

Lorsque Gabe Fenton poussa la porte d'entrée du café, le pouls de Val s'accéléra. Elle sourit malgré elle quand elle vit la serveuse désigner sa table. Puis Théo Crowe apparut dans le sillage de Gabe. Un frisson d'angoisse parcourut Val Riordan. De fait, cela n'aurait rien d'un rendez-vous amoureux.

Gabe sourit et les rides autour de ses yeux se plissèrent comme s'il allait éclater de rire. Il tendit sa main à serrer.

— J'espère que ça ne vous ennuie pas, mais j'ai demandé à Théo de se joindre à nous.

Gabe avait peigné ses cheveux et lissé sa barbe. Il portait une chemise chambray un peu délavée, certes, qui avait au moins le mérite d'être propre. Il ne cassait pas trois pattes à un canard, mais dans le genre homme des bois un peu fruste, il était assez présentable.

— Non, ça ne me gêne pas, dit Val. Prenez place, Théo.

Théo approcha une chaise de la table où le couvert était mis pour deux personnes. Avant qu'il n'eût le temps de poser ses fesses, la serveuse lui avait déjà apporté un couvert.

— Désolé de m'imposer, fit Théo, mais c'est Gabe qui a insisté.

— Vous êtes le bienvenu, officier.

— Ça va, Théo, n'en fais pas trop, tu veux ? lança Gabe.

Val se força à sourire. Qu'allait-il se passer à présent ? La dernière fois qu'elle avait parlé à Gabe, son cœur avait fait de la haute voltige. Assez bizarrement, elle éprouvait pour lui ce qu'elle ressentait pour des gens qu'elle fréquentait depuis longtemps.

Théo s'éclaircit la voix.

— Dites-moi, toubib, ça vous gêne si on repart sur le terrain des confidences professionnelles ?

— Généralement, c'est le genre de propos qui se tiennent à mon cabinet, pas au restaurant, répondit Val en faisant un signe de tête à Gabe.

— Bon, d'accord, on en parle plus. Sachez quand même que Joseph Leander a trucidé sa femme.

Val ne s'étonna pas. Elle faillit le faire mais ne le fit pas.

— Et vous le savez parce que...

— Parce qu'il me l'a dit, ajouta Théo. Il lui a mis de la digitale dans son thé ; un truc qui provoque un arrêt cardiaque et ne se détecte pas. Puis après, il a pendu Bess dans la salle à manger.

— Vous l'avez arrêté, je suppose ?

— Ben non, je sais pas où il est passé.

— Mais vous avez lancé un mandat d'amener, alors ?

— Ben non, je sais pas si je suis encore flic.

Gabe s'interposa.

— On en a déjà parlé, Théo et moi. Je lui ai dit qu'il était un policier élu et que la seule façon qu'il puisse perdre son boulot passait par une procédure de mise en accusation judiciaire, même si son supérieur hiérarchique immédiat essaie de le tuer. Qu'en pensez-vous ?

— Essaie de le tuer ?

— On se calme, dit Théo à Gabe.

— Je veux bien, mais toi tu pourrais peut-être dire deux mots du labo clandestin et de la production de défonce.

Alors Théo expliqua. Il raconta l'histoire de son enlèvement, le laboratoire, la disparition de Joseph Leander, sa libération par Molly Michon. Il évita de mentionner ses théories sur la présence d'un animal gigantesque. Pendant qu'il parlait, ils commandèrent (poulet grillé pour Théo et Gabe, salade grecque pour Val) et en étaient au milieu du repas quand Théo s'arrêta de parler.

Val fixait sa salade. Le silence descendit sur la table. Si on se mettait à enquêter sur le meurtre, Val serait découverte. Et si l'on découvrait ce qu'elle avait fait subir à ses patients, elle pouvait faire une croix sur sa carrière. Val pourrait même aller en prison. Ce qui n'était pas juste, car pour une fois elle avait seulement tenté de faire ce qui lui paraissait le plus souhaitable. Elle eut, une fraction de seconde, la tentation de tout déballer. Elle se retint. Tout raconter pouvait la mener aux assises. Elle leva les yeux vers Gabe qui profita de l'occasion pour briser le silence.

— Et moi, je sais toujours pas ce que signifie le très faible taux de sérotonine trouvé dans le cerveau de mes rats.

— Hein ? firent non seulement Val et Théo, mais également Jenny la serveuse qui avait écouté de façon indiscrète depuis la table d'à côté.

— Je vous demande pardon, fit Gabe. Je croyais que les analyses de ces cerveaux de rats vous intéressaient.

— Et elles m'intéressent, mentit Val entre ses dents. Pardonnez-moi, mais tout ce que je viens d'apprendre sur Bess Leander me chamboule pas mal.

— Ouais. Pour en revenir à mes rats, ceux qui n'ont pas pris part à la grande migration avaient tous un faible taux de sérotonine, tandis que les analyses démontrent que ceux qui ont fui avaient conservé un taux normal. Alors je me demande si...

— S'ils ne souffraient pas de dépression, le coupa Val.

— Comment ça ? fit Gabe.

— Ben oui, ils font de la dépression nerveuse, tes rats, commenta Théo.

Gabe lui jeta un bref regard.

— Imagine que tu te réveilles chaque matin avec ce truc-là, poursuivit Théo, et que tu gueules ouais, super ! Merde alors, je suis toujours un rat. Non, laisse tomber.

— Je ne connais rien aux rats, dit Val. Mais chez l'homme, un faible taux de sérotonine peut avoir plusieurs conséquences, notamment sur l'humeur. Un faible taux est un indice de dépression. C'est le principe de fonctionnement du Prozac qui maintient le taux de sérotonine suffisamment élevé de façon que le patient ne déprime pas. Peut-être que vos rats étaient trop déprimés pour se sauver.

Gabe lissa sa barbe.

— J'ai jamais pensé à ça. Mais ça ne m'aide pas beaucoup. Ça ne me dit pas pourquoi la grande majorité des rats s'est sauvée.

— À cause de c't'enculé de monstre, fit Théo.

— À cause de quoi ? demanda Val.

— À cause de quoi ? reprit Jenny qui traînait encore à la table d'à côté.

— On pourrait avoir la carte des desserts ? demanda Gabe pour obliger Jenny à s'éloigner.

— Quel monstre ? dit Val.

— Tu devrais lui expliquer, Gabe, dit Théo. Ton scepticisme scientifique rendra la chose plus crédible que si c'est moi qui raconte.

La mâchoire inférieure de Val descendit d'un cran quand elle écouta Gabe parler des traces trouvées dans les collines, du bétail mutilé et de la théorie de Théo sur les disparitions de Joseph Leander, de Mikey Plotznik et peut-être aussi de celle de Les, l'employé du magasin de bricolage. Quand Gabe commença à parler de Molly Michon, Val l'arrêta tout net.

— Vous ne devez pas croire tout ce qu'elle raconte. Molly est très perturbée, vous savez.

— Elle ne m'a rien dit, fit Théo. Je dis seulement que je pense qu'elle sait des choses sur tout ce qu'on vient de dire.

Val voulut revenir sur l'histoire du laboratoire clandestin pour détourner la conversation, mais elle se souvint à cet instant de ce qu'Estelle Boyet lui avait confié.

— Je ne peux pas vous dire de qui il s'agit, mais l'un de mes patients m'a parlé d'un monstre marin au cours d'une séance de thérapie.

— De qui s'agit-il ? demanda Gabe.

— Je ne peux pas vous le dire, répondit Val. Je n'en ai pas le droit.

— C'est Estelle Boyet, dit Jenny qui revenait prendre les commandes des desserts.

— Mais..., lâcha Val. C'est pas moi qui vous l'ai dit, fit-elle à Théo.

— C'est à cause de l'autre jour, expliqua Jenny. Elle parlait de ce monstre au petit déjeuner avec ce mec, là, Catfish qu'il s'appelle.

— Nous ne prendrons pas de desserts, fit sèchement Val à Jenny.

— Bien. J'vous amène l'addition.

— Alors comme ça, Estelle, elle l'a vu aussi ? demanda Théo.

— Non, elle a seulement dit qu'elle l'avait entendu. Elle n'est pas du genre à propager des fausses nouvelles, ce que je ne dirais pas de Molly Michon. Il faudra que j'en reparle à Estelle.

— Ben voyons..., dit Théo. Moi, je vous dis que c'est pas du charre, cette histoire. Ma bagnole est en morceaux ! Si c'est pas une preuve, ça. Je vais retourner chez Molly ce soir et attendre qu'elle rentre. La porte n'était pas fermée à clé quand j'y suis passé tout à l'heure. Et comme de toute façon je peux pas rentrer chez moi...

— Vous croyez que ça peut être dangereux ? demanda Val.

— Évidemment.

Théo se leva et commença à lâcher quelques billets sur la table. Gabe lui fit signe que c'était inutile.

— Ça vous embête, docteur, de raccompagner Gabe chez lui ? demanda Théo.

— Non, mais...

— Merci bien, coupa Théo. Gabe, je te rappelle. Encore merci de m'avoir accepté à votre table, toubib. Je me disais que vous voudriez savoir au sujet de Bess. J'ai dû gâcher votre soirée ?

Oui, et c'est rien de le dire, pensa Val en regardant Théo quitter le restaurant.

— Il vient juste d'arrêter de fumer de l'herbe, précisa Gabe. Il est encore un peu nerveux.

— C'est son droit. Dites-moi, j'espère que vous ne croyez pas un mot de cette histoire de monstre ?

— J'ai plusieurs hypothèses.

— Ça vous dirait de venir chez moi en discuter autour d'une bouteille de vin ?

— Pourquoi pas ?

— Allons-y alors, fit Val. Je crois qu'il faut absolument que je me bourre la gueule et j'aimerais bien le faire en votre compagnie.

Avait-elle employé l'expression « se bourrer la gueule » depuis les bancs de l'université ? À la réflexion, elle se dit que c'était la première fois.

— Je vais régler l'addition, fit Gabe.

— Comme si la question se posait.

— J'espère que ça vous dérange pas de monter un chien dans votre voiture ? ajouta Gabe.

Non, je ne suis pas en train de m'encanailler, pensa Val ; j'ai déjà un pied dans la mouise.

CHAPITRE VINGT-DEUX

THÉO

Les parois de la caravane de Molly étaient tapissées d'affiches de cinéma. Debout au milieu du living, parmi les cassettes vidéo, les magazines, les dépliants publicitaires qui traînaient ici et là, il y avait Théo. Il se retourna. Molly était là, partout, sur tous les murs. Elle n'avait donc pas menti depuis toutes ces années. La plupart des affiches étaient en langue étrangère. Sur chacune d'elles, avec quelques années de moins au compteur, on reconnaissait Molly, très légèrement vêtue, les cheveux au vent, l'épée à la main, en train de livrer bataille à de sales types, sur fond de cités post guerre nucléaire ou de déserts jonchés de crânes humains et de voitures carbonisées.

La partie adolescente et masculine de Théo, cette partie que chaque homme porte en lui jusqu'au cercueil et qu'il essaie sans cesse de dissimuler, cette partie-là se réveilla subitement. Molly était donc une vraie star de cinéma. De cinéma un peu osé, certes, mais une star quand même. Et lui, Théo, il la connaissait. Il lui avait même passé les menottes. Si seulement il avait existé un vestiaire de salle de sport, un coin de rue, que sais-je ?, un institut de cours du soir où il aurait pu raconter ça en frimant devant ses copains. Mais Théo n'avait pas vraiment de copains, à l'exception de Gabe peut-être, et Gabe était un adulte. Le moment de surprise passé, Théo se sentit penaud en pensant à la façon dont il avait traité Molly, à son attitude condescendante et paternaliste envers elle. Il s'était comporté envers elle comme les gens se comportaient envers lui quand il essayait d'être autre chose qu'un guignol ou un con.

Il s'agenouilla face à une étagère remplie de cassettes vidéo. Sur la jaquette de l'une d'elles, il lut : *Kendra, l'Amazone des Terres inconnues* (version anglaise). Il glissa la cassette dans le magnétoscope et alluma la télé. Puis il éteignit les lumières, posa ses armes sur la table basse et s'allongea sur le canapé. Il lutta contre le sommeil pendant une demi-heure, une demi-heure au cours de laquelle il regarda la Folledingue de Melancholy Cove affronter des mutants et les pirates du Désert. Il aurait souhaité que le film puisse le distraire de ses problèmes du moment.

— Salut, Théo.

Il se réveilla en sursaut. L'écran diffusait toujours de la lumière, Théo se dit qu'il n'avait pas dû dormir longtemps. Elle se tenait dans l'entrée, dans la pénombre, copie conforme de la fille qui s'agitait sur l'écran. Elle portait un fusil d'assaut sur la hanche.

— Je t'attendais, Molly.

— Ça vous plaît ? fit-elle en montrant le poste.

— J'ai adoré. J'ai jamais voulu croire que... J'étais si crevé...

Molly hocha la tête.

— Je reste pas, dit-elle. Je suis juste passée chercher des fringues propres. Vous pouvez rester, ça dérange pas.

Théo ne savait plus quoi faire. Il hésita à reprendre un des pistolets qui traînaient sur la table. Il se sentait plus gêné que menacé.

— Je te remercie, dit-il.

— C'est le dernier, Théo. Après lui, l'espèce va s'éteindre. Il a fait son temps. Je crois que c'est ça que nous avons en commun, lui et moi. Vous ne savez pas ce que c'est que d'être un has-been.

— Pour ça, il faut déjà avoir été. J'en suis loin.

— C'est mieux. Au moins, vous pouvez toujours garder un œil sur le haut de l'échelle. Ce qui fout la trouille, c'est de dégringoler.

— Mais tu as dit « lui », de qui parles-tu ?

— Du dragon. Enfin... je suis pas trop sûre que c'en soit un. Qui pourrait le dire ?

Elle s'adossa à la paroi et grimaça.

— Par contre, je peux dire ce qu'il pense, et ça, c'est sans doute parce que je suis barjo. Et qui aurait pu dire qu'une telle explication tomberait à pic, hein ?

— Faut pas dire ça, Molly. Tu es certainement plus saine d'esprit que moi.

Molly éclata de rire. Dans la lumière que projetait l'écran de télévision, Théo aperçut les dents brillantes de sa vedette de cinéma.

— Vous êtes un névrosé, Théo. C'est-à-dire quelqu'un qui pense que quelque chose cloche en lui alors que son entourage le croit tout à fait normal. À l'inverse, une psychotique pense qu'elle est normale alors que tout le monde pense qu'elle est déconnante. Amusez-vous à faire un sondage auprès des gens du coin, et vous verrez qu'on me classe dans la deuxième catégorie.

— Molly, en ce moment, tu t'occupes de choses beaucoup trop dangereuses.

— Il ne me fera rien.

— Y a pas que ça. Tu pourrais te retrouver derrière les barreaux pour être en possession de ce flingue. Il y a des gens qui ont été tués, tu es d'accord ?

— C'est une façon de voir les choses.

— C'est bien ce qui est arrivé à Joseph Leander, non ? Ainsi qu'aux mecs qui bossaient dans le labo, non ? C'est ton copain qui les a bouffés.

— Ils s'apprêtaient à vous faire du mal. Et Steve avait les crocs. Ça m'a paru le moment idéal pour le satisfaire.

— Molly, ça s'appelle des meurtres !

— Mais, Théo, je suis barjo ! Qu'est-ce qu'on peut me faire ?

Il haussa les épaules et s'assit sur le sofa.

— Je sais plus où j'en suis, dit-il.

— Vous n'êtes pas dans une position pour agir. Reposez-vous d'abord.

Théo se prit la tête entre les mains. Son téléphone qui était resté dans sa poche de poitrine commença à sonner.

— Je ferais bien de m'avaler un truc qui décape, dit-il.

— Il y en a dans le placard au-dessus de l'évier. C'est des neuroleptiques que le docteur Val m'a donnés. Des antipsychotiques. Sur moi, ils fonctionnent à merveille.

— Apparemment.

— Votre téléphone sonne.

Théo sortit l'appareil de sa poche, le déplia, appuya sur le bouton réponse et regarda le numéro de son correspondant. Il reconnut celui du portable du shérif Burton. Théo coupa la communication.

— Je suis fait comme un rat, dit Théo.

Molly ramassa le .357 Magnum, puis elle prit l'automatique de Leander.

— Je vais ranger ça avant de partir. Je vais prendre quelques fringues propres dans ma chambre. Ça va aller ?

— Ouais, ça va aller, fit-il, la tête pendante, comme s'il parlait à ses genoux.

— Vous vous foutez de moi, Théo.

— Désolé.

Molly s'absenta de la pièce pendant cinq minutes durant lesquelles Théo essaya de faire le point sur tout ce qui venait de se passer. Molly revint, un sac fourre-tout sur l'épaule. Elle portait le costume de Kendra, cuissardes comprises. Malgré le manque de lumière, Théo remarqua la sale cicatrice qui barrait la poitrine de Molly. Elle nota qu'il l'avait vue.

— C'est à ça que je dois la fin de ma carrière, dit-elle. Je crois que de nos jours ça pourrait être refait, mais c'est un peu tard.

— J'en suis désolé. Moi, je te trouve superbe.

Molly sourit et prit les deux armes d'une seule main. Elle avait posé le fusil près de la porte. Théo n'avait rien remarqué.

— Ça vous arrive, Théo, de vous sentir différent ?

— Comment ça, différent ?

— Non pas que vous soyez meilleur que les autres

personnes, juste que vous vous sentez différent. Dans le bon sens. Ça vous arrive jamais ?

— Je sais pas. Non, je crois pas.

— Moi, j'ai ressenti ça des fois. Même si j'ai tourné dans des films de série Z et que j'ai été obligée de faire des trucs humiliants pour faire partie du casting, je me sentais différente. Et puis cette sensation m'a quittée. C'est pour ça.

— C'est pour ça quoi ?

— Vous m'avez demandé « pourquoi » tout à l'heure. Alors je vous réponds que c'est pour ça que je retourne auprès de Steve.

— Steve ? Tu l'appelles Steve ?

— Il a une tête à s'appeler comme ça. C'est pas tout ça mais faut que j'y aille. Je vais laisser les armes dans la benne du pick-up rouge que vous avez volé. N'essayez pas de me suivre, d'accord ?

Théo hocha la tête.

— Molly, promets-moi de ne pas le laisser bouffer quelqu'un d'autre. Promets-moi ça.

— Et vous, vous me promettez que vous allez nous laisser tranquilles ?

— Je peux pas faire ça.

— Bon, ben alors prenez soin de vous quand même.

Elle empoigna le fusil, ouvrit la porte d'un coup de pied et sortit. Théo l'entendit descendre les marches, s'arrêter et revenir. Elle passa la tête dans l'ouverture de la porte.

— Je suis vraiment désolée, Théo, que vous ne vous soyez jamais senti différent.

— Merci, Molly, répondit-il en se forçant à sourire.

Coincé dans le couloir d'entrée de la maison de Val Riordan, Gabe regardait tantôt ses grosses chaussures de randonnée, tantôt la blancheur immaculée du tapis. Val avait disparu dans la cuisine pour chercher une bouteille de vin. Skinner était resté dehors à baguenauder.

Gabe finit par s'asseoir sur le carrelage de marbre. Il délaça ses chaussures et les retira. Un jour, il avait visité un laboratoire de San José, classé niveau 9 en matière d'asepsie. Pour éviter toute contamination extérieure des spécimens qu'on y cultivait, l'air était filtré au micron près et pour pénétrer il fallait revêtir un scaphandre relié à une alimentation en air individuelle par une sorte de tuyau cordon ombilical. Bizarrement, c'est à cette expérience qu'il repensa en délaçant ses écrase-merde. Il se dit que, malheureusement, partout où il allait, la saleté suivait. Dieu merci, Théo l'avait obligé à se doucher et à changer de vêtements avant de se rendre à son rendez-vous.

La maison avait plusieurs demi-niveaux. Val réapparut dans le living qui constituait le plus bas de ces niveaux. Elle portait un plateau garni d'une bouteille de vin et de deux verres. Elle jeta un œil sur Gabe resté au sommet des marches. On eût dit qu'il se tâtait pour descendre dans un lac de lave en fusion.

— Approchez et asseyez-vous, lui dit Val.

Gabe fit un pas.

— C'est joli chez vous.

— Merci. Il me reste encore beaucoup de choses à

terminer. Si j'avais pris un décorateur, ce serait terminé depuis longtemps, mais j'adore chiner les antiquités moi-même.

— Bien, bien, dit Gabe qui osa un pas supplémentaire.

Il se dit que le salon était si vaste qu'on aurait pu y jouer au handball. À condition de ne pas craindre de casser les vieilleries.

— C'est un petit cabernet du vignoble du Cheval blanc. Vous savez, celui qui se trouve sur l'autre versant du coteau.

Val versa le vin dans des verres ronds à pied. Elle prit le sien et s'assit sur le sofa violet. Elle leva les sourcils comme pour dire : « Alors ? Vous en pensez quoi ? »

Gabe finit par prendre place à l'autre extrémité du sofa. Il sirota une gorgée de vin et dit :

— Il est pas mauvais.

— Pour une petite production locale, ajouta Val.

Un ange passa. Val fit semblant de goûter à nouveau le vin. Puis elle dit :

— Entre nous, Gabe, vous ne croyez pas un traître mot de cette histoire de monstre marin, n'est-ce pas ?

Sa question soulagea Gabe. Val semblait vouloir causer boulot. Il avait une sainte trouille qu'elle veuille aborder un autre sujet, n'importe lequel, et qu'il ne sache quoi répondre.

— Ben... il y a ces empreintes tout de même. On jurerait des vraies. Si elles ne le sont pas, ça veut dire que celui qui les a fabriquées en connaît un rayon sur les fossiles. Et il y a cette coïncidence avec la migration des rats, sans parler des témoignages de Théo et de votre patiente. Estelle, c'est bien comme ça qu'elle s'appelle ?

Val reposa son verre.

— Gabe, je sais que vous êtes un scientifique. Une découverte de ce type ferait de vous un homme riche et célèbre, mais je n'arrive pas à croire qu'un dinosaure traîne en ville.

— Riche et célèbre ? Tiens, j'avais pas vu ça sous cet angle. Je pense que j'obtiendrais une certaine notoriété.

— Vous, vous travaillez sur des sujets ardus, moi, tous les jours, je me coltine la détresse des gens, la reconstruction de leur personnalité. Qu'avez-vous de solide dans cette affaire ? Des traces par terre ? Si ça se trouve, c'est comme cette histoire de pseudo yeti dans l'État de Washington il y a quelques années. C'était du pipeau. Faut voir les choses en face : d'un côté, nous avons Théo qui est un consommateur chronique de drogue et de l'autre, Estelle et son ami Catfish, qui sont des artistes. Et tous les trois ont des imaginations plus que débordantes.

Gabe fut déconcerté par le raisonnement de Val sur Théo, Estelle et Catfish.

— En tant que biologiste, j'ai ma théorie sur l'imagination. Il me paraît évident que la peur — la peur que provoque un grand bruit, le vertige, et cette faculté même d'apprendre à avoir peur — est une chose à laquelle nous nous sommes accoutumés au fil des siècles. C'est devenu un mécanisme de survie. Tout comme l'imagination. Certains pensent qu'autrefois, au temps des cavernes, c'était le plus balèse du clan qui se tapait les gonzesses. C'est peut-être vrai, mais en partie seulement, car la force physique n'explique pas totalement comment l'espèce humaine a pu bâtir des civilisations. Moi, je crois qu'il y a toujours eu un rêveur un peu rachitique assis près du feu de camp et c'est celui-là qui était capable d'imaginer les dangers, de puiser dans son imagination pour penser le futur et trouver des solutions aux problèmes. C'est ainsi que nous avons survécu et passé nos gènes de génération en génération. Pendant que les grands hominidés arrêtaient de courir une fois arrivés au-dessus du vide ou essayaient de trucider un mastodonte à l'aide d'un bâton, il y avait le rêveur assis en retrait. Et il se disait : « Hé les gars, ça pourrait marcher votre truc, mais ce serait mieux si c'était le mastodonte qui plongeait du haut de la falaise. » Et c'est ce même rêveur qui plus tard se tapait les nanas du clan restées veuves à cause des conneries de leurs balèses de maris.

— Ce serait donc la dictature des pauvres types ? dit Val en souriant. Mais si la peur et l'imagination ont fait de nous des êtres évolués, cela veut dire que quelqu'un de parano et atteint de la folie des grandeurs pourrait gouverner le monde.

Val s'intéressait à la théorie de Gabe maintenant. Comme c'était étrange d'échanger des idées avec un homme qui ne vous en foutait pas plein la vue avec le matérialisme et son agenda personnel. Val appréciait. Beaucoup.

— Vous savez, on n'en est pas passé très loin avec Hitler, répondit Gabe. Il arrive que l'évolution se plante et régresse. Pendant longtemps, on a eu besoin d'avoir de grandes dents. Jusqu'à ce qu'on s'aperçoive qu'elles étaient trop grandes. Les défenses du mastodonte sont devenues si grandes et si lourdes à porter que l'animal lui-même s'en brisait le cou. Et vous avez sûrement remarqué qu'on ne voit plus de chats à dents de sabre.

— Je suis d'accord avec cette théorie de l'évolution. Mais que peut-on en conclure en matière de dépression nerveuse ?

Rien que de parler de santé mentale la ramena à penser à ce qu'elle avait fait subir à ses patients. Ses infractions lui trottaient dans la tête, comme si elles voulaient en sortir.

— De plus en plus, la psychiatrie s'intéresse à la condition mentale de l'individu en considérant sa forme physique. C'est pour cela que nous soignons la dépression avec du Prozac. Mais quelle évolution pourrait-il y avoir avec la dépression ?

— C'est exactement à ça que je pense depuis le dîner, répondit Gabe.

Il but un peu de son vin et se rapprocha de Val, comme si étant plus près d'elle, il pourrait mieux lui faire partager son excitation. Il baignait dans son élément à présent.

— Il n'y a pas que l'homme qui ressente la dépression, les animaux aussi. Les mammifères des espèces évoluées comme les dauphins et les baleines peuvent en mourir. Et même les rats ont parfois le cafard. J'ignore pourquoi. Chez les humains, cela pourrait passer pour de la myopie : l'évolution a protégé une faiblesse biologique qui aurait été éliminée par les dangers naturels et les prédateurs.

— Comment ça ? Les prédateurs ?

— J'en sais rien. La dépression pourrait diminuer les capacités de la proie, faire en sorte qu'elle réagisse moins rapidement face au danger. Qui sait ?

— Ainsi, un prédateur pourrait faire évoluer cette attitude chez des animaux déprimés ?

C'est vrai, ça, pensa-t-elle, et ça colle avec moi. Si je m'en étais pas prise aux dépressifs, qu'aurais-je fait de ma vie ? Elle eut soudain honte de sa propre maison, de son matérialisme pur et dur. Elle avait devant elle un homme que seule la quête du savoir animait vraiment, alors qu'elle avait bradé son intégrité en accumulant des antiquités et en se payant une Mercedes.

Gabe se servit un autre verre de vin et s'adossa à nouveau au sofa.

— C'est un concept intéressant, dit-il comme perdu dans ses pensées. Je crois qu'il pourrait très bien exister un stimulus chimique ou comportemental susceptible de transformer les plus déprimés en proies. Vous m'avez dit qu'un faible taux de sérotonine augmente la libido, c'est bien ça ? Au moins temporairement ?

— Oui, dit Val.

Et c'est même pour ça que toute la ville n'est plus qu'un bordel géant, pensa-t-elle.

— Oui, mais alors on devrait avoir davantage de copulation chez les animaux. La nature s'arrange toujours pour maintenir les mécanismes de l'équilibre. Un prédateur ou un animal diminué feraient naturellement baisser la cohorte des déprimés. C'est intéressant, ça, parce que très récemment, j'ai pas arrêté de bander comme un âne. J'en arrive forcément à me demander si je ne serais pas un peu déprimé.

Gabe écarquilla les yeux. Il regarda Val, terrorisé par ce qu'il venait de dire. Il avala un peu de vin et parvint à dire :

— Excusez-moi, je...

Val n'en pouvait plus de se contenir. La gaffe de Gabe fit céder le barrage. Elle s'engouffra dans la brèche.

— Gabe, il faut qu'on parle.

— Je suis vraiment navré, je sais pas ce qui m'a pris...

Elle lui saisit le bras pour qu'il se taise.

— Non, non, j'ai quelque chose à te dire.

Il était sorti du monde abstrait des hypothèses pour tomber dans le sordide des premiers rendez-vous. Sûr qu'elle allait lui balancer la phrase fatidique : « Mais je ne suis pas celle que vous croyez. »

Elle lui prit le biceps et le pinça si fort qu'il en grimaça.

— Il y a un peu plus d'un mois, dit-elle, j'ai supprimé les antidépresseurs à un bon tiers de la population de Melancholy Cove.

— Quoi ?

Ce n'était pas là exactement les propos auxquels il s'attendait.

— Mais pourquoi, nom de Dieu ? demanda-t-il.

— À cause du suicide de Bess Leander. Enfin, de ce que je croyais être un suicide. J'en étais arrivée à travailler machinalement. Je rédigeais des ordonnances et encaissais le fric.

Elle raconta ses magouilles avec Winston Krauss et comment aujourd'hui il refusait de remettre les gens sous traitement. Quand elle eut terminé, alors qu'elle espérait une réponse, des larmes grossirent au bord de ses yeux. Il passa son bras par-dessus ses épaules en se disant que c'était le genre de truc à faire.

— Mais pourquoi vous me racontez tout ça ? demanda-t-il.

Elle se colla à lui.

— Parce que j'ai confiance en vous et qu'il fallait que je le dise à quelqu'un et aussi parce qu'il faut que je prenne des décisions. Gabe, je ne veux pas aller en prison. Sans doute que certains de mes patients n'avaient pas vraiment besoin d'antidépresseurs, mais d'autres si.

Elle pleura contre son épaule. Il commença à lui passer la main dans les cheveux, lui releva le menton et baisa ses larmes.

— Ça va aller, dit-il, ça va aller.

Elle plongea ses yeux dans les siens à la recherche de quelque reproche, mais elle n'en vit aucune trace. Alors elle s'allongea et l'attira sur elle.

UN IMMMMENSE POUVOIR

Et ils vénérèrent le dragon qui transmit la puissance à l'animal. Et ils vénérèrent l'animal en disant : qui ressemble à l'animal ?

Livre des Révélations, 13, 4

CHAPITRE VINGT-TROIS

STEVE

De quelles abominations peut bien rêver un dragon ? Une créature qui a, à sa façon, dominé le monde pendant des millions d'années, une créature pour laquelle les misérables mammifères humains ont élevé des temples, une créature qui ignorait tout prédateur à l'exception du temps qui passe, de quoi pouvait-elle rêver qui lui fît peur ? De la connaissance ?

Allongé sous un bosquet de chênes, sexuellement repu, la panse pleine de trafiquants de drogue, le dragon eut une vision des temps anciens. L'éternité qu'il avait toujours connue prenait corps. Dans son rêve, le dragon se vit au stade de larve, bien à l'abri dans la poche nichée sous la langue maternelle jusqu'au moment où il pourrait s'aventurer à l'extérieur sous le regard protecteur de sa génitrice. Il revit les parties de chasse et les copulations, les formes qu'il avait appris à imiter lorsque son ADN mercurial n'évoluait pas de génération en génération, mais sous la forme de régénération des cellules. Il revit les copains qu'il avait mangés, les trois jeunes qu'il avait portés comme une femelle, et dont le dernier avait été tué par un sang-chaud qui chantait le blues. Il se souvint, en images, de sa métamorphose, relativement récente, de femelle en mâle.

Son accouplement avec cette créature au sang chaud lui remémora ces images. Il s'interrogea à ce sujet. Pour la première fois en cinq mille ans de vie, il se demanda : pourquoi ? Le rêve lui apporta des images d'océans et de marécages, de rivières et de trous d'eau, de tranchées et de chaînes de montagnes sous-marines, mais dans chacune d'elles il était le seul spécimen de son espèce. Aussi sûrement qu'il voguait dans le néant obscur qui marque la fin de l'univers, là où la lumière se résigne à abandonner l'espoir et où le temps finit par crever de fatigue, aussi sûrement que tout cela, il était seul au monde.

Souvent le sexe produit ce genre de truc chez les mecs.

VAL

— Oh, merde ! Les cervelles de rats ! hurla Gabe.

Cette exclamation tombait mal en pleine partie de jambes en l'air. Val, si fragile, se demandait si elle n'allait pas se casser quelque chose. Il faut dire qu'elle avait les oreilles entre les genoux et qu'un biologiste s'activait sur elle. Ses collants pendouillaient, accrochés à l'un de ses orteils, comme une bannière en lambeaux après la bataille.

Gabe s'effondra dans les bras de Val. Elle jeta un œil par-dessus l'épaule du chercheur histoire de s'assurer qu'ils n'avaient pas renversé les verres de vin sur la carpette.

— Tu te sens bien ? lui demanda-t-elle, quelque peu essoufflée.

— Faut pas m'en vouloir, mais je viens juste de piger ce qui se passe avec ce monstre.

— C'est à ça que tu pensais ?

Elle se sentit blessée jusqu'au tréfonds d'elle-même.

— Non, non, pas pendant. Ça m'est venu comme un flash juste après. Je sais pourquoi la créature attire les mammifères qui ont un faible taux de sérotonine. Et en ce moment, qu'est-ce qu'on a ? Un tiers de la population en phase de désaccoutumance d'antidépresseurs, c'est bien ça ?

Tout compte fait, non, elle n'était pas blessée. Plus simplement, il l'emmerdait. Elle le renversa par terre, se leva, tira sur sa jupe et fit quelques pas. Il se prit les pieds dans son pantalon descendu sur ses chevilles, chercha sa chemise, qu'il trouva en bouchon derrière le sofa. Son bronzage s'arrêtait au niveau du cou et sous les épaules, le reste de son corps ressemblait à un cachet d'aspirine. Il aperçut Val, entre le sofa et la table basse du salon. Il lui jeta un regard de cocker, le même qu'il aurait jeté du fond d'un cercueil à deux doigts d'être enterré vivant.

— Faut pas m'en vouloir, dit-il.

Il ne la regardait pas dans les yeux. Val se rendit compte qu'il avait le regard braqué sur sa poitrine dénudée. Elle ferma son corsage avant qu'une bordée d'insultes ordurières ne lui vienne à l'esprit. Les lâcher n'aurait fait que révéler une méchanceté gratuite et attirer la honte sur eux deux. Il était comme il était, honnête et vrai, et elle savait bien qu'il n'avait pas voulu la froisser. Alors elle se mit à pleurer. Elle se dit : Après tout n'était-ce pas grâce aux pleurnicheries que tout avait commencé ?

Elle se jeta sur le canapé, la tête enfouie entre les mains. Gabe s'approcha d'elle et lui entoura les épaules de son bras.

— Je suis désolé, Val. Je suis nul dans ce genre de truc.

— Non, non, tu es très bien. C'est seulement que ça fait trop d'un coup.

— Je ferais mieux de m'en aller, dit-il en commençant à se lever.

Elle lui prit le bras qu'elle serra autant qu'elle le pouvait. Puis elle embrassa Gabe en le tirant à elle. En moins de temps qu'il n'en faut pour le dire, ils étaient à nouveau emmanchés l'un dans l'autre.

Voilà qui est bien, pensa-t-elle. Et maintenant, j'arrête de chialer. Mais chialer, ça marche bien. Plus je pleure, plus ça l'excite.

Ils ne furent bientôt qu'un tas de viande en sueur sur la moquette. Pour Val l'idée de pleurer s'était envolée à des années-lumière.

— C'était le pied, finit par dire Gabe.

Val aperçut un verre de vin renversé près de sa tête. Un filet de cabernet saignait sur le tapis.

— Qu'est-ce qu'il faut mettre ? Du sel ou du soda ? dit-elle.

Gabe se recula pour regarder Val droit dans les yeux. Il s'aperçut qu'elle regardait le tapis taché.

— Du sel et de l'eau froide, je crois. C'est pas du sang au moins ?

À cet instant, une goutte de sueur quitta le front de Gabe pour atterrir sur les lèvres de Val.

— Ce coup-là, tu n'as quand même pas pensé à cette bestiole qui par ailleurs n'existe pas ?

— Non, j'ai pensé qu'à toi.

— C'est vrai ? fit-elle en souriant.

— À toi et à une débroussailleuse. Je sais vraiment pas pourquoi.

— Tu te fous de moi ?

— Ben... heu... oui, je me fous de toi. J'ai seulement pensé à toi.

Alors je ne suis pas aussi ignoble malgré ce que j'ai fait ?

— Tu as fait ce que tu croyais être bien. Il n'y a rien d'ignoble là-dedans.

— Peut-être, mais j'ai pas une idée terrible de moi-même.

— C'est de ma faute, ça faisait si longtemps. Je manque de pratique.

— C'est pas de ça que je parle. Je parle de mes patients. Tu crois vraiment qu'ils sont en danger ?

— C'est rien qu'une hypothèse. Peut-être que le monstre n'existe même pas.

— Et s'il existait ? Tu crois pas qu'on devrait alerter la garde nationale ?

— Je pensais plutôt à appeler Théo.

— Théo est même pas un vrai flic.

— C'est vrai, mais il gagne à être connu.

Ils restèrent ainsi quelques instants, en silence, allongés par terre, à regarder la tache qui s'élargissait sur le tapis. La sueur leur dégoulinait sur les flancs. Chacun écoutait les battements du cœur de l'autre.

— Gabe ? murmura Val.

— Oui ?

— On devrait peut-être consulter un conseiller conjugal.

— Mais d'abord faudrait pas qu'on se rhabille ?

— Tu étais sérieux avec la débroussailleuse, n'est-ce pas ?

— J'ai des flashes, j'ignore d'où ils viennent.

— À San Junipero, paraît qu'il y en a un bon, de conseiller conjugal. À moins que tu ne préfères une conseillère ?

— Mais on devait pas alerter la garde nationale ?

— Seulement en dernier recours.

Puis Val pensa : Quand on racontera tout cela au psy, je ferai l'impasse sur le verre qui s'est renversé.

THÉO

Qu'est-ce qu'il peut y avoir de plus énervant que des gens qui viennent de s'envoyer en l'air ? Surtout quand vous ne faites pas partie de ceux-là... depuis un sacré bail.

La chose se voyait comme le nez au milieu de la figure quand Val et Gabe débarquèrent chez Théo et qu'ils le réveillèrent pour la deuxième fois au cours de la même nuit. Le sourire de Gabe ressemblait à une calandre de Cadillac des années cinquante. Val, elle, portait un jean et quasiment pas de maquillage. Ils semblaient excités comme des puces et rougissaient comme des mômes. Théo avait la gerbe. Il était content pour eux, mais ça ne lui ôtait pas son envie de vomir.

— Qu'est-ce qui se passe ? demanda-t-il.

Gabe ne parvenait pas à cacher son excitation. Il mit les mains dans les poches pour éviter de faire de grands gestes.

— Je..., dit-il en regardant Val, enfin... nous pensons que ce monstre, s'il existe, pourrait être attiré par les êtres en manque de sérotonine.

Gabe se balançait sur la pointe des pieds. Il pensa que ce qu'il venait de dire tombait comme un cheveu sur la soupe. Théo s'assit, le regard fixé sur Gabe. Son visage n'exprimait rien de plus que cette fatigue que Val et Gabe avaient notée en débarquant chez lui. Il se dit que ce devait être à son tour de parler.

— J'ai vu Molly, fit-il. Je vous confirme que le monstre existe bien. Il a bouffé Mikey Plotznik, Joseph Leander et sûrement d'autres personnes. Elle m'a dit qu'il ressemblait à un dragon.

Le sourire de Gabe s'évanouit.

— Mais c'est super ! Enfin, non, horrible, je veux dire que c'est horrible, mais que c'est super d'un point de vue strictement scientifique. Je crois que le monstre dispose de mécanismes particuliers qui lui permettent de modifier le métabolisme de ses proies. As-tu eu beaucoup d'érections ces derniers temps ?

— C'est pas la peine de te foutre de ma gueule, Gabe. Je suis content que tous les deux vous vous soyez envoyés en l'air, mais c'est pas la peine de remuer le couteau dans la plaie en ce qui me concerne.

— Non, non, tu n'y es pas du tout, Théo.

Gabe expliqua que Val avait pris la décision de supprimer les antidépresseurs à ses patients et comment cette suppression avait entraîné une réduction du taux de sérotonine et par là même une augmentation de la libido.

— C'est pour ça que beaucoup d'habitants de Melancholy Cove sont excités comme des poux, conclut Gabe.

— Ouais, je comprends, répondit Théo. Et malgré tout ça, moi, je suis pas foutu de décrocher un rencard avec une gonzesse.

Val partit à rire. Théo la regarda. Gabe dit alors :

— Les rats que j'ai retrouvés encore vivants près de la caravane, là où on pensait qu'était le monstre, étaient en train de copuler. Certaines espèces de plantes carnivores produisent un phéromone sexuel qui attire leurs proies. Chez certaines espèces, le comportement du mâle passe par tout un cérémonial, une danse, la production d'une odeur, etc. qui stimule les ovaires de la femelle sans qu'il y ait contact physique. Je crois que c'est ce qui est en train de nous arriver.

— Alors comme ça, on m'aurait stimulé les ovaires ? fit Théo en frottant ses yeux pleins de sommeil. Je vais être franc avec toi, Gabe : je ressens rien.

— Ce n'est guère romantique, tout ça, fit Val en se tournant vers Gabe.

— Peut-être. Mais c'est incroyablement excitant. Ce pourrait être, de tous les prédateurs connus sur la planète, le plus élégant qu'on ait jamais vu.

Théo hocha la tête.

— J'ai pas de baraque à moi, plus de boulot, plus de bagnole, j'ai sûrement un mandat d'amener au cul et vous voudriez que je m'intéresse à un monstre qui vous excite de manière à vous bouffer ? Je suis désolé, Gabe, mais je vois pas où est l'aspect positif dans tout ça.

— Il y en a un. Ça pourrait expliquer pourquoi vous avez décroché de la fumette avec autant de facilité, s'interposa Val.

— Quoi ? C'est la meilleure celle-là. Avec autant de facilité ? explosa Théo qui se retint de se lever pour leur claquer le beignet.

— Vous y êtes arrivé par le passé ?

— Elle a peut-être raison, dit Gabe. Si ce truc affecte la sérotonine, il pourrait tout aussi bien modifier d'autres vecteurs neurologiques.

— Si j'ai bien tout compris, fit Théo, il reste plus qu'à ouvrir une clinique de désintox. On nourrira le monstre avec une moitié des patients, comme ça l'autre moitié guérira. Faut qu'on fasse ça tout de suite.

— Ça sert à rien de te moquer, dit Gabe. On essaie juste de t'aider.

— M'aider ? Comment ça, m'aider ? Une bagarre dans un bar ? OK, je peux m'en dépêtrer. Un voleur de patins à roulettes ? Pas de problème, je vais vous le retrouver, mais mon expérience de flic ne m'a jamais préparé à vos histoires de monstre.

— Théo a raison, fit Val. Théo n'est pas un flic multicarte. On ferait peut-être mieux d'appeler le shérif, le FBI ou la garde nationale.

— Pour leur dire quoi ? demanda Théo. (Flic multicarte, pensa-t-il. Je suis même plus flic du tout si ça se trouve.)

— Ouais, t'as raison, Théo, fit Gabe. Personne n'a vu le monstre.

— Si. Le vieux chanteur de blues, lui, il l'a vu, répondit Val.

— Faut qu'on lui mette la main dessus, dit Théo. Peut-être qu'il...

— Il habite avec Estelle Boyet, le coupa Val. J'ai son adresse à mon cabinet.

CHAPITRE VINGT-QUATRE

LE SHÉRIF

Près de l'épave de la Volvo de Théo, le shérif John Burton maltraitait les touches de son téléphone portable. Avec ses belles bottes Gucci, il avait marché dans la bouse. L'odeur lui remontait dans les narines. Le vent humide lui envoyait des poils de vache dans sa belle chevelure grise gominée. Son costume de chez Armani était constellé de cendres car en fouillant la cabane de Théo, le shérif avait secoué les restes du feu de broussailles, persuadé qu'il y trouverait les restes d'un corps humain. Bref, il était très colère.

Qu'est-ce que c'est que ce bordel ? Y a plus personne qui répond ? Le shérif avait appelé Joseph Leander, Théophile Crowe et Jim Beer, le propriétaire du ranch, et personne n'avait daigné décrocher. C'est ce qui l'avait poussé à venir à Melancholy Cove en pleine nuit, dans un état proche de l'affolement. La deuxième équipe de gars aurait dû être au boulot au labo, il n'y avait vu personne. Le monde entier semblait s'écrouler autour de lui. Et tout ça à cause d'un connard de flic municipal qui avait oublié qu'il était un incapable notoire.

Le téléphone de Crowe sonnait. Puis Burton entendit un déclic, et la ligne fut coupée. « Sainte merde ! » éructa-t-il en refermant son portable avant de le ranger dans sa poche de veston. Quelqu'un avait décroché le téléphone de Crowe. Cela signifiait soit que le flic municipal était encore en vie, soit que Leander l'avait tué, lui avait pris son téléphone et l'avait gardé prisonnier. Mais Burton avait vu le minivan de Leander garé devant la cabane de Crowe. Alors ? Qu'est-ce que tout cela signifiait ? Où était passé Leander ? Il n'était pas chez lui. Burton avait déjà vérifié et rien trouvé d'autre qu'une baby-sitter endormie et deux gamines en chemise de nuit. Leander aurait donc fui, sans emmener ses gosses ?

Burton ressortit le téléphone et composa le numéro du bâtiment administratif du comté, service des renseignements. L'Araignée décrocha en personne.

— Karcher, j'écoute, dit l'Araignée.

Burton l'entendait qui mastiquait quelque chose.

— Tu vas arrêter vite fait de bouffer ton Bounty, gros lard, et te remuer le cul pour me dégoter un nom et une adresse.

— C'est pas un Bounty, c'est un Mars. Au chocolat au lait. Je bouffe jamais de Bounty. Seulement des imitations.

Burton sentait la pression sanguine lui monter à la tête. Ses tempes battaient. Il fit un réel effort pour dominer sa rogne. Dans sa précipitation, avant de prendre la route pour Melancholy Cove, il avait oublié ses médicaments stabilisateurs de pression artérielle.

— Le nom, c'est Betsy Butler. Je veux son adresse à Melancholy Cove.

— C'est pas la petite amie de Joseph Leander ?

— Comment tu sais ça, toi ?

— Merde, shérif, vous savez à qui vous êtes en train de causer ?

— File-moi l'adresse.

Burton entendit Karcher pianoter sur son clavier. Il lui fallait se méfier de l'Araignée qui constituait une menace permanente pour son organisation. Le shérif ne savait pas trop comment s'y prendre avec ce type. Karcher demeurait imperméable à toute tentative de corruption, à toute menace. Heureux de son sort, il prenait son pied à faire trembler les autres. Burton avait une vraie frousse de ce que l'obèse savait peut-être sur lui, qui aurait pu le faire virer de la police. Pour régler son compte au gros, Burton pourrait-il lui aussi avoir recours aux mêmes sensitives dont s'était servi Leander pour se débarrasser de sa femme ? La thèse de la crise cardiaque en pleine ouverture d'un Kit-Kat passerait comme une lettre à la poste.

— Y a pas d'adresse, dit Karcher. Rien qu'une boîte postale. J'ai interrogé tous les fichiers, Sécu, cartes grises et tout le toutim. Elle bosse au café de H.P.. Vous voulez l'adresse ?

— Il est cinq heures du mat, Karcher. Et il faut absolument que je mette le grappin sur cette bonne femme.

— Le café ouvre à six heures. Pour les petits déjeuners. Vous voulez toujours pas l'adresse ? demanda l'Araignée en se marrant.

— Donne-la-moi, répondit le shérif en serrant les dents.

L'Araignée lui donna l'adresse sur Cypress Street et dit :

— Je me permets de vous conseiller d'essayer les œufs brouillés au sothoth, paraît que c'est remarquable.

— Qu'est-ce t'en sais ? Tu sors jamais de ton trou à rats.

— Ah, que les mortels sont idiots, lâcha l'Araignée en prenant une fausse intonation shakespearienne. Puis il ajouta : Vous semblez oublier que je suis au courant de tout, shérif. Je dis bien : de tout.

Et l'Araignée raccrocha. Burton respira à fond et consulta sa Rolex. Il avait le temps de rendre une petite visite à Jim Beer, à son habitation du ranch, avant l'ouverture du café. Le vieux sac à merde de rancher était sûrement déjà levé, sans doute en train de houspiller ses clebs ou de faire Dieu sait quoi à cette heure matinale. Tout, sauf répondre au téléphone. Alors Burton monta à bord de sa Cadillac Eldorado noire et s'élança à travers les collines en direction de la barrière située près de chez Théo.

À la jonction avec la route en corniche, qu'il s'apprêtait à prendre pour gagner l'allée principale du ranch (il devait s'appuyer un long détour, mais faire deux kilomètres avec sa Cad sur un chemin constellé de bouse lui aurait arraché le cœur), une silhouette jaillit dans le faisceau de ses phares. Il eut le temps de piler et le système ABS celui de réagir. La Cadillac manqua tout de même d'écraser une femme vêtue d'une aube blanche comme en portent les choristes à l'office du dimanche. Toute une file de personnes, et toutes également vêtues de blanc, longeaient la route côtière, protégeant de la main la flamme de leur cierge. Aucune ne tourna la tête vers Burton. Toutes passèrent devant la voiture, comme en transe.

Burton baissa la vitre et passa la tête par la fenêtre.

— Mais qu'est-ce que vous faites ? Il est cinq heures du mat.

Un type un peu chauve dont l'aube était trois fois trop petite pour lui regarda Burton, un sourire de béatitude sur les lèvres. Il lui dit :

— C'est l'Esprit-Saint qui nous appelle. Il nous a choisis.

Et l'homme reprit sa marche.

— Ouais, c'est ça, gueula Burton, il doit sûrement vous attendre, à c't'heure-ci, l'Esprit-Saint.

Personne ne releva sa remarque. Burton se laissa à nouveau aller dans son siège et attendit que la procession ait terminé de défiler devant sa voiture. Il n'y avait pas seulement des gens en aube mais aussi des hippies vieillissants, en jean et gilet en peau de mouton, une demi-douzaine de cadres dynamiques en costume du dimanche et un type tout maigrelet vêtu de la robe couleur safran des moines bouddhistes.

Burton attrapa son attaché-case posé sur le siège passager. Il l'ouvrit d'un coup sec sur le petit nécessaire dont il ne se séparait jamais. Le kit comprenait un faux passeport, un faux permis de conduire, une fausse carte de sécurité sociale, une fausse barbe et un vrai billet d'avion à destination des îles Caïmans.

L'heure était peut-être venue de se mettre en liberté sous caution.

SKINNER

C'est pas trop tôt ! Visage Pal s'est enfin trouvé une femelle, se dit Skinner. Ça s'est sûrement fait parce qu'il avait encore sur lui l'odeur de vaches en bouillie. À ce propos, Skinner s'était tâté pour se rouler dans la charogne, mais l'idée de se faire engueuler par Visage Pal l'en avait dissuadé. (Il avait une sainte horreur de se faire engueuler.) De toute façon, se balader dans une nouvelle voiture en compagnie de Visage Pal, de sa femelle et du grand type qui sentait toujours l'herbe brûlée et qui lui refilait parfois des hamburgers, c'était nettement mieux que de se rouler dans la charogne. Skinner regarda par la fenêtre en agitant la queue, laquelle queue vint gifler Théo à plusieurs reprises.

Ils s'arrêtaient. Super ! Allaient-ils le laisser seul dans la voiture ? Ce serait le pied car les sièges étaient moelleux à souhait et sentaient le cuir de vache pleine fleur. Mais non, ils le firent descendre et lui demandèrent de les accompagner jusqu'à la petite maison. Un type âgé vint ouvrir. Skinner le salua en lui reniflant l'entrejambe. Le type lui caressa les oreilles. Skinner adorait ça. Le type dégageait la même odeur qu'un chien qui a passé la nuit à hurler. Cela donna à Skinner l'envie de s'y mettre. Ce qu'il fit. Une fois seulement. Il apprécia le son de sa voix.

Visage Pal lui demanda de la fermer.

— Je sais ce que vous ressentez, dit le vieux type.

Ils entrèrent tous, abandonnant Skinner sur les marches. Ils semblaient très nerveux. Skinner le sentit et se dit qu'ils ne resteraient sûrement pas longtemps à l'intérieur. Skinner avait du boulot. La cour était grande, plantée de nombreux arbustes aux pieds desquels d'autres chiens lui avaient laissé des messages. Il lui fallait leur répondre. À tous. Par une mini-giclée, plus connue sous le nom de e-mail chez les chiens.

Skinner n'en était qu'à la moitié de son courrier quand ils ressortirent de la maison.

— Vous comprenez, monsieur Jefferson, dit le grand type, on doit trouver le monstre et pour ça, on a besoin de votre aide. Vous êtes le seul à l'avoir vu.

— Oh, faut pas vous tracasser, vous le reconnaîtrez tout de suite en le voyant, répondit le vieux. Vous avez pas besoin de moi pour ça.

Ils avaient tous l'air triste. La peur se lisait sur leurs visages. Skinner ne put réprimer un hurlement lugubre qu'il tint jusqu'à ce que Visage Pal l'empoigne par le collier. Skinner eut un sale pressentiment. Il se dit qu'ils allaient sûrement aller là où il y avait du danger.

Il y a du danger, Visage Pal, hurla-t-il à en rendre sourds les occupants de la Mercedes.

ESTELLE

Estelle enrageait alors qu'elle débarrassait les tasses à thé et les jetait dans l'évier. Deux d'entre elles se brisèrent. Elle poussa un juron, puis se tourna vers Catfish qui, assis sur le lit, grattait en sourdine les accords de « Walkin' Man's Blues » sur son Dobro.

— Tu aurais pu accepter de les aider quand même, dit-elle.

Catfish fixait son instrument. Il se mit à chanter : « J'ai une mégère à la maison. Oh, Dieu, pourquoi faut-il qu'elle soit toujours en train de se plaindre ? »

— Y a pas de quoi être fier de se servir de son art pour fuir la réalité. Tu aurais dû accepter de leur donner un coup de main.

« J'ai une mégère à la maison, Oh, Dieu, Oh, Dieu, pourquoi faut-il qu'elle soit toujours en train de se plaindre ? »

— Tu le fais exprès de ne pas me répondre ? C'est à toi que je parle, Catfish Jefferson ! Les gens d'ici ont été sympas avec toi. Tu pourrais leur en être reconnaissant.

Catfish rejeta la tête en arrière et chanta en direction du plafond : « Elle a vraiment aucune idée, Oh, mon Dieu, de ce qu'elle veut et de ce qui m'plaît. »

Estelle chopa un poêlon dans l'égouttoir, traversa la pièce et brandit l'ustensile au-dessus de la tête de Catfish.

— Vas-y, Catfish ! Qu'est-ce t'attends ? Chante-moi encore un couplet. Je suis curieuse de savoir qu'est-ce qui rime avec « gueule ratatinée ».

Catfish posa son Dobro et chaussa ses lunettes de soleil.

— Tu sais pas ce qu'on raconte ? Que ce serait une bonne femme qui aurait empoisonné Robert Johnson.

— Et t'as pas une idée de ce qu'elle a utilisé pour le faire ? demanda Estelle qui ne plaisantait pas. J'allais justement faire ma liste de courses.

— Mais qu'est-ce que je t'ai fait pour que tu me

causes comme ça ? J'ai pas toujours été gentil avec toi ?

— Et moi avec toi ? Apparemment c'est pas ce qui te retient de chanter des trucs sur les mégères.

— C'est quand même pas de ma faute si j'me le sentais de chanter un truc sympa sur les gonzesses.

Estelle baissa sa poêle. Des larmes grossirent dans ses yeux.

— Tu devrais donner un coup de main à ceux qui t'ont demandé de l'aide. Et quand ce sera fini, tu pourras rester ici. Tu pourras continuer à jouer ta musique, moi je peindrai. Tu sais bien que les gens d'ici aiment bien ta musique.

— Ouais, les gens d'ici me saluent de la main dans la rue, ils me lâchent de bons pourboires quand je passe le chapeau pour que je puisse me payer des verres. Résultat des course : comment veux-tu que j'aie le blues avec tout ça ?

— Eh ben, va plier ta bagnole, va ramasser le coton, va descendre un mec dans un faubourg de Memphis si y a que ça à faire pour avoir le blues ! Mais pourquoi, merde ?

— Parce que c'est tout ce que je sais faire : jouer du blues. Et rien d'autre.

— T'as jamais essayé de faire autre chose. Pense à moi. J'existe, moi. Je suis bien vivante, moi. C'est donc si moche que ça que de penser qu'il y a un lit bien douillet qui t'attend avec quelqu'un qui t'aime dedans ? Dehors, il n'y a personne qui t'attend.

— Si ! Dehors, y a le dragon. Et lui il m'attend toujours.

— Eh ben, va l'affronter alors. Tu l'as toujours fui.

— Qu'est-ce que tout ça peut bien te foutre ?

— Ça peut me foutre qu'il m'a fallu des années pour que j'ouvre à nouveau mon cœur après ce que j'avais vécu. Mais d'un autre côté, je peux plus encadrer les mecs qu'ont rien dans le pantalon.

— On en recausera quand t'auras vu le dragon.

Estelle retourna dans la cuisine.

— Je crois que tu ferais mieux de t'en aller.

— Mon chapeau, et j'me casse, dit Catfish.

Il rangea son Dobro dans son étui, ramassa son chapeau qui traînait sur la table. En moins de temps qu'il ne faut pour l'écrire, il avait disparu.

Estelle se retourna et fixa la porte. Quand elle entendit le break de Catfish démarrer, elle s'effondra sur le sol et sentit une vieille blessure s'ouvrir à nouveau.

PENDANT CE TEMPS-LÀ, AU RANCH

La grotte se trouvait à flanc de colline, à moins de deux kilomètres de la route qui prenait naissance près de la cabane de Théo. L'ouverture étroite dominait une vaste prairie qui s'étirait jusqu'au Pacifique tandis qu'à l'intérieur s'élevait une immense cathédrale qui résonnait des vagues de l'océan. Des étoiles de mer et des trilobites fossilisés en décoraient les parois. Le sol rocheux était recouvert de déjections de chauves-souris et de sel cristallisé. Lorsque Steve s'était rendu dans cette grotte pour la dernière fois, l'eau l'envahissait encore. Steve avait passé là un agréable automne, se nourrissant de baleines grises. En effet, les cétacés migraient le long de la côte de la Baja pour donner naissance à leur baleineau. Il va de soi que Steve ne se souvenait pas de cette grotte de façon consciente, mais dès qu'il comprit que Molly cherchait une cachette, son instinct le guida vers la caverne.

Depuis leur arrivée dans la grotte, Steve était de mauvaise humeur. La contagion avait touché Molly. À plusieurs reprises, elle avait eu recours à la débroussailleuse, histoire de dérider le monstre, mais à présent, le réservoir était à sec, et Molly commençait à avoir des rougeurs à l'intérieur des cuisses à force de subir les assauts de la langue de Steve. De plus, Molly n'avait rien avalé depuis deux jours, et quant à Steve il refusait de manger les bovins (des taurillons de race Angus, car Molly savait à présent que Steve supportait mal le lait des vaches).

Depuis l'apparition du monstre marin, Molly avait connu une insouciance qu'elle était parvenue à maîtriser. Ses problèmes de normalité mentale s'étaient envolés et elle était entrée en parfaite communion avec le monstre au cours de ces périodes zen. Malheureusement, le rêve avait pris fin. Il avait fallu que Steve intègre la terrible réalité pour que Molly se rende compte de l'incompatibilité qui les séparait. Une mouche et un saumon avaient-ils la moindre de chance de faire un jour vie commune ?

— Tu sais, Steve, fit Molly appuyée sur son épée à deux mains et en le regardant droit dans l'un de ses yeux de la taille d'un ballon de basket, tu pues tellement de la gueule que tu serais capable de faire tourner de l'œil un vautour juché sur un monticule de merde.

Le monstre, plutôt que de s'énerver (une chance pour Molly car la seule façon qu'avait Steve de répliquer était de lui arracher les jambes d'un coup de crocs), lâcha un soupir pathétique. Il chercha à enfouir sa tête dans l'une de ses pattes antérieures. Molly regretta immédiatement ses paroles et voulut réparer les dégâts.

— Oh, je sais bien que c'est pas de ta faute. Y a peut-être des boutiques où ils vendent des Tic-Tac de la grosseur d'un frigo. Faudra qu'on se préoccupe de ça.

Molly ne croyait pas à ce qu'elle disait. Steve le ressentit.

— Je crois qu'on sort pas assez, ajouta Molly.

Dehors, l'aube perçait la nuit. Un rayon de soleil entrait dans la cathédrale comme le faisceau de la torche d'un flic dans un bar louche enfumé.

— On pourrait peut-être aller nager, proposa Molly. Tes ouïes ont l'air d'aller mieux.

Comment pouvait-elle savoir que les excroissances de la grosseur d'un tronc d'arbre que Steve avait sur son cou étaient des ouïes ? Elle n'en était pas sûre. Il fallait mettre cela sur la communication non verbale qui existe entre des amants.

Steve releva la tête. Molly se dit qu'elle parviendrait à attirer son attention. C'est alors qu'elle remarqua une ombre qui se mouvait à l'entrée de la grotte. Puis elle aperçut une demi-douzaine de personnes vêtues d'aubes.

— Nous sommes venus nous offrir en sacrifice, parvint à dire l'une des femmes.

— Quand je pense qu'y en a pas un parmi vous qu'a une haleine mentholée, fit Molly.

CHAPITRE VINGT-CINQ

THÉO

Une meute de petits vieux, des lève-tôt, occupait le café de H.P. Théo s'enfila trois expressos à toute vitesse, qui n'eurent d'autre effet que d'ajouter à son anxiété. Val et Gabe commandèrent un roulé à la cannelle, pour eux deux. Val était en train d'en donner une bouchée à Gabe comme si un type dans la force de l'âge, avec deux doctorats en poche, n'avait jamais appris à manger tout seul. Théo, lui, ne voulait qu'une chose : chasser les relents d'indignation qui le préoccupaient.

— Je suis certaine que la présence de la créature n'a absolument rien à voir avec mon bien-être actuel, dit Val en léchant le sucre glace au bout de ses doigts.

Tu crois pas si bien dire, pensa Théo. Le fait que t'aies baisé les blaireaux de cette ville et commis une flopée de bassesses, c'est sûrement pas ça qui va gâcher ta parade amoureuse. Pourtant, Théo croyait aux circonstances atténuantes et à l'honnêteté du toubib, convaincu qu'elle avait retiré les antidépresseurs à ses patients en croyant bien faire. Bien que Val l'irritât autant qu'un suppositoire aux oursins, il était suffisamment lucide pour admettre sa jalousie. Il était jaloux de ce que Val avait trouvé en la personne de Gabe. Une fois cela digéré, ce fut au tour de Gabe de le contrarier quand il lui dit :

— Alors, Gabe, qu'est-ce qu'on fait de la bestiole ? On la neutralise ? On la flingue ? Qu'est-ce qu'on fait ?

— À supposer qu'elle existe vraiment.

— Suppose-le ! cracha Théo. Je vais te dire un truc : si t'attends d'avoir des preuves supplémentaires de son existence, va falloir qu'on se mette en quatre pour te trouver une paire de couilles toutes neuves une fois que la bestiole t'aura bouffé les tiennes.

— Qu'est-ce qui te prend de jouer les teigneux, Théo ? Je fais seulement preuve de scepticisme. Comme tout chercheur le ferait.

— Si vous le souhaitez, Théo, dit Val, je peux vous faire une ordonnance de Valium. Ça pourrait vous aider à surmonter les désagréments de la désintoxication.

Théo partit d'un rire moqueur. Il n'était pas coutumier du fait et peu crédible dans cet exercice. Val et Gabe pensèrent un instant qu'il allait s'étouffer.

— Tu te sens bien ? lui demanda Gabe.

— Ouais, ça va. C'était pour rire.

— Pour rire de quoi ?

— Pour rire du docteur Miracle, ici présente, qui veut me faire une ordonnance de Valium pour que Winston Krauss me refile une boîte de Smarties.

— J'avais oublié, dit Val. Je suis désolée.

— Il semblerait qu'on ait une grande variété de

problèmes à régler et je voudrais bien savoir par où commencer, fit Théo.

— Une grande variété ? reprit Gabe.

— Un plein semi-remorque, répliqua Théo.

— Je sais ce que « grande variété » veut dire, Théo. Je t'ai fait répéter parce que c'est pas le genre d'expression que tu emploies d'habitude.

Val éclata de rire de bon cœur à ce trait d'humour. Théo la regarda droit dans les yeux.

Jenny, qui était aussi crevée que Théo pour avoir fait la fermeture du café la veille au soir et l'ouverture ce matin quand la remplaçante avait crié forfait pour cause de maladie, vint pour remplir les tasses de café.

— Ce serait pas ton patron, Théo, qui se gare devant le café ? demanda-t-elle en ajoutant un signe de tête à ses paroles.

Théo aperçut le shérif Burton en train de sortir avec difficulté de sa Cadillac noire.

— L'entrée des artistes, c'est par où ? demanda Théo.

— Tu traverses la cuisine. Va te planquer dans le bureau de Howard.

Théo avait déjà à moitié traversé la cuisine quand il comprit que Val et Gabe n'avaient rien suivi de sa brève conversation avec Jenny. Ils étaient restés l'une et l'autre à se regarder sans rien comprendre. Théo fit machine arrière et frappa sur la table de la paume de la main. Val et Gabe le regardèrent comme s'ils sortaient d'un rêve.

— On se réveille, fit Théo sans élever la voix. Le shérif arrive. C'est mon patron, le shérif. C'est aussi un trafiquant de drogue sans scrupule, OK ? Nous, on est des criminels. Alors on va se tirer d'ici à toute vitesse, compris ? Et tout de suite, vu ?

— Mais je suis pas un criminel, dit Gabe, je suis biologiste.

Théo l'attrapa par le devant de sa chemise et le tira vers la cuisine, la psychiatre délinquante à leurs trousses.

LE SHÉRIF

— Je suis à la recherche de Betsy Butler, dit Burton en exhibant son badge de flic à la cantonade, comme si personne ne l'avait reconnu avec son stetson blanc et son costume de chez Armani.

— Qu'est-ce qu'on lui reproche à Betsy ? demanda Jenny en s'interposant entre l'homme de loi et la porte de la cuisine.

— Ça vous regarde pas. C'est à elle qu'il faut que je parle.

— Je suis toute seule ici à bosser ce matin. Ou bien vous me répondez, ou je vous laisse vous démerder en solo.

— J'ai rien à vous dire.

— D'accord, fit Jenny en retournant derrière son comptoir pour faire du café.

Burton lui emboîta le pas et se retint de l'empoigner brutalement.

— Vous savez où elle habite ?

— Oui. Mais elle est pas chez elle.

Jenny jeta un bref coup d'œil vers la cuisine pour s'assurer que Théo et ses amis avaient bien disparu dans le bureau. Burton s'impatientait et virait au rouge.

— Je vous le demande poliment : savez-vous où elle est ?

Jenny se dit qu'elle pouvait retenir le shérif dix bonnes minutes si elle le voulait mais qu'à la réflexion la situation ne l'exigeait pas. D'autre part, elle en voulait encore à Betsy.

— Elle a appelé ce matin. Elle avait un truc urgent à faire. Un truc spirituel qu'elle a dit. Ça doit être la grippe à mon avis. N'empêche qu'avec ses conneries spirituelles, moi j'ai fait la fermeture hier soir et l'ouverture ce matin.

— Où est Betsy Butler ? aboya Burton.

Jenny recula d'un pas. On aurait dit que Burton allait dégainer son pétard à tout moment. Jenny comprit pourquoi Théo avait pris la poudre d'escampette.

— Elle a dit qu'elle partait avec des gens au ranch de Jim Beer, qu'ils avaient été appelés par l'Esprit-Saint pour participer à un sacrifice. C'est zarbi comme truc, vous trouvez pas ?

— Est-ce qu'elle a dit que Joseph Leander allait avec elle ?

— Personne ne doit savoir ce qu'il y a entre elle et Joseph.

— Oui, ben moi, je le sais. Elle a dit qu'il allait avec elle ?

— Non. Elle avait l'air de bien planer.

— Théo Crowe, il vient ici ?

— Ça lui arrive, répondit Jenny qui cherchait à ne pas envenimer la situation.

Le shérif était grossier, méchant, et il puait tellement le parfum Armani qu'il aurait foutu le tournis à un putois.

— Ce matin, vous l'avez vu ?

— Non, j'l'ai pas vu.

Sans ajouter un mot, Burton fit demi-tour et partit en trombe vers sa Cadillac. Jenny gagna la cuisine. Elle y trouva Gabe, Val et Théo qui essayaient d'éviter les deux cuisiniers qui faisaient cuire des œufs brouillés et des pommes de terre.

Gabe montra la porte de sortie.

— C'est fermé à clé.

— Il est parti, dit Jenny. Il cherchait Betsy et Joseph. Il a aussi demandé après toi, Théo. Je crois qu'il est parti au ranch de Beer pour trouver Betsy.

— Mais qu'est-ce que fout Betsy au ranch ? demanda Théo.

— Elle a parlé d'un sacrifice. Cette fille est en danger.

Théo se tourna vers Val.

— Donnez-moi les clés de votre bagnole, je vais le suivre.

— Il n'en est pas question, fit la psy en protégeant son sac à main.

— Val, je vous en prie, faut que j'aille voir ce qu'il traficote. Je risque ma peau sur ce coup-là, moi.

— C'est ma Mercedes et je ne vais sûrement pas vous la prêter.

— Val, je suis armé...

— Peut-être, mais vous n'avez pas de Mercedes. Elle est à moi.

Gabe regarda Val comme si elle lui avait renversé une poubelle sur la tête.

— Tu veux pas prêter ta voiture à Théo ? fit-il d'un

ton marqué par la déception. Mais enfin, Val, ce n'est qu'une bagnole.

Tous regardaient Val, même les cuistots, deux gros Mexicains, qui jusqu'à présent les avaient totalement ignorés. Val fouilla dans son sac, en sortit les clés et les remit à Théo comme si elle avait offert un nouveau-né en sacrifice.

— Et nous, comment on rentre chez nous ? demanda Gabe.

— Vous allez au saloon et vous attendez. Soit je vais vous y chercher, soit je vous appelle depuis mon portable pour vous informer de la tournure des événements. Ça devrait pas être long de toute façon.

Sur ce, Théo quitta la cuisine à fond de train.

À peine quelques secondes plus tard, le visage de Val se crispa en entendant hurler les pneus de sa Mercedes.

SKINNER

Skinner n'avait pas réellement de préférence. Il aimait tout autant courser le premier chien venu que les voitures. L'avantage, lorsque vous êtes vous-même à bord d'une automobile, c'est que les autres véhicules vous échappent moins facilement. Quand Skinner avait vu Grand Échalas se diriger vers la Mercedes, il avait pensé que Visage Pal serait également du voyage. Mais à présent, ils s'éloignaient de Visage Pal et couraient sus au danger. Skinner flairait ce genre de chose. Il gémit et se mit à arpenter la banquette arrière d'un bout à l'autre en laissant des traces de museau humide sur les vitres. Puis il sauta sur le siège avant et passa la tête par la fenêtre. L'odeur d'échappement du turbo, le vent dans ses oreilles, tout ça, ça sentait pas bon. Ça sentait le danger. Le chien aboya et gratta la poignée de la porte pour en avertir Grand Échalas. Mais tout ce qu'il obtint en retour fut une rapide caresse sur les oreilles. Alors Skinner sauta sur les cuisses de Grand Échalas. Là, au moins, il se sentirait un peu plus en sécurité.

LE SHÉRIF

C'est en prenant la route qui rattrapait la nationale du bord de mer que Burton s'aperçut que la Mercedes lui filait le train. Il y a une semaine, cela ne lui aurait fait ni chaud ni froid, mais aujourd'hui il voyait des ennemis partout, derrière chaque arbre. Non, les limiers des stups ne roulaient pas en Mercedes, pas plus que les flics du FBI. Mais par contre, les mafiosi mexicains en étaient bien capables. Aujourd'hui peut-être voulaient-ils prendre le contrôle total du trafic des stups, ce qui pouvait expliquer la disparition de Leander, celles de Crowe et des gars qui travaillaient au labo. Une chose clochait : Burton avait trouvé le labo un peu trop nickel. Des mafieux auraient abandonné un cadavre ou deux en guise d'avertissement et ils ne se seraient pas limités à l'incendie du carré de marijuana de Théo, c'est toute la cabane qui y serait passée.

Le shérif dégaina son Beretta 9 mm. Il le posa près de lui, sur le siège passager. En outre, il disposait d'un fusil caché dans son coffre. Il aurait, et de loin, préféré être déjà au Canada. Il se dit que s'ils n'étaient que deux dans la Mercedes, peut-être pourrait-il les affronter, mais s'ils étaient davantage, armés de pistolets-mitrailleurs Uzi ou Mac 10, il ne lui restait, comme solution, qu'à fuir le plus vite possible. Il n'ignorait pas que les Mexicains aimaient lâcher une véritable armée aux trousses de leurs victimes. Burton quitta la nationale en tournant brusquement à droite et il s'arrêta dans une petite rue adjacente.

THÉO

Mais bordel de merde ! Pourquoi n'avait-il pas laissé Skinner au café ? Théo avait été incapable de trouver la commande électrique de réglage de profondeur du siège. Résultat : il conduisait avec les genoux autour du volant et un chien de quarante kilos sur les cuisses. Théo devait sans arrêt pencher la tête à gauche ou à droite de celle de Skinner pour ne pas perdre de vue la Cadillac.

La voiture du shérif quitta brusquement la route nationale. Théo réussit à la suivre sans pour autant faire crisser les pneus de la Mercedes. Le temps de s'assurer un champ de vision d'un côté de la tête du chien et Théo repéra la Cadillac arrêtée à moins d'une cinquantaine de mètres devant lui. Il plongea sous le tableau de bord tout en continuant à avancer en tenant le volant par-dessous. Il finit par arriver à hauteur de la Cadillac et à la dépasser.

Le shérif John Burton s'était préparé à affronter les agents des stups, il avait envisagé une fuite à toute blinde, il n'avait pas exclu l'hypothèse d'un échange de coups de feu avec des dealers mexicains. Tout cela pouvait arriver. Il se félicitait d'être un vrai dur capable de s'adapter à toute sorte de situation. Il se croyait supérieur aux autres hommes en raison de sa faculté à se maîtriser quand la pression montait. Par contre, il ne s'était jamais préparé à voir une conduite intérieure teutonne avec un labrador retriever au volant. Son *Ubermensch*, comme disent nos amis allemands, cette morgue arrogante, cet air de constante supériorité sur les autres se ratatinèrent d'un coup comme la Mercedes passait à sa hauteur. Il la vit prendre un virage un peu chaotique en mordant la bordure du trottoir et disparaître derrière une haie.

Burton n'était pas du genre à douter de sa propre perception des choses. S'il avait vu la scène, c'est qu'il n'avait pas rêvé et que la chose existait vraiment.

— Ce que je viens de voir, fit Burton à haute voix, est la parfaite illustration de mon refus à tout soutien pour cette loi à la con qui autoriserait les chiens à conduire.

Tout cela c'était bien beau mais ne l'aidait en rien. L'urgence demeurait de retrouver cette Betsy Butler et de savoir ce qu'était devenu ce demeuré de Théo Crowe. Le shérif fit faire un demi-tour à sa Cadillac et prit la direction de la route en corniche. Contrairement à son habitude, il regarda avec une application toute particulière les conducteurs des voitures qu'il croisait.

MOLLY

En tout, ils étaient une trentaine. Six d'entre eux occupaient l'entrée de la grotte, le reste s'agglutinait derrière, essayant de voir à l'intérieur. Molly reconnut de suite celle qui parlait. C'était la serveuse un peu fofolle du café, une blonde aux cheveux courts, d'une vingtaine d'années. Il n'y avait pas besoin d'être grand clerc pour deviner que vers la quarantaine la pauvre fille hériterait d'une silhouette en forme de poire. Elle portait une aube de choriste religieuse sur un jean et des chaussures d'aérobic.

— Vous êtes la Betsy du café, s'pas ? demanda Molly, appuyée sur son épée.

Betsy reconnut enfin Molly et dit :

— Et vous, vous êtes la Fol...

Molly brandit son arme pour la faire taire.

— On est gentil avec la dame, vu ?

— Je m'excuse, fit Betsy. Nous avons été appelés. Je n'espérais pas vous trouver ici.

Deux femmes s'avancèrent aux côtés de Betsy, celles qui s'habillaient couleur pastel et que Molly avait virées du terrain de caravanes.

— Vous vous souvenez de nous ? fit l'une.

Molly hocha la tête.

— Et vous êtes ici pourquoi exactement ? Vous en avez une idée ?

Tous se regardèrent comme si personne dans leur groupe ne s'était jusqu'alors posé la question. Ils tendaient leur cou pour essayer de voir ce qui pouvait se trouver derrière Molly. Steve dormait lové en boule au fond de la grotte.

Molly se retourna et lui lança :

— Dis donc, Steve, c'est toi qui as fait venir ces particuliers jusqu'ici ? T'as une idée derrière la tête ou quoi ?

Un sourd et puissant gémissement monta du fond de la caverne. Il y eut des murmures dans l'assistance. Soudain, un homme écarta Betsy et s'avança. C'était un gars dans la quarantaine qui portait un boubou africain par-dessus un pantalon de toile, ses longs cheveux étaient retenus par un bandeau en perles.

— Écoute, toi, dit-il à Molly, tu peux pas nous empêcher de passer. Il se passe ici un truc très spécial, très spirituel, et c'est pas une givrée qui va nous empêcher d'y participer. Alors tu dégages.

— Ah, c'est donc ça. Vous voulez être de la fête ? répondit Molly en souriant.

— Un peu, qu'on veut, répliqua l'homme.

Derrière, les autres abondèrent dans son sens.

— D'accord, fit Molly, mais avant que vous entriez, je veux que vous vidiez vos poches. Clés, portefeuilles, pognon, vous laissez tout ça dehors.

— On peut pas nous obliger à faire ça, dit Betsy.

Molly s'avança et lança son épée qui vint se planter entre les pieds de la serveuse.

— D'accord, mais alors, tout le monde à poil.

— Hein ?

— On entre pas ici si on est pas à poil. Allez ! On se dessape !

Des protestations jaillirent jusqu'à ce qu'un petit bonhomme de type asiatique, au crâne rasé et vêtu d'une aube safran, s'avance vers Molly et se prosterne devant elle, ce qui laissa le reste de la troupe médusé.

Molly répondit au moine par un signe de tête.

— Je vous croyais un peu plus malins, fit Molly.

Puis elle se tourna vers le fond de la grotte et cria :

— Hé, Steve, réveille-toi, tu manges chinois aujourd'hui.

CHAPITRE VINGT-SIX

Val et Gabe entrèrent dans le bar, firent quelques pas. Pour s'accoutumer à l'obscurité, ils restèrent un moment près du flipper qui clignotait. Val tordit du nez à cause de l'odeur de bière aigre et de tabac froid qui flottait dans l'air. Gabe, toujours en quête de témoignages dignes d'intérêt sur la vie sauvage, considéra le sol qui collait aux semelles.

C'était le matin que le saloon baignait le plus dans l'obscurité. Il y faisait si sombre que les coins les plus reculés semblaient sucer la lumière du jour chaque fois que la porte s'ouvrait, arrachant par là même aux piliers de comptoir des gémissements et les faisant se recroqueviller, comme si une larme de soleil eût pu les désintégrer sur place. L'air déterminé, menaçant, quoique tremblotante, Mavis s'agitait derrière le bar. Elle buvait son café dans un bol vert orné d'une gargouille, une Tarryton extralongue au coin de la bouche. Des lambeaux de cendres atterrissaient sur le devant de son gilet comme des étrons encore fumants lâchés par de minuscules fantômes. Elle gagna le coin libre du comptoir et s'activa à remplir des verres de bourbon bon marché en les alignant comme des soldats à la parade. Toutes les deux ou trois minutes, un vieux, voûté, vêtu d'un pantalon en accordéon, appuyé sur un déambulatoire, attiré par l'ultime instinct de survie avant la mort, poussait la porte du bar. Il grimpait sur l'un des tabourets encore vacant, chopait le verre pour tordre le cou à une crise d'arthrite et le portait à ses lèvres. Le vieillard buvait lentement. Pas cul sec.

Avant que Mavis ait terminé son café, le bout du bar, avec ses vieux schnocks asthmatiques et tordus, avait déjà pris des allures de vestibule de l'enfer.

Vous désirez écluser un verre en attendant ? Pas de problème : la Faucheuse est à votre service.

Il arrivait que le verre demeurât plein et le tabouret vide. Mavis attendait une bonne heure avant de refiler le godet à l'habitué suivant. Puis elle appelait Théo pour qu'il trouve ce qui était arrivé à celui qui n'avait pas vu venir. Le plus souvent, on entendait l'ambulance sillonner la ville, aussi discrètement qu'un vautour à plat ventre sur un avion à réaction. Mavis devinait ce qui s'était passé quand Théo poussait la porte du bar, hochait la tête et s'apprêtait à s'en aller.

— Hé ! Ça s'arrose, disait Mavis. Regarde, y a un verre plein qui te tend les bras. Faut pas que ce tabouret reste vide.

Il y avait toujours eu ces habitués du matin. Il y en aurait toujours. La fournée suivante arrivait sur les coups de neuf heures, des types un peu plus jeunes, qui se lavaient et se rasaient un jour sur trois. Ils passaient leur temps autour du billard et sirotaient des demis à pas cher. Ils gardaient le regard vrillé sur le feutre vert de peur de lever les yeux et de voir leur propre destin dans ceux des autres. Là où avaient autrefois existé des quotidiens basés sur la vie en couple et le travail, jaillissaient aujourd'hui des rêves de réussite et des stratégies pour petits malins. Mais quand les rêves s'évanouissaient et que la vue commençait à baisser, on retrouvait les mal rasés au bout du bar en compagnie des accros de comptoir.

Bizarrement, l'ambiance de désespoir qui flottait au-dessus des têtes de ses paumés faisait naître chez Mavis une sensation qu'elle n'avait pas ressentie depuis son dernier tabassage de flic à coups de batte de base-ball. Comme chaque fois lorsqu'elle exhumait la bouteille de Old Tennis Shoes de la soupente et remplissait à nouveau les verres, une décharge électrique lui transperçait la moelle épinière, Mavis cavalait à l'autre extrémité du bar et s'arrêtait tout net jusqu'à ce que ses pacemakers stéréo ramènent son rythme cardiaque en deçà de la zone rouge. C'était comme défier la mort ou coller sur la tête d'un cobra un post-it avec « T'es pas cap » écrit dessus.

Gabe et Val assistèrent à ce rituel sans bouger d'à côté du flipper. Val était sur ses gardes, elle attendait le bon moment pour gagner le bar et demander si Théo n'avait pas appelé. Gabe, comme toujours en pareille circonstance quand il y avait du monde, était mal à l'aise.

Mavis battit en retraite vers le percolateur, apparemment hors d'atteinte de la Faux. Elle s'adressa au couple :

— Hé, tous les deux, c'est pour consommer ou faire du lèche-vitrine ?

Gabe et Val allèrent jusqu'au bar.

— Deux cafés, s'il vous plaît.

Gabe jeta un rapide coup d'œil à Val, pour s'assurer que c'était bien ce qu'elle désirait mais la jeune femme avait les yeux fixés sur Catfish, assis au bout du bar face à Mavis. À ses côtés se tenait un autre homme, si décharné que sa peau paraissait translucide dans le nuage de fumée de la cigarette de Mavis.

— Bonjour, monsieur... heu, monsieur Fish, dit Val.

Catfish, qui fixait le fond de son verre, leva le regard. Il se força à sourire alors que tout son visage exprimait une détresse de chien galeux.

— Je m'appelle Jefferson, répondit-il. Catfish, c'est mon prénom.

— Je savais pas.

Mavis retapissa les visages de ce couple nouveau pour elle. Elle reconnut Gabe pour l'avoir souvent vu en compagnie de Théo, mais elle n'avait jamais vu la femme. Elle posa les cafés devant eux.

— Moi, c'est Mavis Sand, dit-elle sans offrir sa main à serrer.

Pendant des années elle avait refusé de tendre la main car chaque poignée de main réveillait son arthrite. Aujourd'hui, avec ses nouveaux joints et prothèses en titane, elle devait faire attention de ne pas broyer les phalanges de ses clients.

— Oh, excusez-moi, Mavis, dit Gabe, je ne vous ai pas présenté le docteur Valérie Riordan qui est notre psychiatre locale.

Mavis se recula et Val put voir la focale de l'œil artificiel faire sa mise au point. Et quand la lumière qui surplombait le billard entra dans l'œil, la rétine prit un reflet rouge.

— Enchantée, fit Mavis. Vous connaissez pas Howard Philips ?

Mavis, d'un signe de tête, désigna le type maigrelet au bout du bar.

— C'est H.P., ajouta Gabe, du café du même nom.

Quel âge pouvait bien avoir Howard Philips ? Quarante ans ? Soixante ? Soixante-dix ? À moins qu'il ne soit mort depuis longtemps à cause de tous ses tics. Il portait un costume qui devait bien dater du XIXe siècle, avec les boutons de guêtre assortis. Il cajolait un verre de Guinness alors que tout laissait à penser qu'il n'avait pas avalé la moindre calorie depuis des lustres.

— On arrive de votre restaurant, fit Val. Un bien bel endroit.

Sans rien changer à son expression, Howard demanda :

— En tant que psychiatre, ça vous gêne pas de savoir que Jung était un sympathisant nazi ?

Le type avait un accent de la bonne société britannique. Val se sentit dans le même état que si on lui avait craché dessus.

— Howard est un rayon de soleil, dit Mavis. Ne dirait-on pas la mort en personne ?

Howard se racla la gorge et dit :

— Mavis nargue la mort depuis que tous ses organes vitaux ont été remplacés par des machines.

Mavis se pencha vers Val et Gabe, comme pour leur confier un secret, mais s'arrangea pour parler suffisamment haut, de façon que Howard entende.

— Ça fait maintenant dix ans qu'il est un peu ouf. Faut dire qu'il ne débourre quasiment jamais.

— À l'instar de Byron et Shelley, j'ai, à une certaine époque de ma vie, sérieusement considéré l'addiction au laudanum, répondit Howard. Malheureusement, j'ai éprouvé quelques déboires dans le processus d'approvisionnement.

— Tu peux le dire. Et on pourrait aussi causer de la période où tu t'es pris des muflées au Nyquil on the rocks. Tu crois que ça t'a pas esquinté ? Fallait le voir assis sur son tabouret de bar, si raide qu'on aurait dit qu'il avait un manche à balai dans le cul. Des fois, il arrivait à piquer du nez. Ça pouvait durer quatre plombes. Et puis il se réveillait d'un coup et finissait d'écluser son godet. Mais, mon cher Howard, je dois reconnaître une chose : c'est qu'au cours de cette période, tu n'as pas toussé une seule fois.

Mavis se pencha à nouveau en travers du bar et ajouta :

— Monsieur prétend qu'il est tubard. Mais attention : tubard occasionnel.

— Je suis certain, Mavis, que les particularismes de ma dépendance aux substances illicites n'intéressent pas notre distingué docteur.

— En fait, trancha Gabe, on est ici parce qu'on attend un coup de fil de Théo.

— Tiens, je crois que je vais plutôt prendre un Bloody Mary qu'un café, dit Val.

— Tous tant que vous êtes, j'espère que vous êtes pas venus pour me causer de la chasse aux monstres... parce que vous allez gâcher de la salive pour que dalle, fit Catfish. Y a le blues qui vient d'me tomber sur le râble et y se trouve que j'ai bien des choses à dire à cette bouteille.

— Jamais vu une lopette comme toi, Catfish, dit Mavis tout en mélangeant les ingrédients du cocktail de Val. Les monstres, y a vraiment pas de quoi en avoir les flubes. Pas vrai, Howard, que toi et moi on en a déjà eu un ?

— Une vraie promenade de santé, dit Howard.

Catfish, Val et Gabe, ébahis, se tournèrent vers Howard. Mais c'est Mavis qui ajouta :

— D'ailleurs, c'est juste après cette histoire que tu t'es sérieusement attelé à la bibine, s'pas, Howard ?

— Sans plus jamais dételer, précisa Howard.

THÉO

Alors qu'il faisait son possible pour rester à distance respectable de la Cadillac du shérif, Théo se fit la réflexion qu'il n'avait jamais subi le moindre entraînement à ce type de filature. À bien réfléchir, Théo n'avait jamais suivi personne. Si. Tout de même. Dans les années soixante-dix, pendant six mois, il avait suivi le Grateful Dead en tournée à travers le pays[1]. En fait, il les avait plus accompagnés que suivis. Avec le Dead, il suffisait d'être le copain d'un de leurs copains. Et il n'y avait pas à craindre que les membres du groupe se mettent à vous tirer dessus s'ils s'apercevaient que vous les filiez en voiture. En plus, Théo finit par se demander pourquoi, exactement, il avait entrepris de filer Burton si ce n'était pour avoir une attitude un peu plus agressive que celle qui aurait consisté à se rouler en boule et se faire un sang d'encre.

1. Groupe de country rock psychédélique de Gerry Garcia, basé à San Francisco.

La Cad s'engagea sur le chemin du ranch, là où ce dernier débouchait sur la route en corniche. Théo ralentit puis s'arrêta sous un bouquet d'eucalyptus, prenant soin de ne pas perdre de vue la voiture du shérif qu'il suivait du regard entre les troncs d'arbre. L'immense terre-plein herbeux qui venait mourir dans l'océan était beaucoup trop dégagé pour que Théo s'y aventure sans être repéré. Il devait laisser la Cad dépasser le sommet de la première colline situé à environ huit cents mètres avant d'oser repartir. Les ornières menaient la vie dure à la Cadillac qui cahotait alors que les roues soulevaient des gerbes de boue. Théo regretta de ne pas avoir gardé le 4x4 rouge. La Mercedes, à traction arrière, allait-elle être capable de suivre la grosse Américaine ?

Quand la Cadillac eut atteint le sommet de la colline, Théo remit les gaz, franchit le fossé recouvert d'une grille à bétail qui barrait l'entrée du ranch et lança la Mercedes dans le pré. Les hautes herbes fouettèrent le dessous de la grosse berline allemande alors que les pierres et les trous du chemin malmenaient Théo et bringuebalaient Skinner. Ils approchèrent du sommet de la première colline. En atteignant la crête, Théo leva le pied. La Mercedes s'arrêta. Quand Théo voulut remettre les gaz, les roues arrière s'enfoncèrent dans la boue. Ils étaient enlisés.

Alors Théo abandonna Skinner dans la voiture en laissant les clés sur le contact. Il courut jusqu'au sommet de la colline. Son regard portait à deux kilomètres dans toutes les directions. Vers l'est, une dentelure rocheuse bordait une ligne d'arbres, vers l'ouest, c'était l'océan, au nord une sorte d'immense plateau qui dominait aussi les flots et rejoignait la côte incurvée jusqu'à perte de vue. Quant au sud, c'est de là qu'il venait. Il n'y avait rien à voir, mis à part sa propre cabane et plus loin encore le laboratoire clandestin. Mais aucune trace de la Cadillac noire.

Théo vérifia la pile de son téléphone mobile et les chargeurs de ses armes. Il commença sa progression, à pied, vers les rochers. C'était le seul endroit où la Cadillac avait pu se dissimuler. Aucun doute, Burton se trouvait forcément là-bas.

Une vingtaine de minutes plus tard, à bout de souffle et en sueur, Théo atteignit la barrière rocheuse. Il se dit que le fait d'avoir arrêté de fumer de l'herbe l'aiderait sûrement à récupérer sa capacité respiratoire. Il se fendit en deux, mains sur les genoux, et du regard chercha le moindre frémissement. Les rochers n'avaient rien de ces blocs polis par les vagues au cours des millénaires. Il s'agissait là de méchantes excroissances, chicots grisâtres poussés hors de la terre par une quelconque éruption volcanique située sur une ligne de faille. Les lichens et les merdes de mouettes en badigeonnaient la surface. Ici et là, un hallier dégoulinant de créosote ou quelque cyprès tentaient de prendre racine dans les crevasses rocheuses.

On racontait qu'il y avait une grotte dans le coin, mais Théo ne l'avait jamais visitée et il se dit qu'elle ne devait pas, de toute façon, être assez vaste pour cacher une Cadillac. Il resta courbé en deux lorsqu'il contourna la crête de rochers. Il espérait à chaque instant apercevoir le reflet du soleil sur une aile de voiture. Il dégaina son arme de service. Il inspecta chacune des chambres du barillet puis il modifia sa stratégie. Tout cela revenait à signaler sa présence. Il se courba encore davantage avant d'aller jeter un coup d'œil derrière le rocher suivant en se disant que si Burton l'entendait ou l'attendait, il viserait sûrement à hauteur d'homme. Les lacunes de Théo en matière d'espionnage et de techniques de combat semblaient se combler à vue d'œil. À l'évidence Théo n'était pas qu'un mec sournois.

Il s'enfila dans un étroit sentier entre deux tours rocheuses qui se découpaient comme des crocs. Comme il s'apprêtait à nouveau à jeter un coup d'œil, son pied glissa et expédia une volée de cailloux dans la pente avec un bruit de verre brisé. Théo s'arrêta net et retint son souffle. Il écouta. Son geste déclencherait-il une réaction ? Il n'entendait que le ressac lointain et le sifflement du vent du large. Il osa un rapide coup d'œil derrière le rocher mais, avant de se cacher à nouveau, le cliquettement métallique d'un pistolet que l'on arme derrière sa tête lui fit l'effet de glaçons glissés par son col de chemise.

MOLLY

Molly faisait le tri dans la pile de vêtements que les pèlerins avaient abandonnés à l'entrée de la grotte. Elle avait trouvé deux cent cinquante-huit dollars en liquide, un paquet de cartes de crédit haut de gamme ainsi qu'une douzaine de fioles d'antidépresseurs.

Dans sa tête, une voix fit :

— Tu n'avais sûrement pas vu autant de médocs

depuis ton passage à l'asile. Ils manquent pas d'air quand ils t'appellent la Folledingue.

La voix off était de retour et Molly n'aimait pas ça du tout. Depuis plusieurs jours, ses pensées lui avaient paru d'une grande limpidité.

— Ouais, c'est vrai. Tu m'aides bien dans la reconstruction de ma propre image mentale, dit-elle à la voix off. Mais je préférais quand j'étais seule avec Steve.

Aucun des pèlerins ne s'aperçut que Molly se parlait à voix haute. Ils étaient quasiment en transe, nus comme des vers, assis en demi-cercle autour de Steve, allongé, la tête cachée sous les pattes avant, dans le fond de la grotte, domaine de l'obscurité. Ses flancs se coloraient de teintes ternes, de vert olive fadasse, de rouille et de bleu si foncé qu'on eût dit ce qui reste derrière les paupières lorsqu'on vient juste de fermer les yeux.

— Ah oui, toi et Steve, fit la voix off d'un ton narquois. Quel beau couple ! Les deux plus beaux has-been de tous les temps. Lui, il est en train de bouder, et toi, tu es en train de dépouiller des gens encore plus paumés que toi-même. Et maintenant, tu vas les filer en pâture au vieux lézard ?

— Non.

— On dirait vraiment que ces gens n'ont pas pris le soleil ni fait de gym depuis le lycée. À part celui qui était vêtu de peau de mouton. Lui, il a le bronzage ascétique, façon Gandhi végétarien. C'est le genre de gars qu'on verrait bien trucider les mômes d'une école maternelle tout entière pour un plat de choucroute. Ça te met en joie de les avoir fait se déloquer et se prosterner devant le dieu vivant ?

— Au contraire, je pensais que ça les ferait fuir.

— Le lézard se sert de toi.

— Faux ! Chacun s'occupe de l'autre. Et maintenant ferme ta gueule, faut que je réfléchisse.

— Comme si c'était un truc dans tes cordes.

Molly secoua fortement la tête, comme pour en faire sortir la voix off. Ses cheveux fouettèrent son visage et ses épaules avant de rester en bataille. La voix s'était tue. Molly prit un poudrier dans un des sacs des pèlerins et se regarda dans le miroir. Paraître plus folle était sûrement impossible. Elle aurait souhaité que la voix off se fende d'un commentaire, mais celle-ci demeura muette.

Molly essaya de retrouver ce doux sentiment qui l'avait habitée depuis sa rencontre avec Steve mais n'y parvint pas. Peut-être que les pèlerins lui pompaient toute son énergie. Pis, la magie semblait s'être définitivement envolée.

Elle se revit sur une terrasse de Malibu à attendre le retour d'un producteur qui venait juste de lui faire l'amour. En fait, elle avait seulement eu droit à l'intervention de la bonne mexicaine qui lui avait apporté un verre de vin et dit : « Monsieur a dû retourner au studio, il en est désolé et il faudra le rappeler la semaine prochaine. » Molly avait vraiment aimé ce type. Alors, en partant, elle avait tellement savaté la carrosserie de la seconde Ferrari du type qu'elle s'en était cassé le pied et avait dû avaler des antidouleur, tout au long du tournage suivant ; ce qui lui avait fait l'effet d'une cure de désintox. Elle n'avait plus jamais entendu parler de ce producteur.

C'était cela, l'utilisation d'un être par un autre,

quelque chose de très différent de ce qui se passait entre Steve et elle.

— Bien vu, fit la voix off.

— Cheeee ! fit Molly.

À cet instant, elle entendit quelqu'un marcher avec difficulté sur les pierres à l'extérieur. Elle attrapa le fusil d'assaut et se planqua près de l'entrée de la grotte.

CHAPITRE VINGT-SEPT

VAL

Val aurait payé cher pour avoir un caméscope afin de conserver en mémoire les énormités qu'avaient proférées Mavis et Howard au cours de l'heure qui venait de s'écouler. Selon eux, dix ans auparavant, le village de Melancholy Cove avait reçu la visite répétée d'un démon échappé de l'enfer que seuls les efforts combinés d'une poignée de poivrots étaient capables de chasser quand il pointait son nez. Quelle merveilleuse psychose paranoïaque collective, se dit Val tout en pensant que la chose mériterait sûrement une publication dans les revues spécialisées. Naturellement, Gabe n'avait pu se retenir de l'encourager dans cette voie.

Après que Mavis et Howard en eurent terminé avec leur histoire, Catfish avait pris le relais et raconté comment un monstre marin l'avait coursé à travers les bayous. Pour Gabe et Val, la théorie selon laquelle le monstre avait développé une capacité à modifier le cerveau de ses proies se confirmait. Un peu pompette après plusieurs Bloody Mary, et prise dans l'excitation du moment, Val confessa avoir remplacé les antidépresseurs de ses patients par des placebos. Tout en se déchargeant de son lourd fardeau, elle se rendit compte que son histoire et celle de Gabe ne valaient guère mieux que les contes à dormir debout de Mavis et Howard.

— Ce Winston Krauss est vraiment un enfoiré de première, dit Mavis. Il vient ici tous les jours. Ah, il se prend pas pour une merde, celui-là, ça l'empêche pas de facturer à la ville entière de la camelote dont personne ne voit la couleur. Mais j'aurais jamais cru de lui que c'était un enculeur de poissons.

— Ce détail doit rester entre nous, précisa Val. D'ailleurs, je n'aurais peut-être pas dû en faire état.

— Savez, j'suis pas du genre à aller déballer tout ça au shérif Burton, gloussa Mavis. Parce que le shérif est aussi un enfoiré de première, un enfoiré avec un E majuscule. De plus, ma petite demoiselle, en sucrant leur dope aux blaireaux de la commune, vous avez fait grimper mon bénef de quatre-vingts pour cent. Quand je pense que j'ai été assez conne pour croire que le mérite en revenait à cette relique, ajouta Mavis en pointant un doigt bionique en direction de Catfish.

Le bluesman reposa son verre.

— Hé ! fit-il.

— Alors comme ça, vous croyez vraiment qu'il y a un monstre marin sur ce ranch ? dit Gabe.

— Quel intérêt aurais-je à mentir ? répondit Howard. Il semblerait par ailleurs que M. Fish fut également témoin du phénomène.

— Jefferson, intervint Catfish, mon vrai blase, c'est Jefferson Catfish.

— Ta gueule, sac à merde, l'interrompit Mavis. T'aurais pu accepter de donner un coup de main à Théo quand il te l'a demandé. Mais lui, le Théo, le dernier des derniers des bons à rien, qu'est-ce qu'il lui a pris de courser le shérif sur le ranch ?

— C'est juste une supposition, fit Gabe. Théo est parti en coup de vent après nous avoir demandé de venir ici pour attendre son coup de fil.

— Vous êtes rien que des sans-cœur, tous tant que vous êtes, pleurnicha Catfish. À cause de tout ce bazar, j'ai perdu une super gonzesse.

— Et une gonzesse plus intelligente qu'elle en a l'air, renchérit Mavis.

— Et Théo qui a pris ma Mercedes, ajouta Val qui se sentait totalement larguée dans tout ce micmac.

Soudain, la honte s'empara d'elle en regardant ceux qui l'entouraient, ceux auxquels elle venait de livrer un monceau d'indiscrétions professionnelles. Gabe dit à cet instant :

— Je commence à être inquiet. Ça va faire plus d'une heure à présent que Théo est parti.

— Et je suppose qu'il ne vous est même pas venu à l'idée de l'appeler ? lui demanda Mavis.

— Vous avez son numéro de portable ? répondit Gabe.

— Théo, c'est une tunique bleue, il est pas sur liste rouge.

— J'aurais dû y penser moi-même, lâcha Howard.

Mavis secoua la tête de dépit, ce qui eut pour effet de faire sauter l'un de ses faux cils qui jaillit comme un diable hors de sa boîte.

— À vous trois, vous totalisez combien ? Trente ans d'études supérieures ? Et si vous avez pas un prof derrière votre cul, vous êtes même pas foutus de trouver un numéro de téléphone.

— Que voilà une remarque pertinente, dit Howard.

— Moi, j'ai jamais foutu les pieds à l'université, fit Catfish.

— Eh ben alors remercie le ciel d'être con naturellement, lui répondit Mavis en décrochant le téléphone.

Les piliers de bout de comptoir semblèrent oublier leurs problèmes personnels pour rire de Catfish. C'est bien connu : il n'existe rien de mieux que le malheur des autres pour se remonter le moral.

THÉO

Le canon du revolver appuyait si fort derrière l'oreille de Théo qu'il crut entendre ses os craquer. Burton lui apparut et le délesta de son .357 qu'il balança au loin. Puis il fit la même chose avec l'automatique glissé dans la ceinture de Théo.

— Allonge-toi. Face contre terre.

Burton balaya les pieds de Théo qui chuta. Puis le shérif mit un genou sur le dos de son prisonnier avant de le menotter. En tombant sur les rochers Théo s'était ouvert les lèvres. Il goûta son propre sang. Quand il tourna la tête, sa joue racla le lichen. Théo était mort de trouille. Chacun de ses muscles le faisait horriblement souffrir. Il aurait aimé déguerpir.

Burton frappa Théo derrière la tête à l'aide de son pistolet, pas suffisamment pour qu'il s'évanouisse, mais lorsque l'éclair de douleur eut diminué, Théo sentit tout de même du sang couler dans son oreille droite.

— Sale enfoiré de drogué. Qu'est-ce qui t'a pris de venir foutre le bordel dans mon organisation ?

— De quelle organisation vous parlez ? demanda Théo qui pensait que jouer les ignorants pourrait lui sauver la vie.

— J'ai vu ta caisse près du labo, Crowe. Et la dernière fois que j'ai parlé avec Leander, il allait chez toi. Où il est maintenant ?

— J'en sais rien.

Le pistolet atterrit sur l'autre oreille de Théo.

— Mais puisque je vous dis que j'en sais foutre rien, bordel ! hurla Théo. Il est venu au labo. Puis après il n'y était plus. Je l'ai pas vu s'en aller.

— Je me fous qu'il soit vivant ou mort. Pareil pour toi. Mais faut que je sache la vérité. C'est toi qui l'as tué ? Il s'est barré ? Ou quoi ?

— Je crois qu'il est mort.

— Comment ça : tu crois ?

Théo sentit que Burton revenait à la charge pour le frapper.

— Il est mort. Il est mort. J'en suis sûr.

— Comment c'est arrivé ?

Théo essaya de bâtir une explication qui tienne debout, quelque chose de plausible qui lui ferait gagner une minute, voire quelques secondes, mais il n'y arrivait pas.

— Je suis pas sûr, dit-il. J'ai... J'ai entendu des coups de feu. Moi, à ce moment-là, j'étais dans la cabane. Quand j'en suis sorti, y avait plus personne.

— Alors comment tu sais qu'il est mort ?

Théo ne voyait pas l'intérêt de révéler à Burton ce

que Molly lui avait dit car le shérif se mettrait à sa recherche. Molly finirait alors dans le même trou peu profond où lui, Théo, allait aussi terminer.

— Allez vous faire mettre, dit Théo. Z'avez qu'à imaginer comment ça s'est passé.

Le pistolet atteignit à nouveau Théo sur l'arrière du crâne. Théo faillit vraiment s'évanouir ce coup-ci. Il entendit comme une sonnerie dans ses oreilles avant de comprendre qu'il s'agissait de son téléphone portable resté dans sa poche. Burton retourna son prisonnier et lui mit le canon de son arme sur l'œil droit.

— Tu vois, Crowe, on va répondre à cet appel. Mais si tu racontes des conneries, ton correspondant va être surpris du bruit que fera la déconnexion.

Le shérif se baissa. Son visage touchait presque celui de Théo quand il s'empara du téléphone.

Soudain, retentirent à quelques pas de là plusieurs explosions assourdissantes. Telles des guêpes en colère, des balles ricochèrent sur les rochers alentour. Burton roula à terre en s'écartant de Théo. Il plongea dans une petite crevasse qui se trouvait en dessous de lui. Théo sentit qu'on l'attrapait par le collet et qu'on le remettait debout. Avant qu'il ne pût savoir de qui il s'agissait, une douzaine de mains l'agrippèrent et l'emmenèrent à l'ombre. Il retomba lourdement sur le dos. La fusillade cessa. Son téléphone sonnait toujours. Dans le ciel, des chauves-souris décrivaient des cercles.

Il leva les yeux et vit Molly Michon, un fusil d'assaut encore fumant entre les mains. À cet instant précis, Théo eut la vision d'un archange vengeur, tel qu'il se l'était toujours représenté. Seule ombre au tableau : la demi-douzaine de types à poil qui entouraient Molly.

— Salut, Théo, fit Molly.

— Salut, Molly.

Du bout du canon de son arme, Molly désigna le téléphone dans la poche de Théo.

— Vous voulez pas que je réponde ? demanda-t-elle.

— Si. Ça pourrait être important.

On entendit un coup de revolver et une balle atteignit l'entrée de la grotte où elle ricocha vers l'obscurité. Le grondement qui en jaillit provoqua des vibrations jusque dans les côtes de Théo.

LE SHÉRIF

Burton se hissa au bord de la crevasse et tira un coup de feu en direction de la grotte, puis il s'arcbouta pour riposter au tir de la kalachnikov. C'est alors qu'il perçut un grondement et eut l'impression qu'on venait de balancer tout le casting du *Roi Lion* dans les flammes de l'enfer. Burton n'était pas un trouillard, il l'avait prouvé, mais tout homme normalement constitué aurait été pétrifié en entendant un tel borborygme. Les choses s'accéléraient et prenaient une allure bizarre. Une femme en bikini de cuir et cuissardes faisait feu sur lui au AK-47 pendant qu'une demi-douzaine de types à poil évacuaient Crowe à l'abri dans une grotte. Burton sentit qu'il avait besoin de temps pour faire le point, de renfort et qu'une bonne rasade de Glenlivet n'aurait pas été superflue.

Il lui semblait être momentanément à l'abri du danger. Tant qu'il ne bougeait pas, personne ne pouvait tenter de lui tirer dessus, quel que soit l'angle, sans prendre le risque de s'exposer lui-même. Il sortit son portable de la poche de son veston, marqua un temps d'arrêt. Qui pouvait-il bien appeler ? Un appel d'un chef de la sûreté en difficulté pouvait rameuter n'importe qui mais la dernière chose que Burton souhaitait voir tournoyer au-dessus de sa tête était l'hélicoptère d'une quelconque chaîne de télévision. Il n'avait, en outre, aucune envie d'arrêter les suspects. Ce qu'il voulait, c'était les réduire au silence pour toujours. Il aurait pu appeler les gars du labo clandestin, dans l'hypothèse où il aurait pu les joindre, mais l'arrivée d'une bande de travailleurs immigrés sans aucune expérience ne lui apparaissait pas comme la meilleure des solutions. Ce qu'il devait faire, c'était prévenir son escouade d'intervention, dont huit gars sur les vingt qui la constituaient étaient à sa botte. Il lui fallait les appeler sur leur ligne privée. Il composa le numéro du centre d'information situé au sous-sol du bâtiment administratif du palais de justice. L'Araignée décrocha à la première sonnerie.

— Karcher, j'écoute.

— C'est Burton. Tu m'écoutes et tu dis rien. Tu vas appeler Lopez, Sheridan, Miller, Morales, O'Hara, Crumb, Connelly et LeMay. Tu vas leur dire de se ramener avec tout leur harnachement au ranch Beer Bar, au nord de Melancholy Cove. Qu'ils prennent la route d'accès par le nord. Ils tomberont sur une grotte. Démerde-toi pour leur dégoter le maximum de cartes et indique-leur la direction. N'utilise pas les canaux de communication habituels. Rien ne doit être inscrit sur la main courante du service et personne ne doit être mis au parfum de l'expédition. Il y a dans la grotte au moins deux suspects munis d'armes automatiques. Je suis fait comme un rat à environ dix mètres à l'ouest de l'entrée de ce trou. Que les hommes se rassemblent derrière les rochers, au sud. Ils apercevront les suspects. Dis à Sheridan de m'appeler. Surtout pas d'intervention d'hélico. Démerde-toi pour savoir si la grotte n'a pas une deuxième issue. Je veux que tout le monde soit là aussi vite que possible. Tu peux faire tout ça ?

— Naturellement, répondit l'Araignée. Ça risque de prendre quarante minutes, peut-être davantage si j'arrive pas à leur mettre le grappin dessus tout de suite.

Burton entendit les doigts boudinés de l'Araignée qui tapaient déjà sur le clavier.

— Envoie tous ceux que tu peux trouver. Dis-leur d'arriver dans plusieurs bagnoles. Dis-leur aussi d'éviter de mettre les sirènes et surtout pas de bruit à partir de l'entrée du ranch.

— Je peux avoir une description des suspects ?

— Il s'agit de Théophile Crowe et d'une femme, taille : environ un mètre soixante-quinze, âge : vingt-cinq à quarante ans, cheveux gris, vêtue d'un bikini en cuir.

— Vingt-cinq à quarante ans ? C'est vachement précis, fit l'Araignée d'un ton ironique.

— Ta gueule, Karcher ! Tu crois qu'il y en a beaucoup dans le quartier des gonzesses en bikini de cuir qui défouraillent à la kalachnikov ? Bon, tu me rappelles dès que les hommes sont en route.

Burton mit un terme à la conversation et vérifia la

charge de la batterie de son téléphone qui avait encore des réserves.

Depuis le grondement monté du fond de la grotte, tout était resté calme, mais Burton ne se risquait pas à lever la tête hors de son trou.

— Crowe ! appela-t-il. Il est pas trop tard pour arrêter tout ce cirque.

THÉO

Les types à poil entouraient Théo, leurs visages illuminés de sourires niais comme s'ils venaient de fumer de l'opium.

— Mais c'était quoi, Bon Dieu ? demanda Théo les oreilles encore pleines du grognement de Steve.

— C'était lui, précisa Molly en levant l'index pour faire taire Théo alors qu'elle appuyait sur le bouton réponse du téléphone. Allô, dit-elle. Ça vous regarde pas. Qui est à l'appareil ?

Elle couvrit le téléphone de sa main et dit :

— C'est Gabe.

— Dis-lui que ça va et demande-lui où il est.

— Théo dit que ça va et demande où vous êtes.

Elle écouta un court instant et posa à nouveau sa main sur l'appareil.

— Il est au saloon.

— Dis-lui que je le rappellerai.

— Il vous rappellera.

Elle coupa la communication et balança le téléphone dans la pile de linge près de l'entrée de la grotte.

Théo jeta un coup d'œil aux types à poil. Il crut en reconnaître certains, mais n'en laissa rien paraître.

— Hé les gars, vous pourriez pas vous reculer un peu ? demanda Théo.

Les types ne bougèrent pas d'un pouce. Théo regarda Molly.

— Tu peux pas leur dire de se reculer un peu ? Ils me rendent nerveux.

— Pourquoi ?

— Molly, je sais pas si tu as remarqué mais tous ces mecs sont en train de bander comme des ânes.

— Peut-être qu'ils sont seulement contents de te voir.

— Si c'est un effet de ta bonté, dis-leur de se reculer.

Molly fit signe aux types à poil de dégager.

— Allez ! Allez ! De l'air ! Tous dans le fond de la grotte ! Allez ! On y va.

Elle en houspilla plusieurs en s'aidant du bout du canon de son fusil. Les types se tournèrent lentement et gagnèrent le fond de la grotte.

— Mais qu'est-ce qu'ils ont à être comme ça ?

— Comment ça, qu'est-ce qu'ils ont ? Ils se comportent comme des mecs normaux. Ils ont seulement l'honnêteté de montrer leur désir.

— Molly, dis-moi la vérité. Qu'est-ce que tu leur as fait ?

— Je leur ai rien fait. Ils sont comme ça depuis qu'ils ont vu Steve.

Théo regarda vers le fond de la grotte. Mais tout ce qu'il vit fut quelques dos partiellement éclairés de gens assis par terre.

— On dirait qu'ils sont en transe.

— Ouais, on dirait bien. C'est cool, vous trouvez pas ? N'empêche qu'ils sont venus me donner la main quand je le leur ai demandé. Y sont pas complètement zombies. Faut avouer que je m'occupe bien d'eux.

Un filet de sang coulait du cuir chevelu de Théo, collait ses cheveux et tachait sa chemise.

— Ouais, c'est super tout ça. Dis donc, tu pourrais pas m'ôter ces menottes ?

— J'allais vous le proposer. Chaque fois que je tombe sur vous, vous avez les menottes. C'est un truc porte-bonheur ou quoi ?

— Molly, je t'en conjure, prends la clé dans ma poche de chemise.

— Parce que en plus on vous a donné la clé avec ?

— C'est « ma » clé.

— Ah je vois, fit Molly d'un air entendu.

— Toutes les menottes ont la même clé, Molly. Enlève-les-moi. S'il te plaît.

Elle s'agenouilla et farfouilla dans sa poche de poitrine, gardant les yeux rivés sur les siens. Une violente douleur traversa la tête de Théo quand il roula sur le côté pour que Molly le libère.

Comme elle lui retirait les bracelets, ils entendirent l'appel de Burton.

— Crowe ! Il est pas trop tard pour arrêter tout ce cirque !

Dès qu'il fut libéré, Théo enlaça Molly et l'attira à lui. Elle lâcha son fusil et se laissa aller contre Théo. Un nouveau grognement monta du fond de la grotte. Quelques pèlerins poussèrent des cris. Molly se détacha de Théo, se leva et scruta l'obscurité.

— Oh, ça va, Steve, dit-elle.

— C'était quoi, ça, bordel ? hurla Burton à l'extérieur.

— C'est Steve, lui répondit Molly en criant. Vous saviez pas ce qu'était arrivé à Joseph Leander. Eh ben c'était lui, c'était Steve. Il a bouffé Leander.

— Vous êtes combien là-dedans ? demanda Burton.

— Une chiée ! répondit Molly après avoir jeté un coup d'œil circulaire.

— Vous, personnellement, vous êtes qui ?

— Moi ? Je suis Kendra, l'Amazone des Terres inconnues.

Molly décocha un sourire niais à Théo qui faisait de son mieux pour essayer de comprendre ce qui se passait autour de lui alors que des bruits bizarres montaient du fond de la caverne.

— Qu'est-ce que vous voulez à la fin ? demanda Burton.

— Dix pour cent des recettes de tous mes films, répondit Molly illico. Et que ce soit rétroactif sur quinze ans. Je veux aussi une débroussailleuse professionnelle à essence. Et je veux la paix sur terre.

— Alors, sérieusement, on doit pouvoir s'entendre.

— D'accord. Je veux aussi soixante sandwichs au beurre de cacahuète et à la confiture, avec deux packs de Coca light et... (se tournant vers Théo, elle lui demanda :) vous voulez quelque chose ?

Théo haussa les épaules. Et puis merde ! Après tout, pendant qu'on y était.

— Dis-lui que je veux un break Volvo flambant neuf.

— Et aussi un break Volvo flambant neuf, hurla

Molly. Avec les deux trous pour encastrer les boîtes de bière, espèce d'enfoiré. C'est ça ou rien.

Elle se tourna vers Théo, rayonnante.

— Voilà qui est bien envoyé, dit-il.

— Vous avez bien mérité un break, dit-elle.

Soudain, Molly écarquilla les yeux alors qu'elle regardait par-dessus la tête de Théo.

— Steve ! Non ! hurla-t-elle.

Théo se retourna et vit alors une énorme paire de mâchoires fondre sur lui.

CHAPITRE VINGT-HUIT

LE SHÉRIF

Burton se dit qu'ils devaient bien être entre trente et quarante dans la grotte, sans parler de ce qui grondait. Ce serait plus coton qu'il ne pensait pour qu'il n'y ait pas de témoins. Si tous les gens qu'il avait croisés sur la route se trouvaient à l'intérieur, les tireurs d'élite de son escouade allaient avoir du pain sur la planche. Seule une chose lui apparaissait sans discussion possible : Crowe et cette femme ne devaient en aucune manière ressortir vivants.

Son portable sonna. Il pressa le bouton pour répondre.

— Ouais ?

Il posa son arme et se couvrit l'oreille pour masquer le bruit qui montait de la grotte.

— C'est Karcher, répondit l'Araignée. Les gars sont en route. Accordez-leur quarante minutes pour arriver. La grotte ne comporte pas de seconde issue.

Burton n'était pas content. Il lui faudrait rester vautré dans cette crevasse encore presque trois quarts d'heure, mais dès l'arrivée de ses hommes, tout serait réglé en un rien de temps.

— Karcher, à tout hasard, aurais-tu jamais entendu parler de Kendra, l'Amazone des Territoires perdus ?

— Pas des Territoires perdus, des Terres inconnues, le corrigea Karcher. Kendra, l'Amazone des Terres inconnues. Évidemment que je connais. C'est la meilleure de toutes les séries sur l'après-conflit atomique. Kendra est une immense star. L'actrice qui jouait le rôle s'appelait Molly Michon. Pourquoi vous me demandez ça ?

— Pour rien. Laisse tomber. Y a un des suspects qui dit qu'elle est actrice.

— Si vous voulez des cassettes, je peux vous faire des copies pour vingt sacs pièce. J'ai presque toute la collection.

— Karcher, t'es rien qu'un sac à merde qui fait pitié.

Là-dessus, Burton coupa la communication. Ça s'agitait dans la grotte. La femme hurlait des choses qu'il ne parvenait pas à comprendre.

MOLLY

On apercevait encore les baskets de Théo qui dépassaient entre les dents de Steve. Molly empoigna son épée, sauta sur l'une des pattes antérieures du monstre et enfourcha son cou. Elle porta la pointe de son arme entre les yeux de Steve et pesa sur la poignée jusqu'à en avoir les mains engourdies.

— Recrache-le ! Recrache-le !

Steve rejeta la tête en arrière pour désarçonner

Molly qui serra encore plus les cuisses et frappa la bête à la tête. Des morceaux de branchies volèrent sous la lame étincelante.

— Puisque j'te dis d'le recracher, nom de Dieu ! Puisque j'te dis d'le recracher ! hurlait Molly qui ponctuait l'expression de sa panique de grands coups d'estoc et de taille.

Elle avait déjà assisté à pareille corrida et savait que si elle entendait un énorme « crunch », c'en serait fini de Théo.

Le monstre ouvrit sa gueule en grand pour donner le coup de grâce. Molly entendit parfaitement le gargouillis étouffé de Théo. Elle se mit debout sur le front de Steve, posa la pointe de la lame au coin d'un œil et se prépara à appuyer de tout son poids pour l'enfoncer dans l'orbite.

— Recrache-le ! Magne-toi !

Steve se mit à loucher en essayant de voir son agresseur. Il se fendit d'un grognement et régurgita l'officier de police qui valdingua sur le sol de la caverne. Puis Steve balança violemment la tête, ce qui eut pour effet de projeter Molly au loin avec force. Elle atterrit sur le dos trois mètres plus loin avant de terminer sa chute par une glissade.

Les gémissements des pèlerins laissèrent place aux sanglots lorsque Steve regagna le fond de la grotte.

Théo, baignant dans une mare de sang, de déjections de chauves-souris et de crachat de dragon, parvint à se mettre sur les mains et les genoux. Il regarda Molly.

— Ça va ? fit-il haletant.

— Je crois que oui, acquiesça-t-elle. Et vous, vous vous sentez comment ?

Théo vérifia si ses jambes étaient toujours à la bonne place. Il répondit : « Moi aussi, ça va » avant de ramper vers Molly et de s'adosser à la paroi de la caverne à ses côtés. Il tâchait de reprendre son souffle.

— T'as de drôles de fréquentations quand même. Pourquoi s'est-il arrêté en pleine action ?

— Je crois qu'il est jaloux.

— Ah ? Désolé.

— Ça va lui passer. C'est un grand garçon.

Théo se mit à rire malgré lui et quelques secondes plus tard Molly se joignit à lui sans pouvoir se contrôler ni s'arrêter.

— C'est Steve son petit nom ? demanda Théo.

— Oui, il a une tête à s'appeler Steve, vous trouvez pas ?

Théo essuya la bave de dragon qu'il avait sur les lèvres et se pencha pour embrasser Molly. Elle lui prit le menton et le repoussa.

— Ce serait pas une bonne idée.

Un nouveau grondement monta du fond de la grotte, moins agressif, plus triste que les précédents.

— Tu as raison, fit Théo, ce serait pas une bonne idée.

— Mais bordel de Dieu, qu'est-ce qui se passe là-dedans ? demanda Burton depuis l'extérieur. Il vous reste peu de temps pour gerber de là. Y a une section spéciale de flics qui va plus tarder à rappliquer. Quelles sont vos conditions ?

— Je sais même pas de quoi vous causez, lui cria Théo.

— Qu'est-ce que vous voulez pour sortir de là ? La permission de quitter l'État ? Qu'on efface l'ardoise ? Vous voulez du pognon ? Combien ? Donnez-moi un chiffre.

Théo regarda Molly comme si elle savait quoi répondre.

— Je crois qu'on a été clair dans nos souhaits, non ? dit-elle.

— Tu sais, Molly, il va jamais me laisser sortir d'ici. Pas plus que toi d'ailleurs. S'il y a vraiment une escouade de flics qui est en route, on est dans la merde.

— Faut que je parle à Steve.

Molly se leva et se fraya un chemin vers le fond de la caverne entre les pèlerins qui sanglotaient toujours. Théo la regarda disparaître dans l'obscurité, là où les flancs du monstre projetaient des lueurs pâlottes de vert et de bleu. Théo se frotta les yeux pour mieux voir.

— Alors, Crowe ? T'as réfléchi ?

— Faites-moi une offre, dit Théo en essayant d'imaginer un stratagème, quelque chose qui lui permettrait de rester en vie un peu plus de dix secondes après sa sortie de la grotte.

— Je te propose cent mille dollars. Ça me paraît honnête comme offre. De toute façon, si Leander est vraiment mort, tu peux plus rien prouver contre moi. Prends le pognon et tire-toi.

C'est comme si j'étais déjà mort, se dit Théo.

L'énormité du bluff de Burton prouvait le manque de sérieux de l'offre. Il ne laisserait jamais Théo sortir vivant.

— Faut qu'on réfléchisse ! cria Théo.

Théo souffrait du crâne à cause du coup de crosse qu'il avait reçu et, de l'œil gauche, il voyait trouble.

Son portable couina dans la pile de linge des pèlerins. Théo farfouilla dans les vêtements et les fioles de pilules pour mettre la main dessus. Sa vision se brouilla, il eut un trou noir. Il marqua un temps d'arrêt jusqu'à ce que sa vue redevienne normale. Il finit par trouver son téléphone niché dans une paire de collants. Il pressa le bouton réponse.

STEVE

Il savait reconnaître un ennemi quand il en voyait un. Il savait sentir l'hostilité et la peur. Et son amante au sang chaud dégageait ces deux sentiments. Il sentit qu'elle avait peur en se frayant un chemin au milieu de ces gens qui constituaient son garde-manger. Pourquoi, alors qu'elle avait trouvé un autre compagnon, allait-elle au-devant du danger en lui offrant ces gens sur un plateau ?

Il se foutait qu'elle le blesse avec son truc pointu. Au contraire, ça lui aurait fait du bien. Au début, il avait cru qu'elle voulait à nouveau s'accoupler, mais il avait compris, quand elle lui avait posé la pointe de l'épée au coin de l'œil, qu'elle souhaitait le tuer. Il avait ressenti cela. Elle accordait ses faveurs à un autre à présent. Il envisageait de lui arracher la tête pour lui montrer combien il souffrait.

Il enfouit sa tête sous ses pattes de devant à son arrivée. Elle caressa ses ouïes et il illumina son dos d'une lueur violette pour lui faire comprendre d'arrêter.

— Je suis vraiment désolée, Steve. Tu sais, j'ai pas

beaucoup d'amis. Je pouvais pas décemment te laisser bouffer Théo.

Il sentit de la bienveillance dans le ton de sa voix. Mais il ne lui faisait plus confiance. Peut-être ne lui arracherait-il alors qu'un bras, comme ça, pour voir. Son dos s'illumina de magenta et de bleu.

— Faut que tu partes, Steve. Y a ces flics qui vont pas tarder à arriver. Tu n'auras pas de problème avec le type qui est à l'extérieur. En fait, tu peux le bouffer si ça te chante. Je crois même que ça me ferait vachement plaisir si tu le bouffais.

Elle se recula.

— Steve, faut que tu partes sinon ils vont te tuer.

Il émit une teinte verdâtre et enfouit encore davantage sa tête sous ses pattes. Elle voulait qu'il parte. Il le sentait bien. Et lui aussi, de son côté, voulait partir. Il savait qu'il ne serait jamais comme elle avait rêvé qu'il soit. Ça n'arriverait jamais. Mais il ne voulait pas non plus qu'elle appartienne à l'autre sang-chaud. Ses écailles prirent la couleur du chagrin.

— Je ne te rejette pas, Steve, fit Molly. J'essaie seulement de te sauver la vie.

Elle se faufila parmi les pèlerins qui, à genoux, sanglotaient toujours. L'un d'entre eux, une femme dans la trentaine, une rousse dont les seins gonflés au silicone défiaient la loi de la gravitation universelle, agrippa Molly par un bras.

— Je peux me sacrifier, fit la femme. Je peux faire ça.

Molly se détacha de la femme.

— Allez vous faire foutre, répondit Molly. C'est facile de jouer les martyres.

C'est en répondant au téléphone que Théo comprit que Burton, en le frappant à plusieurs reprises, ne lui avait surtout pas raté l'oreille.

— Aïe ! fit-il. Oh nom de Dieu, ça fait mal.

Théo décrivit quelques cercles en boitant alors qu'aucun de ses membres n'était touché.

— C'est toi Théo ? fit Gabe, d'une voix qui paraissait métallique.

— Ouais, c'est moi.

Théo passa le téléphone sur son autre oreille, tout en le tenant éloigné.

— T'es où ? Qui c'est qui a répondu ?

— C'est Molly Michon. On est dans une grotte sur le ranch, près de là où il y avait le labo clandestin. Burton nous y a coincés et il a appelé des renforts.

— Tu l'as vu ?

— Ouais, je l'ai vu. Je crois que t'as mis dans le mille à propos du machin qui altère la chimie du cerveau. Y a plein de gens avec nous, complètement en transe. Ils disent qu'ils ont été appelés pour être offerts en sacrifice. Et ils ont tous des ordonnances signées de Val.

— Ben ça alors, fit Gabe. Ben ça alors. De quoi il a l'air ?

— Il est immense.

— Tu pourrais pas être plus précis ?

— Écoute-moi bien, Gabe, on a besoin d'aide. Burton va tous nous flinguer. J'ai besoin de la présence de témoins de façon qu'il ne puisse pas raconter que c'est nous qui avons tiré sur ses mecs. Rameute la télé et le canard local. Et aussi l'hélico du journal télévisé.

Théo sentit que Molly lui serrait l'épaule. Il se retourna et vit qu'elle faisait non de la tête.

— Attends une seconde, Gabe, fit Théo en couvrant le téléphone de sa main.

— Faut pas que les journalistes rappliquent, Théo, dit Molly.

— Et pourquoi ça ?

— S'ils apprennent pour Steve, ils le foutront dans une cage ou ils le tueront. Alors, ni journalistes ni caméras.

Elle lui serra un peu plus l'épaule jusqu'à ce qu'il en eût mal. Des larmes perlèrent au coin des yeux de Molly.

— Je vous en prie, ajouta-t-elle.

Théo hocha la tête.

— Gabe, dit-il dans l'appareil, oublie les journalistes. On veut personne des médias. Surtout pas de caméras. Mais venez, vous autres. J'ai besoin de témoins qui bossent pas pour Burton.

— Tu disais que vous étiez nombreux ?

— Ils sont tous complètement barrés. Pas moyen de compter sur eux. Et en plus, ils sont tous à poil.

Il y eut un blanc. Gabe dit enfin :

— Mais qu'est-ce qu'ils foutent à poil ?

Théo demanda à Molly :

— Pourquoi ils sont à poil ?

— C'était pour les empêcher d'entrer dans la grotte.

— C'était pour les empêcher d'entrer dans la grotte, dit Théo dans l'appareil.

— Ben on dirait que la combine n'a pas marché très fort, commenta Gabe. Pourquoi est-ce que Molly ne leur a pas foutu la trouille avec la créature ?

— Mais, Gabe, c'est ce que j'essaie de t'expliquer depuis le début. Ils sont ici pour être avec elle.

— C'est tout bonnement fascinant. Et Molly, comment elle s'en arrange, de la créature ? Elle en fait ce qu'elle veut ?

Théo regarda la bave de Steve qui dégoulinait sur son jean.

— On peut pas vraiment dire ça, Gabe. Bon, toi et Val, magnez-vous le cul et rappliquez ici. Vous n'avez qu'à dire que vous venez pour des raisons scientifiques ou monter un bobard dans ce goût-là. Val n'a qu'à dire qu'elle est experte en négociations de prises d'otages. Après tout, ces gens sont ses malades, ça devrait faire passer la pilule. Amène le maximum de gens que tu peux trouver.

Molly prit le bras de Théo et secoua à nouveau la tête.

— Non, rien que les gens qui sont au courant.

Théo lâcha un juron et dit :

— T'as entendu, Gabe ? Rien que Val et toi. N'en parle à personne d'autre.

— Mais Mavis, Howard et Catfish, ils sont au courant.

— Alors rien qu'eux. Emprunte la bagnole de Mavis et amène-toi.

— Théo, je crois pas qu'on va être d'un grand secours. On va peut-être servir à empêcher Burton de vous tuer, mais ça va pas le retenir de vous arrêter. Tu le sais aussi bien que moi. Et une fois que vous serez en taule, dans sa taule, t'imagines la suite.

— Une chose à la fois, Gabe.

— Théo, nous devons sauver cette créature. C'est la plus importante...

— Gabe, le coupa Théo, moi, ici, j'essaie de sauver ma peau. Magne-toi, merde !

— Démerde-toi pour faire sortir la créature de là où elle est. Ils ne vous tueront peut-être pas s'il y a des témoins mais ils la flingueront, ils la laisseront sûrement pas filer.

— Il bougera pas. Il est dans le fond de la grotte. Il boude.

— Comment ça : il boude ?

— J'en sais foutre rien, Gabe. Amenez-vous, d'accord ?

Théo coupa la communication et s'assit. Il dit à Molly :

— Gabe a raison. S'il y a des témoins, on va seulement retarder l'inévitable. On ferait peut-être mieux de bousculer Burton maintenant, avant l'arrivée de ses renforts.

Molly prit la kalachnikov, l'arma et pressa la queue de détente. Rien ne se passa. L'arme était vide.

— Je crois pas que ce soit une super idée, dit-elle.

LE SALOON

— Va falloir que je joue les expertes en négociations de prises d'otages, c'est bien ça ? interrogea Val Riordan. Mais faut que tu saches que j'ai fait mon internat à l'hôpital dans le service des régimes alimentaires. Le truc qui s'est rapproché le plus d'une négociation de prise d'otages, ç'a été quand j'ai dû décider une actrice plutôt enveloppée de se faire faire un lavage d'estomac pour la purger des six kilos de pâte de fruit qu'elle venait de s'envoyer après avoir perdu son rôle dans *Alerte à Malibu.*

— C'est déjà pas si mal, fit Gabe.

Il avait tout raconté de ce que Théo lui avait dit et était prêt à courir l'épauler, mais Val n'était guère partante.

— Je ne comprends pas pourquoi il a tellement besoin de nous puisqu'il y a tout un tas de mes patients dans la grotte.

Gabe essayait de garder son calme. Dans sa tête, il entendait comme le tic-tac d'un compte à rebours, chacun des tic et des tac gommant un peu plus la chance qu'il avait de sauver son ami et de voir de ses propres yeux un spécimen vivant du crétacé.

— Mais je te l'ai déjà expliqué, Val. Tes patients sont complètement out of tout.

— Ce qui me paraît être d'une grande logique, commenta Howard.

— Comment ça ? demanda Val, apparemment vexée par le ton suffisant du restaurateur.

— La tradition de commettre des sacrifices remonte aux temps les plus anciens, fit Howard. C'est même bien plus qu'une tradition. Les Babyloniens offraient des sacrifices à Tiamet, le serpent, les Aztèques et les Mayas, eux, offraient des sacrifices à différents dieux reptiles. Peut-être que cette créature n'est rien d'autre que l'un de ces serpents.

— Jamais entendu quelque chose d'aussi ridicule, répliqua Val. La créature à laquelle nous avons affaire dévore les êtres humains.

Howard se gaussa.

— Les humains ont toujours aimé les dieux vengeurs. Cela remonte à la nuit des temps. Qui peut dire que ce n'est pas la vengeance qui inspire cet amour ? Peut-être, comme le docteur Fenton l'a très justement fait remarqué, existe-t-il des relations symbiotiques entre les habitudes de chasse de cette créature et la composition chimique du cerveau de ses proies. Peut-être aussi la bête inspire-t-elle aussi bien l'amour qu'elle stimule l'appétit sexuel. Ces deux aspects des choses n'ont pas besoin l'un de l'autre, vous savez. Pour les adorateurs, cela peut se situer au niveau de l'inconscient, comme pour tout autre dieu. La bête considère ces sacrifices comme un dû et ne développe aucun sentiment de culpabilité à cet égard.

— C'est la démonstration la plus fumeuse que j'aie jamais entendue, dit Catfish. Moi, c'te bestiole, j'l'ai approchée et elle a jamais rien fait d'aut' que d'me foutre la chiasse de ma vie.

— Ce que vous dites est vrai, monsieur Fish, reprit Howard. Et il n'en est pas moins vrai également que cette créature est ce qui a stimulé et inspiré votre longue carrière dans la musique. Vous devriez au contraire remercier ce monstre.

— Et vous tous tant que vous y êtes, vous devriez faire un tour par chez les dingues !

— Ça suffit maintenant vos conneries ! cria Gabe. Moi, j'y vais. Faites ce que vous voulez. Je vais essayer de venir en aide à Théo et de sauver la peau de la créature. Mavis, je peux emprunter votre voiture ?

Mavis balança ses clés sur le bar.

— Si j'avais pu, gamin, j't'aurais accompagné.

— Et moi ? Je peux venir ? demanda Howard.

Gabe fit oui de la tête et regarda Val.

— Ce sont tes malades quand même.

Elle s'adossa au bar.

— Toute cette histoire va éclater au grand jour, et quand ça va se savoir, je vais finir en prison. Tu crois que je pourrais être d'une grande aide avec ce qu'on va sûrement me mettre sur le dos ?

— Oui, répondit Gabe.

— Pourquoi ?

— Parce que aller là-bas, c'est la seule et unique chose à faire, parce que c'est important pour moi et que tu m'aimes.

Val le fixa dans les yeux et empoigna son sac.

— Bon, OK, je viens. Mais quand je serai en taule, attendez-vous à recevoir des lettres d'insultes de ma part.

Mavis interrogea Catfish :

— Alors ? Tu fais quoi ?

— Allez-y. Moi j'ai le blues.

Val, Gabe et Howard se dirigèrent vers la porte.

— T'en fais pas, mon chou, cria Mavis à Val. T'iras pas en zonzon. Mavis veille au grain.

CHAPITRE VINGT-NEUF

GABE

Depuis la dernière apparition du monstre à Melancholy Cove, le plus grand danger en relation avec la préhistoire qu'eût encouru la population avait toujours été la Cadillac de Mavis Sand. Fabriquée en 1956, décapotable, jaune citron, dotée d'une immense calandre chromée, elle semblait avaler l'asphalte. De chaque côté, au niveau du bas de caisse, elle était équipée de petites antennes plaquées or qui vibraient dans le vent et qui permettaient au conducteur de sentir la proximité du trottoir lorsqu'il se garait. Les habitués du bar l'avaient surnommée la « Banane ». Un jour, alors que Mavis était occupée, pris d'un élan créatif, ils avaient bricolé une espèce d'emblème représentant une pin-up mexicaine bleue et l'avait vissé sur le coffre. « Ouais, pas mal, avait dit Mavis. Faut que vous sachiez que c'est pas la première banane que je chevauche, mais je crois bien quand même que celle-là elle bat tous les records. »

Même au cours de sa jeunesse, Gabe n'avait jamais rien conduit de semblable. La Cad se pilotait comme une péniche. Elle rebondissait dans les ornières et les nids-de-poule comme un radeau pris dans des rapides. Dès le départ, Gabe avait décapoté sans savoir comment s'effectuait la manœuvre inverse.

Gabe repéra la Mercedes de Val garée à flanc de colline sur le bord du chemin conduisant au ranch. Il y avait une demi-douzaine d'autres véhicules parqués juste à côté, rien que des 4x4 : deux Blazer et quatre fourgons Suburban, plus imposants. Un groupe d'hommes vêtus de tenues de combat se tenaient près des voitures. Le plus grand d'entre eux observait Gabe à la jumelle tout en parlant dans ce qui devait être un talkie-walkie ou un téléphone portable.

— On aurait peut-être dû prendre un véhicule moins voyant, dit Gabe.

— Pourquoi n'a-t-on pas pris votre voiture, Howard ? demanda Val, affalée à l'avant sur le siège passager.

Raide comme la justice à l'arrière de la Cad, Howard regardait de côté. On eût dit que c'était la première de fois de sa vie qu'il s'exposait aux rayons du soleil.

— Je possède une Jaguar, répondit-il. La sellerie est si raffinée qu'on ne trouve rien de comparable, à part sur les Rolls et les Bentley. Ébénisterie en ronce de noyer sur toutes les garnitures.

— Le problème, c'est qu'elle marche pas, c'est ça ?

— Je vous demande pardon ? dit Howard.

Gabe arrêta la Banane à la clôture pour bétail.

— Qu'est-ce qu'on fait ? Ils arrêtent pas de nous mater.

— Continue à monter, dit Val soudain toute ragaillardie. On est là pour ça, non ?

Gabe ne montrait pas la même assurance :

— Y a quelqu'un qui peut me dire pourquoi le shérif ne va pas nous descendre comme il va le faire avec Théo et Molly ?

Val entrait dans l'action. Elle sentait que ce qu'elle allait faire viendrait atténuer ce qu'elle avait fait endurer à ses patients.

— Je suis psychiatre, Gabe. Et toi tu es docteur. Les flics ne tirent pas sur des gens comme nous.

— J'espère que tu plaisantes ?

— Le fait de posséder de l'éducation rend-il imperméable aux balles ? Tout comme le fait d'avoir mené une vie d'érudit ? commenta Howard.

— Avance, Gabe, dit Val. Ça va bien se passer.

Gabe la regarda et elle lui décocha un sourire. Il le lui rendit et lança la Banane dans la prairie en direction de cinq types lourdement armés qui n'avaient pas l'air d'apprécier leur visite.

THÉO

Théo avait exploré le reste de la grotte en s'éclairant avec le briquet qu'il avait oublié de jeter en décidant d'arrêter la fumette. La grotte ne comportait qu'une seule issue, celle devant laquelle Burton attendait. En remontant de son exploration, Théo fit un grand détour autour du monstre. Il retourna près de Molly, restée près de la sortie.

Burton éructa :

— Crowe ! Toi et tes potes, vous êtes faits comme des rats. C'est ta dernière chance pour conclure un marché. Je vous laisse cinq minutes avant de balancer les lacrymos.

Paniqué, Théo se tourna vers Molly.

— Faut faire évacuer ces gens, Molly. Quand ils vont commencer à balancer les grenades, il sera trop tard.

— Mais on a pas besoin d'otages ?

— Pour quoi faire ? Il ne négociera jamais. Ce qu'il veut : c'est moi. Et toi à la rigueur. Morts !

— Pourquoi n'appelez-vous pas quelqu'un pour tout lui raconter ? Après, Burton n'aura plus de raison de nous tuer.

— Tout ce que je sais, c'est ce que j'ai vu. Maintenant que Leander est mort, il n'existe plus aucun lien entre Burton et le labo. J'ai déjà raconté tout ça à Val et à Gabe. Et maintenant Burton les tient. Quel idiot ai-je été de les attirer dans ce traquenard !

— Je suis désolée.

— Attends une minute.

Théo déplia son portable et composa un numéro. Il y eut huit sonneries. Théo regardait le témoin de batterie. Il ne restait plus que vingt-cinq pour cent de réserve. Un homme décrocha.

— Karcher, j'écoute, dit l'Araignée, laissant l'interlocuteur deviner qu'il avait contacté l'officier de renseignement du bureau du shérif.

— Karcher, c'est Théo Crowe. J'ai besoin d'aide.

— L'enfant se présente mal, Théo ?

Quel connard, pensa Théo.

— Écoute-moi, je suis fait comme un rat...

— Ouais, je sais où tu es. N'oublie pas que je suis au courant de tout. En fait, je suis plutôt content que tu aies appelé. Y a un truc que je voulais te demander.

Théo se contint pour ne pas envoyer le mégalo sur les roses.

— Karcher, s'il te plaît, j'ignore combien de temps ma batterie va tenir le coup. J'ai besoin d'une faveur.

— Moi d'abord.

— Vas-y, aboya Théo.

— Voilà. Quand Burton m'a contacté, il a dit que ta complice n'était autre que Kendra, l'Amazone des Terres inconnues. Alors je me suis livré à quelques petites recherches. Et j'ai trouvé qu'il y avait eu une certaine Molly Michon qui avait été admise à l'hôpital psychiatrique à plusieurs reprises. Elle a laissé une adresse à Melancholy Cove. Je me demandais si...

— C'est elle, fit Théo.

— Non ? Tu déconnes ?

— Elle est à mes côtés.

Théo regarda Molly et haussa les épaules. Il dit :

— Écoute, quand tu m'as dit de ne pas foutre les pieds sur le ranch, ça signifiait que tu étais au courant des petites affaires de Burton ?

— Ça se pourrait, dit Karcher.

— Joue pas au con. T'es au courant de tout. Ce que j'ai besoin de savoir, c'est si je peux avoir accès aux informations qui pourraient constituer des preuves, comme les transferts de pognon, les chèques, les comptes offshore, les relevés de téléphone, etc., bref, tout ce que tu serais susceptible de livrer au proc.

— Qu'est-ce qui t'arrive, Théo ? Voilà que tu te mets à causer comme un vrai poulet ?

— Réponds à ma question.

— Réfléchis, mon petit Théo. Non seulement je peux faire ce que tu me demandes, mais c'est déjà fait. Ça fait des années que je me constitue un dossier là-dessus.

— Tu peux le refiler au procureur général ? Tout de suite ?

— Et qu'est-ce que j'ai à gagner dans l'histoire ?

— Karcher, Burton s'apprête à nous buter.

— Tu dis que Kendra est avec toi ? J'arrive pas à le croire.

Un frisson parcourut Théo qui hésitait entre la panique et la colère. Il tendit le téléphone à Molly.

— Dis-lui un truc à la manière de Kendra.

Molly s'éclaircit la gorge et dit :

— Crève, enfoiré de mutant à la con. Le seul truc que je possède et que tu vas sentir entrer en toi, c'est ma lame d'acier.

— Ben ça alors ! C'est vraiment elle, dit l'Araignée.

— Qu'est-ce que je te disais ? fit Théo. Tu vas nous filer un coup de main à présent ?

— Je veux une copie de la version norvégienne du *Combat de l'Amazone.* C'est possible ?

Théo couvrit le téléphone et regarda Molly.

— Tu as la version norvégienne du *Combat de l'Amazone* ?

Molly sourit.

— C'est *L'Amazone VI* : le combat de Kendra dans l'arène remplie d'huile bouillante. La version norvégienne est la seule où les actrices des scènes tournées dans les arènes étaient complètement nues. C'est une rareté.

Théo en resta comme deux ronds de flan. Sa survie était liée à ça.

— Et tu en as une copie ? dit-il.

— Évidemment.

— C'est comme si tu l'avais, dit Théo dans le téléphone. Si tu acceptes de te remuer le cul immédiatement, je te jure que je t'amènerai Kendra complètement à poil dans ton bureau.

— Ça, je crois que vous pouvez l'oublier, dit Molly.

— J'envoie le dossier à Sacramento, dit l'Araignée. Mais ça va pas beaucoup vous aider. Si vous en parlez à Burton, ça ne fera que renforcer son idée de vous supprimer. Ce qu'il vous faut, c'est l'appui des médias.

— Les médias ? Les hélicos ? On est bien trop au nord pour qu'ils soient là en temps et en heure, répondit Théo.

— Surtout pas ! cria Molly.

— J'vais les appeler, dit l'Araignée. Essayez de tenir encore vingt, vingt-cinq minutes.

— On ne dispose que d'une bande de gens à poil et d'un monstre marin pour les contenir.

— Et ça fait plus que ta liste de drogues diverses ?

— On a ça. Et rien d'autre. S'ils nous envoient les lacrymos, on tiendra sûrement pas vingt minutes.

— Ils le feront pas.

— Comment peux-tu...

— Donnez-moi vingt-cinq minutes. Et vous aurez intérêt à me filer la cassette de Kendra.

L'Araignée raccrocha. Théo replia son portable.

— J'avais dit pas d'hélicoptères, dit Molly. Même si on s'en sort, ils feront du mal à Steve. Faut que vous le rappeliez et lui disiez d'annuler l'envoi d'hélicos.

Théo sentait qu'il était à bout de nerfs. Il serra les poings très fort pour s'empêcher de hurler au visage de Molly. Sa voix devint un murmure.

— Molly, même avec un mandat d'arrêt à son nom, Burton nous buterait. Si tu veux que ton dragon vive, il faut que tu le fasses sortir d'ici avant qu'ils chargent.

— Mais il bougera pas. Il refuse de m'écouter. Regardez-le. Il se fout de tout à présent.

SHERIDAN

Le sergent Rich Sheridan mesurait presque deux mètres. Cheveux bruns, moustache, un nez en bec d'aigle qui avait été cassé à plusieurs reprises. Comme ceux qui l'entouraient sur la colline, il portait un gilet pare-balles, des armes à la ceinture et un casque micro-récepteur. Il était le seul à ne pas avoir de fusil M-16. Il parlait dans un téléphone portable. Il était flic depuis dix ans et depuis huit années, il travaillait en sous-main pour le compte de Burton. Si l'opération présente avait été une manœuvre officielle de son escadron, il n'en aurait été que le commandant en second, mais comme le véritable chef n'était pas dans la manche de Burton, c'est donc lui, Sheridan, qui faisait office de patron.

Il lâcha les jumelles sur son torse. Ses hommes prirent position et ajustèrent leurs angles de tir sur les passagers de la Cadillac. Pendant de temps, Burton s'époumonait dans le téléphone portable.

— Sheridan, je commence à en avoir plein le cul d'être coincé comme un rat. Prends les choses en main et magne-toi le train. Ça urge !

— À vos ordres. Que voulez-vous que je fasse avec les arrivants ?

— Arrange-toi pour savoir qui c'est. Puis tu leur mets les menottes et tu les laisses en plan. Magne-toi.

Sheridan coupa la communication.

— Sortez du véhicule. Gardez les mains en l'air.

Les deux hommes et la femme firent ce qu'on venait de leur ordonner. Quand ils furent menottés, Sheridan retourna le plus jeune des deux hommes et lui demanda de décliner son identité.

— Je suis Gabe Fenton. Je suis biologiste, fit Gabe en souriant timidement. Vous avez un super casque stéréo. Quand je vous vois, je me dis que je devrais sûrement m'abonner à l'hebdomadaire *Corruption Magazine*.

Sheridan ne réagit pas à ses propos.

— Qu'est-ce que vous êtes venus faire ici ?

— Nous nous occupons de la protection des espèces en voie de disparition. Il y a un spécimen de créature extrêmement rare dans cette grotte.

— Qui vous a dit de venir ici ?

— C'est l'habitat naturel de la grenouille à pattes rouges, une espèce californienne d'une grande rareté. J'ai vu passer votre véhicule d'escadron spécial d'intervention et j'ai pu lire dans l'œil du chauffeur une terrible envie de flinguer de la grenouille à pattes rouges.

Gabe regarda un autre membre de l'escadron, un gros type d'origine mexicaine qui le braquait avec son M-16.

— Il avait le même air que celui-là, ajouta Gabe.

— On n'est pas venus avec le véhicule de l'escadron, dit Sheridan.

Val prit la parole.

— Pour tout vous dire, je suis psychiatre clinicienne

et spécialiste des prises d'otages. Sur mon scanner, à la maison, j'ai appris que votre escadron était envoyé ici. Et comme vous êtes très au nord de votre zone habituelle d'intervention, je me suis dit que vous pourriez avoir besoin d'aide. Le docteur Fenton a accepté de m'accompagner.

— Nous n'avons pas reçu d'ordre par radio, dit Sheridan en ignorant Val comme s'il se fût agi d'une fourmi.

Il se tourna vers Howard.

— Et vous ? Vous êtes qui ?

— Je m'appelle Howard Philips. Je suis ici pour observer une très ancienne créature qui vient de refaire surface des profondeurs des abysses pour dévaster notre civilisation et festoyer de chair humaine.

Howard avait dit cela avec le sourire — celui d'un patron d'officine de pompes funèbres qui vient d'apprendre le crash d'un autobus au fond d'un ravin —, mais il s'agissait tout de même d'un sourire.

Sheridan fixa Howard dans le blanc des yeux et ne répondit rien.

— Lui, en fait, il fait office de traiteur, dit Gabe. Il est venu avec nous pour prendre vos commandes. Je parie qu'y en a pas un seul parmi vous qui a pensé à emporter de quoi casser une petite graine. Je me trompe ?

— Qui vous a dit de venir jusqu'ici ?

Gabe regarda Val et Howard comme s'ils allaient lui fournir les éléments d'une réponse cohérente.

— Personne, répondit-il.

Sheridan hocha la tête.

— Pour votre propre sécurité, dit-il, on va vous mettre à l'arrière d'un fourgon.

Puis, s'adressant à ses hommes :

— Enfermez-les dans le véhicule K-9. Et puis on va y aller.

CHAPITRE TRENTE

THÉO

— Écoute, dit Théo en tendant l'oreille vers l'entrée de la grotte. On dirait des bagnoles. Ça doit être celles de l'escadron spécial d'intervention.

Molly se tourna vers le fond de la grotte. Grâce à la lueur des couleurs qu'émettaient les flancs de Steve, Molly put voir que les pèlerins encerclaient le monstre marin et en caressaient les écailles. Elle se tourna à nouveau vers Théo.

— Faut trouver un moyen d'empêcher les hélicos de venir. Appelez-les et dites-leur de ne pas venir.

— Molly, c'est pas les hélicos qui vont lui faire du mal. Ou qui vont nous faire du mal. Le danger, c'est les mecs qui viennent d'arriver.

Théo jeta un œil au-dehors. Il aperçut deux 4x4 garés sur le plateau, à environ une centaine de mètres de l'entrée de la grotte. Naturellement, se dit-il, ils pensent qu'on a encore de quoi les canarder.

Molly brandit son épée. Elle la pointa en direction de Théo et la tint à quelques centimètres de son ventre.

— Écoutez-moi bien, Théo Crowe. Si on lui fait du mal, je ne vous le pardonnerai jamais. Je vous pourchasserai jusqu'au bout de la terre s'il le faut et vous écraserai comme une merde.

— Qui c'est qui me parle ? Kendra ou Molly ?

— Vous avez fort bien compris ce que je viens de dire ! hurla-t-elle presque de façon hystérique.

Aussitôt, un rugissement monta des profondeurs de la grotte.

— Arrête de jouer au plus fin avec moi, Molly. Je fais ce que je peux. Ton copain, par contre, le seul truc qui le motive, c'est de savoir quand il va pouvoir me bouffer, et rien d'autre.

Molly s'affaissa sur les rotules, tête pendante, comme si une main invisible avait ouvert une valve dans une de ses bottes et l'avait vidée de toute énergie. Théo se retint d'aller la consoler. Il craignait que le fait de toucher l'épaule de Molly ne réveille la fureur du dragon.

Puis il eut comme une illumination. Il déplia son téléphone portable et composa le numéro du saloon.

MAVIS

Mavis avait passé sa vie à faire des erreurs et à en tirer les leçons. Elle croyait aujourd'hui posséder ce don de savoir ce qui était bon pour les autres, même si elle ne les connaissait que très peu. Difficile de nier qu'elle aimait mettre son nez partout. La plupart du temps, elle se contentait de ce qu'elle savait pour manipuler les autres et utilisait les rumeurs pour dénouer leurs problèmes. Les gens agissent en fonction de ce qu'ils savent d'une situation, et seulement quand ils savent quelque chose. (L'Araignée, par exemple, qui tirait les ficelles depuis le centre de la toile de son sous-sol exprimait la même philosophie.) Aujourd'hui, Mavis avait reçu un tas de problèmes sur le râble, bien qu'aucun d'eux ne la concernât personnellement. Elle avait passé la matinée à essayer de les dédramatiser sans beaucoup de succès. Puis il y eut cet appel de Théo qui fit comme un déclic. C'est Théo qui avait raison, on devait pouvoir utiliser les instincts du monstre pour sortir de la grotte. Si Mavis la jouait fine, elle pourrait en même temps solutionner d'autres problèmes.

Elle raccrocha le téléphone et Catfish demanda :

— Qui c'était ?

— C'était Théo.

— Cet enfoiré de dragon l'a pas encore bouffé ? La vache ! Ça doit être la vie de château.

Mavis se pencha en travers du bar, s'approcha de Catfish, prit sa main dans les siennes et commença à serrer.

— Tu sais, mon chou, tu vas mettre ton chapeau, celui qui te sert à persuader gentiment les gens, et puis tu vas courir jusqu'à la pharmacie et me rapporter un truc.

— À vos ordres, m'dame, répondit Catfish qui grimaça en entendant ses os craquer entre les mains de Mavis.

Quand le bluesman fut sorti, Mavis passa un rapide coup de fil. Puis elle gagna l'arrière-salle où elle se mit à farfouiller dans des cartons et dans les placards jusqu'à ce qu'elle trouve ce qu'elle cherchait : une petite boîte noire reliée par un long cordon à une prise allume-cigare. « T'en fais pas, mon Théo, se dit-elle, ça fait une paye que j'ai mis ma vie entre les mains de la technique, je sais ce que je fais. » Elle rigola. Le bruit qui sortit de sa gorge ressemblait étrangement à celui d'un démarreur de vieille Ford au réservoir à sec.

CATFISH

Les bluesmen n'aiment pas qu'on leur dise ce qu'ils doivent faire. Ils vomissent l'autorité. Elle ne leur inspire que de la désobéissance et n'engendre chez eux qu'un sentiment d'autodestruction. Les bluesmen n'acceptent pas d'avoir un chef, à moins d'y être enchaîné et que la chose se passe dans un pénitencier. Dans ce cas de figure, le chef, dans la hiérarchie définie par la muse du blues, vient après la mégère, après la petite pépée bien roulée et juste avant le whisky de contrebande, le chien crevé et... l'être humain. Catfish avait un chef qui était une mégère. Il se trouvait dans une configuration si déconcertante qu'elle aurait pu conduire un bluesman de moindre envergure que lui au suicide, à moins qu'il trouve le moyen de se faire descendre, de tomber dans la débine, voire de casser sa guitare ou pis, de dégoter un boulot en usine. Mais Catfish en avait tellement bavé depuis des lustres qu'il avait fini par acquérir un certain sens des proportions. Il irait donc à la pharmacie, il parlerait à l'autre enculeur de poissons, celui qui se peigne en hauteur comme les duchesses du temps de Louis XV, à tel point qu'il ressemble à une boîte de conserve dont on n'a pas totalement découpé le couvercle. Et quand il aurait fait ça, il toucherait sa paye que la mégère gardait en otage et virerait son cul de cette ville. Après, il irait soigner son blues comme il l'avait toujours fait et le ferait toujours : sur la route.

Alors Catfish, malgré l'absence de vent dans les branches de sassafras, de son pas indolent de type habitué à déambuler sous la lune du delta du Mississippi, entra dans la pharmacie. Les quatre vieilles chouettes à cheveux bleutés, mortes de trouille, se bousculèrent les unes les autres en essayant de fuir vers l'arrière-boutique. Vous vous imaginez la chose ? Un nègre avait osé entrer dans leur monde. Comment pourraient-elles honorer sa demande s'il voulait un flacon de laque pour coiffure afro ou quelque autre produit exotique auquel elles n'entendaient rien ? On se demande bien pourquoi le détecteur de fumée ne se mit pas à fondre quand leurs cerveaux commencèrent à dégager de la vapeur à force de gamberger. Attirons-nous le danger ? pensèrent-elles. La pancarte NO HABLA ESPANOL ne suffisait donc plus, elle qui, pourtant, attestait de la reconnaissance, de façon négative, certes, de trente pour cent de la population ? Eh bien non, mes sœurs, nous pécherons jusqu'aux limites extrêmes de la sécurité et au lieu de nous cacher la tête dans le sable, nous filerons à fond de train nous réfugier dans l'arrière-boutique.

Derrière la vitre de son bureau, Winston Krauss comptait des pilules de placebos de Zoloft. Il leva les yeux et aperçut Catfish qui se dirigeait vers la caisse. À cet instant, Winston regretta de ne pas avoir fait installer dans son bureau une vitre à l'épreuve des balles. Mais Winston était citoyen du monde. On ne s'amuse pas à rêver de dominer les dauphins sans devenir un connaisseur des us et coutumes des gens de couleur, car il faut bien le reconnaître, c'est en leur compagnie que préfèrent jouer les dauphins... quand ils ne sont pas en virée avec la bande à Cousteau. Enfin, c'est ce qu'on raconte sur la chaîne Planète. Winston sortit de son bureau et alla à la rencontre de Catfish.

— Moi y en a saluer toi, mon f'ère, fit Winston en connaisseur des dialectes insulaires tropicaux. Quoi moi pouvoir fai'e pou toi ? ajouta-t-il en se fendant d'un bon sourire.

Il ne manquait que les dreadlocks et la plage de sable blanc pour faire vraiment comme sur les posters.

Catfish regarda Winston, intrigué. Il ôta son chapeau, lissa son crâne chauve, recula d'un pas, regarda de chaque côté et dévisagea le pharmacien avant de dire :

— Tu veux mon poing dans la gueule ou quoi ?

— Je suis vraiment désolé, dit Winston, qui s'éclaircit la gorge pour en expectorer l'accent des îles. Que puis-je faire pour vous, monsieur ?

— Y a Mavis, du saloon, qui m'a envoyé te demander un truc.

— Je connais parfaitement les médicaments qu'elle prend. Dites-lui qu'elle m'appelle si elle a quelque chose à me demander.

— Le problème, mon pote, c'est qu'elle a pas envie de t'appeler. Elle veut que ce soit toi qui viennes la voir.

Winston ajusta son nœud papillon.

— Je ne peux quitter le magasin. J'en suis navré. Dites-lui qu'il lui faudra m'appeler.

Catfish hocha la tête.

— Elle savait que tu dirais ça. Elle voudrait que tu lui files un grand pot de ces pilules sucrées, celles que tu vends en faisant croire que c'est des vrais médocs.

Winston jeta un coup d'œil vers l'arrière-boutique où se cachaient ses employées qui, aussi mortes de trouille qu'Anne Frank et ses parents, zieutaient la scène dans l'entrebâillement de la porte.

— Dites à Mavis que j'arrive, fit Winston.

— Elle a dit qu'il fallait que je t'attende et que je revienne avec toi.

De grosses gouttes de suif perlaient maintenant sur le crâne de Winston.

— Laissez-moi prévenir mes employées.

— Magne-toi le cul, Flipper. J'ai pas que ça à foutre, répliqua Catfish.

Winston fut parcouru d'un frisson. Il ferma son gros gilet de laine et contourna la caisse.

— Mesdames, je serai de retour dans quelques minutes, lâcha-t-il par-dessus son épaule.

Catfish se pencha au-dessus du comptoir de façon à mieux voir la rangée d'yeux alignés qui le regardaient par la porte entrouverte.

— Moi aussi, mes poulettes, je serai de retour dans quelques minutes. Y m'faudrait un petit remontant... pour ma grosse queue qu'a tendance à descendre, tellement descendre qu'y a des jours j'en ai mal aux reins.

Derrière la porte, on se retint collectivement de respirer, et si soudainement que cela fit chuter la pression du baromètre accroché au mur et provoqua un léger « pop » dans les oreilles de Catfish.

Winston Krauss se retourna vers Catfish :

— Était-ce bien nécessaire de leur dire ça ?

— J'ai une réputation à défendre, mon pote, répliqua le bluesman.

LE SHÉRIF

Bénéficiant d'une couverture, Burton put regagner les rochers et ainsi rejoindre les véhicules de ses hommes. Il trouva Sheridan agenouillé derrière l'aile de sa voiture, le fusil braqué sur l'entrée de la grotte.

— Quelle journée de chien, n'est-ce pas, shérif ? fit le sergent qui ne put retenir une amorce de sourire à la vue du costume en sale état de son supérieur.

Burton jeta un coup d'œil circulaire aux autres membres de l'escadron, qui tous gardaient l'œil rivé sur la lunette de leur arme. Il lâcha :

— On a que cinq hommes ?

— Morales entraîne l'équipe de foot des minimes et les autres sont en service normal. C'était pas possible de les en dégager.

Burton grommela :

— D'après ce que je sais, en face, ils n'ont qu'une seule arme, mais c'est une kalachnikov automatique. Je veux deux hommes de chaque côté de l'entrée de la grotte et un autre dans la crevasse, celle où j'étais coincé. C'est lui qui balancera d'abord les lacrymos et après les grenades explosives. Je vais rester ici avec un fusil à lunette pour flinguer tout ce qui sort. Vous tirerez sur tout ce qui bouge. On y va dans cinq minutes. À mon ordre.

— On a pas de lacrymos, dit Sheridan.

— Hein ?

— On a ni lacrymos ni grenades. Rappelez-vous, vous nous avez demandé de venir ici en douce, et vous savez bien que ce genre de matos est stocké au palais de justice. On est juste venu avec nos gilets pare-balles et nos armes personnelles.

Burton regarda les autres flics.

— Vous voulez dire que vous avez seulement vos M-16 et rien d'autre ?

— Oui, chef.

— Alors comme ça on est coincé. Et j'étais déjà coincé tout à l'heure, Sheridan. Et j'aime pas du tout ça. Viens avec moi.

Il engagea des munitions dans son pistolet et dit aux autres :

— Couvrez-nous.

Burton entraîna le chef d'escadron jusqu'à la ligne de rochers située en dessous de l'entrée de la caverne.

— Crowe ? appela Burton. Le petit jeu a assez duré maintenant. T'as eu assez de temps pour réfléchir à ma proposition.

— Quelle proposition ? demanda Sheridan.

Burton lui fit signe de la mettre en veilleuse.

— On a pas encore pris de décision ! cria Théo. On est une trentaine de personnes ici à en discuter et certains sont guère coopératifs.

Sheridan regarda Burton.

— Comment ça ils sont une trentaine ? On peut pas flinguer trente personnes. En tout cas, moi je m'y refuse.

— Il te reste cinq minutes, Crowe, fit le shérif. Après ça, tu n'auras plus le choix.

— Mais c'est quoi cette histoire de proposition ? murmura Sheridan à l'oreille de Burton.

— C'est rien. J'essaie seulement de trouver une combine pour séparer Crowe du reste des otages, de façon à le faire sortir.

— Alors ce serait pas mal si on avait une description du bonhomme, vous croyez pas ?

— C'est celui qui a les menottes, dit Burton.

— Mais c'est que vous êtes un sacré putain de héros, chef, lui renvoya Sheridan.

SKINNER

Skinner, depuis le siège avant de la Mercedes, regarda Visage Pal prendre place à l'arrière du véhicule doté d'une espèce de cage. Les Mauvais Garçons n'avaient même pas eu la pitié d'entrouvrir les vitres. Comment Visage Pal allait-il faire pour respirer ? Il ne pourrait même pas aller s'asseoir à l'avant et passer sa tête par la portière. Skinner éprouva une réelle compassion à l'égard de Visage Pal. Il retourna à l'arrière de la Mercedes. Il s'y coucha avec l'espoir qu'un petit somme gommerait son angoisse.

LE SALOON

En poussant les portes du saloon, Catfish aperçut tout d'abord Estelle accoudée au bar. Il eut la sensation qu'une main invisible grattait l'enveloppe de son cœur comme on le fait d'une vieille couche de peinture. Estelle avait dénoué ses cheveux qui, brossés, lui descendaient jusqu'à la taille. Elle portait une salopette rose maculée de peinture par-dessus un tee-shirt d'homme que Catfish identifia comme étant l'un des siens. Estelle le regarda comme une femme regarde son homme rentrer à la maison. Catfish, en tant que bluesman empreint de tradition, se la joua avec détachement.

— Salut, poupée, qu'est-ce que tu fais là ?

— C'est moi qui lui ai demandé de venir, dit Mavis. Estelle va te servir de chauffeur.

— Et en quel honneur j'aurais besoin d'un chauffeur ?

— Je t'expliquerai, répondit Estelle en attrapant Catfish par la main pour l'entraîner dans un coin plus discret.

Winston Krauss entra une seconde plus tard. Mavis lui fit signe de la rejoindre au bar.

— Fiston, je vais faire de toi le mec le plus heureux du monde.

— Vous allez quoi ?

— Moi, j'aime bien voir les gens recevoir ce qu'ils désirent. Et j'ai ce que tu veux.

— Non ?

Mavis se pencha en travers du bar. À voix basse, sur un ton de conspirateur, elle commença à raconter à Winston Krauss la plus titillante, la plus érotique des histoires qu'elle eût racontées de toute sa vie, sans jamais perdre de vue que le type auquel elle s'adressait rêvait d'avoir des relations amoureuses avec des animaux marins.

Dans le recoin discret de la salle, Catfish avait

perdu de son flegme. Estelle souriait, en dépit de ses larmes.

— Je ne te le demanderais pas si je savais que cela pouvait te faire courir un grand danger. Je le pense vraiment.

— Ouais, je sais, répondit gentiment Catfish de cette voix qu'il réservait d'habitude aux chatons et aux flics de la circulation. Le hic, c'est que j'ai passé ma vie à fuir ce truc.

— Je ne crois pas, dit Estelle. Au contraire, je crois que tu as passé ta vie à courir après.

Catfish sourit à son tour.

— Tu voudrais que j'aie plus jamais le blues, c'est ça, hein ?

— Tu le sais bien.

— Ben allons-y alors.

Catfish se leva et se tourna vers Mavis et Winston.

— Nous, on est prêt à y aller. Et vous ? Vous y êtes ?

Catfish remarqua qu'une bosse déformait le devant du pantalon de Winston.

— Apparemment, on dirait que vous êtes prêts. Vous êtes cinglés, mais prêts.

Mavis hocha la tête, ce qui produisit un cliquettement métallique dans son cou.

— En sortant, tu prends la deuxième, pas la première, dit Mavis à Estelle. Après, y a plus qu'à suivre la côte et on évite les collines.

— Je vais chercher mon masque et mes palmes, glapit Winston.

CHAPITRE TRENTE ET UN

MOLLY

— Vous croyez que ça fait cinq minutes ? demanda Molly, assise jambes croisées, son épée en travers des genoux.

Théo se leva soudainement comme piqué au vif par un pic à glace. Il consulta sa montre. Puis il rampa vers l'entrée de la grotte. Qu'allait-il trouver ? Le salut ou la mort ?

— Il reste encore une minute. Mais où sont-ils, Bon Dieu ? Molly, tu ferais mieux de te mettre à couvert.

— Comment ça, à couvert ?

Elle regarda autour d'elle. Et dans tout ce grand espace que présentait la grotte, seule l'obscurité du fond pouvait fournir un semblant de protection.

— Va te cacher derrière Steve.

— Non, dit Molly. Je ferai jamais ça.

Elle perçut une voix qui provenait de l'arrière de son crâne. « Mets-toi à couvert, bougre de demeurée. Qu'est-ce que tu veux vraiment ? Crever ? C'est ça ? »

— J'en ai assez de ces problèmes d'abandon. Je

vais sûrement abandonner quelqu'un d'autre, dit Molly.

— Qu'est-ce que tu dis ? demanda Théo.

— Je ne vous parlais pas.

« Très bien. Crève alors. Qu'est-ce que j'en ai à foutre ? » fit la voix off.

— Connard, dit Molly.

— Hein ? Quoi ? demanda Théo.

— C'est pas à vous que je cause.

— Molly, comment as-tu fait pour que ces gens s'amènent dans cette grotte ?

— Je leur ai juste demandé de le faire.

— Bon, alors, prends leurs frusques et dis-leur de se rhabiller.

— Pourquoi faire ?

— Fais-le. Dis-leur de s'accrocher aux flancs de Steve et qu'ils s'y cramponnent, quoi qu'il fasse.

— Vous êtes sûr de savoir quel est le plus cinglé de nous deux ?

— Molly, s'il te plaît. J'essaie seulement de lui sauver la vie.

LE SHÉRIF

Burton regarda sa montre.

— C'est l'heure. Mettez-vous en position. On va démarrer l'opération.

Le sergent Sheridan hésitait encore.

— Ils ont une trentaine d'otages, nous ignorons tout de leurs positions et nous disposons d'une équipe restreinte. Vous avez vraiment dans l'idée de capturer ce mec devant trente témoins ?

— Bordel de merde, Sheridan, mets tes hommes en position. On va y aller à mon signal.

— Shérif Burton, appela Théo depuis sa grotte.

— Qu'est-ce qu'y a ?

— J'vais accepter votre offre, répondit Théo. Donnez-moi encore cinq minutes et je vais sortir. On peut tous sortir ensemble. Les autres sortiront une fois que vous serez parti.

Burton se mit à gamberger. Il voulait à tout prix mettre le grappin sur l'officier et la femme, mais il lui fallait à nouveau réfléchir. S'il pouvait capturer Crowe et l'entraîner à l'écart, il en ferait alors ce qu'il voudrait. Et sans témoin.

Le téléphone portable de Burton sonna. Le shérif le déplia.

— Burton. J'écoute.

— Vous n'auriez jamais dû faire de remarques désobligeantes sur ma surcharge pondérale, shérif, fit l'Araignée.

— Karcher, espèce de fils de pu...

La communication fut coupée.

Soudain, de la plaine qui s'étendait jusqu'à l'océan, monta le son plaintif d'accords de blues. Burton et les membres de l'escadron se retournèrent et découvrirent un vieux break blanc qui longeait le bord de la petite falaise dominant la mer.

Un grondement inhumain jaillit de la caverne, et quand le shérif se tourna vers la grotte, il vit un immense reptile s'avancer vers lui.

WINSTON KRAUSS

Assis au fond du break, Winston maintenait l'équilibre de l'ampli Marshall d'où sortaient les notes assourdissantes de la Strato de Catfish. L'ampli était connecté à la petite boîte noire de Mavis ; un fil en partait, qui courait par-dessus les sièges et était branché sur l'allume-cigare, près de l'endroit où se trouvait Catfish en train de jouer. Winston n'entendit que les premières notes car il devint bientôt momentanément sourd. Il semblait d'ailleurs s'en moquer comme de sa première paire de palmes. Il ne croyait pas à sa chance car il avait douté de Mavis quand celle-ci lui avait assuré qu'il vivrait l'orgasme le plus excitant de toute sa vie. Mais maintenant, il savait qu'elle n'avait pas menti. C'était bien là la plus plantureuse de toutes les créatures qu'il eût jamais vues.

STEVE

La jalousie, la pitié de soi et la déception amoureuse étaient des sentiments nouveaux pour lui. Cependant, ce que réveilla au plus profond de lui la présence toute proche de son plus vieil ennemi les balaya d'un revers de patte. La rage au ventre, il lui fallait impérativement passer à l'offensive.

Il sortit en trombe de la grotte avec les pèlerins accrochés à lui aux rebords des plaques de sa carapace. Deux voiles de protection l'empêchaient d'avoir une vision claire des choses, mais le son le guidait comme un aimant, un son qu'il identifiait parfaitement avec son ennemi juré. Son corps émit des variations de pourpre et de jaune comme il fonçait vers la côte à travers les rochers, bousculant les véhicules et envoyant valdinguer les pèlerins.

THÉO

Molly, près de l'entrée de la caverne, ordonna à Steve de s'arrêter. Théo eut juste le temps d'attraper Molly par la taille et de l'écarter de la trajectoire du monstre en furie, les pèlerins pendus à ses basques. Molly, d'un coup de coude, frappa Théo au front. Le garçon en vit trente-six chandelles. Molly en profita pour gagner la sortie. Théo la rattrapa et la ceintura de nouveau.

— Non ! hurla-t-il.

Théo ramena les bras de Molly le long de son corps, il la souleva de terre alors qu'elle se débattait comme un beau diable. Théo s'attendait à recevoir une salve de projectiles. Mais il ne se passa rien.

Burton, un peu en dessous d'eux, était en train de se relever, le regard braqué sur le monstre.

— Flinguez-moi ça ! Flinguez-moi ça !

Le chef d'escadron avait plongé de côté. Il se tenait prêt à tirer, mais avec tous ces gens pendus aux basques du monstre, il hésitait. Alors il baissa le bras qui tenait l'arme et regarda la scène, avec effarement.

Burton dégaina et se mit à courir après le monstre. Un peu plus en aval, deux des membres de l'escadron eurent juste le temps de sortir de derrière les 4x4 où ils avaient trouvé refuge car le monstre renversa les véhicules. Les deux autres restèrent coincés sous les tas de ferraille. Chaque fois qu'un pèlerin se détachait de la bête, il se relevait et se mettait à courir après. Le monstre, lui, n'avait qu'un but : le break blanc qui longeait la côte.

Théo vit le break s'arrêter. Des notes de blues s'en échappaient toujours. Estelle Boyet quitta le volant et rampa vers l'arrière. Le son de la guitare s'interrompit une seconde lorsque la porte côté passager s'ouvrit et qu'on vit Catfish Jefferson descendre, sa Fender Stratocaster en main.

— Laissez-moi y aller ! hurla Molly. Faut que je le sauve ! Il faut que j'aille lui sauver la vie.

Théo la rejeta vers l'intérieur de la grotte. Quand il eut repris tout à fait ses esprits, il vit qu'un individu qu'il n'avait pas jusqu'alors identifié sortait à son tour du break et s'emparait de la guitare de Catfish.

Le shérif Burton cavalait toujours au train du monstre en agitant son arme. Il essayait de trouver un angle acceptable pour faire feu sans toucher les pèlerins. Il s'arrêta, mit un genou en terre, visa et fit enfin feu. Le monstre rugit et fit volte-face, ce qui eut pour effet de le débarrasser des derniers pèlerins qui atterrirent dans l'herbe.

Molly donna un violent coup de tête dans le menton de Théo tout en lui savatant le genou d'un coup de talon. Théo la lâcha et Molly courut à travers les rochers en direction de Steve.

CATFISH

Estelle avait amené la voiture au ras de la courte falaise qui surplombait la plage encombrée de rochers. Catfish regarda les vagues qui venaient frapper les écueils, puis il s'attarda sur la longueur du câble de sa guitare avant de regarder à nouveau en direction du large. Le câble serait sûrement assez long. Mais le dragon allait se prendre dedans avant que Catfish ne le remarque.

— Fissa ! cria Estelle.

Catfish semblait paralysé par la vue du monstre en pleine charge, maintenant à moins de cent mètres de lui.

— Casse-toi, dit-il à voix basse. Casse-toi d'ici.

— Non ! dit Winston. Vous m'avez promis.

Un coup de feu retentit. Le monstre fit demi-tour, ce qui ramena Catfish à la réalité de la situation.

— Tirons-nous, dit-il à Winston.

Puis il regarda Estelle par-dessus le toit de la voiture et il lui décocha un clin d'œil.

— File. T'es trop jeune pour mourir.

Catfish gratta quelques notes sur la Strato et il suivit Winston vers les vagues. Le pharmacien entra dans l'eau jusqu'aux genoux et se retourna. Catfish avait un mal de chien à escalader les rochers en empêchant son câble de s'y accrocher.

— On est assez loin, dit Catfish.

Il entra dans l'eau à hauteur de Winston, tenant la guitare à bout de bras pour ne pas la mouiller.

— Donnez-moi ça, demanda Winston.

Catfish gratta quatre accords des « Oignons ». Les notes s'échappèrent de l'ampli resté dans le break. Puis il passa la sangle autour du cou de Winston et lui donna son médiator.

— Tiens ! Amuse-toi, mon gars, fit Catfish.

— Ça va être le pied, répondit Winston, le visage

barré d'un sourire langoureux. Vous le savez, hein ? que ça va être le pied.

— Vas-y, joue ! dit Catfish avant de regagner la plage.

Il vit Estelle qui courait se mettre à l'abri derrière les rochers de la plage. Des notes de guitare sortirent à nouveau de l'ampli alors que des coups de feu emplissaient l'air.

MOLLY

Le shérif tira à nouveau à trois reprises tout en reculant pour éviter le monstre. Il manqua non seulement la bête mais aussi le continent nord-américain tout entier. Molly se jeta de côté. Elle se jeta de tout son poids derrière les genoux du shérif qui se sentit partir. Elle se releva d'un saut et s'interposa entre l'homme et la bête. Le shérif n'était pas certain d'avoir reconnu « Les Oignons » et il secoua la tête pour chasser ce qui pouvait être une hallucination. Le monstre rugit à nouveau et le shérif valdingua pour de bon, toujours prêt à faire feu, mais au lieu d'être face à un monstre marin il avait devant lui une femme sobrement vêtue d'un bikini en cuir. Il regarda par-dessus son épaule et aperçut le monstre qui prenait le break blanc entre ses mâchoires avant de le balancer à plusieurs mètres. La guitare se tut et le monstre descendit vers la plage. Comprenant que le danger avait disparu, il chercha la femme du regard. Des deux côtés du monstre, des gens accouraient, gémissant comme un troupeau de tapettes.

Molly, par-dessus son épaule, vit Steve entrer dans l'eau, puis elle se tourna vers Burton.

— Vas-y, connard, j'en ai plus rien à secouer.

— Tu l'auras voulu, dit Burton.

WINSTON KRAUSS

Winston grattait les cordes de la guitare et plus rien ne semblait avoir d'importance pour lui. L'ampli était mort et la superbe créature fondait vers lui. Winston était dans un tel état d'excitation qu'il crut qu'il allait imploser. La bête venait à lui, comme dans un rêve. Il ôta la sangle de la guitare de façon à accueillir le monstre.

— Viens, mon bébé. Viens voir ton papa, dit-il.

Le monstre entra fougueusement dans l'eau. Les vagues éclaboussèrent le ciel jusqu'à vingt mètres de hauteur. Puis Steve referma ses mâchoires sur Winston, coupant par là même le pharmacien en deux. Le monstre avala les jambes de Winston et poussa un rugissement. Il engloutit ensuite ce qui restait du corps et plongea dans l'océan.

LE SHÉRIF

— Non, shérif, elle l'aura pas voulu, la dame, dit Sheridan.

Sans cesser de braquer Molly, le shérif jeta un œil par-dessus son épaule. Le canon du M-16 de Sheridan touchait presque le dos de Burton.

— Je marche pas dans votre combine. Baissez votre arme.

Le shérif s'exécuta et se tourna vers son adjoint. Molly commença à vouloir prendre le large et le chef d'escadron la braqua avec son fusil.

— On reste tranquille, dit-il.

Molly s'arrêta.

À présent, les pèlerins, alignés en rang d'oignons sur la plage, regardaient vers le large en psalmodiant. Molly gesticula dans leur direction et Sheridan hocha la tête. Alors Molly courut à son tour vers la plage.

— Et on fait quoi, maintenant ? demanda Burton.

— J'en sais rien, répondit Sheridan. Personne n'a été touché jusqu'à présent, mais quelque chose me dit que ce qui vient de se passer ici va faire du bruit en haut lieu. Alors je ne veux pas qu'il y ait la moindre bavure.

— 'spèce de lopette !

— Vous pensez ce que vous voulez, fit Sheridan.

— Hé ! Burton ! appela Théo qui courait vers eux depuis le sommet de la colline. Vous entendez ça ?

Quand Sheridan et Burton levèrent les yeux vers lui, Théo se mit à l'abri derrière l'un des 4x4 écrabouillés et pointa son doigt vers le sud.

— Caméra à onze heures.

Burton pouvait les entendre à présent, les hélicoptères. Il scruta vers le sud et repéra deux points au-dessus de la ligne d'horizon. Deux des membres de l'escadron se trouvaient au sommet de la colline voisine. Ils avaient pris leurs jambes à leur cou quand le monstre avait jailli de sa caverne. Deux autres flics étaient toujours prisonniers de leur carcasse de véhicule tout-terrain sur le dos. Burton se tourna vers Sheridan qui regardait les hélicoptères approcher.

— La plaisanterie est terminée, shérif, dit-il. Il va falloir sérieusement parler du marché que je vais passer avec le procureur général.

Burton lui déchargea son revolver en pleine figure, puis il se mit à courir à travers les rochers pour rejoindre sa Cadillac. Les autres n'avaient pas eu le temps de se rendre compte de ce qui venait d'arriver.

THÉO

Théo arriva derrière Molly et lui tapota l'épaule. Quand elle se retourna, il vit des larmes dévaler ses joues. Puis elle revint auprès de ceux qui scrutaient toujours l'océan.

— Tout ce que j'ai jamais souhaité, de toute ma vie, ç'a été d'être différente des autres, ç'a été de ressentir ce qui pouvait me différencier du troupeau.

— C'est le souhait de tout le monde, répondit Théo en l'entourant de son bras.

— Oui, mais moi, j'y suis parvenue. Davantage grâce à Steve qu'aux films que j'ai tournés. Ces gens ont ressenti cela, mais pas autant que moi.

Les deux hélicoptères n'étaient plus très loin. Théo devait crier dans les oreilles de Molly pour couvrir le bruit des rotors.

— Non, parce que t'es unique.

Au-delà de la zone où naissaient les vagues, il y eut soudain du mouvement. Quelque chose semblait vouloir émerger des flots. Puis Théo aperçut les ouïes mauves du cou du monstre qui revenait vers la côte.

Théo tenta de retenir Molly, mais elle se libéra de lui, sauta de la petite falaise sur la plage et entra dans l'eau après avoir ramassé deux galets de la taille d'une balle de tennis.

Théo courut après Molly. Il était au milieu de la plage quand Molly se retourna et lui jeta un regard si implorant et si désespéré que Théo s'arrêta tout net. Les hélicos leur tournaient au-dessus de la tête à une trentaine de mètres d'altitude. Les pales faisaient voler le sable qui venait cingler les visages des badauds.

Le monstre s'approchait toujours du bord. Seuls ses yeux et ses ouïes dépassaient de l'eau. Molly lui jeta un des galets.

— Non ! Va-t'en ! Va-t'en !

Le second galet atteignit le monstre en plein dans l'œil. Il s'arrêta.

— Ne reviens pas ! hurla Molly.

Lentement, le monstre disparut sous la surface de l'eau.

LE SHÉRIF

L'aiguille du compteur flirtait avec le 100 quand Burton atteignit le sommet de la colline. Il lui fallait au plus vite gagner l'aéroport. Il pourrait alors utiliser le billet open qu'il gardait dans sa mallette pour se rendre aux îles Caïmans et retirer son argent avant qu'on ne s'aperçoive de sa disparition. Tout cela avait été pensé depuis fort longtemps. Il s'était toujours préparé à cette éventualité, mais ce qu'il n'avait pas prévu, c'était de tomber nez à nez avec deux véhicules tout-terrains et une Mercedes garés sur l'autre versant de la colline.

Il freina à mort et braqua à gauche. Les pneus mordirent l'herbe d'un côté. La Cad se retrouva sur deux roues, hésita et enfin bascula sur elle-même. Il n'y eut ni ralentissement du temps ni compression des événements comme cela arrive parfois dans les accidents. Burton passa de la lumière à l'obscurité. Il eut l'impression d'être dans un tambour de machine à laver qui s'arrêta de tourner dans un fracas de verre brisé et de métal broyé. Puis le calme se réinstalla.

Burton se retrouva sur le toit de la Cadillac retournée, des éclats de verre fichés dans la chair. Il chercha à savoir s'il avait quelque chose de fracturé. Tout semblait en bon état de marche. Il sentait ses pieds et respirer ne le faisait pas souffrir. Par contre, il perçut une odeur d'essence. Il se dit qu'il devait se carapater au plus vite.

Il prit sa mallette qui renfermait tout ce dont il avait besoin pour s'enfuir et il sortit par la vitre arrière brisée de l'Eldorado. La Cadillac, à moitié détruite, à moitié en équilibre, gisait devant un fourgon blanc. Burton se remit debout et courut vers le véhicule, qu'il trouva fermé à clé. Enfoiré de Sheridan, pensa le shérif, qui peut pas s'empêcher de toujours fermer ses bagnoles. Burton ne remarqua même pas la présence de gens, menottés, à l'intérieur du fourgon.

Comme dernière chance, il ne lui restait plus que la Mercedes. Il en fit le tour et ouvrit la porte côté conducteur à toute vitesse. Ouf ! Les clés étaient sur le contact. Le shérif s'assit derrière le volant et respira profondément. Il lui fallait se calmer et arrêter les conneries. C'est en tout cas la réflexion qu'il se fit. Il lança le moteur. Il était occupé à manœuvrer avant d'entamer la descente quand le chien le chiqua.

CHAPITRE TRENTE-DEUX

CATFISH ET ESTELLE

— Quel dommage ! fit Catfish. C'était une sacrée bonne guitare.

Il serrait Estelle contre lui. Estelle, pour ne pas assister à la fin tragique de Winston Krauss, avait enfoui son visage contre la poitrine de son compagnon retrouvé.

— Je pensais pas, fit Estelle. Je pensais pas que ça se terminerait comme ça.

Catfish eut un geste vague.

— C'était aussi une sacrée bonne bagnole. Tombait jamais en rideau.

Estelle se détacha de Catfish et le regarda droit dans les yeux.

— Tu savais, toi, hein ?

— J'savais, c'est vite dit. J'savais seulement que ce particulier voulait approcher un monstre des mers. Il a eu ce qu'il voulait. Au cas où t'aurais pas remarqué, il avait l'air heureux quand c'est arrivé.

— Et maintenant ? Qu'est-ce qu'on va devenir ?

— Ben tu sais, poupée, on ferait bien de rentrer

chez nous. Tu dois avoir des tas de trucs à peindre, non ?

— Tu as dit « chez nous » ? Ça veut dire que tu viens avec moi ?

— J'ai plus de bagnole. Où veux-tu que j'aille ? J'ai pu qu'à aller chez toi.

— Tu vas vraiment rester ? T'as pas peur de perdre le blues et de devenir heureux ?

Catfish sourit. On vit sa dent en or gravée d'une note de musique briller dans la lumière matinale.

— Le dragon, il m'a bouffé ma bagnole, ma guitare et mon ampli. Si ça me file pas le blues pour un sacré bout de temps, c'est à désespérer. Je crois que je vais me mettre à composer de nouvelles chansons pendant que tu peindras.

— C'est un programme qui me plaît bien, répondit Estelle. Tu vois, j'aimerais peindre le blues en bleu.

— Tant que tu vas pas te trancher l'oreille comme le vieux Vincent... Je crois pas qu'un mec trouverait bandante une femme qu'aurait qu'une seule oreille.

— Je ferai de mon mieux, dit Estelle en se serrant contre Catfish.

— J'ai connu une nana à Memphis. Sally qu'elle s'appelait. Elle avait qu'une guibole. On l'appelait Sally Qu'une-Guibole et...

— J'ai pas envie d'entendre la suite.

— Ben alors ? Qu'est-ce que tu veux entendre alors ?

— Le bruit de la porte qui se referme sur nous deux, le feu qui crépite dans la cheminée et la théière qui siffle pendant que l'homme de ma vie gratouille « Walkin' Man's Blue » sur son Dobro.

— Y a pas à dire, t'es cool comme gonzesse.

— Je sais que tu peux aimer une vie comme celle-là.

Estelle prit sa main aux doigts effilés dans les siennes et l'entraîna vers la falaise.

THÉO ET MOLLY

De toute sa vie, Théo ne s'était jamais autant senti submergé par les sentiments. Bien que l'excitation et le danger fussent éteints, il sentait encore comme une menace peser sur lui, une menace causée par un monstre aussi intimidant que celui qui venait de disparaître sous les flots. Avait-il encore un boulot, et par là même un chez-lui, vu que sa cabane constituait un de ses avantages en nature ? Il n'avait même plus sa collection de pipes, pas plus que son carré de marijuana où il avait pour habitude d'aller batifoler. Suite à ce qui venait de se passer, la confusion et l'horreur le gagnaient alors qu'il aurait dû éprouver un soulagement. Il se tenait à moins de trois mètres de Molly restée dans l'eau. Il se demandait vraiment à quoi allait ressembler le temps qui lui restait à vivre.

— Ça va ? cria-t-il.

Sans se retourner, Molly hocha la tête. Les vagues venaient mourir contre elle, abandonnant sur ses cuisses des traînées d'écume et quelques algues. Molly restait là, stoïque, le regard fixé sur l'océan.

— Ça va aller ? redemanda Théo.

— Ça va pas depuis des années, fit-elle sans se retourner. Tout le monde vous le confirmera.

— Ça doit dépendre des gens. Moi, je trouve que tu vas très bien.

Elle le regarda enfin par-dessus son épaule, les cheveux balayés par le vent, des traces de larmes striant ses joues.

— C'est vrai, ça ?

— Je suis l'un de tes plus grands fans.

— Mais vous n'aviez jamais vu aucun de mes films jusqu'à ce que vous veniez dans ma caravane ?

— Ça fait rien. Je suis quand même l'un de tes plus grands fans.

Elle se tourna et sortit de l'eau, un sourire aux lèvres, un sourire né d'une longue histoire, mais un sourire tout de même.

— La voix off m'a dit que vous avez fait un sacré bon boulot.

— Quelle voix off ?

Théo se surprit aussi à sourire. Il se sentait en même temps prêt à pleurer, comme quand son père était mort. Mais le sourire semblait plus fort que la peine.

— La voix que j'entends quand j'oublie de prendre mes médicaments. Elle est vraiment conne, cette voix, mais n'empêche qu'elle sait bien mieux que moi discerner la réalité des choses.

Molly se tenait face à Théo, elle le regardait droit dans les yeux, une main sur la hanche, un sourire de défi, très star de cinoche, accroché aux lèvres. Elle n'avait jamais tant ressemblé à Kendra, beaucoup plus que sur les affiches, même avec sa cicatrice de quinze centimètres qui lui barrait le sein gauche, l'eau salée et la saleté qui maculait son corps. Elle avait le regard de celle qui, à maintes reprises, a vu les temps futurs détruits par l'arme atomique. Elle respira un grand coup.

— Tu crois pas qu'on pourrait aller dîner un soir tous les trois, la voix, toi et moi ?

— Faut d'abord que je récupère de tout ça, vous comprenez ?

— Ouais, je comprends, dit-il, le cœur las.

Elle contourna Théo et commença à escalader la maigre falaise. Il lui emboîta le pas. Pour la première fois, il comprenait ce que les pèlerins avaient dû ressentir en suivant le monstre jusque dans la grotte.

— J'ai pas dit non, fit Molly. Mais je préfère que vous sachiez un truc : la voix off, elle veut pas que je parle de mon ex en mangeant.

— Pourtant, je crois que ça va pas manquer, les gens qui vont parler de ton ex.

— Ça vous fait pas peur ?

— Bien sûr que si. Mais c'est pas de lui que j'ai peur.

— La voix off me dit que c'est pas une bonne idée. Elle dit que vous et moi réunis, ça ferait un beau couple de branques.

— Dis-lui que c'est une conne.

— Si je prends bien les médicaments du docteur Val, la voix va foutre le camp.

— Et tu crois que c'est une bonne idée ?

— Ouais, je crois, répondit-elle juste avant de monter là où les pèlerins poireautaient. Ce que j'aimerais, c'est être seule avec vous.

Ce que le type assis derrière le volant ne semblait pas intégrer, c’était que, dans cette Mercedes, le mâle alpha, c’était Skinner. Le type puait la trouille, la colère et la menace, autant que la poudre et la sueur. Dès que le type était entré dans la voiture, Skinner l’avait trouvé antipathique, car cette automobile constituait le nouveau territoire ambulant du chien. Le type devait intégrer cette notion et Skinner s’était chargé dc la lui faire comprendre de façon traditionnelle, c’est-à-dire en lui plantant les crocs dans la gorge jusqu’à ce que le type fasse allégeance. L’homme s’était débattu. Il avait même frappé Skinner, mais ne l’avait pas traité de sale clébard. Alors Skinner s’était contenté de grogner et de maintenir la pression de ses crocs, jusqu’à sentir le goût du sang et que le type arrête de bouger.

Skinner attendait que l’homme crie grâce quand Grand Echalas ouvrit la portière.

— Bon chien, Skinner. Bon chien, dit Théo.

— Dis à ce bon Dieu de clebs de me lâcher, dit l’homme.

Skinner agita la queue et maintint la pression de ses mâchoires jusqu’à ce que la voix de l’homme s’étrangle. Grand Échalas lui caressa les oreilles et passa des bracelets métalliques autour des pattes de l’homme.

— C’est bon, Skinner, fit Grand Échalas, on le tient.

Skinner relâcha la pression et lécha le visage de Théo avant que l’officier ne tire le shérif hors de la voiture, l'allonge par terre et lui mette un pied sur la gorge.

Grand Échalas avait goût de bave de monstre. C'était bizarre. Skinner réfléchit à cela un moment, puis il oublia et bondit de la Mercedes pour aller voir ce que Visage Pal faisait dans le coffre du fourgon. La femelle de Visage Pal essayait de casser la vitre arrière à l'aide d'un morceau de métal. Skinner aboya pour lui dire de ne pas blesser Visage Pal.

LES GENTILS

— La créature est encore là ? demanda Gabe à Molly en s'extirpant du fourgon.

Skinner, tout excité, lui sautait dessus et Gabe, toujours menotté, ne parvenait pas à calmer ces effusions mouillées.

— Couché, le chien. Couché.

— Non, il est parti, dit Molly tout en aidant Val et Howard à sortir du véhicule.

Elle salua Val :

— Salut, toubib. J'crois qu'il m'est arrivé un drôle de truc, ce serait bien si vous pouviez éclaircir tout ça la semaine prochaine.

— Faut que je voie mon agenda, dit Valérie.

Théo déboucha de derrière la Mercedes.

— Ça va vous tous ?

— T'as ta clé ? demanda Gabe en tournant le dos à Théo pour lui montrer ses menottes.

— On a entendu des coups de feu, dit Val. Est-ce... ?

— Y a un des types de l'escadron qui est mort.

C'est Burton qui l'a descendu. Pas mal de vos malades ont des bleus et des bosses, mais rien de grave. Quant à Winston Krauss, il s'est fait bouffer.

— Bouffer ? demanda Val soudain toute pâle.

— Ce serait long à raconter, Val, fit Théo. C'est Mavis, elle a tout arrangé après votre départ. Catfish s'est amené avec Estelle et ils ont réussi à faire sortir le monstre de la grotte. Winston a servi d'appât.

— Oh mon Dieu ! s'exclama Val. Mavis m'avait dit un truc, comme quoi elle me tirerait d'affaire.

Théo mit un doigt en travers de ses lèvres pour lui faire comprendre de se taire, puis d'un signe de tête, il désigna le shérif qui était toujours allongé par terre.

— C'est jamais arrivé, Val. Il ne s'est jamais rien passé. Et je ne suis au courant de rien.

Il la retourna et lui ôta ses menottes avant de faire de même pour Gabe et Howard. Le patron de restaurant, toujours maigre à faire peur, semblait plus triste qu'à l'habitude.

— J'aurais vraiment aimé voir cette créature, dit-il.

— Ben et moi alors ? fit Gabe en entourant les épaules de Val de son bras.

— Je suis désolé, répondit Théo.

Puis, se tournant vers Val, il dit :

— Les journalistes qui sont dans les hélicos vont être ici d'une seconde à l'autre. Je serais vous, je resterais pas là.

Il lui tendit les clés de la Mercedes et ajouta :

— Le proc envoie un substitut pour cueillir Burton. Je suis obligé de rester ici. Ça vous embête de raccompagner Molly en ville ?

— Bien sûr que non, dit Val. Qu'est-ce que vous allez raconter aux journalistes ?

— J'en sais encore rien. Je crois que je vais tout nier en bloc. Ça va dépendre de ce qu'ils vont me demander et de ce qu'ils savent déjà. Comme j'ai toujours vécu dans le mensonge, je vais être l'homme de la situation.

— Je suis désolée, Théo. Désolée d'avoir douté de vos capacités.

— Pas autant que moi des vôtres. Je vous appellerai pour vous tenir au courant.

Gabe siffla Skinner. Avec l'aide de Howard et Val qui poussèrent de leur mieux, Gabe réussit à sortir la Mercedes de l'enlisement. Théo et Molly étaient restés face à face. Théo regardait le bout de ses chaussures.

— Je crois que j'aimerais te revoir.

Elle se leva sur la pointe des pieds et l'embrassa sur la joue. Puis, sans un mot, elle monta à l'arrière de la Mercedes en compagnie de Howard et de Skinner et referma la portière.

Théo les regarda manœuvrer, tourner et s'élancer dans la prairie en direction de la barrière.

— Tu vas tomber avec moi, Crowe, gueula Burton.

Théo aperçut un objet brillant près de l'arrière du fourgon. Il alla voir de quoi il s'agissait. C'était l'épée de Molly. Il sourit franchement en se baissant pour la ramasser puis revint vers le shérif.

— Vous avez le droit de ne rien dire, fit-il. Je serais vous, je commencerais à m'exercer dans cette discipline. Et pas plus tard que maintenant ! ajouta Théo en plantant la lame de l'épée dans le sol à deux centimètres du visage de Burton qui écarquilla les yeux de terreur.

CHAPITRE TRENTE-TROIS

L'HIVER

L'hiver à Melancholy Cove ressemble fortement à un arrêt de jeu ou à une pause-café prolongée. La ville tout entière s'engourdit avec lenteur. On voit les gens arrêter leur voiture pour engager la conversation avec un voisin qui roule en sens inverse sans risquer de se faire klaxonner par un touriste pressé de poursuivre ses vacances. Merde alors ! Les serveurs et les employés d'hôtel repassent à temps partiel. La circulation d'argent marque le pas. Les couples passent leurs soirées à la maison, face à la cheminée. L'air s'emplit de la fumée du bois encore humide des dernières pluies battantes. Les célibataires se résignent à déménager vers des lieux où la vie est une activité sportive à plein temps.

Près de la côte, l'hiver reste rigoureux. Le vent apporte une brume salée, les éléphants de mer s'échouent pour célébrer leurs amours en grande pompe et mettre bas. Les petits vieux couvrent leurs petits chiens-chiens d'un petit manteau et chaque soir, au bout d'une laisse rétractable, ils leur infligent la plus chiante des processions. Les amateurs de surf enfilent leur combinaison pour lutter contre la morsure des embruns déchaînés et les requins blancs se mettent au régime : jeune couillon en gelée sur toast en fibre de verre. Tout en douceur, malgré le froid mordant, le métabolisme de la ville se transforme en semi-hibernation.

Enfin... ça se passe comme ça la plupart du temps.

Après le passage du monstre marin, l'hiver prit tout à la fois des allures de forces destructrices, de fête, de mauvaise humeur et d'aubaine tombée du ciel. Ce que les hélicoptères avaient filmé fut relayé par les satellites du monde entier et bientôt Melancholy Cove devint la destination numéro un et supplanta la renommée de Roswell au Nouveau-Mexique. On ne voyait pourtant pas grand-chose sur ces bouts de film : des gens agglutinés sur une plage et l'image floue d'une masse imposante en train de nager. Mais les empreintes de pattes et les récits des témoins firent le reste. On vit alors les boutiques vendre des fromages souvenirs en forme de serpent. Au café de H.P., on ajouta le sandwich Theosaurus sur la carte des menus, car tel était le nom officiel du monstre (une appellation confirmée par le biologiste Gabriel Fenton). Les hôtels refusèrent du monde, les rues grouillèrent de monde et Mavis dut engager un deuxième barman pour servir la foule des blaireaux.

Estelle Boyet ouvrit sa propre galerie sur Cypress Street. Elle y exposa sa nouvelle collection de tableaux mystérieusement appelée Steve. De son côté, Catfish Jefferson sortit un CD qu'il intitula *Le blues impossible d'un mec heureux*.

Plus la sensationnelle histoire du monstre prit

d'ampleur et plus on s'intéressa à Molly Michon, cette obscure star des nanars de série B. On dut remasteriser la série des Kendra qui ressortit en vidéodisques et en cassettes pour la plus grande joie d'un public enthousiaste. À la manière de saint Georges terrassant le dragon, le syndicat des acteurs de ciné tomba sur le râble des producteurs qui rendirent gorge et durent reverser à Molly, sous forme de royalties, ce qui lui revenait de droit.

Professionnellement, Valérie Riordan parvint enfin à trouver l'équilibre entre thérapie et médication. Elle prit un congé sabbatique pour accompagner son fiancé, Gabe Fenton, à bord d'un bateau laboratoire ayant pour mission de révéler la présence de Theosaurus dans les fosses sous-marines au large des côtes californiennes.

Après avoir témoigné contre John Burton (que la justice condamna à la prison à vie), Théo s'engonça dans l'hiver comme on se glisse sous une couette en plume d'oie. Après deux mois d'abstinence, il prit conscience que sa dépendance à la marijuana n'était rien d'autre qu'une habitude comme une autre pour combattre l'ennui, un peu comme ces gosses qui font chier le peuple à longueur de journée pendant les vacances parce qu'ils ne trouvent pas à quoi s'occuper et que le moindre effort risquerait de les fatiguer. Théo avait seulement manqué d'ambition pour se prendre en charge. De partager la vie de Molly apporta une solution à son problème. Théo fut tellement sollicité par son travail et sa maîtresse qu'il découvrit le sens du mot fatigue et oublia celui du mot ennui. On installa la caravane de Molly à côté de la cabane de Théo, en lisière du ranch. Chaque matin, dans la caravane, les amoureux s'empiffraient d'un solide petit déjeuner à base de pizza. Le soir, dans la cabane ils se retrouvaient autour de la table faite à partir d'une bobine de câble électrique. Molly prenait les appels pendant que Théo travaillait à l'extérieur, et quand il rentrait, il lui arrivait de tomber nez à nez avec des admirateurs plus futés que d'autres qui avaient su débusquer l'adresse de Molly. Il ne se passait pas un seul jour sans qu'il lui dise combien elle était extraordinaire. Au fil du temps, la voix off se fit de plus en plus discrète pour finalement disparaître à jamais.

À trois mille mètres de profondeur, au fond de la fosse sous-marine, il n'y eut pas vraiment d'hiver. Tout était comme à l'habitude, monotone, obscur, un univers soumis à une pression énorme. C'est là que gisait le monstre marin, tout à son chagrin d'amour. Il avait cessé de s'alimenter, de manger ces vers des grandes profondeurs qui vivaient sur les rochers. Son énorme corps accusait le poids de la pression et celui des ans. Le monstre avait décidé de ne plus bouger, de rester là, immobile, jusqu'à ce que son cœur cesse de battre. Mais ses capteurs cellulaires latéraux enregistrèrent un signal, quelque chose qu'il n'avait pas ressenti depuis plus d'un demi-siècle : la présence d'une créature qu'il croyait à jamais disparue. Il agita sa queue. Il s'ébroua, ce qui eut pour effet de chasser l'enveloppe de morosité qui l'engonçait. Et son cerveau de reptile capta le message de la femelle qui, grossièrement traduit, disait : « Hé le marin ! Une petite tranche de bonheur, ça te dirait pas ? »

DU MÊME AUTEUR

Aux Éditions Gallimard

Dans la collection Série noire

LE SECRET DU CHANT DES BALEINES, 2006.

L'AGNEAU, 2004, Folio Policier *n° 482.*

UN BLUES DE COYOTE, 2003, Folio Policier *n° 365.*

LE LÉZARD LUBRIQUE DE MELANCHOLY COVE, 2002, Folio Policier *n° 432.*

LA VESTALE À PAILLETTES D'ALUALU, 2000.

Aux Éditions Calmann-Lévy

D'AMOUR ET DE SANG FRAIS, 2009.

LES DENTS DE L'AMOUR, 2008.

UN SALE BOULOT, 2007.

LE SOT DE L'ANGE, 2006.

Aux Éditions Les Équateurs

SACRÉ BLEU, 2015.

Tous les papiers utilisés pour les ouvrages des collections Folio sont certifiés et proviennent de forêts gérées durablement.

Composition : IGS-CP à L'Isle-d'Espagnac (16)
Impression Novoprint
à Barcelone, le 25 novembre 2022
Dépôt légal: novembre 2022
1er dépôt légal dans la collection : mars 2016

ISBN : 978-2-07-078481-3/ Imprimé en Espagne

556461